正道

何常在◎著

SPM 南方出版传媒 广东人民出版社

· 广州 ·

图书在版编目（CIP）数据

正道 / 何常在著.—广州 ：广东人民出版社，2016.11
ISBN 978-7-218-11221-3

Ⅰ．①正… Ⅱ．①何… Ⅲ．①长篇小说—中国—当代 Ⅳ．①I247.5

中国版本图书馆CIP数据核字(2016)第232651号

Zheng Dao

正 道

何常在 著

出 版 人：曾 莹

策　　划：林苑中
责任编辑：李 敏
装帧设计：仙 境
责任技编：周 杰

出版发行：广东人民出版社（广州市大沙头四马路10号　邮政编码：510102）
电　　话：（020）83798714（总编室）
传　　真：（020）83780199
网　　址：http://www.gdpph.com
印　　刷：北京彩虹伟业印刷有限公司
开　　本：787 mm× 1092 mm　　1/16
印　　张：24　　　字　　数：367千
版　　次：2016年11月第1版　2016年11月第1次印刷
定　　价：42.00 元

如发现印装质量问题，影响阅读，请与出版社（020-83795749）联系调换。
售书热线：（020）83795240

目录

毕问天心中一跳，郑道果然是聪明人，一语中的。他微一沉吟，笑道："一刀之恩用一茶之谊来报答，已经足够了。以后我们交往，以心相交。以金相交，金耗则忘。以利相交，利尽则散。以势相交，势去则倾。以权相交，权失则弃。以情相交，情逝人伤。唯心相交，静行致远。"

沈雅心中暗叹，郑道心明如镜，刚才的话，似乎是随口一说，却又维护了他和付先山的友情。他清楚得很，郑道并非是为付先山开脱，因为郑道肯定不知道付先山的真正用意，说实话，他也不敢肯定付先山到底是有意还是无意。不过不管如何，他都为郑道的聪明暗暗赞叹，对郑道更多了好感。

沈雅暗想，凭郑道的年龄和阅历，他不可能是如郑隐一样深藏不露的高人，因为年龄永远是他无法逾越的最大问题。在有些时候，年轻就是资本。但在有些事情上，年轻就是最大的不足。

郑道还清楚，沈雅表面上温润如玉，深沉雅正，实际上，他如水的性格虽为而不争，却也包含了排山倒海之威。就如涓涓细流确实无害，汇聚在一起，成为大江大河之后，在风起云涌之时，也有摧毁一切的洪水之猛。说来沈雅对于参股甚至是控股吉朵国际，一直没有断了念头，一直在等候时机的来临。

01　君子藏器于身，待时而动

以郑道的性格，何无咎再是出身豪门，再是风云人物，也和他全无关系，他不会对何无咎投去太多关注的目光。如果不是何无咎的名字很有内涵，也暗含玄机，何无咎再是光芒四射，郑道也许都记不住何无咎是何许人也。

一言难尽世苍茫

"轰隆隆……"

一声闷雷如同在头顶炸响，震得窗户瑟瑟发抖，仿佛就连房子也在沉睡中被惊醒，发出了咯吱咯吱的年久失修的声响。

郑道睁大一双惊恐的眼睛，从睡梦中醒来。在闪电的照亮下，他脸色惨白，满身大汗，似乎刚从水里出来一般。

"爸……"郑道稳了稳心神，跳下床。平常爸爸最怕打雷了，他担心爸爸受到惊吓，"你没事吧？别怕，有我在。"

没有回应。

又一道闪电闪过，照亮了房间中的每一个角落。一张床，一张桌子，一把椅子，一个古色古香的书架，书架上摆满了书籍，书有厚有薄，但无一例外全是线装古书，有些书看上去已经残缺不全了，却依然被如奉至宝一般规规矩矩地摆放在书架之上。

《黄帝内经》《神农本草经》《千金要方》《难经》《伤寒杂病论》《华佗神

方》《神仙济世良方》一类的中医书籍摆放在最上面，下面一层是《周易》《山海经》以及《奇门遁甲》一类的奇书。

中国传统医学四大经典著作（《黄帝内经》《难经》《伤寒杂病论》《神农本草经》）和上古三大奇书《山海经》《周易》《奇门遁甲》被摆放在一起，也不知有何用意。

喝了一口凉白开，郑道来到客厅，顿时惊呆了。客厅窗户大开，雨水倒灌进来，地面湿了一片。狂风吹动窗帘，乱成一团。

出什么事情了？难道爸爸不在？郑道心思大乱，忙关了窗户，一回身，一道闪电再次闪过，照亮了整个客厅——茶几上，一把青灰色的镇尺压着一张飘摇的白纸。

白纸被雨水打湿了，字迹有几分模糊，但郑道依然可以一眼分辨清楚是爸爸的亲笔！

"郑道，见字如面！"

郑道一瞬间屏住了呼吸。尽管窗外狂风大作，雷声阵阵，暴雨倾盆，他的心思却一片澄净，风吹不进雨打不来，就如一座封闭的孤城。

字透纸背，苍劲有力，铁钩银划的字迹一如爸爸刚强的性格。郑道心中喟叹一声，作为中医传人，本应行事中正平和，爸爸却一直改不了过激的秉性，总是喜欢意气用事，往往过犹不及，最终刚强易折，许多事情要么半途而废，要么功亏一篑。因此，一生不得志，穷困潦倒。

一个人的字迹就是一个人性格的真实体现。爸爸的字是不错，可惜用力过猛，笔画虽笔走龙蛇，却失之圆润，孤阴不生，独阳不长，缺少了阴柔之意的中和，爸爸的字总是肃杀之气过重而生长之意欠缺。

请原谅爸爸的不辞而别，爸爸有不得已的苦衷。郑道，你也不要枉费心思寻找爸爸，爸爸既然不辞而别，就不会让你找到。也不要问为什么，好好生活，好好做好自己，做一个对国家、对社会、对别人有用的人，爸爸就无比欣慰了。不为良相必为良医，是我辈的座右铭。爸爸见多了世态炎凉，也经历了太多沧桑，所以有一句话你一定要记在心上——千万不要暴露你的真实身份！切记，切记！不管是在谁面前，也不管是不是人命关天，一定不要让任何人知道你身上的秘密！

只言片语平生事，一言难尽世苍茫。郑道，爸爸送你三句话。其一，道是天上神仙本，德为人间富贵根！如果富而不道贵而不德，就算富贵加身，也会大祸临门。

其二，为什么人会得肺癌、肝癌，甚至脑癌，却没有心癌？又为什么有一句话偏偏又说病由心生？

其三，小隐隐于野，中隐隐于市，大隐隐于朝。

谨记，匹夫无罪，怀璧其罪。郑道，如果有一天我们父子得以重逢，爸爸希望你平平安安，哪怕只得温饱，也不要游走在达官贵人之中以求荣华富贵。平安是福，安稳是福，洒脱也是福。洪福好享，清福难得。如果有一天你悟透了爸爸所留的三句话，你就会知道一个道理——人间正道是清福！

仙佛茫茫两未成，只知独夜不平鸣。风逢飘尽悲歌气，泥絮招来薄幸名。十有九八堪白眼，百无一用是书生。莫因诗卷愁难成，春鸟秋虫自作声！爸爸向来书生意气，却又深知百无一用是书生，偏偏总被清名累。忽荣忽辱总虚名，怎奈黄粱梦不醒。现在爸爸醒了，要走一条不同寻常的道路，希望你能理解爸爸，让爸爸在有生之年还可以得到安稳。

爸爸半生飘零一事无成，不要让爸爸的悲剧在你身上重演。郑道，从此以后，天地宽广，就是你一个人的世界了。保重！

从小和爸爸相依为命的郑道，从来没有见过妈妈，只听爸爸说过妈妈在刚生下他不久就离开了他们，去了一个很远的地方，是出国了还是离开了这个世界，语焉不详。郑道在多次询问无果的情况下，心思也就淡了，不再追究妈妈的最终下落。

风雨不知何时停了，郑道穿过客厅，来到露台之上，仰望星空。狂风暴雨过后的夜空，如漆如墨，繁星点点，银河璀璨，有惊心动魄之美。星空恒久、无忧地俯视苍生大地，如永恒的真理，永远地悬挂在头顶。

似此星辰非昨夜，为谁风露立中宵……郑道一人独立在露台之上，面东背西，心沉如水，不动如松，直到东方泛白。

　　从今以后，一切都要靠自己了，郑道面对冉冉升起的朝阳，脸色一如既往地平静。他和爸爸相依为命多年，早就养成了坚强的心性。虽然爸爸的离去对他打击不小，不过经过了一个晚上的思索之后，他理解了爸爸的苦衷并且接受了现实。

　　只是他现在还只是一个大五的学生，既无工作又没了经济来源，该怎么生存下去？爸爸再三强调不让他暴露自己的真实身份，等于是为他出了一个天大的难题。郑道无奈地一笑，自言自语道："爸，既然你也一再教导我不为良相必为良医，却又让我不要暴露自己的真实身份，不是自相矛盾吗？我可不想学黄景仁，一生贫困而死。"

　　爸爸郑隐最喜欢黄景仁的诗，不管是"百无一用是书生"还是"为谁风露立中宵"，时常被爸爸挂在嘴边，一为欣赏，一为感叹自己身世。这位有着"乾隆六十年第一人"美誉的天才诗人黄景仁，却时乖命蹇，落拓平生，年仅三十五岁就贫病而终。

　　回到客厅，待了片刻，郑道才推开爸爸卧室的房门。卧室内，空空如也，除了一床一桌一书架之外，再没有多余的摆设，可谓一贫如洗。床铺得十分平整，被子也叠得整整齐齐，所有的东西都物归原位，摆放平稳，可见爸爸走时十分从容，没有丝毫慌乱，也说明他今日之举早有预谋，并非一时心血来潮。

　　摇了摇头，回到客厅，郑道刚坐下，楼道就传来了上楼的脚步声。

　　"郑道，起床没有？我上去了。"

　　一个轻灵欢快的声音传入了耳中，伴随着窗外阳光明媚的早晨的到来，就如雨后的天空一般明净而辽远。

　　何小羽上身穿一件小得不能再小的背心，胸前的两个蓓蕾将背心高高拱起，下面只穿了一条刚刚盖住内裤的短裤，衬托得浑圆的屁股紧绷绷地呼之欲出。修长的大腿白中透着粉红，匀称细致，闪现出青春特有的诱人的光泽。巴掌脸，淡眉，身高一米六五的她，就如一株郁郁葱葱的乔木，亭亭玉立又充满了勃勃生机。

　　拎了四个烧饼、两碗小米粥和一碟咸菜的何小羽，轻快如枝头的小鸟，跳跃之间就来到了郑道的面前，将东西放在了茶几之上："你和叔叔的早饭，趁热吃，别凉了……"然后她左顾右盼："咦，叔叔呢？"

话刚说完，何小羽突然飞起一脚，直取郑道的胸前。她杏眼圆睁，来势汹汹，只一瞬间，她的右脚就距离郑道的胸口不足一尺之遥了。

"吃我一拳！"何小羽先出脚后出声警告，显然是不想让郑道躲过她的偷袭。而且明明是飞起一脚，却说吃她一拳，让人啼笑皆非。

郑道微微一笑，也不见他怎么动作，身子只稍微错后半步，就躲开了何小羽的袭击，然后右手一伸一探，就将她的右脚脚踝抓在手中。

何小羽左脚站立，右脚呈九十度被郑道悬在空中，金鸡独立的姿势将她的身材和一双完美的大腿暴露无遗。二十岁的她，长相清纯甜美，像是十六七岁的高中女生。再加上她的马尾辫摇来摇去，谁第一眼都会被她的外表迷惑，以为她是一个未成年的萝莉。

"放开我。"何小羽偷袭不成反被捉，只好耍赖，"讨厌，每次都被你躲过，还被你得手，你也不知道让我一次，真是的。快告诉我，为什么我每次打你你都能躲过去……郑哥哥？"

最后一句拉长了声调，像是哀求又像是撒娇。

郑道早就习惯了她惯用的伎俩，懒得理她，手一推一送，就将何小羽推到一边。

何小羽却还是不甘心，伸出右臂抱住了郑道的脖子，嘻嘻一笑："郑哥哥，你服不服？"

郑道无奈地笑了笑。从五年前认识何小羽到现在，五年的时间，一个青葱的少女已经长成了一个鲜艳欲滴的女孩。可是何小羽个子长高了，身体发育成熟了，对他的依赖或者说信任还停留在刚认识时的阶段，浑然不觉得她和他过于亲密的接触已经超过了男女友情的正常界限。

所以郑道被何小羽抱住脖子，要说反抗，只一个动作就可以甩开她，只是他的头抵在何小羽的胸前，绵软而有弹性的感觉是不错，却也不敢乱动，唯恐有耍流氓的嫌疑。感受到何小羽胳膊微凉而细腻的肉感，他难免有几分意动。

想起爸爸一再告诫他，瓜田李下要避嫌，不管是在人屋檐下还是在人胳膊下，要谦虚地低头。郑道就点了点头，老老实实地回答："服了，服了还不行吗？快放开我，我要吃饭。"

"好吧，认输就饶了你。"何小羽扬扬得意，还以为自己占了多大的便宜，还顺手揪了揪郑道的耳朵，"郑哥哥，你说如果有一天我嫁给你，天天这么欺负你，你会不会疯掉？"

开什么玩笑，疯掉？郑道会这么没有心理承受能力？他肯定会傻掉！

何小羽却忽然脸红了，很没形象地伸手揉了揉了右胸，小声嘟囔了一句："坏蛋，臭道，碰到不该碰的地方了。"

郑道装没看见没听见，又不是他主动并且故意去碰的，他还冤呢！不过这事儿只能憋在心里，男人得大度。

已是六月的天气，北部平原的省会城市石门，已经步入了夏天。只不过毕竟还没有到真正炎热的时节，一早一晚还有几分凉意。如何小羽一般早起穿得如此清凉的女孩并不多，就连郑道也能感受到雨后早晨的清新和凉爽。

不过这也说明何小羽由于经常跑步健身的缘故，体质比一般女孩要好许多。女性一般是阴寒体质，夏天虽热，却是内凉外热，并不适合过于单薄的着装，否则凉气入体，反倒容易生病。郑道善意地提醒过何小羽几次，她却不听。好在他也知道小羽比寻常女孩气血通畅并且精气神充足，也就没再坚持。

郑道住的是一栋二层的别墅，当然了，不是他的房子，他只是和爸爸租住了二楼，一楼是房东何不悟和何小羽的住处。

何小羽是何不悟的独生女。

何小羽心里藏不住事情，转身就忘了刚才的一出，她背着手、踮着脚尖在房间里转了一圈，才又想起刚才问过的问题："咦，叔叔怎么不见了？去哪里了？"

平常何小羽上来送早饭，都是郑道和郑隐一起出现，今天何小羽就觉得十分纳闷。

"我爸……出远门了，一时半会儿估计不会回来了。"郑道拿过烧饼咬了一大口，吃得津津有味，丝毫没有受到爸爸离去的影响，"至于我为什么每次都能躲开你的偷袭，原因就是你每次出手总是肩膀先动，稍有眼力的人都会发现你要有所行动了。"

"我可是每天都在练习八段锦，现在身体柔软如绸缎、韧性如弹簧，不可能打不过你，难道你练的是太极？"何小羽咬着手指笑了，忽然想起郑道刚才的话，又愣住了，"叔叔出远门了，为什么要出远门？去哪里了？什么时候回来？哎呀，他走了，你一个人可怎么生活？"

"不知道。"何小羽的问题太多了，郑道要是知道就好了。他懒得多想，喝了一口粥，点头赞道："粥比以前好喝多了，有木柴铁锅的香气，何叔的厨艺见长。"

"你太厉害了，郑道，怪不得爸爸说你长了一个狗鼻子，特别灵……"意识到了失言，何小羽吐着舌头笑了，"我可没有骂你的意思，你别多想。不过你就算多想也没关系，反正我不怕你，反正你打不过我。"

说完，她坐在一边，双手托腮，目不转睛地盯着郑道吃饭，脸上流露出欣喜和开心。阳光从东边的窗户透过玻璃落在了她的头上，就如一团火烧云在燃烧，她整个人都沐浴在光芒之下，近乎透明的耳朵以及布满细细绒毛的脸庞，还有修长的脖颈、性感的锁骨，无一处不透露出她青春四溢的美丽。

郑道看了看表，六点多了，他三下两下吃完烧饼喝完粥，起身说道："走，去上课。"

早已习惯了郑道干脆利落的性格的何小羽，跳了起来，几下收拾干净郑道剩下的早饭，欢快地跳着下楼："等我一下，我换了衣服就来。"

如一头小鹿一般的何小羽，蹦蹦跳跳下楼而去。她的背影就像露台上的大白猫，身材矫健而肌肉匀称，在早晨阳光的照耀下，充满了力量和美感。只不过她跑动的时候，左边胳膊总是不经意地微微颤动几下，如果不仔细观察绝对无法发现，就连她自己也丝毫没有察觉。

郑道微微皱眉，想起了爸爸的再三叮嘱，话到嘴边又强行咽了回去，无奈地摇了摇头。

随后，郑道一言不发来到了楼下，站在一楼的门口等何小羽。

说是别墅，其实面积也只有两百多平方米，上下两层。一楼有院子和停车位，院子有五十平方米大小，西边有一个葡萄架和一个取暖用的锅炉，东边是停车位，停车位上没有汽车，只有一辆几乎快要散架的大二八自行车和一堆杂物。

大二八自行车是何不悟的专用交通工具。

大二八自行车靠墙停放，墙上长满了爬山虎和丝瓜。丝瓜长势良好，有的有小孩子手臂粗细，有的有一米多长，在早晨阳光的照耀下，很是喜人，充满了生活的气息。

二楼对应一楼停车位的位置，是一处十平方米左右的露台。平常没事的时候，郑道会和爸爸在露台下棋、聊天，留下了无数欢声笑语和对未来的向往。

何小羽和郑道一样，也是生长在单亲家庭之中。何不悟丧妻十几年没有再娶，一个人拉扯何小羽长大，很不容易。不过郑道不理解何不悟为什么不重新组建家庭，虽然交通工具是一辆老态龙钟的大二八自行车，但作为根正苗红的拆一代，何不悟的名下除了拥有眼前的一栋别墅之外，至少还有三套一百平方米以上的住宅，在房价高不可攀的今天，作为三套房子、一栋别墅的主人，想再找一个女人搭伙过日子，不是一件难事。

以不变应万变

但何不悟就是宁愿单身也不愿再婚。听何小羽说，何不悟是忘不了死去的妻子，对别的女人再难动情。不过就郑道观察，每天借酒浇愁一喝就醉一醉就哭一哭就后悔喝酒的资深酒鬼何不悟，怕是因为有什么伤心事或是难言之隐才没有再娶。

何不悟平生有三大爱好：一是酒，嗜酒如命；二是烟，烟不离手，一天三盒以上；三是抠门，极度抠门，是一个恨不得一分钱掰成两半，一半当成一块钱用的超级严监生。

出于好心，郑道也不止一次告诉何不悟，酒伤的不是肝，是神经细胞。神经细胞是人体之中唯一不可再生的细胞，喝多了酒，神经细胞受损严重，小心得老年痴呆症。烟就更不用说了，每天三包烟，引发肺癌的概率甚至接近百分之百。而过于吝啬也会导致心胸狭窄，容易引发气血不足，从而生病。何不悟听了只是一脸讥笑，并不理会郑道的良言相劝，反倒指责郑道多管闲事或是不安好心。

郑道和爸爸郑隐租了何不悟两层别墅的第二层，每个月的房租是两千元。严格来说，何不悟的别墅并非真正意义上的别墅，是城中村改造的回迁楼。作为善良村的村民，受益于石门的飞速发展，何不悟名下的土地被征收之后，被补偿了一栋两层小楼和三套住宅，从此他就过上了只收房租不用上班赚钱的包租公的幸福生活。

改造之后的善良村被包围在二环之内，几百栋两层小楼连成一片，蔚为壮观，善良村每家每户都有一栋。

改造之后的善良村就改名为善良庄了。

善良庄虽然位于二环之内，但却紧邻二环，并且是在东二环和北二环的交界处，比较偏僻，所以房价不高，出租价格也低。否则以郑隐的收入，说什么也租不起一层楼。石门的格局是向东南、西北方向发展，东北和西南地广人稀。

郑道和爸爸之前虽然一直在石门，却漂泊不定，到处租房子住，从来没有在一个地方住过三年以上。在他的印象中，爸爸除了带他不断地搬家之外，也在不停地换工作，水暖工、安装工、木工、电工，甚至是工地上的小工，为了生计，只要赚钱，爸爸从不挑剔，连破烂都捡过。

即使是在最艰难困苦的时候，山穷水尽身无分文，三天没有吃饭，爸爸也依然坚持了底线，没有用平生所学来改变现状。尽管郑道很不理解爸爸的做法，却对爸爸恪守为人原则的坚定深为叹服。"贫贱不能移"用在爸爸身上，确实再合适不过。

习惯了搬家的他在善良庄一住就是五年，整个大学期间难得地享受了安稳，没有颠沛流离，不知不觉间他一颗心也就沉静了许多，将善良庄当成了故乡。

眼见再有两个月郑道就要大学毕业了，毕业后，他就可以赚钱养家了，再也不用爸爸如此劳累地操劳生活。尽管说来，他和爸爸就如浮萍一般在天地之间飘荡，没有一个安稳的家，但至少两个人在一起还有家的感觉……没想到爸爸却意外失踪了。

尽管早就习惯了爸爸的古怪脾气，比如空有一身绝技却从不示人救人，更不用来谋生。再比如有时对明天充满了期待，想要成就一番事业，突然之间却又心灰意冷，对所有事情都提不起兴趣。还不到五十岁的爸爸，颓废、苍老、落魄，扔到乞丐堆里和乞丐没什么区别。

但对郑道来说，爸爸是人生的导师和指路明灯，也是心灵上的慰藉。从小失去妈妈的他，备尝人生艰辛，和爸爸相依为命多年，爸爸不仅仅是爸爸，也是他在世间唯一的亲人。骤然失去爸爸，他表面上平静如水并且若无其事，其实内心沉重而悲怆，还是很不好受。

"快走，爸爸还没醒，别让他发现我们……"正想得入神时，何小羽从房间中飞一样冲了出来。换了一身长裙的她，随风摇曳，如一只在阳光下穿梭的蝴蝶，轻灵如风飘逸如梦，尤其是健美的小腿和紧致的身材，让她如一片轻灵的羽毛几乎飘然飞起——小羽的名字名如其人。

郑道微一点头，转身迈下台阶，正要迈出院子时，身后蓦然传来一声破锣一般的咳嗽，咳嗽中还伴随着吐痰声，正是喜欢熬夜、经常抽烟的人早起之时喉咙刺痒痰多气喘的常见症状。

"哎呀，爸爸醒了！"何小羽做了一个鬼脸，伸手拉过郑道的手，"赶紧的，可别让爸爸啰唆，一到交房租的时候，他就会一呀二呀说个没完，会让你觉得晚交一天房租就上对不起天下对不起地中间对不起空气，烦都烦死了……"

"说什么呢说什么呢？何小羽，你背后说老爸的坏话，难道就没有觉得不仁不义不忠不孝上对不起天下对不起地中间对不起空气……"何不悟沙哑如破锣一般的嗓音在背后响起，刚说第一句话时，人还在房间之内，最后一句话还没有说完，人已经来到了院中，挡住了郑道和何小羽的去路。

又矮又胖的何不悟长得其貌不扬，不，应该说几乎是奇丑无比了。除了大红的酒糟鼻格外醒目之外，还秃头、罗锅，一双大大的招风耳又十分引人注目，总体来说，何不悟的长相几乎综合了所有丑人的特点，堪称集大成的丑老头。

其实面相长得丑倒也无妨，随着年纪的增长，人老了之后，心善就会面善，哪怕年轻时丑得惊天动地，如果一直心存善念，到晚年也会慈眉善目。当然，如果一个人很老了还是一副穷凶极恶之相，可见此人是从小坏到老了。

何不悟倒不是长得穷凶极恶，而是丑得滑稽，丑得好玩。虽丑，却不让人厌恶。只不过他的气色不太好，不但嘴唇发黑发紫，脸上也弥漫着一层黑气，正是心脏不好而且经常熬夜并且饮酒过度的症状。

只看了何不悟一眼，郑道心中就猛然跳了几跳。双眼浮肿脚步虚浮的何不悟，眉宇之间又多了一丝不堪之气，"视其外应，以知其内脏，则知所病矣"，不好，何不悟的病情加重了。

望气是郑道的看家本领，只不过想起爸爸以前的再三教诲以及所留的书信，他还是强忍着没有说出真相。

"何叔……"郑道想要说几句什么，刚一开口，就被何不悟打断了。

"叔你个头，有钱就是叔，没钱就是猪，该交房租了，拿来！"何不悟伸出胖胖的右手，右手手心呈现红润之色，且大小鱼际红色加深，比起前段时间又多了几重。

手掌红色，多有热症，而大小鱼际红色加深，是高血压或肝硬化的征象，若短期内红色加重，则是脑出血的危险信号。再结合他刚才对何不悟的望色，郑道心中蓦然闪过一个强烈的念头……

"不交房租，立马搬家，没得商量。"何不悟见郑道不说话，翻了翻白眼，"别以为你认识我好几年了，跟我有什么交情，告诉你，没有！我只认钱不认人，交情算什么东西？能当饭吃，能当钱花？交情就是交钱了才有人情，懂不？"

每次催交房租的时候，何不悟都是一个德行，仿佛只要晚交一天房租他就吃了天大的亏一样，郑道早就见怪不怪了，也不多解释什么。若是平常，房租问题自有爸爸解决，现在爸爸突然消失了，他连吃饭都成问题，哪里有钱交房租？

郑道只好硬着头皮说道："不是还差三天吗？三天后一定会交上，我又不会跑掉，是吧，何叔？还有，就凭我和小羽五年的朋友，你说我会欠你房租不交吗？不交房租，我连小羽都对不起。"

"别提小羽，更不要打小羽的主意，听到没有？小羽和你不是朋友，她是你的房东。"何不悟是何许人也，察言观色间就发现了郑道的底气不足，一伸手就抓住了郑道的衣领，"不对，你不会是没钱了吧？不行，现在必须交钱，不交钱立马走人。"

郑道轻轻后退一步，也不见他怎么躲闪，何不悟抓住郑道衣领的右手就落空了。他本来站在何不悟的南向，是下风，一转身间就换了方位，站在了何不悟的北面，呈居高临下之势。

本来何不悟还自恃身为房东比郑道高一等，所以气势很足，不料方位一变，忽然间就觉得仿佛气场被打破了一个口子，气势立时为之一泄。

脸色平静、有着与二十二岁年纪不相称的笃定的郑道，沉着冷静之余，浑身上下还弥漫一股让人不敢冒犯的气息。他脚尖一点，就远离了何不悟两米之外："何叔，我说三天交钱肯定会交上，如果交不上，我会自动搬出去！"

"爸！"

何小羽气坏了，爸爸天大便宜占不够一点小亏也不吃的葛朗台兼严监生综合体的为人，让她多少次在外人面前颜面尽失，甚至是无颜见人。节俭是美德，但凡事要有度，节俭到了吝啬并且一毛不拔的地步就过犹不及了，尤其是爸爸不分远近，不管是谁，只要涉及利益一律认钱不认人的做法着实让人无地自容。

"爸什么爸，如果我没钱养活你长大，我一样不是你爸，是路人甲！你少插嘴，记住了，你是我的女儿，必须和我一条心。你从小到大，吃的穿的用的花的全是从房租中来的，不收房租，难道要收西北风？"何不悟对何小羽怒目而视，一副恨不得要吃了何小羽的凶样，"不要忘了爸爸含辛茹苦养你长大，又当爹又当妈，多不容易，你还向着外人，你有良心有孝心有人心有……"

"打住，打住！"何小羽头大了，伸手做了一个暂停的手势。她太了解爸爸了，如果任由他说下去，一口气诉苦一个半小时也不会有一句重复，她拉起郑道就跑，"三十六计，跑为上策。快跑，郑哥哥。"

郑道手腕一翻，动作隐蔽而娴熟地躲开了何小羽的拉扯。他不是遇事就逃避的性格，站立原地不动："何叔，我明天交钱应该可以吧？"

"哼，最晚明天晚上，如果不交钱，你就立马走人。"何不悟气势减弱了几分，因为他意识到了刚才郑道看似无意地挣脱了他的右手的举动，似乎暗含了什么玄机。他虽然为人极度小气，却很有眼色，知道凡事要顺势而为的道理，而且现在郑道站在他的北面，不知何故，隐约有力压他一头之势，让他心中不解的同时，又莫名多了几分怯意，所以见好就收了。

"好。"郑道话也不肯多说一个字，转身就走，走了两步又站住了，回身说道，"何叔，你有病……"

"你才有病！"何不悟刚刚泄掉的气势又被激发了出来，怒了，跳脚骂道，"敢咒我有病，郑道，你也太没品了，不过是提前几天要你交房租，你就盼我早死，你比我黑多了。"

"不是，我是说你真的要得病了，如果你再不改掉抽烟酗酒熬夜的坏习惯的话。"郑道哭笑不得，只好解释道，"听我一句话，何叔，最近不要再喝酒抽烟了，晚上十点前上床睡觉。睡觉前，用热水加花椒泡脚半个小时。早起喝一杯红糖姜水，晚上喝薏米粥，再多吃蔬菜和水果，坚持半年，或许会减轻症状……"

"减轻个屁，我身体好得很，一点毛病也没有，你不要危言耸听。不要以为你上了几年医科大学就是医生了！你现在连赤脚医生都算不上，你懂个飞机！"何不悟虽然其貌不扬，但懂得不少。他阴阳怪气地笑了一声，"你连赤脚医生都算不上，还当自己是扁鹊，可以望色知病？哼，医之好治不病以为功，别想吓唬我，让我被你摆布，告诉你，除了明天晚上之前必须交钱的话题之外，我们之间再也没有其他的共同话题了。"

好吧，郑道摇了摇头，既然何不悟不相信他，他多说无益。何不悟也不简单，连扁鹊见蔡桓公的典故都知道。既然何不悟知道蔡桓公一开始也说扁鹊"医之好治不病以为功"，最后还是病重而死，却还是不信任他，显然何不悟自认不是蔡桓公而他也不是扁鹊。

可惜的是……郑道暗中摇了摇头，历史往往会重演。

"多提醒提醒何叔，让他平常务必注意身体。他现在体虚得很，再这样下去，真的会很麻烦。"路上，郑道还是向何小羽说出了心中的担心。

迎着初升的朝阳，郑道和何小羽一起朝东方进发。他的医科大学和何小羽的石门大学同在石门的东南高教区。临近毕业，学校不再强求住校，他和何小羽每天放学都回家，每天一起上学放学同行，出双入对，俨然是一对情侣。

何小羽挽着郑道的胳膊，时而跳起去摘树叶，时而靠在郑道的肩膀上，浑然如一只无忧无虑的小鸟，不知人间忧愁为何物。所有人见到何小羽和郑道亲密无间的举止都会以为他们正在热恋中。

"知道啦……"何小羽拉长了声调，明显没有听进去，她嘻嘻哈哈地笑道，"郑哥哥，毕业后你想去哪里工作？是去二院还是自己开一家诊所？我觉得你应该像全有一样自己开一家诊所。当然了，不一定非要学全有开心理诊所，开一家全科诊所也行。全有医科大毕业后，从一家小小的心理诊所起家，现在可是响当当的人物，就连付先山也得敬他三分。"

郑道还没有想好毕业后的打算，虽然就业问题已经迫在眉睫了。他没有正面回答何小羽的问题，而是继续说何不悟的病情："嗓音沙哑是中气不足的表现，气不足则神不守，他又脸色酡红，是上焦火下焦寒的症状。心肾不交，脸烫脚凉，阴阳失衡，身体处于严重的亚健康状态。再抽烟酗酒下去，恐怕就……"停顿了一下，他尽量让语气委婉一些，"以后要注意清热、补肾，平时注意保暖，饮食要有规律，忌生冷，多喝热水，不吃辛辣的食物，说话尽量小声，每天作息规律，少吃多餐，切忌暴饮暴食。"

"啊……"何小羽张大了嘴巴，她的脸庞被初升的朝阳映照得如花似玉。她眯着眼睛，一脸难以置信的表情，"郑道，你读的是医科大，是西医，怎么刚才的一番理论听上去像是中医学说？既然你懂中医，开一家中西医结合的诊所也不错，我都帮你想好地点了，就在善良庄，租一栋楼一个月五千块。"

小羽还是长大了，都在替他考虑生计问题了，郑道心中感动，点了点头，目光平静地望向了远方。远方是医科大学金光闪闪的几个大字，再远处，则是绿油油的麦田。再过月余就麦收了，在即将收获的季节里他也要结束五年的医科大学生活走向社会，却恰恰在此时，爸爸不辞而别了，到底爸爸是有不得已的苦衷还是故意为之？

全有的事迹郑道也听过，作为医科大学的一名极不起眼的毕业生，全有毕业后在善良街开了一家心理诊所。开始的时候举步维艰，没有真正的病人上门，除了有几个精神病病人之外，他基本上每天都无所事事。后来全有因为一个意外不但认识了付先山，还认识了盛世集团的盛夏和卓氏集团的卓凡，借盛世和卓氏之势，再充分利用他和付先山密切的关系，迅速崛起，成就了一番伟业。个中错综复杂的原因，郑道自然不得而知，只是在医科大学内听说过一些关于全有事迹的传闻。

该来的总会如期而至

"西医也好中医也好，能治病救人就是正道。"郑道并没有解释过多，如果不是他念及自己身世孤苦而担心何小羽也成为孤儿，他才不会冒着透露自己身份的危险而提醒何小羽，"一定要记住我说的话，小羽，不是开玩笑，是人命关天。对了，你以后不要再穿过于暴露的衣服。睡觉的时候，也不要左边身子贴着墙睡。墙太冷，会夺走你身体里的热气，时间长了，会导致身体血液循环不畅，容易生病。"

郑道的目光落在了何小羽的左肩膀上，粉嫩而光洁的左肩膀没有一丝异样，但想起何小羽走路时的轻微异状，他伸出右手落在了何小羽的左肩膀之上，果然，微有清凉，心中就更加明白了。

女孩子夏天衣着暴露，美是美了，却让体温过快流失。再加上现在空调过多，在空调房中，温度过低，久而久之会让身体处于长期供热不足的状态之中。由于女孩本是阴性体质，体质偏寒，寒气入体过多，日积月累，就容易得风湿或是引发其他疾病。

紧贴墙壁睡觉，也会被墙壁吸收过多的体温而引发局部病变。

夏天出汗是人体正常的生理排泄，人体内有许多毒素只能通过汗水排出，所以过于清凉而从不出汗不是好事，容易将毒素积聚在体内。毒素不排，久必成患。

"好……吧。"何小羽咬了咬嘴唇，忽然脸红了，"你怎么知道我贴着墙壁睡觉？你偷看我？"

郑道笑笑："没偷看，你睡觉不关门，有时路过会无意中看到。"他说得光明正大，仿佛只要是无意中看到女孩子睡觉，就和没看到一样。

想起自己睡觉时穿着背心和短裤时的情形，何小羽心跳加快，也不知道郑道看到她近乎半裸的身体时，会是什么想法？不想还好，越想越觉得羞不可抑，偷眼去看郑道，却见郑道目光淡然地望向了远处，完全无视她忽上忽下的心思变化。她心中一阵失落，忽然间觉得她认识了五年的郑道依然和五年前刚认识时的一样陌生和遥远。

其实她也不仔细想想，早上陪郑道吃早饭时她穿的衣服和她睡觉时的着装没什么区别，她在心里对郑道完全不设防，仿佛她和郑道在一起，不管发生什么都是水到渠成的事情。又一想，如果郑道真的向她示爱，她会不会连想都不想就接受他？

何小羽心思忽然就飘远了，依稀记得五年前她还是一个高二的女生，郑隐和郑道出现在她的生命中之时，她正是情窦初开的年纪，郑道的沉稳、坚毅以及小大人一样说话办事的性格就如一道烙印，深深地烙进了她的心里，从此，她的心门就再也容不下别人。

只是五年来和郑道朝夕相处，她和郑道却始终只是不远不近的朋友之交，没有跨出关键的一步，郑道没有向她流露过哪怕一丝超过朋友友情的表示。她知道，郑道也早就察觉到了她对他的情意，却总是有意无意回避感情问题，到底是郑道有难言之隐还是对她没有感觉，她不得而知。

何小羽喜欢郑道，虽不是轰轰烈烈的喜欢，却是在天长日久的接触中，和风细雨地喜欢上了他的一切。轰轰烈烈的喜欢来得快去得也快，就如狂风暴雨，肯定不会持久。但和风细雨式的喜欢，来的时候润物细无声，等察觉的时候却才发现已经深陷其中无法自拔了。

郑道就是她心目中完美男人的代表，不抽烟不喝酒，有自控力，沉稳大度，有时幽默，有时冷酷，遇到困难从来不退缩不逃避，比起周围要么伪娘要么做作要么幼稚的小男生强了何止十万八千里？

从家里到学校，步行也不过十分钟的路程，眼见到了石门大学门口，何小羽站住，说道："郑道，以后你就当我是你的亲人，好吗？"

郑道站住，无动于衷地看了何小羽一眼。阳光打在何小羽脸上，光洁而闪亮，她一双圆润的耳朵被阳光照得近乎透明，耳郭边缘的绒毛清晰可见，瘦削肩膀托起性感而迷人的锁骨，他心中蓦然一动，原来那个青涩的小丫头越来越有女人味儿了。

"丫头……"郑道轻轻抱了抱何小羽的肩膀，"从认识你的那一刻起，你就已经是我最亲的亲人，就是我的亲妹妹。"

何小羽咬了咬嘴唇，大胆而热烈地笑了："我才不要当你的亲妹妹，我要当你的媳妇，好不好？你什么时候想娶我了，我就嫁你。"

郑道愣了愣："如果我一直不想结婚呢？"

"是不想结婚，还是不想娶我？"

"……"郑道揉了揉鼻子，"应该说不敢结婚。"

望着郑道远去的背影，站在校门口，何小羽半天没有移动脚步。

告别何小羽，郑道穿过一条公路，就来到了位于两条主路交叉口的医科大学。坐落在石门东南区的省医科大学是东南高教区众多大学之一，是一所具有百年历史和优良医学教育传统的省属骨干大学，其前身是一八九四年清政府批准建立的北洋医学堂，设有十四个学院，其中临床医学专业招收七年制本硕连读学生。有全日制普通本、专科在校生一万两千多名，研究生三千多名。

在一万五千多名学生中，郑道犹如沧海一粟，毫不起眼。尽管说来他也算是一个标准的帅哥，而且还属于坚毅有型的类型，但由于他过于沉着冷静，表现出与同龄人不相称的成熟，待人接物总是不够热情主动，让人觉得有疏远之感，许多人觉得他难以接近就和他保持了距离。

不少女生私下称呼郑道为郑一，言外之意是一根筋。郑道也知道别人对他不太友好的称呼，却不以为意，依然我行我素。

和往常一样，郑道进了校门，安步当车，穿过教学楼前面的广场，绕过一个花坛，朝教室走去。

刚转过花坛，迎面走来一人，脚步匆匆，仿佛有什么急事，由于花坛草木繁盛、鲜花盛开，她绕了过来之后才发现郑道，却来不及躲闪，低头就朝郑道的怀中撞来。

若是别人，或许还真的躲闪不及被对方撞个满怀。只不过郑道不是别人，他轻轻一错身，以左脚脚尖为支点，身子原地转了一个半圆，就躲过了对方突如其来的一撞。

对方错愕之间，愣了一愣，却没留意脚下的方砖松动之后有一个凸起，她被绊了一下，身子一晃，朝前摔去。

郑道无奈，对方撞他，他要闪开。对方却又要摔倒，他又不能眼睁睁看着对方摔个正着，好吧，如果非要说是他的责任，他也无话可说，因为如果他让对方撞上，对方也就不会摔倒了。这么一想，他向前迈出一步，右手一伸一收，就抓住了对方的胳膊。

稍微用力一拉，对方身子的前倾之势就立刻止住了，原地打了一个转，由背对着郑道变成了面对郑道，距离郑道不过半米之远。

是一个身高一米七的女孩。她身材高挑，容貌秀丽，睁大一双惊恐的眼睛直直地盯着郑道。她穿一身蓝色的连衣裙，戴一副大大的没有眼镜片的眼镜，镜框也是蓝色的，既萌又可爱。

"你刚才是怎么做到的？"蓝衣女孩愣了片刻，回过神来，反手抓住了郑道的胳膊，"刚才你的动作太帅了，我都以为我肯定会摔一个跟头，怎么也没有想到，被你一伸手就抓住了。不对，你肯定是高人，来，让我看看你……"

说话间，女孩向前一步，双手抱住了郑道的胳膊，上下打量了起来。

郑道哭笑不得，退后一步，甩开了女孩的手，虽说他不会主动招惹女孩，却也不喜欢过于主动招惹他的女孩。他摆了摆手："这样真的好吗？我们素不相识。"

蓝衣女孩推了推大大的眼镜，眯着眼睛开心地一笑："哎哟，你一个大男人还害羞。哎呀，脸都红了，真稀罕。我就是看看你的身材，又不是对你非礼，你紧张什么？真是的。"

郑道懒得再和蓝衣女孩纠缠，呵呵一笑："再见。"

蓝衣女孩没想到郑道这么有个性，她忽然掩嘴笑了："第一次见你这么有意思的人，喂，你叫什么名字？我们认识一下，好不好？"

郑道却没接受蓝衣女孩的好意，摇头笑了笑，冲她摆了摆手，转身走了。

蓝衣女孩愣在当场，脸上流露出疑惑、好奇和好玩的表情，过了一会儿，又不以为意地笑了："有意思的人，我喜欢……"

郑道绕过花坛，跳上台阶，站住了，回头看了一眼，视线落在蓝衣女孩颇有风姿的背影上。瘦削的肩膀掩饰不住她迷人的气质，合体的连衣裙衬托出身材的曼妙和顺畅，如果再算上修长的双腿，只看背影就能猜到她是一个既有容貌又有气质的一等美女。

不过郑道欣赏的并不是蓝衣女孩的美，而是在回想刚才抓住蓝衣女孩的胳膊之时，入手之处是让人心惊的冰凉！

女孩大多是阴寒体质，就连比大多数人都健美的何小羽，也是体温微凉。当然，何小羽体温虽凉，体内却有勃勃生机，因此她的胳膊是微凉之中蕴含温热。但蓝衣女孩却不同，她的胳膊冰凉，就如一块一尺长的寒冰，寒气逼人，冰冷刺骨！

这说明了一点：蓝衣女孩身患重病！

虽然表面上看蓝衣女孩一切正常，除了肤色稍微苍白一些之外，并没有任何病症。但跟随爸爸多年，郑道的望气本事就算没有登堂入室，也算初入门径了，刚才和蓝衣女孩近距离站在一起时，他就仔细观察了蓝衣女孩的气色，除了眉宇之间隐含的黑气之外，她的眼神和周身上下的精气，已经呈现明显的式微之象了。

说明她时日不多了。

郑道心中暗暗可惜，蓝衣女孩不过二十多岁的年纪，却即将告别人世了，而且看样子她似乎对此还没有做好心理准备，或者说一无所知。也不知是该庆幸她的无知，还是该可悲她的不知情。

刚才虽然只是短暂的接触，但女孩活泼跳脱的性子给郑道留下了深刻的印象，如此娇美的一朵鲜花却要就此凋零，也是人生的无奈。摇了摇头，他心中突发奇想，如果他违背了爸爸的嘱托，拿出平生所学为蓝衣女孩诊治，能不能救她于生死存亡之际？

只想了一想，郑道却悲哀地发现，就算他施展平生所学，也无法根治蓝衣女孩身上的疾病。一是他虽然可以判断女孩重病在身，却不知道女孩到底身患何病。此病在典籍中虽有记载，却语焉不详，既无名字又无根治之法。二是以他目前的水平，说不定连减缓女孩病情的能力都没有，更不用说治愈她了。

药医不死病。就如爸爸所说，医生其实是最无能为力的一个职业，有时只能眼睁睁地看着病人的生命一点点消逝而无计可施。郑道暗暗摇头，如果爸爸还在的话，或许他有办法救治蓝衣女孩。不过又一想，以爸爸的性格，就算他有能力帮助蓝衣女孩，或许他也不愿意冒着暴露自己身份的危险出手相助。想起自己跟随爸爸这些年来，爸爸确实不止一次见到重病患者却视若无睹，他就愈加想不明白爸爸到底为什么不将一生所学用来治病救人。

蓝衣女孩的背影消失在了学校的大门之外，就如一朵纯洁的蓝莲花在阳光下闪耀动人的光芒，只不过一闪而逝，留下无尽的遗憾。郑道怅然若失，美好的事物总是短暂，希望女孩犹如昙花一现的生命可以尽情释放美好，在生命的最后一刻还可以感受到生命的美丽。

下了台阶，一抬头，见礼堂前面的广场上不知何时摆满了各种招聘条幅，条幅下面一字排开几十张桌子，每张桌子下面都坐满了各企事业单位负责招聘的工作人员。

每年临近毕业时，总有无数大大小小的企事业单位前来医科大学招聘应届毕业生。作为省内医科类最负盛名的医科大学，医科大学的毕业生也算是抢手货。当然了，主动前来医科大学招聘的企事业单位，都不是医科大学学生首选的就业选择。如附属二院、省人民医院以及省卫生厅，或者是各大省直机关的附属医院，都不会自降身份来医科大学摆摊招聘。

医科大学的毕业生首选的就业目标就是附属二院，其次是省人民医院以及各大省直机关的附属医院，至于各社区医院以及私人医院，都不在考虑范围之内，更不用说私人诊所了。

对于毕业后的就业去向，郑道已经有了计较，他并不奢望可以去附属二院、省人民医院以及各大省直机关的附属医院。他一没关系二没人脉，学习成绩又不出类拔萃，他有自知之明，知道他没有资格跻身以上非富即贵的名望之地。能够去一家不太知名的中小医院，他就心满意足了，先养活自己要紧，至于其他的事业上的发展和人生规划，他想不了那么多那么长远。

郑道只扫了一眼各家招聘单位的工作岗位简介，也不停留多加观察，因为他知道摆摊招聘的单位都不会太好，多半是一些私人医院和私人诊所，他还不想沦落到为私人医院私人诊所打工的地步。

正想绕道过去，忽然被一人拦住了去路，是一个年约四十岁的中年男人。他长得算不上高大魁梧，个子却也不矮，有一米七五，虽不英俊帅气，倒也五官端正。圆脸，浓眉，鼻子高挺，耳大有轮，只不过和他一身正派长相不相称的是，他穿了一身十分新潮古怪的休闲装，当前一站，无端地为他的形象增加了几分滑稽和好笑。

"这位同学，请等一下……"对方笑眯眯地伸出了右手，"不知道你有没有意向来我公司工作？"

郑道和对方握了握手，感受到了对方的真诚和热情，微微一笑："谢谢好意，不过我暂时没有兴趣。"

对方虽然和颜悦色，而且看上去也很面善，初步接触之下，郑道对对方的印象还不错，并且对方气色很好，虽然打扮得有几分滑稽，但周身上下阴阳平衡，身体十分健康。一个健康而热情的人，多半也会有不错的前景，只不过他现在没有心思和对方多说什么，只想回到教室，尽快让王淞帮他查查爸爸的下落。

"你都不问问我的来历？"对方却不肯放郑道走，伸手抱住了郑道的肩膀，将郑道拉到了一旁，"同学，我告诉你我们公司的待遇非常好，月薪一万块外加提成，并且还提供住宿，报销交通和通信费用。"

有这样的好事？在石门毕业生普遍月薪两三千元的大环境下，对方居然开出了月薪一万的高薪不说，还提供住宿，再加上报销的各项费用，相当于月薪一万二三了。若是在爸爸没有失踪之前，郑道不会被对方的一番话打动，因为他很清楚，以对方公司如此优惠的条件，如果属实的话，振臂一呼，会有无数毕业生响应。

但现在爸爸的意外失踪，让他有了生存压力，有了赚钱的迫切感，尽管他也知道对方开出的条件有可能会有陷阱，还是忍不住动心了："你们是什么公司？"

见郑道来了兴趣，对方嘿嘿一笑，伸手一指不远处的一辆奔驰 S600，笑道："来，上车谈。"

时日不多

郑道迟疑片刻，还是迈开了脚步，并不完全是因为对方开出的条件打动了他，而是他忽然兴趣大起，想要知道对方到底想要从他身上得到什么。他很清楚一点，只凭他一个医科大学应届毕业生的身份，创造不出月薪一万的价值，那么对方放着众多的学生不找，偏偏找到了他，肯定另有目的。

跟随对方上了车，郑道才发现后座上还有一人，也是一位年约四十岁的中年男人。他长得英俊帅气多了，而且气宇轩昂，相貌堂堂，颇有正人君子之风。

只看了一眼，郑道就对对方心生好感。不是说对方长得多有气质，而是对方十分面善，不由自主让人心生亲切之感。

郑道不止一次听爸爸强调一个事实，面善之人必定心善，心善之人必定身体健康，也必然好运伴随。只是眼前之人虽然十分面善，是他所见过的人中第一眼就让他心生亲切之感的第一人，但对方眉宇之间在英气逼人之外，却又隐含了一层浓浓的黑气。

是的，是重病缠身大限已到的黑气！

郑道大吃一惊，以眼前之人的面善判断，他应该心地善良、身体健康才对，怎么会重病缠身？而且看他的气色，比刚才的蓝衣女孩严重多了，如果说蓝衣女孩还可以坚持半年甚至一年的话，眼前之人怕是连三个月的时间都没有了。

"你好，同学，自我介绍一下，我叫关得，无关紧要，得失在我。"关得冲郑道伸出了右手，一脸浅浅的笑意，"很高兴认识你，对了，你也许不知道我的名字，但你肯定听说过他的大名。"

关得用手一指领郑道上车的中年男人："他叫全有，也毕业于医科大学，是高你几届的校友。"

全有？郑道为之一愣，医科大学的学生，几乎无人不知全有的大名，有无数学生将全有当成人生偶像崇拜，全有的知名度，不但稳压校长，就连附属二院的院长付先山，也不及全有名气的一半。

主要也是全有的事迹颇多传奇经历，传奇之中，又有许多匪夷所思的故事，真假暂且不说，只说全有从一个无根无底的小人物最终成为省内呼风唤雨的风云人物的逆袭之路，就足以让许多学子津津乐道了。

传奇永远比正统的故事更吸引人，也更有趣味性。全有虽然从医科大学毕业十年有余，但有关他的故事从来不缺市场，口耳相传到了今天，已经成为医科大学所有学生的必修课之一。

"全总！"郑道生平最佩服白手起家的人物，尤其是有传奇经历的高人，在他看来，全有是一个不折不扣的怪才奇才，他肃然起敬，"很荣幸认识您，您一直是医科大学所有学生心目中神一般的存在。"

"如果说我是神，那么关得就是神王了，哈哈。"全有丝毫没有因为郑道的尊敬而自得，反而自嘲地一笑，"我的一些不值一提的小事，在关得面前都是笑话。对了，你叫郑道是吧？"

郑道敏锐地捕捉到了全有话里话外对关得的推崇。关得是何许人也，他不得而知，不过明显可以看出全有对关得的尊敬以及关得在全有面前超然的地位，他点头说道："是的，我是郑道，医科大学大五学生。"

"郑道……好名字，不左不右，不偏不倚，只走正道。"关得点头赞许，意味深长地看了全有一眼，"全有，如果郑道加盟我们的好景常在生命科学研究所的话，对好景常在来说，是天大的好事。"

郑道看得出来，全有在关得面前虽然没有刻意表现出毕恭毕敬的神态，但二人显然是以关得为主，关得刚才的话有明显的暗示之意。也就是说，全有只负责领人，最后的决定权关得说了算。

"生命科学研究所？研究生命科学不是中科院的课题吗？"郑道心想好大的名头，暗笑，问道，"我还以为全总是为心理诊所招聘员工……"

全有哈哈一笑："我是靠心理诊所起家不假，但公司发展壮大后，心理诊所只是集团下面很小的一个产业链了。研究生命科学固然需要国家层面的推动，但也需要民间的力量，有句话不是说，高手在民间吗？怎么样，郑道，有没有兴趣加入我们？"

郑道正要说几句什么，全有的右手又伸了过来，他脸上的笑容真诚而充满了期待："我是真心邀请你加盟好景常在生命科学研究所。好景常在生命科学研究所致力于从根源上杜绝人类疾病的发生，为全人类的身心健康提供从心理到生理的保障。每一个有理想有志向的医者，都希望可以治愈全人类的所有疾病，郑道，有这样的机会摆在你的面前，你如果还不抓住，就太对不起自己五年的学业和人生理想了。"

郑道不是一个容易被别人点燃激情的热血青年，当然，也不是他没有了热血，而是他比同龄人更理智更克制。但全有的一番话还是让他心中激情澎湃，作为一名医科大学的学生，学了五年的专业知识，又身怀爸爸所传的一身绝技，如果说他没有一颗悬壶济世之心，没有不为良相必为良医的情怀，他自己都不相信。

尽管爸爸一再交代不让他透露自己的真实身份，但他是医科大学的学生，凭借所学和西医知识治病救人，本来就是情理之中的事情。偶尔在西医之外利用爸爸所传的绝技暗中助人，也不算违背爸爸的意愿了。

如此一想，郑道忽然就心开意解，倒不是他不把爸爸的话放在心上，而是不知何故，他只见了全有和关得一面就觉得二人不但值得信任，而且还不由自主让人心生亲近之感。

还有一点，如果说和蓝衣女孩擦肩而过的遗憾，明知蓝衣女孩身患绝症他却既没有告知对方又没有施加援手，让郑道大为自责的同时，医者父母心的情怀升腾而起，久久无法释怀，那么眼前的关得比蓝衣女孩更严重的病情就激发了他的治病救人之心，哪怕他最终没有能力医治关得，至少他尽心尽力了，也算对得起自己平生所学了。

身为一名医者，往大里说，济世救民。往小里说，挽救一个人的生命就是拯救了一个家庭，维系了社会的稳定。儒家是以济世利天下作为人生最高理想的，医学作为一种除疾患、利世人的手段，与儒家的仁义观是完全一致的，古时往往称医术为"仁术"就是这个道理。

儒家有"达则兼济天下，穷则独善其身"和"齐家治国平天下"的思想，但并非所有推崇儒家思想的人都有从政的机遇和才能，那么退而求其次，从医就成了另外一个选择，是因为医药的社会功能与儒家的经世致用的思想比较接近。

当然了，对郑道本人而言，他从来没有从政的想法，学医也是遵循爸爸之命。但在他的本性之中，还是愿意帮助更多的人走出危难和困境。从小颠沛流离的生活让他更珍惜眼前的安定，也更向往美好的生活，愿意人人都拥有健康的身心。

关得见郑道沉默不语，猛烈咳嗽了几声说道："郑道，有什么想法就说出来，我们商量着来。"

关得和郑道同坐在了后座，他咳嗽的时候，一股腐朽的气息弥漫开来，让近距离的郑道一阵头晕目眩。

郑道大惊失色。他虽然实践经验远不如爸爸丰富，但他博览群书，知道许多疑难杂症，却从来没有见过如关得一样的怪病。如果说关得眉宇之间的黑色还不足为奇的话，那么关得咳嗽时喷发而出的腐朽气息就是前所未闻的古怪症状了。

之前蓝衣女孩如果只是因为气色和身体冰凉让郑道推断出她身患绝症的话，那么眼前的关得则比女孩更明显了许多，就是一般人也能一眼看出关得神色的萎靡不振以及病入膏肓的气色。问题是，有病求医，以关得的现状，应该去京城以及国外各大医院求医问药才是正途，现在再成立生命科学研究所期望获得医学上的重大突破来治病，相当于口渴的时候再挖井，未免太晚了一些。

郑道却不便说出心里真实的想法，冲关得点了点头："我加入。"

"太好了。"关得一拍郑道的肩膀，眼神中流露出喜悦之意，"全有，你和郑道签了合同，郑道作为好景常在生命科学研究所的第五名同事，也是最后一名，他的加入，标志着好景常在生命科学研究所正式成立了。"

回到教室，郑道还有一种不真实的感觉，回想起在车上和全有签下了一份三年的协议。协议对他几乎是没有什么约束，对全有一方却有许多约束性条款，限定三年之内每年加薪至少百分之十五以上，除了提供住宿和报销相关费用之外，还有每年都有出国旅游的机会，并且在工作年满五年之后，公司会解决住房一套。

郑道坐在座位上，手拿合同，脑子有些发晕。从合同条款来看，关得和全有不像是企业家，倒像是慈善家。合同对员工的限制性条件几乎没有，对员工的福利却一再做出保证，就算他没有什么社会经验和工作经验，他也知道这样的合同几乎绝无仅有。

完全就是天上掉馅饼的好事，怎么就一下砸在了他的头上？

由于太过震惊和不解，郑道忽略了对他的梦想之车奔驰 S600 的感受。郑道最喜欢奔驰的优雅和从容，而 S 系列的华贵和大气，更让他心生向往。当然，以他目前的经济实力，连奔驰 S600 的一个轮胎也买不起，能够坐坐体验一下就不错了。

　　难得有一个可以亲身感受奔驰 S600 的机会，却被浪费了，郑道微有几分懊恼。

　　"怎么了，道哥，想什么呢这么入神？"

　　正寻思时，肩膀上被人拍了一下，一个人坐在了郑道旁边。

　　郑道的座位在中间，同桌莫莉，是一个瘦弱的广西女生。由于临近毕业的原因，她经常不来上课，据说已经托人找到了附属二院的工作，所以前途无忧之余，天天和男友孙东勇到处游玩，发泄最后的疯狂。因为孙东勇要回成都，和莫莉大学恋爱三年，面临着天南地北的结局，不管是心有不甘也罢，坦然接受也好，反正能在一起的时候多几分快乐也算是值得回忆的美好。

　　王淞坐在了郑道的右侧，抱住了郑道的肩膀，嬉皮笑脸地说道："是不是后悔大学都毕业了，没有谈一次恋爱，太可惜太遗憾了？都说有恋爱的大学生活才有青春，没有恋爱的大学生活，就只剩下意淫了。道哥，你老实交代，为什么不泡龙作作？"

　　龙作作是班花，南方人，肤白貌美，身材一流，性格温婉。大二时，她曾有意无意流露出对郑道的好感，只不过落花有意流水无情，对龙作作的主动，郑道视若无睹也就算了，还当众拒绝过龙作作一起到西山看落日的邀请。结果自尊心大受伤害的龙作作从此视郑道为路人，别说喜欢郑道了，从大二到大五，一句话也没再和郑道说过。

　　往事不堪回首，郑道白了王淞一眼，目光落在了教室西南角龙作作的座位上。座位上没人，龙作作在向郑道求爱不成之后，很快就和倪流出双入对了。

　　倪流并非医科大学的学生，是远思集团的董事长兼 CEO，不到三十岁的年纪，已经富甲一方，跻身省内七大诸侯之一，自然不是一般人物。至于龙作作为什么会和倪流走到一起，倪流以堂堂的远思集团董事长的身份会对一个学生妹情有独钟，个中缘由就不为外人所知了。

　　王淞个子不高，微胖，圆脸大眼，走路虎虎生风，很有风风火火的气势，但说话的时候又不快不慢，一字一句，颇是沉稳，两相结合之下，给人的感觉就是一个十分可靠并且忠厚的伙伴。作为郑道的同学，大学五年，他和郑道的关系一直很好。郑道沉默寡言，王淞能说会道，二人性格有互补之处，是形影不离的好友。

郑道被王淞的感慨逗乐了。他大学五年没有谈过一次恋爱，倒也没觉得有什么遗憾，以他的经济能力能够读完大学就已经很不错了，哪里还有多余的钱用来恋爱？倒是王淞，身为公安局副局长的公子，人长得不算差，又不是没有女生喜欢，偏偏大学五年一个人晃晃荡荡就过完了，也不知道他到底是没心思谈恋爱，还是眼光太高，挑来挑去挑花眼了。

郑道打了王淞一拳："你喜欢龙作作就明说，不要拿我说事儿。谁的青春不迷茫？谁的大学不遗憾？不扯大学了，大学已经是过去式了，王淞，帮我一件事情，让你爸调查一下我爸。"

"什么？"王淞被郑道绕晕了，"让我爸调查你爸？什么情况这是？"

声音过大，引得周围同学纷纷投来关注的目光。

郑道不满地瞪了王淞一眼，拉过王淞小声地说道："我爸失踪了，我想查查他的下落。"

"郑叔叔失踪了？你别骗我，我可是警察……的儿子。"王淞瞪大了眼睛，不相信郑道的话，"怎么会？好好的，叔叔怎么就失踪了？我不信，我不信！"

郑道懒得解释过多，一拍王淞的肩膀："别问那么多了，我也不知道为什么，反正就是不见了。你让王局帮我查查，看有没有什么线索。"

"立刻，马上。"王淞拿出手机就打给了爸爸王安逸，"爸，我，谁？能有谁？你儿子！帮我查查郑叔叔，对，就是郑道的爸爸郑隐……"

王淞的爸爸王安逸是市公安局的副局长。刑警出身的他，侦察重大案件都不在话下，何况是调查失踪人口的小事。

不多时王淞收起了电话，一脸凝重地又坐回了郑道身边。他不说话，想等郑道先开口，目光飘来飘去，最后落到了天花板上。

天花板上水渍斑斑，呈现出年久失修的败落之象。一个摇摇欲坠的吊扇在头顶上盘旋，发出吱吱的声响。吊扇上，一只苍蝇顽强地随着扇叶旋转，就是不飞走。

过了半晌，也不见郑道问他结果如何，王淞败了，主动开口说道："道哥，你怎么什么时候都能沉得住气？算了，告诉你事情的真相是……查无此人。"

郑道以前常和王淞玩比耐心的游戏，无一例外都是王淞败北，王淞就很不服气，总想赢郑道一次。不想在事关爸爸失踪的大问题上，郑道还能如此沉得住气，不得不让他真心佩服郑道的养气功夫。

其实王淞高估郑道了，郑道沉得住气不是他养气功夫高深，而是他又想起了全有和关得的生命科学研究所。不知何故，他总觉得所谓的好景常在生命科学研究所大有玄机，并非表象上只研究生命科学那么简单。但关得和全有明显又不是坏人，难道说，生命科学研究所的成立不是为了专门为关得治病，而是另有所图？

健康和气运

一时想得多了，郑道收回思绪，抱住了王淞的肩膀："放学后，跟我去一趟全有大厦。"

"全有大厦？干什么？"王淞一脸惊讶，"你认识全有？"

"嗯。"郑道点了点头，笑了笑，"不只认识，我还成了全有的员工。"

"不是吧？"王淞的嘴巴张大到几乎可以塞下一个鸭蛋，"乖乖，道哥，你真的成功地接近了最有传奇色彩的全有，你太了不起了。我现在都开始崇拜你了。快告诉我，全有长什么样子？是不是瘦骨嶙峋？是不是道貌岸然？"

在王淞看来，认识全有并且到全有的公司工作，是比去附属二院更光荣、更有挑战性的事情。他一时兴奋："太好了，太好了。别等放学再去了，现在就去，赶紧的。"

"不急。"郑道淡然一笑，他沉得住气，"我们先解决一个迫在眉睫的难题再说。"

"什么难题？"王淞瞪大了眼睛，还有什么比去全有大厦面见传奇人物全有更迫切、更要紧的事情吗？

"赚钱！"郑道揉了揉鼻子，嘿嘿一笑，"我现在急需两千块救急。"

"怎么了，你赌钱了，还是欠债了？"王淞知道郑道一向节俭，连一块钱也不会乱花，怎么会突然缺钱了？刚一问出口，忽然就明白了过来，"啊，对，叔叔失踪了，你又要该交房租了，对不对？不就两千块钱吗，又不是两千万，我借你。"

"不用。"郑道笑着摆了摆手，"你就配合我一下就行了，我也一直想试试自己到底有没有真本事。"

王淞顿时来了兴趣："怎么配合？去哪里骗钱？"

"骗钱？"郑道嗤之以鼻，"是合理合法地赚钱好不好？"

中午放学后，郑道接到了全有的电话。全有让郑道下午放学后来公司一趟，说是有事情交代。王淞在一旁听到了全有的声音，兴奋得跃跃欲试，差点抢过郑道的手机和全有说上几句。

本来午饭郑道要去吃食堂，王淞非不让，说要庆祝郑道认识了全有，说什么也要出去吃。郑道拗不过他，只好同意。二人来到学校门口的山西水饺店，要了两碗水饺、几样小菜、两瓶啤酒，就津津有味地吃了起来。

才吃了一半，忽然听到隔壁的包间传来了吵架声。开始时还只是口头上的攻击，不一会儿就上升到了剑拔弩张一触即发的对峙。

"有本事别光动嘴，拉出去练练。"

"练练就练练，我怕你？"

郑道和王淞坐在外面的大厅里，大厅的周围还有几个包间。水饺店虽然简陋，设施却一应俱全。只不过包间是用木板隔离而成，说是包间，却只是简单隔开了视线而已，完全不隔音。

郑道不是爱管闲事的性格，继续埋头吃饭，王淞却放下筷子站了起来，想要去近距离看热闹。

"好好吃饭，别添乱。"郑道抬头看了王淞一眼。他知道王淞最喜欢打抱不平，经常以大侠自居，还自封了一个外号——风清扬。不过以王淞微胖的身材和并不飘逸的体型来看，他自称风清扬实在是文不对题，应该叫龙卷风才对。

"大学五年，医科大的哪一次打架、哪一场热闹我没在场？"王淞朝郑道挤眉弄眼地笑了笑，起身来到 110 房间门口，正要推门进去的时候，门却突然开了。

哗啦啦的，七八个人从里面冲了出来。

为首一人，是一个身材颀长、相貌俊美的男生。他双目如星，双眉斜飞，嘴角微微上翘，露出一丝玩世不恭的笑容。虽无飞扬跋扈之态，却有轻狂之相。冷峻而高傲的目光流露出目空一切的高高在上。

他的身边有两个人跟随，一个是身高足有一米八的大个子，魁梧的身材却长了一张十分女性化的面孔，柔美的脸庞颇有几分中性的柔和，眼睛不小，眉毛浓密，坚毅的嘴唇和厚实的肩膀又为他增加了几分男性的雄壮。

另外一人是一个女孩，一身蓝色的连衣裙，戴一副大大的蓝框眼镜，裸露在外的双脚脚踝之上，各有一根红绳。左脚的红绳上系了一个银铃，右脚的红绳上系了一个金铃，她并腿而立，金铃银铃合在一起，和红红的脚指甲相映成趣，别有一番惊心动魄之美。

郑道认出了她是谁，正是和他在学校内擦肩而过的蓝衣女孩。

何无咎的名字肯定有来历，郑道的目光落在了身材颀长、相貌俊美的男生脸上，他认识这个男生。作为医科大最出名的富二代兼白马王子，何无咎的大名响彻医科大的每一个角落，就连打扫卫生的保洁大姐也知道最帅最有钱最冷峻最有女人缘的何无咎是医科大最名贵的白马。

虽然认识何无咎，郑道却和何无咎不熟。在何无咎夺目耀眼的光芒之下，他如同一株卑微的小草，没有任何可以炫耀的资本。何无咎身边的朋友非富即贵，和他完全不是一个世界的人。因此，郑道和何无咎几乎没有交集，甚至连话都没有说过一句。

以郑道的性格，何无咎再是出身豪门，再是风云人物，也和他全无关系，他不会对何无咎投去太多关注的目光。如果不是何无咎的名字很有内涵，也暗含玄机，何无咎再是光芒四射，郑道也许都记不住何无咎是何许人也。

"出入无疾，朋来无咎。反复其道，七日来复，利有攸往……"郑道相信何无咎的名字出自《易经》中的这一段话。

这一句话的意思直白来说，就是出外入内无病无灾，朋友往来没有灾难，如此反复，七天为一个周而复始的轮回，适合外出和交友。

如果将道理拓展到为人处世之上，可以引申为一个人的性格过刚易折、过柔则错，刚毅果断和雷厉风行虽好，但也需要博大宽厚和大智若愚来中和才能长久。在谦恭与严厉、宽厚与执着中反复，才是处世之道。

蓝衣女孩站在何无咎身后，丝毫没有因为对峙而紧张，反倒双手背在身后，左顾右盼东张西望，好奇而好玩。她的目光从王淞脸上一扫而过，然后落在了郑道的身上。

"是你？"蓝衣女孩一脸惊喜，左手背在身后，右手冲郑道摆手，"又见面了，真是有缘，哎，你叫什么名字，现在可以告诉我了吧？"

郑道无奈地笑了笑，没说话。王淞却乐了，唯恐天下不乱，忙不迭地说道："他叫郑道，我哥们儿。你是不是喜欢他？喜欢他就大胆说出来，爱就要积极争取，他还正好没有女朋友……对了，你叫什么名字？留个电话好联系。"

何无咎冷冷地看了王淞一眼，怒道："王淞，你能消停一会儿吗？没看我正在处理大事吗？真没眼色。"

何无咎虽然是富二代，是医科大的风云人物，王淞也不是一般人，身为市公安局副局长的公子，在省会石门高官云集之地，市公安局副局长不算多么位高权重，他算不上什么响当当的官二代，但多少也见识过形形色色的高官权贵，再加上他天性喜欢交朋友，只看是不是对脾气，不看社会属性，所以向来不管对方多有身份、多有来历，只要不对眼，他就不会给对方面子。

王淞嘻嘻一笑，拍了拍何无咎的肩膀："何无咎，你让我消停，是命令我还是请求我？"

何无咎被呛了一下："你非要现在和我作对，王淞？"

王淞不以为然地摇了摇头："我压根就没想理你，只想帮道哥泡妞而已，是你自己非要找不自在。"

和何无咎一方对峙的是两个人，一男一女。男人三十岁左右，瘦脸大眼，长得十分精神，一身休闲打扮，当前一站，气定神闲，和何无咎的气势汹汹形成了鲜明的对比。

女孩二十五岁左右的年纪，短发，短裙，一头染成红色的头发如一团火烧云，格外引人注目。她五官精致如画，又化了淡妆，是一个标准的第一眼美女。

"何无咎，你是要和别人吵架，还是要和我练练？"瘦脸男人朝王淞点了点头，微微一笑，又冲何无咎拉下了脸色，"时间宝贵，我可没时间和你耗个没完。"

何无咎本来已经积攒的怒火被王淞火上浇油，几乎要喷发而出了，现在又被对方煽风，哪里还按捺得住，盛怒之下，顾不上形象，当胸一拳就朝对方打去："耿乙，别以为我不敢收拾你，在我眼里，你还真算不上一号人物！"

耿乙哈哈一笑，不慌不忙一错身就闪开了何无咎的偷袭，伸手一拉红发女孩："岳悦，你先让让，别伤了你。我好好会会何大公子，看他到底有几斤几两。"

话一说完，耿乙一脚飞出，直取何无咎的肚子。出脚之快，下脚之狠，一看就是一个狠角色，比起何无咎虚张声势的一拳可厉害多了。

岳悦被耿乙一拉，闪到了一边。不过她心有不甘，又向前一步，想要帮忙："别呀，你一个人动手多没意思，我来打打下手。"

说话间，她也举起右拳，一拳就朝何无咎的脑袋上砸去。

郑道站在耿乙身后两米开外，在耿乙动手的同时，他脚步一错，朝旁边让开了一米，不过却距离耿乙和何无咎更近了几分，离岳悦更是不过一米。他看得清楚，何无咎是花架子，既没有什么打架经验，又没有拳脚功夫，而耿乙则不同了，他才一出手郑道就得出了结论，耿乙实战经验丰富，而且还练过武功。

从耿乙刚猛直接不讲究招式、只求速达目的的出手可以判断，他练的是军体拳。军体拳一切以尽快取胜为第一，不在乎招式的好看和圆润，只要结果。

其实只凭耿乙一人对付何无咎就绰绰有余了，耿乙将岳悦拉到一边，固然是担心她受到波及，也有不想让她影响到他大展手脚的用意。不料岳悦不解其意，非要帮倒忙。

何无咎只顾提防耿乙了，耿乙飞起一脚向他踢来之时，他忙不迭朝旁边一闪，虽然姿势不够潇洒甚至有几分狼狈，却还是勉强躲过了耿乙的一击。才刚刚站稳之际，岳悦的拳头突然就到了。

何无咎就没能躲开岳悦的偷袭，被岳悦一拳打个正着。虽然岳悦一个女流之辈，力气不大，但众目睽睽之下，被人砸中脑袋，也是一件很丢人的事情。更何况他向来自负，十分看重面子，顿时勃然大怒，心想他打不过耿乙难道还打不过岳悦一个女孩？

何无咎还手打岳悦一个耳光或是一把推倒岳悦也没什么，打架本来就不是什么文明的事情，但他怒极之下，也不顾及岳悦身为女孩的弱势了，飞起一脚，效仿耿乙对他的进攻，恶狠狠朝岳悦的肚子踢去。

男人打女人本来就容易被人攻击，就算是真打了，也要下手轻一些，何无咎却不，用尽全身力气踢向岳悦的肚子，就太狠了一些。以他的力气，如果一脚踢实了，岳悦非得倒地不起不可。

耿乙一脚踢出落空，身子一闪，想要绕到何无咎的身后再出手。不料身子一转，冷不防何无咎旁边的身高一米八的大个子突然出手了。

大个子倒也没有直接出手，而是身子一晃挡住了耿乙的去路。一米八的大个子，比耿乙高了半头有余，就算他不出手，只当前一站，无形中就会给耿乙带来莫名的压力。

耿乙被挡，只好朝旁边一让，想要绕过大个子再对何无咎出手。不想等他摆脱了大个子之后，还没有来得及再次对何无咎下手，何无咎却对岳悦出脚了。

此时耿乙距离何无咎和岳悦有两米开外，想要出手相救哪里还来得及，急得他大叫一声："何无咎，你有本事冲我来，打女人算什么男人……你他妈的住手！"

何无咎此时已经急眼了，哪里还听得进去，况且他现在想要收脚也收不回去了。

眼见何无咎的大脚就要落在岳悦的肚子之上时——岳悦已经吓傻在了当场，连躲闪都忘了——忽然，一道强烈的光芒闪过，正好晃在了何无咎的双眼之中。

何无咎被强烈的阳光刺激得闭上了眼睛。

郑道眼睛的余光一扫，注意到了光芒来自一个金属物品的反光。金属物品是蓝衣女孩的胸针！

　　蓝衣女孩本来在何无咎的身边，场面一乱，她倒是识趣，二话不说就跳到了一边，摆出了袖手旁观的姿态，两不相帮。

　　她站在门口，中午的阳光照耀在她的身上，让她周身呈现金黄的光芒，流光溢彩，和她全身的蓝衣融为一体，美不胜收。在她的左胸之上，有一个不知道什么材质的圆形胸针，银色，光可照人。正好一缕阳光落在了她的胸针之上，她也不知是有意还是无意，身子一动，反射的阳光就无巧不巧地照射在了何无咎的双眼之上。

　　若是在平常人眼中，一道反射的金光照射在一个人的脸上，不过是再稀松平常的事情，但郑道深谙五行之道阴阳平衡之术，他心念忽然一动。

　　反射的金光打在何无咎俊美的脸庞之上，没有任何异样，只是照亮了何无咎的半片脸庞，让他本来就俊美的相貌多了几分秀美和阴柔，就如一株欣欣向荣的树木笼罩在阳光之下，充满了生机和希望。

　　然而……郑道心中却是凛然而动。何无咎姓何，何字五行属性为木，如果是阳光直射到何无咎的脸上也没什么，阳春布德泽，万物生光辉，但却是反射的金光，五行相生相克之中，金克木！就算有阳光的中和，不是直接相克，那么也暗含了某种巧合或说是玄机，说明何无咎近期的人生会有变动。

　　世间万事万物，都不是孤立存在的。和中医学的理论认为人体和天地合一的道理一样的是，人既然生长在天地之间，天地的大变化和周围环境的小变化，都无不影响到一个人的情绪、心理和一举一动，更进一步来说，会影响到一个人的健康和气运。

　　健康和气运是密不可分的正反面，一个百病缠身的人，必然在走下坡路。

　　再仔细一看，果不其然，何无咎脸色虽然不错，呈现出一个人青年时期应有的勃勃生机，只是他双眼之上黑眼圈明显，说明他经常熬夜，情绪不稳定，有某种未知的暗疾。至于究竟是什么问题，郑道也不得而知，以他现在的水平，不可能如扁鹊一样一眼就可以看出蔡桓公"君有疾在腠理，不治将恐深"，但他可以断定，如果何无咎不调整日常作息状态，不注意养生，早晚亚健康的状态会加重，变成疾病。

　　如果是平常，郑道或许会再仔细观察一番，但现在的形势不容他多想，也不去管何无咎近期的人生变动是不是会落到蓝衣女孩的身上，眼下最重要的事情是救人。

救谁？当然是救岳悦了。

早在岳悦动手之前，郑道就已经错身悄然来到了岳悦的身后，倒不是他未卜先知知道岳悦会对何无咎出手，而何无咎会疯狂反击，而是他天然有一种一旦场面混乱就迅速占据最有利位置的本能。

中医学的许多理论基础来源于天人合一的原理以及五行相生相克的观念，在中医的眼中，人体和外部环境是一个不可分割的整体，不能分别对待。更进一步说，中医和易经、八卦都有相通之处。

高深莫测

郑道很清楚场中的局势，也知道在整个混乱场面中，哪个位置最有利，或者从八卦的角度来说，哪个位置是生门。他并不关心何无咎和耿乙的对战谁胜谁负，男人打就打了，却不能放任何无咎踢中岳悦。毕竟岳悦是女孩，何无咎出手又太狠。

郑道所站的位置正是最安全、最有利的生门，他是有意为之，岳悦站在了生门的位置，却是无心之举。也正是她所在的位置有生机，郑道出手救她才得心应手。

何无咎被蓝衣女孩胸针的反光晃了眼睛，眼睛下意识闭了一下，反应就比平常慢了半拍。等他再睁开眼睛之时，以为一脚踢出肯定已经踢中了岳悦，不料却扑了空。

就和一个人走路时料定脚下有台阶，落脚的时候才发现踩空了一样，何无咎身子朝前一倾，"哎呀"一声收势不住，右腿一滑，左腿一弯，半蹲在了地上。

这还不算，他还感觉一股大力从腿上传来，顺着他踢腿的方向，就如同有人用力拉他一样，他蹲下之后，力道不减，他想稳住身子却办不到，前冲之势就如潮水一般涌来，他大叫一声："什么鬼！"就一头栽倒，接连在地上打了两个滚，然后扑通一声直直摔倒在地上。

"啊！"

所有人都惊得目瞪口呆，因为谁也没有看清到底发生了什么。

就连岳悦也是花容失色，她双手抱紧郑道的胳膊，睁大一双杏眼，结结巴巴地问道："何、何无咎，你干吗自己打滚，是不是脑子短路了？"

岳悦并不是故意讽刺何无咎。别看她身为当事人，而且距离何无咎又最近，却大脑一片空白，全然不知刚才到底发生了什么。

只记得眼见何无咎的大脚就要踢中自己之时，她傻在当场，不知道躲闪，不知道踢中后会发生什么之时，忽然一股大力传来，就如一股旋风将她卷在了其中，她身子原地打了一个转，就堪堪躲开了何无咎的夺命一脚。

等她转过身来站稳身子之后，何无咎已经蹲在了地上，然后何无咎就开始打滚了。

在场众人之中，只有两个人知道到底发生了什么事情，一个自然是出手的郑道，另一个是被郑道收拾的何无咎。

何无咎摔倒在地，浑身如散架一般疼痛难忍，却紧咬牙关，一声不吭地双手扶地站了起来，回身直视郑道的双眼，眼中冒火："你是谁？知道得罪了我的下场会是什么吗？"

何无咎嘴上说着硬话，回想起刚才发生的一幕，心中却后怕不已，不明白眼前的郑道到底是个什么厉害角色，不动声色间只一个动作就让他摔了这么大一个跟头，而且看上去还那么年轻，厉害，了得，简直就是传说中的杀人于无形的高手。

尽管心中后怕，何无咎却还是要摆出姿态，要的就是力压郑道一头，毕竟以他的身份，当场摔倒已经是非常丢人的事情了，更何况还在地上打了两个滚，简直就是平生的奇耻大辱！

回忆起刚才他明明感觉脚都要挨到岳悦的衣服时，突然郑道不知道从哪里冒了出来。郑道原地打了一个转，就将岳悦带到了一边，躲过了他的一脚。同时，郑道的右手还搭在了他的右腿之下，轻轻一按……就是一按的力道让他踢空之后收势不住，一头栽倒在了地上。

虽然不懂武功，何无咎却也不傻，知道太极之中借力打力的技巧，郑道的手法很像是传说中的太极卸力之法。他心中既愤怒又疑惑，愤怒的是，郑道出手让他丢人现眼，输给了耿乙；疑惑的是，郑道年纪轻轻，怎么会有如此高深的太极功夫？

郑道向前一步，巧妙地甩开了岳悦抱他胳膊的双手，对何无咎淡淡一笑："我是谁并不重要，得罪了你是什么下场，我也不想知道。我倒是想提醒你一句，你应该感谢我才对，如果刚才不是我出手，说不定你已经踢伤了她，而且还会是重伤，到时你就算再有钱，也得以故意伤害罪进去一段时间，是不是王淞？"

"没错，我是目击证人，我以我的人格担保，我的话，警察叔叔绝对相信。"王淞是何许人也，郑道一开口，他就知道郑道想要从什么方面对何无咎施压，当即就接过了话头，"根据我以往的经验判断，如果何无咎刚才的一脚踢中了岳悦——你是叫岳悦吧？以岳悦的小身板不死也得重伤。好吧，就算是岳悦命大死不了，只受了重伤，往轻里说，算是三级伤残，何无咎最少也得判三年以上十年以下有期徒刑。再说万一岳悦家大业大，请了一个能说会道的律师，再在鉴定伤残程度上做做文章，何无咎判处十年以上的有期徒刑也不是没有可能……所以说，何无咎，你得好好谢谢道哥，要不是道哥，你这辈子都得在悔恨和泪水中度过了。"

配合郑道演戏，王淞向来不遗余力并且全力以赴。不过和他表面上轻松自若不同的是，他内心却是无比震惊，因为他认识郑道的时间也不短了，至少五年以上，却是第一次知道郑道原来身手不凡！

其实王淞在何无咎和耿乙刚一动手的当下，就跳到了一边，摆出了隔岸观火的姿态。虽然他喜欢看热闹、凑热闹，但他对何无咎没什么好感，也不认识耿乙，和双方都没有利益冲突，两不相帮、作壁上观是最好的选择。

王淞从小打架无数，不算是三好学生，但也不是喜欢惹是生非的坏孩子。他平常轻易不主动惹事，不过事情上门了，也绝不怕事。正是因此，双方一动手，他二话不说就占据了一个安全的制高点，想要看看谁是最后的胜利者。

王淞从无数打架经验中积累出来的眼力，使他知道哪个位置是上风口，有利于保护自己并且反击。他选择的制高点和郑道选择的生门正好相对，如果以郑道的五行相生相克之理推论，他所站的地方并非是最佳地点，但也不是死门。

也正是和郑道相对,郑道出手的一系列动作他才看得清清楚楚!

从郑道出手救下岳悦到摔倒何无咎,王淞几乎没有放过任何一个细节。但越是看得清楚,他越是心惊肉跳,因为郑道的每一个动作都很普通,普通到了似乎郑道只是轻巧地转了一个圈抬了一下手就准确无误地救下了岳悦并且摔倒了何无咎。

但王淞可是见多识广之人,不但打架经验丰富,而且还在警校受过相关训练,知道怎样最简单直接有效地制服对手。当然,他学的都是实战第一的擒拿术。

擒拿术讲究的是利用人体最薄弱的关节,以最小的代价、最短的时间来制服对手。王淞很清楚,刚才换了是他,他既没有把握救下岳悦,更没有能力摔倒何无咎。好吧,退一万步讲,就算他拼了全力救下了岳悦,也会是直接将岳悦扑倒才能躲过何无咎的一击,而不会如郑道一般如此轻巧从容地只原地转了一个圈就救下了岳悦,更没有如郑道一样右手只搭了何无咎的右腿一下,就将何无咎结结实实摔到了三米之外的高深莫测!

何无咎摔倒之后收势不住,又原地打滚的狼狈,若是以前,王淞必然笑得跳脚,但今天他没有笑,他是惊呆了。因为他实在想不通何无咎为什么蹲下之后还要一头栽倒,栽倒之后还要再打几个滚,然后又摔了一跤才能站起来。如果是他出手,就算他结结实实地朝何无咎的屁股上踹上一脚,也不会让何无咎接连摔好几个跟头。

那么就说明了一个问题,郑道的手法极其高明,是远比擒拿术高深许多的借力打力的技巧。问题是,他和郑道是无话不说的死党,五年来,几乎每天都在一起,却从来不知道郑道有一身高明的功夫。

王淞下定了决心,等事后一定要好好审问郑道。郑道这么厉害,居然连他也瞒过了,天知道郑道还瞒了他多少秘密,会不会郑道背后有三个女朋友他也不知道?

王淞的话,让何无咎又气又急,他不但没有受过当众摔了几个跟头的羞辱,又何曾当众受过威胁?不由冷笑几声:"笑话,我是什么身份,就算打伤了几个阿猫阿狗,交点钱、罚点款就了事,还用进去?别闹了,我如果进去了,指不定会闹出多大的事情,会有多少人登门赔罪请我出去。"

"哈哈，何大公子，几年没见，你的本事有没有长进不知道，吹牛的水平却是越来越高了。"耿乙哈哈一笑，来到了郑道面前，上下打量郑道一眼，向郑道伸出了右手，"你好，谢谢你的出手相助，我叫耿乙，来自京城。今天的事情我记下了，以后有需要用得着我的地方，尽管开口。"

"你好耿乙，我叫郑道。不用客气，小事一件。"郑道冲耿乙点头一笑，目光在耿乙的脸上一扫而过，心中就有了计较。

耿乙长得虽然是瘦脸，眉宇之间却颇有威武之色，额头之上有几个火包，明显是忧思过多、肝火过旺的症状。不过除此之外，耿乙气色还算不错，比起何咎明显的黑眼圈要好了许多。

耿字五行属火，耿乙想必性子也比较急，如此一来，火上加火，他估计经常上火。

"我也谢谢你，郑道。我叫岳悦，你叫我悦悦也行。"岳悦对郑道印象非常好，不仅仅是因为郑道帮了她，还因为郑道沉稳的举止和进退有度的表现完全符合她的审美。她抓住了郑道的手，拿出一支万宝龙签字笔，在郑道手上写下了一串数字："我的电话，千万别擦掉，千万记得给我打电话，我一定要好好请你吃饭，一定记得呀。"

岳悦温润冰凉的小手入手，郑道感受到的不是和异性接触的微妙，而是鼻中传来一股若有若无的淡淡清香。似是兰花之香，又好像是茉莉之香。

不少女孩都有或清淡或浓烈的体香，岳悦体有清香也不足为奇，是正常现象。只不过她的清香除了体香和香水的味道之外，还混杂了一味中药的香气。

郑道微一思忖，心中微微一惊，淡淡的中药香气是相思子的气味！

相思子是豆科植物，长得像豆角，不过种子色泽华美，犹如红豆，可做装饰品。但其叶、根、种子皆有毒，其中以种子为最毒。中毒症状表现为食欲不振、恶心、呕吐、腹痛、腹泻、呼吸困难、皮肤青紫、循环系统衰竭和少尿，最后出现溶血现象，尿血，逐渐呈现呼吸性窒息而死亡。

中药向来是辩证统一的科学，大凡有毒的东西，如果用量合适，反而可以成为治病的良药。相思子的根、藤入药，可清热解毒和利尿。

"好的，我一定记下你的电话。"郑道只看了手上的号码一眼，就牢牢记下了。他的目光一扫，注意到了岳悦的手腕之上有一串红红的红豆，用绿绳串在一起，间杂配有金银珍珠配饰，十分好看，他伸手一摸岳悦手中的手链，笑道："男朋友送的？定情物？"

郑道的手指不小心轻轻划过岳悦洁白如玉的手腕，他轻柔的动作如轻风吹拂，让岳悦没来由一阵心慌。

岳悦自己还心中纳闷，她也不是没有被人挑逗、被人追求过，郑道只是有意——好吧，就算他是无意——抚摸了她的手腕一下，她又为何心跳加快？更何况郑道一本正经的样子，明显不是在挑逗或是调戏她，她也不至于花痴到经不起男人的一次有意无意的触摸吧？

"准确地说，是前男友送的定情物。虽然分手了，但我很喜欢这个手串，而且这上面的红豆，是我自己亲自动手一颗颗串起来的，所以不舍得丢掉，一直戴在手上。"岳悦扬了扬右手，"怎么样，漂亮吗？"

漂亮是漂亮，鲜艳欲滴，红艳如火。但是……别人或许分辨不清，郑道却是看得清清楚楚，岳悦手上的红豆根本不是什么红豆，而是和红豆长得很像的相思子。

植物学所称的红豆和相思子是同科不同族的两类植物，红豆无毒，相思子有毒。通常人们把红豆种子和相思子的种子都统称为红豆或相思豆，因为王维那首著名的"红豆诗"，许多人都想当然地认为"红豆最相思"。问题是相思子有剧毒，戴在手上接触皮肤一般没事，但如果误食麻烦就大了。

"我很喜欢这个手串……"郑道心念一动，故作轻浮地一笑，"刚才我救了你，也不用你请我吃饭了，手串送我吧，怎么样？"

此话一出，不但岳悦愣住了，就连王淞、耿乙也愣在当场。

王淞发愣是因为他了解郑道，郑道从来没有对女孩如此积极主动过，甚至就是面对主动进攻的女孩时，他也一向淡定得很。却没想到，他才和岳悦见了一面，救了人家一次，怎么就对人家这么大有兴趣，甚至还主动开口向人家索要东西？

索要东西也没什么，却偏偏要人家的心爱之物，就让王淞着实有点摸不着头脑了。郑道不贪心不喜欢夺人所爱，今天是怎么了？

耿乙的惊讶是因为他原以为郑道是一个很正派、很有正义感的人，本想结交郑道，不承想郑道居然调戏岳悦不说，还开口索要岳悦一直珍爱的定情信物，这让他对郑道的观感有了一百八十度的逆转，从而看轻了郑道，觉得郑道不过是一个眼皮子很浅的小人。

何无咎见郑道和岳悦旁若无人地聊天，将他晾到了一边，不由大为恼火，正要上前刷刷存在感，蓝衣女孩却比他快了一步。

蓝衣女孩在刚才混战的时候，跑到了旁边靠窗的桌子边上，索性坐在了桌子后面，双手托腮，兴致勃勃地当起了旁观者。

郑道在刚才动手的时候就将局势看得清楚，真正帮何无咎的只有一米八的大个子一人而已。虽然何无咎一方还有几个跟班，但明显不入流，一动手就吓得四散而逃了。

蓝衣女孩比何无咎手快脚快，何无咎才一迈步，她一把将何无咎推到了一边，一个箭步就来到了郑道和岳悦面前。

"郑道是吧？我们是第二次见面了，认识一下，我叫沈向葳。"沈向葳向郑道伸出了右手，她的右手比起岳悦的小手更加白嫩无骨，只不过却是过于苍白而无血色了。

郑道不知道沈向葳是谁，却对她也大感兴趣。没想到在校园内擦肩而过，以为以后再也和她无法相遇，不想不但再次遇上，还认识了，就握住了她的右手，点头一笑："我是郑道，你好沈向葳，认识你是一件天大的好事。"

沈向葳开心地笑了："天大的好事？怎么说？"

再次握住沈向葳的手，和上次的匆匆接触相比更有深刻的感受。上次郑道只是摸了沈向葳的胳膊一下，并没有握手，现在他紧紧抓住沈向葳柔软滑腻的小手，感觉不到沈向葳手心应有的热力和活力，仿佛生命力已经潜藏到了身体的深处，不再流淌在身体的表面之上，他内心闪过一丝深深的叹息。

沈向葳的病情，比他猜测的还要严重许多。

生命之本

通常情况，在沈向葳的年纪，正是活力四射、阳气充足的阶段。阳气是一个人生命的根本，表现在外，则是精力充沛、气色充盈。表现在内，则是活力充满、热力充实。如果一个人精神状态不佳，又手脚冰凉，则是明显的阳气不足之症。按照传统说，人之所以为人，就是阳气充满全身，压制了阴气，所以才健康快乐，拥有生命。如果阴气压制了阳气，则会百病丛生。

再进一步来说，道家的养生术理论是，阴阳平衡为人，纯阴为鬼，纯阳为仙。中医学认为，阳气是生命之本，人要健康长寿，必须固本培元。元者，阳气也。如果一个人阳气不足，可以用艾灸之法来补充阳气。所以孟子云，七年之病，求三年之艾。

正常人的手心是温热，体内水分充足的人，会是湿热，手心会微微出汗。或者有些体质阴寒之人，在夏天会是温凉的体温也是正常。但沈向葳的手心冰凉如水不说，还让人感受不到一丝生命的活力。

生命的活力并不是单指身体的热力，而是阳气流淌在身体表面的一种向上的力量，是勃勃生机。就如长势良好的麦田，一眼望去就可以感受到欣欣向荣的喜悦，这种油然而生的喜悦就是生命的活力。

如果非要再进一步说明的话，沈向葳的手就如一朵已经被掐断但还没有彻底脱离枝干的鲜花，虽然还没有完全枯萎，但生命的活力已经无法从根部源源不断地供给，凋谢只是早晚的事情。

"放手。"沈向葳被郑道紧抓住右手不放，脸一红，微有愠怒，用力甩开了郑道的手，"你到底是腼腆的小男生，还是久经女人的泡妞高手？"

郑道也不知何故，在岳悦面前，他心无旁骛，不会多想，也不会觉得不好意思，偏偏在沈向葳面前，却不免失态，被沈向葳一调笑，脸微微一红，忙松开了手，不好意思地嘿嘿一笑："我就是腼腆的小男生，不好意思，刚才走神了，不是故意抓着你的手不放，更不是耍流氓。"

"哼！"沈向葳佯怒，转眼又笑了，"知道你不是故意的，原谅你了。就凭你的脸皮，要流氓也不会耍。不过有件事情我得说说你，悦悦的手串有特殊意义，你还不如让她请你吃饭，干吗非要人家的心爱之物？"

"不就是一串珠子吗，怎么这么小气？"见沈向葳也替岳悦说话，王淞不干了。

"真的想要？"岳悦倒不是不舍得一串珠子，说实话，虽然配了几个配饰，也不值几个钱，主要是有纪念意义，更主要的是，她实在想不到郑道为什么非要她的手串，"给你可以，但你得给我一个让我信服的理由。"

理由还真不好说，郑道一时为难，难不成要告诉岳悦她戴的不是红豆而是有毒的相思子？再或者说，不管是别人送她，还是自己挑选，相思子戴在手中总归不利于身体健康。先不说他这么一说岳悦会不会相信，只说他解释起来也要大费周章。

忽然灵光一闪，郑道有了主意，呵呵一笑："我想送人。"

"送谁？"岳悦歪头笑了。

"送沈向葳。"既然沈向葳主动送到眼前，不拿她说事岂不白白浪费了机会，郑道故意搓了搓手，一脸害羞，也不正眼瞧沈向葳，"我觉得你的手串更适合她，所以就想借花献佛，悦悦你人好心好，肯定愿意成人之美。"

岳悦二话不说摘下了手串，郑重其事地放到了郑道手中："既还了你人情，又卖了向葳一个人情，一举两得的事情，何乐而不为？送你了。"

郑道拿过手串，哈哈一笑，却并没有转手送给沈向葳，而是顺手放进了口袋："等我重新配一些配饰再送给沈向葳。"

郑道以为他可以蒙混过关，不料沈向葳却不同意。她眼疾手快，居然一把从他的口袋中掏出了手串，然后跳到了一边，直接戴在了手上。

"既然说送我，就直接点，当面送了就行，别再等。女人的青春年华等不起……"戴在手上之后，沈向葳伸出手腕看了几眼，开心地笑了，"真的很漂亮，谢谢悦悦，谢谢郑道。"

何无咎、王淞和耿乙面面相觑，震惊得说不出话来。明明是一场小范围冲突的武打剧，结果让郑道利用一个手串硬生生画面一转，竟然成了言情剧，不由几人不啼笑皆非。

"向葳！"何无咎十分恼火，沈向葳不帮他出头他也不好埋怨什么，毕竟他没有资格要求沈向葳，但沈向葳却当面和郑道打成一片，等于是变相拆他的台，他就忍无可忍了。最主要的是，郑道似乎对沈向葳有意思，而沈向葳是他的最爱，他哪里还受得了，一把推开郑道，就要抢沈向葳手上的手串："还给他，一串破珠子，不值几个钱，戴在你手上，不配你的身份。"

"要你管！"沈向葳闪到了郑道的身后，拿郑道当挡箭牌，"哪怕一文不值也不要紧，我喜欢就好。千金难买心头好，又是郑道的一番心意，我必须当成宝贝一样珍藏。"

郑道挠了挠头，他算是看了出来，何无咎明显是喜欢沈向葳，而沈向葳对何无咎不感兴趣，很不幸，他无意中成为二人较量的支点。算了，不管那么多了，反正刚才已经得罪了何无咎，就不怕再多得罪他几分。

何无咎不敢冲沈向葳动手，却迁怒于郑道，伸手去推郑道："让开，好狗不挡道。"

一推之下，推到了郑道的肩膀，郑道却纹丝不动。何无咎更是恼羞成怒了，大喊一声："滚开！"说话间，一拳朝郑道当胸打来。

郑道当然不会滚开，他不让开的原因是不想让身后的沈向葳和身边的岳悦受到何无咎的冲击。何无咎一拳打来，他依然不躲不闪，硬生生挨了何无咎一下。何无咎的一拳就打在了他的左肩之上。

王淞见不得郑道吃一丁点亏，一个箭步冲了过来："何无咎，你小子找不自在是吧？"

话未说完，就朝何无咎一脚踢来。

才一抬脚，何无咎忽然脸色大变，脸上流露出因痛苦而扭曲的表情，左手抱着右手，"哎哟"一声，痛得满头大汗，连腰都直不起来了。

也正因为他这一蹲，王淞的一脚才踢了个空。

"怎么了这是？演戏呢？"王淞不相信何无咎，以为他在装腔作势，上前抓过何无咎的右手一看，顿时倒吸了一口凉气，何无咎的右手红肿得如同红烧猪蹄，他不敢相信自己的眼睛，惊道，"什么情况这是，何无咎，你是打墙上了还是打铁板上了？"

何无咎哪里都没打，只是打了郑道的肩膀一下。不过郑道不躲不闪不是他不能，而是他不想。不躲闪是担心伤及身后和身边的沈向葳、岳悦，但不躲闪不代表他心甘情愿承受何无咎的一拳。

郑道暗中用力，由双腿及腰，由腰及胸，由胸及左肩膀，相当于调动了全身的力气聚焦到了左肩之上。在何无咎的拳头落下的一瞬，全身的力气化为气垫，微微一缓，在何无咎力道用尽之后，缓冲的力气忽然反弹，等于是不但用上了郑道全身积攒的力气，还将何无咎的一拳之力也同时叠加了上去。

所以何无咎的一拳明是打在了郑道的肩膀之上，其实比打在铁板上还要严重许多。最主要的是，如果是打在铁板之上，伤害是硬碰硬的伤害，而打在郑道的肩膀之上，受到的伤害除硬碰硬之外，还有无形的内劲。

如果关得在场，会一眼看出郑道所用的手法正是太极拳练到了一定境界的借力打力的高明之法，通常情况下，没有几十年的功夫无法达到如此运用自如的境界。而郑道才不过二十多岁，怎么可能达到如此出神入化的境界？关得今年四十出头，虽然在太极拳上的境界比郑道高了不少，但他也自认在郑道的年纪，远不如郑道高明。

当然了，话又说回来，关得是大学毕业后才开始练习太极拳，比郑道晚了许多年。郑道从小在爸爸的熏陶下，在刚会走路时，就有模有样地开始学习太极拳法了，再加上他天资聪颖，又有郑隐这样一个大师级的老爸不遗余力地教导，年纪轻轻就达到如此境界，也不算太过惊世骇俗了。

其实郑道也不是有意在当众露上一手，实在是何无咎一拳打来之时，沈向葳躲在他的背后，而岳悦在他的左侧，二人都离他很近，他想要躲闪也没有空间。再者以他的计算，如果他躲到右边，何无咎的一拳不是伤到沈向葳就是波及岳悦，所以他只能自己承受了。

耿乙眯着眼睛，努力克制了眼中的惊骇之意，心中却是掀起惊涛骇浪！

郑道一定是一个身手不凡的高人。耿乙在学习军体拳的时候，教练告诉他，中国传统的搏击技巧博大精深，真有举手投足就能杀人于无形的高手，也有不动声色间借力打力的高人。以后在外面要擦亮眼睛，不要惹了不该惹的厉害人物。

教练还说，他以前有一个战友，自以为一身硬功无人可敌，是特种兵出身，转业后在地方上为一个富可敌国的董事长当保镖。有一次跟随董事长出去办事，董事长和对方的董事长在谈判时起了争执，这个特种兵和对方董事长的保镖也就互相敌视，先是在眼神上较量，后来私下接触时，他主动挑衅对方，朝对方出手了。

对方年纪比他大了十几岁，长得十分瘦弱，而且还是干瘦，虽然看上去有几分精练，但明显手上功夫不行，不说不够健壮的身材，就是干巴巴没有肌肉的胳膊，也没有几分力气。

他和对方并排站在后面，趁对方不备之时，他施展擒拿手法，试图卸掉对方的一条胳膊，好让对方丢人。不料他刚一动手，对方身形一闪就绕到了他的身后，他只觉得后背一麻，似乎被对方点了几下，然后就浑身无力，再也提不起精神了。

回去之后，精神越加不振，一病不起。后来到医院检查，一切正常，医生只说他是精神过度紧张，休息一段时间就好了。但越休息越是浑身无力，以至于到了后来，站都站不起来了。

他在四处求医无果的情况下，只好求助于中医。幸好遇到了一名很有本事的老中医，老中医检查了他的身体之后，告诉他他督脉上的几个穴位被人封住了。对方没有下狠手，只是想教训一下他，所以没有封死，再过两三个月会自行解开，就会一切恢复正常了。

督脉位于人体后背，起于胞中，下出会阴，后行于腰背正中，循脊柱上行，经颈部至风府穴，进入脑内，再回出上至头项。督者，总督也，督脉总督一身之阳经，六条阳经都与督脉交会于大椎。督脉有调节阳经气血的作用，故称为"阳脉之海"。

督脉上的穴道被封，阳气不通，自然浑身软弱无力。

如果是以前，他断然不信老中医之言，但现在久病不治，不由他不信。老中医替他推拿一番，舒经活络，提前帮他解了被封的穴道。回去之后不久，他就恢复了精力，浑身精力充沛，再次生龙活虎。从此以后，他再也不敢轻视任何一个不起眼的对手了，才知道有时其貌不扬的人也许才是真正的深藏不露的高手。

正是因为听说过教练战友的经历，耿乙才对郑道由平视变成了仰视，只凭郑道利用力道的反弹将何无咎的右手击伤，他就在内心深处当郑道是一个罕见的高手了。

"好啦好啦，打也打了，吵也吵了，谁来结一下账？我可告诉你们，想赖账，没门。还有，你们刚才打坏了几个杯子，都得算清楚，听到没有？"

谁也没有想到，不等耿乙出面圆场，也不是沈向葳或是岳悦出来帮忙，却是水饺店的老板娘跳了出来。

系着围裙、头上扎花的水饺店老板娘名叫海大花，由于她性格火爆，并且向来说话直来直去，久而久之有人送了她一个外号——海大娘。好在海大娘虽然脾气不好，手艺却是不错，水饺皮薄馅大，味道纯正，在周围的学生之中，口碑颇佳。当然了，海大娘的名气也是极大，不少学生对她既怕又爱——

"怕"她火爆的脾气和说一不二的性格，不管你是多有钱多没钱，在她眼里都是一样，都是平等的顾客，没有富二代、官二代和穷二代之分，她一视同仁。

"爱"她徐娘半老的风韵以及时而野蛮时而温柔的多变的性格。对于大多数没有多少女人经历的男生来说，海大娘一身同时具备成熟女人的泼辣和大胆，以及小女生一样的羞涩和温柔的多变性格，杀伤力太大了。

海大娘虽然被人称为大娘，其实年龄并不大，才三十二岁。三十二岁，正是一个成熟女人最饱满、最有风情的年纪，她就成为周围诸多有恋母、恋姐情结的小男生心目中的女神，甚至有人私下称她为水饺西施，还偷偷拍了她的照片挂在床头，日夜膜拜。

平心而论，海大娘长得也确实不差，小巧的嘴唇、高挺的鼻子以及圆润的脸庞，身高也有一米六五以上，如果她打扮新潮一些，穿上丝袜和连衣裙，也十足是一个惹火的美艳女郎。只不过常年一身厨娘打扮，再加上口无遮拦的性格，让她万丈风情的光芒被生活的重担生生掩盖了。

别看何无咎平常在学校气焰嚣张，在海大娘面前，却不敢说半个"不"字。他本来还想和郑道没完，海大娘一开口，他忽然就打了一个激灵，一下从地上跳了起来，高高举起了右手。

"我埋单，所有人的消费，都算我的！"何无咎今天没讨了好，就想表现出财大气粗的一面，想用钱来显示一下自己高人一等的优越感。他居高临下地看了郑道一眼："还有，以后这个人来店里消费，都记在我的账上，不管他吃多少花多少，我都认。"

何无咎要的就是摆出有钱任性的高姿态，表面上表现出的是大度，在被郑道收拾了之后还要请客，其实他想要达到的效果是用钱来寒碜郑道，想要用他的有钱来衬托郑道的穷困潦倒。

"你好有钱，无咎，要承包郑道的伙食费？"岳悦轻描淡写地笑了笑，伸手挽住了郑道的胳膊，"我说过要请郑道吃饭，就得我请，怎么会轮到你出面？不过既然你这么有诚意，索性连我也一起请了吧？也别消费多少你埋单多少了，直接买下店面专门为郑道一个人服务不就行了？你说呢海大娘？你的店面虽然不大，不过名气不小，而且客流量也大，照我看，最少也值三百万。怎么样，何大公子要出三百万买下你的店面，你卖不卖？"

海大娘岂能听不出来岳悦话里话外的调侃和嘲讽，当即哈哈一笑："三百万我可不卖，我一天的流水就有一万多。"

沈向葳唯恐天下不乱，也煽风点火："就是，三百万太亏了，海大娘的店面最少也要卖一千万。何无咎，一千万对你来说是毛毛雨，赶紧的，开支票。"

何无咎被逼到了墙脚。他是富二代不假，但他的家庭有点特殊，不比沈向葳是不折不扣的富二代。话又说回来，就算他是不折不扣的富二代，也不可能随手调动三百万的资金，更不用说一千万了。原本想借机羞辱郑道一番，找回面子，不想郑道有岳悦和沈向葳二美出面维护，反倒让他又栽了一个跟头。

今天算是丢人丢大发了，何无咎还想反击，却底气不足。

02　有意雪中送炭，无意锦上添花

胡说犹豫了，没想到一辈子打鹰，反倒被鹰啄了眼，郑道制定的赌石规则让他左右为难，有心一次性卖出全部原石，又担心切出翡翠他无法从中获利。一般当场切出翡翠，他回购的概率是百分之九十九以上，如果不是靠回购赚钱，他的店早开不下去了。就算一年切出一块翡翠，也足够他吃一年了。

乌有巷

"小孩子家家的，闹什么闹，都别在我面前充大尾巴狼，赶紧结账走人。"海大娘见何无咎束手无策，没有台阶可下，就趁机打了圆场，"何无咎，今天你们所有人一共消费三百五十块，你是用现金还是刷卡？最好现金，刷卡要多收二十块钱手续费。"

何无咎不傻，就坡下驴，正要掏钱，身后的大个子拿出四张百元大钞递了过去："不用找了，谢谢海女神。"

"女神？女神经吧？"海大娘收起四百块，眉毛一扬，从口袋中抽出一张五十元，拍给了大个子，"柴硕，你虽然也是一个富二代，但有钱也不能乱花，父母赚钱不容易。等你自己赚钱了，再装大方吧。拿着！"

说完，海大娘眼光一斜，瞄了郑道一眼，忽然笑了："你叫郑道是吧？小伙子，你挺有本事，也挺有性格，姐喜欢你。"

郑道来吃水饺的次数不多，当然他也知道远近闻名的海大娘水饺，只是他和海大娘并不如别人一样熟，呵呵一笑，搓了搓手："谢谢海姐，我是老实孩子，除了老实巴交之外，什么都不会。"

"得了，明人面前不说暗话。"海大娘一拍郑道的胸膛，哈哈一笑，"记得以后常来，姐给你打折。"

"谢谢姐。"郑道还是一副老实巴交的样子，态度要有多认真就有多认真，在海大娘面前，就像一个听话的小学生，无比恭敬。

一行人走到门外，何无咎回身看了郑道一眼，伸手和郑道握手，一副居高临下的口吻："郑道，今天认识你，是我的荣幸，我会记住今天发生的一切，相信以后我们还会有见面的机会。"

郑道听得出来何无咎话中隐含的威胁之意，淡淡一笑，不卑不亢地说道："期待再次相见。"

让郑道没想到的是，何无咎身后的大个子柴硕也和他握了握手。柴硕笑得比何无咎真诚多了，他上下打量了郑道几眼，笑道："早就听说过你的大名，没想到现在才见面。对了，我是小羽的同学，天天听小羽说起你。"

原来柴硕是何小羽的同学，世界真小，郑道点头应付了几句。

随后，耿乙和岳悦热情地留下了联系方式，也告辞而去。一干人走后，就只剩下了郑道、王淞和沈向葳。

对，沈向葳留了下来，她围着郑道转了好几圈，一边转圈一边嘿嘿直笑，笑得郑道心里发毛。

"郑道，你是医科大学的学生，又会打人，正好我缺一个私人医生兼保镖，你来当好不好？"沈向葳背着手，一脸坏笑，她伸出了一根手指，"月薪一万，外加五险一金，还上人身保险，提供住宿和交通工具，怎么样，够有诚意吧？再加上你保护的是我这个风华正茂的美女，你还不赶紧答应？"

沈向葳是什么来历，郑道不得而知，但可以猜到肯定也是非富即贵。若是平常，沈向葳别说开出一万的高薪，就是两万，他也未必会动心。

王淞也觉得郑道不会答应，毕竟私人医生兼保镖是侍候人的职业，郑道好歹也是医科大学的高才生，何况他已经找到了工作。不料郑道几乎没有片刻犹豫就答应了，不过，郑道却提出了附加条件。

"当你的私人医生兼保镖没有问题，但我有一个条件，不能专职，只能兼职，因为我已经有工作了。"郑道一副不容置疑的口气，"没得商量。"

"真没得商量？你要知道你是为我服务，要有服务意识，有个性是好事，但个性太强了就不好了。"沈向葳一脸遗憾地摇了摇头，一拢额头上的头发，跳到了一边，见郑道一脸严肃，没有回旋的余地，又笑了，"不过我就喜欢有个性、酷酷的男生，从现在起，郑道，你就是沈向葳的私人医生兼保镖了。走，跟我回家。"

王淞张大了嘴巴，夸张地笑："沈大小姐，你什么来历、什么身份，张口就开一万的月薪，还让道哥跟你回家？不行，我得先问清楚了，别到时你没钱付工资，赖账就不好了。"

"你不知道我是谁？"沈向葳指着自己的鼻子，戏谑地笑了笑，然后一本正经地说道，"我会赖账？你看我长得这么漂亮，像是会赖账的人吗？"

郑道也笑了，漂亮不漂亮和赖账不赖账没有直接关系。虽然他也不知道沈向葳的身份，但从她的举止言谈以及隐隐比何无咎还要高上一等的做派可以得出结论，她肯定大有来历。

郑道看重的并非是沈向葳的身份，之所以答应沈向葳担任她的私人医生兼保镖，也是他不忍她刚刚绽放的生命之花就此凋零。尽管他现在心中对如何根除沈向葳的病情毫无头绪，但接近了沈向葳之后，从日常生活的点滴开始调养，相信可以起到一定的延缓病情恶化的作用。医者父母心的情怀虽然还没有在他心中形成惯性，但沈向葳活泼开朗的性格让他很是喜欢，一想到如此美好的一个女孩却将不久于人世，他心中就既悲悯又悲愤。

悲悯天道不公，悲愤自己无能为力。

"丑话得说到前头，万一你没钱付工资，你就当道哥的女朋友当作补偿，敢不敢答应？"王淞看了出来沈向葳对郑道很感兴趣，就故意将军。

"啊，这样郑道不是更吃亏了？钱没赚到，还多了一个贪吃、好睡，又刁蛮任性的女朋友，他能忍我还忍不了呢。"沈向葳连连摆手，笑得前仰后合，"不行，不行，万一我没钱付工资，我可不能当他的女朋友，还是让他当我的男朋友比较公平。"

王淞原以为沈向葳是要推辞，不想她话锋一转，居然反了过来。不管是她当郑道的女友，还是郑道当她的男友，说法不同，意思却是相同，他就忽然发现沈向葳还真是挺有意思的一个女孩。

一开始王淞见沈向葳和何无咎在一起，没来由对沈向葳也没有什么好感。尽管沈向葳长得确实天生丽质，比起医科大公认的三任校花花朵、范琳清、龙作作，不管是相貌还是气质都要出众许多，但出于对何无咎的反感，他就先入为主地认为沈向葳跟何无咎混在一起，肯定不是什么好女孩。

但后来动手的时候，沈向葳两不相帮，还坐到一边摆出一副就是要看热闹的姿态，就让王淞对她多了几分好感，觉得她是一个挺有意思的女孩。

到现在，王淞眼中的沈向葳已经彻底改观了，在他看来，沈向葳不但是一个挺有意思的女孩，而且还是一个大方得体、说话讲究的姑娘。他高兴得抓耳挠腮，跳了起来："妹子，你可真是一个人见人爱的丫头。就这么说定了，让道哥当你的男友，不许反悔。谁反悔谁是人妖！"

沈向葳吐了吐舌头，做了一个鬼脸："我这个人最大的缺点就是说话算数。到时如果我反悔，就让我早死早……"

"胡说什么呢？"郑道瞪了王淞一眼，一拉沈向葳的胳膊，从她的手腕上取下了岳悦的手串，"一个人活得长不长看两点，一看生活是不是有规律，饮食是不是搭配得当，二看性格是不是开朗。你性格这么好，少说也能活到八十五岁……"

沈向葳的情绪却忽然低落了，也没抢回手串。她踢了踢脚下的小草，一脸的闷闷不乐："我能活到三十岁就谢天谢地了……"又抬头望天，目光落在了路边高大的杨树上，也不知想到了什么，转眼又开心了，"活得很久却不开心，活得很短却每天快乐，我宁愿选择后者。"

王淞哪里知道沈向葳的感慨是有感而发，他还以为沈向葳是一时情绪波动，笑道："不扯生死的大事了，说说赚钱的俗事。道哥，现在去哪里骗钱？"

郑道也暂时将沈向葳的病情抛到脑后，此事急不得，需要从长计议，眼下还是解决生计问题为第一，他用手一指北方："去乌有巷。"

"乌有巷是什么地方？"沈向葳双眼放光，无比好奇，"我怎么第一次听说石门还有乌有巷？"

"乌有巷是好地方，龙蛇混杂，鱼目混珠。不是吧，你都没听过乌有巷？”王淞不相信沈向葳的话，“你是不是石门人？”

“我从小在石门长大，后来出国留学几年，总的来说，我二十二岁的生命，有十五年是在石门度过的，如果说我不是石门人，谁是？哼！”沈向葳反击了王淞，然后抓住了郑道的胳膊，“我也要去，我也要去。乌有巷的名字一听就肯定好玩，你们不许不带我玩。”

郑道没办法，摸了摸鼻子：“说好了我是你的私人医生兼保镖，现在怎么反了过来，你成了我的跟班？”

夏天，中午的阳光热烈而刺眼。大街上行人匆忙、汽车匆匆，树上的知了在声嘶力竭地歌颂它们短暂的人生。郑道三人来到乌有巷的时候，正是下午两三点的光景，是一天之中最热的时辰。

郑道额头上微微出汗，站在路边的柳树下，微风一吹，无比舒畅。

王淞就不同了，浑身大汗淋漓。他一边擦汗，一边用手当扇子扇风：“太热了，受不了了！咦，怪事，道哥你出汗不多也就算了，向葳你怎么一点儿汗也没有？”

郑道早就注意到了一路上沈向葳滴汗未出，他心中就更坚定了他的初步推断，沈向葳气血不通，经络受阻。

阳虚则自汗，阴虚则盗汗，出汗过多和不出汗，都不是好事。一般来说，头部、前胸和后背，都是汗腺发达之处，容易出汗是正常现象。头为诸阳之会、精明之府，前胸为任脉之重要通道，后背为督脉之重要通道，以上三处是人体调节自身温度的最佳场所。

但如果是手脚心和鼻子容易出汗，则有可能是身体不适。血虚、阳亏、中阳不足，可导致手足多汗，而肺虚病人则容易自鼻梁及鼻翼两侧渗出晶莹可见的汗珠。

王淞身体微胖，又正值血气方刚的年纪，在炎热的天气之中，大汗淋漓是气血充盈通畅的表现。

“我不管是冬天还是夏天，都不出汗。”沈向葳白了王淞一眼，“哼，少见多怪，没见过冰清玉洁的姑娘是吧？”

“是，是，姑奶奶。”王淞算是服了沈向葳，觍着脸笑了，“现在知道乌有巷是什么地方了吧？”

沈向葳从小到大没有听说过乌有巷也不足为奇，乌有巷是石门一处卖古玩、古董以及各类文玩的地方，类似于京城的潘家园。不过和潘家园不同的是，乌有巷除了文玩之外，还盛产江湖郎中和骗子。

石门有不少人不知道乌有巷的存在，因为乌有巷三教九流无所不有，来乌有巷的人，有人想淘宝，有人想发财，有人想捡漏，有人想骗钱，总之，正常人类、高端人士都不会来乌有巷。所以如果是一个从小受到良好教育的官二代或是富二代，连听都没有听过乌有巷也在情理之中。

"知道了。"沈向葳抬头看了看乌有巷的标志牌，又手搭凉棚朝远处张望几眼，"还真有叫乌有巷的地方，乌有不就是没有吗？我还以为你们骗我，随便编了一个子虚乌有的名字。不过……乌有巷真的挺好玩的，算是来对了。"

好玩？郑道笑了笑，乌有巷的名字虽然好笑，但充斥着形形色色的骗子，泥沙俱下，许多骗术让人防不胜防，以沈向葳的对人不设防的善良，许多手法她别说见过了，恐怕听都没听过。如果她自己来，不出半个小时就会被人骗得身无分文，说不定还会回家取钱继续被骗。

如果仅仅是被骗钱还好，如果还被骗了别的就麻烦了。

"你们都跟紧了，别跟丢了。还有，没有经过我的允许，不许乱买东西乱搭讪，否则出了事情，我概不负责。"沈向葳兴致上来，反客为主，背着双手向前走去，"记住了，一切以我为主。"

郑道和王淞对视一眼，摇头笑了笑，没理会沈向葳的装模作样，而是老实地跟在了她的身后。

乌有巷并不长，不过五百米左右，宽也只有十几米，是一个很窄的巷子。本来是旧城改造和城中村拆迁时，市里有两次要改造乌有巷的意向，最终却没有落实，因为反对的声音太大。

别看只有五百米长的乌有巷在石门毫不起眼，甚至许多人听都没有听过，但乌有巷汇集了石门几乎所有的江湖郎中和能人异士，虽然被人斥责为封建迷信或是骗子，但传说在江湖郎中和能人异士中，确实有高人在内。

传闻在市长陈风在任时，乌有巷的拆迁被提上了日程。市长陈风是有名的拆迁市长，手腕强硬，曾经创造过一个晚上拆迁了五个城中村的记录，许多人对陈风闻之色变。

所有人都觉得乌有巷保不住了，陈风办事向来雷厉风行，说拆就拆，不会手软。果然，几天后，大型拆迁设备浩浩荡荡地开进了乌有巷，两头一堵，将乌有巷堵了个水泄不通。

许多摆摊的算命先生、文玩摊主、江湖郎中一哄而散，唯恐被砖头砸中脑袋影响了智商就没法再骗人了。

眼见大型拆迁设备在轰隆隆的怒吼声中高高扬起大锤，就要一锤砸下之时，忽然，一个仙风道骨的老者挺身而出。老者年约五旬，长须飘飘，一身长袍，一头白发，一把折扇，当前一站，飘然若仙。

老者不但卖相上佳，走路时轻若无尘，仿佛脚不沾地，只是脚尖一点就迈出一米之遥。他施施然来到了陈风面前，却不同陈风说话，而是向站在陈风身后的一个年轻人低声说了几句什么。

陈风身后的年轻人英俊帅气，长身而立，神态平和，既不是陈风的秘书，又不是陈风的办公室主任，而是陈风新成立的城中村改造小组办公室的主任夏想。

夏想不过二十多岁的年纪，按说以他的年龄、级别和资历，不足以对陈风有决定性的影响。但老者却偏偏不和陈风说话，也不和陈风的秘书、办公室主任说情，而是将夏想拉到一边，低声说了一番话。

到底老者和夏想说了什么，无人得知，但所有人都清楚的是，夏想在听了老者的话之后，脸色微微一变，随后他来到了陈风身边，对陈风耳语了一番。

然后……让无数人目瞪口呆的一幕发生了——陈风大手一挥，命令所有的拆迁设备立刻收兵回营。浩浩荡荡的拆迁部队来时气势汹汹，走的时候如风卷残云，不到十分钟的时间就消失得一干二净。

只留下看热闹的不明真相的群众面面相觑，不知道到底发生了什么事情，为什么陈风如此听夏想的话？老者又说了什么话打动了夏想，才让夏想出面说服了陈风？

许多人不知道事情的真相，却有不少人认识老者是谁。老者不是别人，正是经常在乌有巷出现的毕问天。

　　毕问天是何许人？大多数人只知其一，不知其二。好多认识毕问天的人也只是知道毕问天是一个高人，每天都会来乌有巷转上一转，每周出现五天，周六周日不在，就和上班一样准时。每天出现之后，既不买东西，也不卖东西，就是四下看看，要么聊天，要么搬一个马扎坐在路边，闭目养神。

　　谁也不知道毕问天到底在乌有巷要做什么，更不知道毕问天的真实身份和来历。看毕问天的穿衣打扮，显然不是穷人，不用为生计发愁。好吧，就算毕问天无事可做，喜欢乌有巷的气氛，但来上一段时间也应该厌倦了才对，怎么会天天来不嫌烦？

我不骗人人自来

　　再后来，几任市长都打过乌有巷的主意，但大多数只是动动念头而已，再也没有一人有陈风的魄力带领拆迁部队前来。乌有巷就保存了下来，直到今天。

　　基本到了现在，虽然还有一些拆迁乌有巷的声音出现，但所有人都知道，乌有巷的存在已经成为一种象征、一种文化、一种现象，拆掉乌有巷不会为城市的发展带来多大的促进作用，相反，保留乌有巷，却会为石门增加历史的厚重感和神秘色彩。

　　作为没有多少历史的新兴城市，石门需要一些传统的东西来装点门面。乌有巷的存在，虽然说出去不那么光彩，但毕竟是传统文化的另一种呈现，更何况随着影响力的扩大，乌有巷越来越被市民认可。虽然乌有巷假货满地、骗子遍地，虽然鱼目混珠，但也难免会有一些遗漏的真正的古玩。最主要的是，许多人喜欢乌有巷浓郁的传统文化氛围。平常时候是文玩、古董、古玩市场，热闹并且斗智斗勇，也不失为一种生活的乐趣。到了逢年过节，乌有巷张灯结彩，处处彩旗，再加上两侧低矮的民房颇有明清遗韵，让人恍惚间有回到古代的感觉。

　　乌有巷就成了许多市民的一种精神寄托、一处心灵家园。

　　沈向葳是第一次来乌有巷，觉得什么都新鲜，东看看西望望，还不时伸手摸摸摊位上的手串、古玩，一时着迷了。其实郑道和王淞以前虽然来过乌有巷，次数也极其有限，对他们来说，乌有巷一样充满了新奇和趣味。

只不过不同于沈向葳喜欢表面上五颜六色的古玩、文玩，郑道的着眼点显然是路边摊位背后一个个深藏不露的小店。在道路两侧摆了许多摊位，摊位的后面，是一栋栋低矮的门面。有的门面挂着某某古玩店、某某文玩店或是某某斋的牌子，有的干脆什么都不挂，就直接虚掩房门，一副我不骗人人自骗、愿者上钩的神秘。

"喂，郑道，快来看，这串手串好漂亮，和你送我的那串差不多，我好喜欢，我要买下来。"沈向葳在一个摊位面前停了下来，拿起一串红色的手串朝郑道招手。

手串是由红豆编织而成，没什么配饰，虽然鲜艳，却十分简单，单就红豆的价值来说，不值几个钱。郑道拿在手中打量几眼，确定是真正的红豆而不是有毒的相思子，就问摊主："多少钱？"

摊主是一个鹤发童颜的老者，年约五十，穿一件长衫，拿一把折扇，戴一副老式的老花镜。他坐在摊位后面，半眯着眼睛，有一下没一下地晃着扇子，似乎快要睡着的样子。几缕花白胡子随风摇动，十分滑稽。

见有生意来了，老者睁开惺忪的眼睛，从镜片上方扫了郑道一眼，伸出了五根手指，嗓音浑浊不清："五个数，一口价。"

"五千？太贵了吧？"沈向葳吓了一跳，随后摇了摇头，"太坑人，刀太快，杀人不见血。好吧，就算你觉得我好骗，也不能当我没智商，太欺负人了。"

郑道哈哈一笑，沈向葳还真是可爱，肯定没有在路边摊或是批发市场买过东西，一口喊出五千的价格，也是醉了。在乌有巷，要价一千元以上都是天大的高价，基本上都会到后面的房间里谈价，在外面的报价，通常不会超过五百块。

郑道将手串塞到沈向葳手中，从身上翻出五块钱递给老者："要了，钱您收好。"

沈向葳不敢相信自己的眼睛，嘴巴张大，朝郑道伸出了五根手指："五、五块钱？这么便宜？"

"你以为呢？本来就不是什么值钱的东西，五块钱他还要赚上三块。"郑道笑了笑，正要转身离开，才迈开脚步，却蓦然停了下来。

一股异常的气息从身后的不远处弥漫开来，就如烈日晴空之上突然出现的一片遮住了阳光的乌云，为明媚的天气意外平添了一丝阴影。

相信许多人都有行驶在高速公路时，前面突然出现团雾的经验，此时郑道的感觉就是如此，本来是丽日晴空、阳光大好的下午，忽然之间夜幕提前来临，从身后不远处以百米冲刺的速度朝他铺天盖地地席卷而来。

每个人都有第六感，只不过有人敏感有人迟钝罢了。郑道从小就第六感超常敏锐。第一次他知道自己的第六感甚至超过爸爸是在六岁的时候。当时他和爸爸在街上走路，还不是十分懂事的他脑中忽然跳出一个念头，指着路边骑自行车的一个年轻人说道："爸爸，他要撞树。"

郑隐一愣，不及说什么，骑自行车的年轻人本来骑得平稳，突然就失去了控制，一头撞在了路边的一棵杨树之上。

郑隐告诉郑道，有时人的脑子会突然出现一些奇怪的想法，不用去管，也不用多想，出现就出现了，不用刻意去猜测，更不用刻意去追求。

其实第六感并不神秘，只是一个人身体对外的开放程度比一般人高了许多，所以接受外界的信号比一般人敏感一些而已。如果把人体当成一台精密的仪器，有人可以接收到环境微小的变化，比如气压的升高或降低，再比如空气的含氧量的上升或下降，等等，有人则反应迟钝，感受不到。

就和同样行走在阳光之下，有人满头大汗有人滴汗未出一样。同样的饭菜，有人觉得咸，有人觉得淡。

郑道还记得爸爸说过，中医流传到今天，日渐式微，固然有从清朝起当权者有意压制中医的原因在，再加上五四运动以来一股脑儿地全盘西化贬低中医，也有现在西方势力有意培植西医逐步灭亡中医的客观因素，还和中医难学难以成就有关。

成就一名合格的中医，不但需要阅读大量的书籍，记住大量的穴道和人体经脉，还要学会望闻问切。就算你记忆力超群，很快记住了人体所有的穴道和经脉，但在望闻问切阶段，如果你眼力不够好，观察力不够细，和人交谈抓不住重点，切脉不准，你也不可能在中医学上有所作为。正是因为中医比西医不管是在入门还是在提高阶段的难度都要高，许多人才知难而退，放弃了对中医的追求。

相比之下，中医主要是根据个人经验的积累以及个人境界的高低来诊断病情，而西医多半借助仪器，因此，西医入门容易，学成一名合格的医师也不难。中医则不同了，中医对个人素质要求相当之高，等于是说，如果一个人没有超出常人的毅力和综合能力，无法在中医上有所成就。

中医可以成就大师，而西医却只能是专家。中医和中国古代高深的武功传承一样，需要寻找有根基之人，而不是如西医一样，任何一个智商在平均水平以上的学生通过五年的医科大学学习，都可以成为一名具备一定医学知识的初级大夫。

郑道回身一看，身后人来人往，并没有什么异常的地方。根据方位判断，异常气息来自乌有巷的入口，在正南方。

"有小偷？"王淞警惕地观察四周，以为郑道发现了小偷，他一副跃跃欲试的神情，"在哪里？我最喜欢抓小偷了。"

"看到路口的宝马 X5 没有？"郑道注意到了异常的来源，正是停在乌有巷入口之处的一辆宝马汽车。乌有巷是步行街，不允许机动车辆进入，入口处停了不少汽车。

"不就是一辆宝马 X5 吗，有什么好看的？"沈向葳回身看了看，摆弄手中的手串，"我还没有玩够，别站着了，赶紧走好不好？"

郑道是买不起好车，但不是没有见过好车。他距离宝马 X5 有几十米远，看不清车牌号，也看不清深色贴膜之内宝马车中坐的是什么人，但直觉告诉他，车内的人不是等闲之辈。

能够发出如此强大气息之人的境界，应该和爸爸的境界相差无几，甚至还要高一些。据爸爸透露，在以前，许多中医大师既是医生，也是风水大师，甚至还有少数是功夫高手，并且更有出类拔萃者具有透视功能。也就是说，双眼可以直接看透人体，所以才有扁鹊见蔡桓公一望就知病情的神奇。

虽然看不清车牌和车内之人，郑道却按捺不住心中的好奇之意，转身对王淞说道："王淞，你偷偷溜过去，记下宝马 X5 的车牌，回头查查是谁的车。"

"没问题。"王淞最喜欢跟踪侦查，他以前的志向是上警校，结果爸爸不同意，非逼他学医，不过他虽然听从父命上了医科大学，平常没事的时候还经常去警校转转，也跟着警校的朋友学了不少相关技能，"你们继续，十分钟后我们在乌有巷的出口碰面。"

郑道点了点头。

王淞身形一闪，挤到了人群之中，三晃两晃就不见了踪影，动作娴熟而标准，可见平常没少练习。郑道点头赞许，王淞的跟踪水平就算放到专业的刑警之中，也在中等水准之上。

"想买 X5？还是买奔驰好，宝马减震太硬了，坐着不舒服。"沈向葳以为郑道喜欢宝马才去让王淞查看车牌号码，她显然很喜欢郑道送她的五块钱的手串，不时举起欣赏一下，"不对，你不是一个穷学生吗，怎么买得起宝马？"

"我不买宝马，我买宝石。"郑道神秘地一笑，拉起沈向葳来到了一间店铺面前，"这里有好东西，来，我们试试运气。"

门面很小很简陋，是一间平房，老旧的木门呈现年久失修的斑痕，门楣上有招牌——胡一刀，两侧还有一副对联，对联刻在斑驳的木牌上。木牌白底黑字，许多地方掉漆，入目全是沧桑感。

上联：左一刀右一刀上一刀下一刀；

下联：生一刀死一刀赚一刀赔一刀。

对联虽然对仗不很工整，却也有几分诙谐幽默之意。

"宝石？这里真有宝石？"女人天生喜欢宝石，沈向葳也不能免俗，顿时眼睛就亮了，不过只亮了一下就又黯淡了，因为映入眼帘的是一个低矮陈旧的门面，门面很小，顶多十几平方米，一圈柜台一围，中间剩下的空地也就只有五六平方米了。

五六平方米的空地上，横七竖八地摆放了一堆石头。没错，黑乎乎光秃秃的石头，有圆的，有方的，有奇形怪状的，不管是什么样子，反正都有一个共同特征——都是极其普通的石头，扔到大街上都没人弯腰去捡！

"这是宝石？别逗了，一堆破石头而已，用来铺地都会被人嫌弃。"沈向葳大失所望，拉起郑道就朝外面走，房间阴暗潮湿不说，还弥漫着一股不好闻的气息，她不愿意多待片刻，"不好玩，不玩了。"

"别急，好戏在后头。"郑道微微一笑，拉住了沈向葳。

"什么什么？敢说我的宝贝是破石头，姑娘，你知道什么叫璞玉吗？知道什么叫赌石吗？知道什么叫生一刀，死一刀，未见天斩不识高，生死由来不二刀吗？"店主从柜台后面绕了出来，一连串的话如同机关枪一样反击沈向葳，"我告你说，如果你有眼力，如果你对自己有信心，如果你有财运，如果你不是一般人，你花五百块买一块石头，一刀下去，说不定里面会有价值五万、五十万的翡翠，怎么着，敢不敢赌一把？"

沈向葳从小衣食无忧，不知道赌石一说，被店主一番话勾起了兴趣，当即喜笑颜开："真的呀？这么有意思的事情怎么能少得了我？老板，你是不是敢保证这堆石头里面一定会有宝石？"

翡翠原料在刚刚开采出来的时候，有一层风化皮整个包裹着，没有办法知道其中到底有没有翡翠，或者翡翠品质的好坏，所以买来原石能不能切到翡翠，要么靠经验，要么靠运气。大多数情况下，还是靠运气的成分多一些。

翡翠原料石的价格相比来说不是很高，有人买了一块原石之后，表皮有色，表面很好，在切第一刀时见了绿，但有可能切第二刀时绿就没有了。所以，在所有的玉石交易之中，赌石可以说是最赚钱，但风险也最大的一种行为。赌赢了，可能是数十、数百倍的利润，赌输了，则有可能倾家荡产。

"别把希望寄托在别人身上，我什么都保证不了，里面有没有翡翠，你自己看，我不管，我只管卖原石。"店主二话不说就把责任推得一干二净。他五十多岁年纪，头发浓密，乌黑发亮，说明他肾气充足，身体健康，说话声音也是中气十足："赌石赌石，愿赌服输。要的就是比眼力、拼运气，赌不赌？不赌走人。"

"赌，当然要赌了。"郑道接过店主的话，笑了笑，"胡老板，根据你的经验判断，什么样的原石有可能切出翡翠？"

店主上下打量郑道一眼，眼露惊讶之色："你认识我？我对你怎么没有印象？"

几年前郑道和爸爸初来石门之时，第一个给他留下深刻印象的地方就是乌有巷，当时爸爸穷困潦倒，已经身无分文，在乌有巷，爸爸凭借一身技能赚了一笔意外之财，才让他们父子二人度过了生存危机。

后来郑道一个人空闲的时候，也偶尔来乌有巷转一转。不买东西，也不卖东西，只是闲逛。久而久之，乌有巷的固定店面和常年摆摊的摊主，他来的次数虽然不多，却也摸得一清二楚了如指掌。胡一刀的店主名叫胡说，来历不明，年龄未知，能说会道，虽然名叫胡说，却自诩品德高尚，从来不胡说。

郑道没接胡说的话，继续追问："今天我打算好好赌一把，不过胡老板总得传授一些经验给我，好让我多点信心不是？"

胡说放宽了心，他还以为郑道是一个业内的资深高手，想来砸他的场子。现在看来，一是他太年轻，如此年轻的高手，他从业三十多年来还从未见过；二是赌石和赌博一样，再资深的高手也会失手，而且失手的概率非常高，所以在赌石行业，从来没有常胜将军；三是郑道让他传授经验，一听就是一个地道的外行，他就见猎心喜，决定磨刀霍霍，狠狠敲上一笔。

"经验嘛……"胡说拉长了声调，故意吊人胃口，"是有一些，但轻易不能外传，为什么呢？因为我为人实诚，从来不胡说。但人有失手，马有失蹄，万一经验不灵了，你切开石头后没有玉，你不得怪我唬你骗你诈你。"

"不会，不会，我们都是好孩子，才不会埋怨老师。"沈向葳来了兴趣，忙不迭插嘴，唯恐胡说不肯传授经验，"胡老板，你说我听，你说什么，我信什么。"

"对，对，我就是这个意思。"郑道暗中为沈向葳的补刀叫好，尽管他也知道沈向葳是真信胡说的邪。

不是吧，这么傻？胡说几乎要心花怒放了，他假装一脸为难的表情："好……吧，看在你们很有诚意的份儿上，我就勉为其难地告诉你们几个秘诀，信不信由你们，我可是从来不胡说的实在人。"

清了清嗓子，胡说又说："挑选原石有三个原则，一是外表光滑鲜亮，就和人一样，外表光鲜的人，肯定有内涵。二是形状越不规则越好，就和高人一样，肯定相貌奇特。三是看重量，重量越重越好，玉是石之精，石之美者为玉，既然玉是石头的精华，肯定会比一般的石头重。"

赌石

"哇，果然专业，胡老板，你还真是从来不胡说，听你一席话，胜读十年书。"沈向葳如获至宝一般开心，她二话不说弯腰挑选了几块石头，完全按照胡说所说的标准，挑了一块光滑的拳头大小的石头、一块奇形怪状的石头和一块比别的石头重了许多的石头，然后拍了拍手上的土，"好了，就它们了，多少钱？"

胡说按捺住心中的喜悦，以他的经验判断，沈向葳挑选的三块石头，绝对只是石头，里面别说有极品翡翠了，估计连指甲大小的边角料都没有。

他转了转眼睛，暗中打量了一下郑道和沈向葳，以他的眼力推断，郑道没什么钱，但沈向葳则不同了，虽然她浑身上下的衣服品牌他不认识，但她一举一动流露而出的富贵之气以及从容的气度说明，她绝对是一个富家小姐，而且还是一个大富大贵的超级富二代。

见人下菜是他的本事，有大鱼主动送上门来，不狠狠宰上一刀，他就不是胡说了。他搓了搓手，假装为难地说道："本来这三块石头是为一个朋友留的，既然和你们有眼缘，你们非想要，我也只能替朋友割爱了。当时朋友出价两千块一个，你们三个全要的话，优惠价五千块。"

郑道不说话，只是一脸浅笑，心中却想，两百块一块的石头居然喊到两千块一个，胡说还真是一个胡说八道的黑心老板。将欲取之必先予之，他也不说破，只是摇了摇头。

五千块对沈向葳来说完全不值一提，她当即拿出银行卡交给胡说："刷卡，切石头。"

胡说刷完卡，将卡还给沈向葳，抱起石头上了切割机，开动了机器："我可有言在先，如果石头里面什么都没有，不能怪我。石头可是你自己挑选的，赌石重在一个'赌'字，既然是赌，自然有输有赢。"

"少废话，赶紧下刀。"沈向葳迫不及待地想知道她的眼力，忙催促胡说，"赌赢了，就当赚到了。赌输了，五千块而已，又不是五千万。啰唆！"

得了，胡说心中大喜，看来果然是一条大鱼，又不免有几分懊恼，刚才要价还是太低了，应该要一万块一块石头才对。

　　胡说下刀了，火花四溅。随着切刀的推进，沈向葳兴奋了起来。她一把抓住了郑道的胳膊，在嘈杂的切割声音中大喊大叫："郑道，郑道，你猜里面有没有玉？快猜呀，快点！"

　　到底是富家小姐，赌的只是里面有没有玉，不管是什么玉值多少钱，只要有她就赢了。但对真正赌玉的人来说，里面有玉未必赢，玉还得值钱才行。

　　"没有。"郑道很直接地回答了沈向葳，"不但这一块没有，其他两块也没有，里面全是一分不值的石头。"

　　"骗人。"沈向葳生气了，一把推开郑道，气呼呼地说道，"你是故意的吧？如果你明知道里面只有石头，为什么不阻止我？如果你不知道偏偏要故意这么说，你又是什么用心？"

　　郑道轻轻一拍沈向葳的后背："别急，一会儿我会让胡说不但还你五千块，还要再送你五万块。"

　　"什么什么？"沈向葳不相信郑道的话，"他叫胡说，你叫八道。"

　　"哈哈。"郑道大笑，"打个赌？"

　　"赌就赌。"沈向葳最不怕的事情就是赌了，她伸出右手和郑道击掌，"来，击掌为誓。如果胡说真能送我五万块，我一分不要，再加五万块一起送你，相当于你凭空赚了十万块。但如果你输了，你要免费当我的私人医生兼保镖三年，三年内，除了负责你的食宿之外，不付你一分钱工资，怎么样，敢不敢赌？"

　　郑道挠了挠头，十万块对沈向葳来说，或许不算什么，但三年的免费私人医生兼保镖，对他来说赌注太大了，不是钱的问题，而是时间问题，三年时间都绑在一个人的身上，谁都会觉得时间太过漫长。

　　除非这个人是他一生所爱。

　　"不敢？"沈向葳眉毛一挑，嘻嘻一笑，"知道你也没把握，哼。"

　　"谁说不敢？"郑道才没有被沈向葳激将，而是故意虚晃一枪，"如果我输了，就照你说的办，当你三年的免费私人医生兼保镖。如果我赢了，我只要胡说的五万块，不要你的五万块，附加条件是，你今后三年之内，不管做什么去哪里，都得听从我的安排，我说行才行，我说不行，你就得乖乖听话。"

沈向葳"啊"的一声张大嘴巴："郑道，你是在用这种奇怪的方式向我求爱吗？你是不是喜欢上我了，想当我的男朋友？"

郑道还没有来得及回答沈向葳，胡说已经手脚麻利地切开了三块石头。他将石头拿到沈向葳面前，一脸遗憾的表情："哎呀，真不走运，什么都没有。"

切开的石头的切割面，果然还是石头。

"真扫兴，不好玩。"沈向葳不开心了，拿过一块切开的石头看了几眼，扬手扔到了一边，"走了，不玩了。"

郑道不觉好笑，沈向葳的兴趣来得快去得也快，刚刚还要和他打赌赌胡说要还五万块给她，现在却转眼抛到了脑后，真是一个没心思的女孩。

如果说何小羽的心思浅是她心里藏不住事情，许多事情她不在意，那么沈向葳的心思浅是她压根就不去想许多事情。何小羽是事情来了，不管是明媚还是忧伤，她都不会让事情在心里停留过久。而沈向葳则是事不过心，就如明净的天空，云来云去，不留痕迹。

也就是说，沈向葳比何小羽更单纯，或许也正是她单纯明净的性格，才让她重病缠身依然可以快乐。快乐和轻松的心情可以提高免疫力，可以杀死致命的细胞，可以减缓病情的加重。

想起沈向葳的病情，再对比沈向葳的单纯烂漫，郑道心中没来由一阵沉重。

"事情还没完，怎么能走？"郑道伸手拉住了沈向葳，他本来想拉她的手腕，却不小心拉住了手，冰凉的小手入手，柔软滑腻之外，更有一种惊心的痛感，就如一块美玉，美到了极致却避免不了破碎的命运。他心中蓦然一阵怜惜，用力握住了沈向葳的小手，"接下来还有好戏看。"

"放开。"沈向葳脸红了一下，或许是郑道大手的温暖让她感觉到了前所未有的心动，她用力甩开郑道的手，白了郑道一眼，"乱抓女孩子的手，流氓。"

怎么就流氓了？郑道嘿嘿一笑，转身对胡说说道："胡老板，我们再接着赌石好不好？不过要换一种玩法，花钱买你石头现场切割太老套了，要不要来更刺激地下注？"

"怎么个玩法？"刚刚赚了五千块的胡说心情大好，见大鱼还想再一次主动上钩，他岂能错过，当即喜不自胜，"没问题，顾客是上帝，你说了算。"

"真的还要玩呀？"沈向葳立刻又将刚才和郑道的旖旎抛到脑后，玩心再起，"郑道，你画框框，我出钱，只要好玩，不怕花钱。"

对，不怕你钱多，就怕你不输给我，胡说几乎要高兴地跳起来了，目不转睛地盯着郑道，就等郑道立规矩。他才不怕郑道说出什么花样，以他多年沉浸此道的经验，别说年轻的郑道了，就是七八十岁的老江湖也会栽在他的手上。

郑道故意沉吟片刻，要的就是制造迫切的氛围。果然，郑道一沉默，沈向葳和胡说都按捺不住了，沈向葳是直接催促郑道快说，胡说还故作镇静，但他迫切的眼神和蠢蠢欲动的双脚出卖了他急于再大赚一笔的贪心。

郑道暗暗一笑，也没让胡说等太久，咳嗽一声，正要开口说话，忽然门一响，一个人恰到好处地推门进来了。

胡一刀的门面低矮而阴暗，虽然开了灯，房间内的光线并不明亮。此时正是下午时分，门一开，下午的阳光照射进来，亮堂堂一片。

在一片光亮之中，一个高大的人影现身其中，他背对阳光，全身上下沐浴在阳光之中，熠熠生辉，犹如神仙下凡一般。

等门关上之后，阳光被隔绝在外，几人才看清来人的面容——是一个鹤发童颜的老者。老者年约五旬，长须飘飘，一身长袍，一头白发，一把折扇，当前一站，飘然若仙。

胡说一见来人，脸色顿时一滞，他向前一步来到老者面前，语气不善："毕老，您怎么来了？现在我正在忙点事情，顾不上招待您，要不您等一下再来？"

沈向葳不认识老者是谁，郑道却是从他的穿衣打扮大概猜到了老者应该就是乌有巷大名鼎鼎的毕问天。

毕问天摇了摇手中的折扇，淡然一笑："没事，我又不妨碍你做生意，你不用赶我走。如果非要让我走的话，我说不定会赌你的石头。"

胡说面色不太好看，尴尬地一笑："毕老别开玩笑了，我的庙太小了，经不起您这座大神折腾。您想看，就请好吧。您一直有一句口头禅不是说观棋不语真君子吗？我信您是君子。"

"怎么这么啰唆，赶紧开始呀。"沈向葳等不及了，她才不管毕问天是何许人也，只想再接着玩下去。

郑道听出了胡说话里有话，胡说分明是暗示毕问天作壁上观，不要说破他的骗术。

毕问天微微一笑，点了点头，目光一转，落在了郑道身上，他朝郑道点头一笑，眼神平和而友好。

郑道回应了毕问天一个微笑，并未多想毕问天的出现是无意之举还是有意为之。他围着地上的一堆石头转了七圈，然后自信地一笑："胡老板，我想玩一次大的，一次性赌完，你觉得怎么样？"

"怎么个一次性赌完？"胡说也被郑道完全激发了赌性，他很久没有这么兴奋过了，想起刚才沈向葳付款时的豪爽，直觉告诉他，今天他有可能赚五万块以上，"我没问题，奉陪到底，就怕你们的钱不够。"

"钱不够？"沈向葳拿出一张信用卡，是百夫长黑金卡，"最低限额两百万起，我的卡限额是一千万，这个月刷了还不到十万，你说够不够？"

百夫长黑金卡是世界公认的"卡片之王"，该卡定位于顶级群体，无额度上限。不过由于中国地区的百夫长黑金卡为合作发行的信用卡，所以存在额度限制，授信额度在两百万到一千万。持卡人多为各国政要、亿万富豪及社会名流，不接受办卡申请，只能由美国运通邀请办理。所以，持有黑金卡的人，非富即贵，而且还是非同一般的大富大贵。

郑道不知道黑金卡的分量，胡说却是清楚得很。别看他只是一家小得不能再小的赌石门面小店的老板，他却精通各类信用卡的额度，店里不但支持支付宝、微信支付，还有 POS 机可以直接刷卡，可谓紧跟时代潮流。

没想到今天的大鱼大得惊人，居然是一条鲸鱼，胡说差一点就惊叫出声了。他见多了各路权贵来店里赌石，一掷千金的有，斤斤计较的有，豪气冲天的有，不可一世的有，但以上所有人和眼前的沈向葳相比，完全不可同日而语。只凭一张黑金卡，沈向葳就可以秒杀石门百分之九十九以上的权贵。

放眼整个石门，有资格拥有黑金卡的人，恐怕不超过十个。

胡说激动得几乎要晕厥了，他连连点头："够了，够了。"

毕问天进来后，目光一直在郑道的脸上扫来扫去，对沈向葳只是淡淡看了一眼，就没再过多关注。沈向葳拿出了黑金卡，他也只是微微动容，目光在黑金卡停留了不到一秒钟，就再次将目光投向了郑道，仿佛郑道比有资格有资本拥有黑金卡的沈向葳更有价值。

毕问天刚进来时看向郑道的目光是好奇和探究的成分居多，过了一会儿，目光之中的惊讶之色越来越浓，不多时，他忽然眼睛放光，如同发现了奇珍异宝一般，掩饰不住一脸的激动和兴奋之意。

若是平常，毕问天的神情必定会被郑道收入眼中，但现在，郑道正集中精力对付胡说，一时失察，并没有注意到毕问天的异常。他的目光先是落在胡说身后，然后又扫了毕问天一眼，最后停留在了沈向葳的脸上。

此时此刻，沈向葳站在北方，北方属水，沈字也五行属水，正好相应。他站在南方，南方属火，郑字也五行属火，也是相应。胡说站在中间，中间为土，胡字五行属土，也正好相符。

其实之前郑道就已经推算出来了他和沈向葳所站立的方位正好隐隐压胡说一头，虽说土克水，但水势过大，也会决堤。同样，虽然水克火，但火势过旺，也会烧干水。

环境和人体器官一样，也维持一种五行相生相克的平衡，根据五行平衡的道理，再加上郑道所学的中医知识之中的阴阳之道，他基本上可以得出结论，胡说摆在显眼之处的一堆石头之中，没有一个是石中有玉的原石。

凤凰不落无宝之地，同样，玉作为天地精华，也不会藏在一块没有灵气的石头之中。尽管有可能石壁很厚掩盖了玉的光芒，但有眼力之人依然可以从平淡无奇的石头表面洞察到石头内部蕴含的灵气，就如一个人是健康还是身患疾病，高明的医生通过望气就可以一眼得知。

虽说人和石头不同，但大道至简，如果把石头看成一个人，通过观察石头的表面就完全可以判断出这块石头是普通石头还是内含宝玉。传说凤凰所落之地，必有宝藏，由此也说明凤凰可以通过对周围环境的观察以及对比知道哪里有宝藏隐藏。

只是……郑道下意识看了毕问天一眼，毕问天的意外出现，打破了房间内的平衡，让他刚才精心推算的判断突然出现了一丝紊乱，没错，就是紊乱，整个房间内的平衡被打破，出现了变数。

倒不是说毕问天的出现会导致原本石中有玉的原石变成废石，而是他的出现让郑道的判断出现了偏差，郑道无法准确地推断出石中有玉的原石在房间中的具体位置。

毕问天正目不转睛地盯着郑道看，郑道的目光投来，他回应了郑道一个善意的微笑。随后微微一愣，似乎想到了什么，脚步轻轻一错，站到了沈向葳的身侧。

本来毕问天站在门口，挡住了门外汹涌而至的热气。现在他站到了沈向葳的身侧，房间中的形势顿时为之一变。

门口是西方，西方属金，金克木，正好克制了胡说。但毕问天的毕姓五行属水，金生丽水，他站在西方方位，更有助于他的水性蔓延，如果他是无意为之，说明他一举一动暗含天道。如果是有意而为，说明他深谙五行之道，懂得如何趋利避害。

如果毕问天一直站在门口，虽说不至于让郑道的判断出现严重偏差，至少会影响到郑道之前的推算，他还需要再精心推算一番才能更有把握。但毕问天换了方位站在沈向葳的身侧之后，顿时让郑道眼前为之一亮！

毕字五行属水，沈字也是五行属水，两水相加，水势凶猛，汇聚一处，大有水漫金山之势。此时再看胡说，被沈向葳和毕问天二人叠加的水势一压，呈现乌云压城城欲摧之势。

也就是说，此时的胡说气势被压到了极低，相当于一个人在身体极度疲惫之时，如果风寒来袭，必然会感冒。一个人在最疲惫、最虚弱的时候，也是运势最低的时候。

初露锋芒

郑道既惊又喜，惊的是，毕问天到底是何方高人，突然出现又突然错身，若说是无意之举，他断然不会相信。喜的是，不管毕问天到底是谁，他分明是在暗中帮郑道。

"到底怎么个赌法，说话呀。"胡说等了半天也不见郑道说话，急于大发一笔横财的他迫不及待了，"还玩不玩？不玩就关门了。"

"玩，当然玩了。"郑道会心地朝毕问天点头一笑，朝前迈出一步，距离胡说只有一米之遥，"有两种玩法，由你选择。一是我一次性买下你全部的原石，因为是批发，每块原石一百块。然后全部现场切割，如果里面有翡翠，你不能回购。二是我只买下你全部原石中的七块，每块三百元，也是全部现场切割。如果有翡翠，你可以以市场价的三分之一价格回购……你选择哪一种方式？"

胡说的所有原石加在一起大概有五十块，一块一百元的话，是五千元。如果七块原石每块三百元，是两千一百元。应该说，郑道开出的价格不高，但对胡说来说，也不亏本。问题是，他也不敢确定他的所有原石中到底有没有翡翠或是极品翡翠。一般来说，全部五十块原石中，说不定真会有一块有翡翠，只要一块有，就赚到了。但全部五十块原石被郑道买走的附加条款是，他无权收购，等于是说，万一郑道撞了大运，他连分一杯羹的机会都没有。

但如果按七块原石每块三百元计算，才两千一百元。郑道的附加条款是如果其中有翡翠，他可以以市场价格的三分之一回购，也就是说，万一郑道撞了大运，切出了一块价格十万的翡翠，他可以按三万回购，转手就可以赚到七万。

胡说犹豫了，没想到一辈子打鹰，反倒被鹰啄了眼，郑道制定的赌石规则让他左右为难，有心一次性卖出全部原石，又担心切出翡翠他无法从中获利。一般当场切出翡翠，他回购的概率是百分之九十九以上，如果不是靠回购赚钱，他的店早开不下去了。就算一年切出一块翡翠，也足够他吃一年了。

但如果只卖七块，利润自然没有一次性卖出所有原石高，只是有翡翠的话他可以回购，到底该怎么办呢？胡说在心中暗暗盘算了一番，见郑道双手抱肩站在对面，一脸淡定从容的笑意，他忽然升腾起强烈的争强好胜之心，瞬间做出了决定。

"全要的话，一块三百元，只要七块的话，每块一千元，你的附加条件我同意。"胡说坐地起价，反正他觉得他吃定了郑道，他非常看不惯郑道淡定从容的姿态,一个毛头小伙子敢在他面前放肆,真当他混迹江湖几十年是吃干饭的?

"成交!"不等郑道说话,沈向葳按捺不住了,扬了扬手中的黑金卡,"全要了,全要了,刷卡。"

毕问天手中的折扇不紧不慢地晃动,他脸上的笑容越来越意味深长,目光在郑道的身上转来转去,既有欣赏之意,又有浓厚的兴趣,还有一丝深不可测的探究。

"既然胡老板只提高了价格,没有选择哪一种玩法,那么我们就不用贪大求全了,集中优势兵力打一场歼击战多好。"郑道哈哈一笑,从沈向葳手中拿过黑金卡,"只要七块,就按你说的每块一千元的价格,一共七千元。"

不只胡说为之一惊,就连毕问天也没有想到郑道会选择后者。从概率上计算,五十块原石切出翡翠的概率比七块多了七倍有余,价格却只高了一倍多,单纯从生意的角度来说,还是全部买下更符合经商之道,郑道却还是坚持只买七块,难道说,郑道真有一双慧眼,可以准确地从全部原石中选出七块,然后再在七块之中切出翡翠?

这不可能!

赌石说白了基本上靠运气和概率。胡说从事赌石生意多年,没有详细统计过石中有玉的概率,但根据他的粗略统计,基本上半年左右时间才有可能切出一块品相不错的翡翠,一年甚至一年半以上才有可能出一块极品翡翠。尤其是近年来翡翠的出品率日渐减少,三年了,还从来没有切出一块极品翡翠。

毕问天先是惊讶,随后又摇头笑了,眼中的好奇之意越来越浓,心中对郑道的判断越来越清晰了。他再次观察了郑道的面相,更是坚定了自己的想法,郑道或许是比何子天发现的关得更有前景的一个潜力股。

"随便好了,不管是要全部还是七块,赶紧刷卡。"沈向葳等不及了,将卡塞到了胡说的手中,"你去刷卡,我来挑石头。"

胡说犹豫一下:"确定要七块?"

郑道点头一笑:"七块,七千块,别刷多了。"

胡说现在也被郑道完全吊起了胃口,也不再多说什么,刷卡之后催促郑道："给你十分钟时间挑选，别一挑半天耽误我做生意。"

郑道脾气真好，毫不生气，点头说道："用不了十分钟，五分钟足够。"

说话的同时，他一步迈出，来到东南角的一个桌子下面，伸手从下面拿出一块石头，放到一边："第一块。"

石头直径三十厘米左右，椭圆形，其貌不扬，黑乎乎一团，扔到大街上都不会有人多看一眼。

胡说嘿嘿一笑："对，房间里面的石头，不管是堆在一起的，还是散落到别处的，你随便挑。"

"我也挑一块……"沈向葳用力翻开一堆石头上面的几块，特意从下面挑选了一个最圆最大的石头，她用力搬了一下，没搬起来，"郑道帮帮我，太沉了。"

郑道回身看了一眼，却没动手帮忙，而是笑道："别搬了，白费力气。"

"哼，就不！"沈向葳不服气，翻了郑道一个白眼，还想搬动石头，"不要以为就你有眼光，我也有。我就觉得我的石头是宝石，你别太自以为是了。"

毕问天上前一步，搭把手，他呵呵一笑："要允许年轻人犯错，年轻的时候，谁还没有看走眼的时候？就算是一块废石，只要喜欢，也可以是宝贝。就像一段木头，哪怕是病了枯了，只要自己觉得好，也可以奉若至宝。"

郑道一愣，毕问天话里有话，似有所指，他下意识看了毕问天一眼，毕问天也正向他投来含蓄而玩味的目光，难道说毕问天看出了沈向葳有病在身？

沈向葳之病，虽是顽疾，但并不明显，如果不是高明的医师，一般人根本看不出来。就算是高明的医师但不是中医而是西医的话，也需要借助仪器才可以检查出来。

难道说，毕问天也是一个深藏不露的中医高手？郑道对毕问天有了更多的怀疑。

毕问天帮沈向葳将石头放到了一边，郑道东挑一块西挑一块，似乎毫无章法可言——从石堆中挑出一块，从床底下翻出一块，又从一个谁也没有注意到的角落里翻出一块，转眼间，七块凑齐了。

　　胡说还以为郑道多有本事，刚才郑道一番东翻西翻的表现让他心中大定，原来郑道不过是虚张声势而已，根本什么都不懂。好吧，既然郑道是个笨蛋，他就让郑道一笨到底，知道自己到底有多笨多傻。

　　"开切。"胡说见凑齐了七块石头，就随手拿起一块石头放到了切割机上，二话不说一刀切下，火花四溅过后，石头被一分为二。

　　第一块——废石。

　　第二块石头是沈向葳挑选的最大的一块，胡说费了些力气才搬到切割机上，一刀切下，里面有一丝玉化的迹象，但不成气候，依然是废石。

　　沈向葳有几分沮丧，看了郑道一眼："哼，你别幸灾乐祸，我的石头里面没玉，你的肯定也没有。"

　　郑道无语，沈向葳太小孩子脾气了，他挑的石头没玉，等于是他和她一起输了，又不是他一个人输。

　　接下来胡说一连切割了三块石头，全是废石。沈向葳一脸得意，似乎郑道输得越惨她就越是开心，郑道一脸平静，还是一副胸有成竹的表情，反倒是毕问天一脸凝重，似乎比郑道还要紧张。

　　毕问天确实很紧张，他刚才在外面随意闲逛时，忽然发现胡一刀门店里面弥漫着异常的气息。以他多年的经验判断，异常气息要么是里面有高人存在，要么是里面有宝物。胡一刀门店是赌石店，宝物的话，应该是极品翡翠。

　　但在进店之后他才发现，异常气息并非来源于原石，而是来自于郑道身上。乍看之下，郑道虽然英俊帅气，但并非气宇轩昂，沉稳有余，但气度不足，说明郑道具备优秀的素质，但现在正处在人生的低处，距离人生的高峰还有相当长一段距离。

　　真正的高人向来只做雪中送炭之事，郑道是一块璞玉，只要稍加雕刻和引导，他日必成大器。毕问天顿时大喜，立刻有了结交郑道之心，就如当年何子天在单城发现关得一样，后来关得果然成了呼风唤雨的隐形掌门人。而现在的郑道已经初备气象，假以时日，超越关得没有问题。

　　更何况现在关得面临着每一个运师都无法逃避的劫难，说不定关得在劫难逃，会英年早逝。关得今年才四十岁出头，正是一个男人的黄金时期，却因为在和何子天的较量中用力过猛而导致劫难提前，并且劫难比一般运师所面临的劫难更加猛烈，如果没有奇迹发生，关得恐怕活不过一年了。

现在他也到了人生的瓶颈期，最后一次运师劫难即将来临，如果两年之内他找不到解决方法，他也会和关得一样，难逃一死。他可不想死在何子天面前，何子天虽然扶植关得，最后因为心术不正以及和关得理念不合，再因为他本身有许多问题，在关得壮大之后，他落了一个身陷囹圄的下场。

但谁也没有想到的是，何子天反倒因祸得福，在监狱中修身养性的他，居然平安度过了一次劫难。运师一生有数次劫难，越往后，年纪越大，劫难越厉害，但何子天居然从容度过了身为运师最难度过的一次劫难，莫非也是天意？牢狱之灾替他化解了死亡的威胁，其实也是赚了。

世事难料，关得扳倒了老谋深算的何子天，何子天入狱十年，十年后，何子天出狱，安然度过劫难，关得却劫难提前，而且还束手无策，眼见时日不多了，毕问天十分惋惜。他很喜欢关得，之前也一直想让关得为他所用。在何子天入狱之后，他和关得尽弃前嫌，合作了许多事情，他对关得是既欣赏又倚重的态度。现在关得在劫难逃，他在悲痛之余，却也无能为力，因为他现在也自身难保。

毕问天很想效仿当年何子天发现关得的手法，也为自己寻找一个可以帮助自己度过劫难的关键人物，但如关得一般的杰出人物，十几年才会出现一个，而且人海茫茫，除非足够幸运，否则哪里遇得上？所以最近两三年来，他天天在乌有巷闲逛，为的就是守株待兔，希望有朝一日可以发现一个和他气场相对的年轻人，在他的调教之下，可以助他一臂之力。

所以他在初见郑道之后，就大为欣喜，郑道不管是面相还是气质，都符合他的要求，是他近几年来苦寻不得的最优秀、最有潜力的后起之秀。

不过让毕问天微有不解的是，从面相和格局上看，郑道并不是大富大贵之相，但不知何故，郑道给人的感觉如沐春风，只看一眼就让人心生亲切之感。除此之外，郑道周身上下弥漫着一股祥和之气，就如一个内心充满慈悲的方外高人，以悲天悯人的心态平等地注视着苍生。在他的眼中，众生皆苦，而他就是济世救人的大医。

毕问天清楚地记得，初见关得时，他也被关得的英气所震惊，但关得身上却没有郑道的祥和之气，也缺少郑道悲天悯人的气度。当然，关得在后来逐步提升了境界，也多了慈悲的情怀。但他在郑道现在的年纪，却还是比郑道少了一些济世情怀。

等到郑道和胡说下了赌注之后，毕问天心中无比期待结果。因为如果是郑道赢了，说明郑道运势正旺，也说明郑道眼光高人一等，更说明郑道天赋异禀，可以成为他扶植的对象，可以为他所用。

但在切了五块废石后，毕问天紧张了，只剩下两块原石了，如果两块原石全是废石的话，这是对他信心的巨大打击。因为他很是看重郑道的潜力和禀赋，郑道的成功与否，关系到他对郑道判断的对错。

只是让毕问天不解的是，沈向葳不紧张是因为她压根就不在乎输赢，钱对她来说没有意义，只要玩得开心就好，郑道为什么不紧张？到底是郑道底气十足，还是他也不在意输赢，只想玩一把？

胡说将第六块石头放到了切割机上，启动了切割机，伴随着刺耳的声音，砂轮和石头只一接触，就迸发出一连串的火花。

"停！"郑道终于说话了，他向前一步按下了按钮，切割机停了下来，"这块石头，我来。"

"你……会吗？"胡说愣了一愣，不知道郑道到底想要什么花样，"谁切还不是一样？"

"不一样，肯定不一样。"郑道斩钉截铁地说道，他从胡说的眼上摘下防护眼镜，戴上，然后开动了切割机，大喊一声，"各位观众，下面是见证奇迹的时刻。"

此话一出，顿时所有人都提起了兴趣，就连怕被火花溅到特意站到一边的沈向葳，也凑了过来，睁大了眼睛："郑道，里面是不是有宝石？"

沈向葳虽然出身富贵之家，从小珠宝无数，但她还是傻傻地分不清宝石、玉和翡翠的区别。

"不知道，离远点儿。"郑道对沈向葳不假颜色，呵斥她说道，"你体质阴寒，适合站在阳光下面，这里太阴凉了。"

虽然切割机声音嘈杂，但郑道的话毕问天还是听得清清楚楚，他心中为之一惊，下意识看了沈向葳一眼。

之前刚进来时，他就暗中观察过沈向葳，从沈向葳的面相推断，是大富大贵之人无疑。虽然沈向葳肤色稍微苍白了一些，也符合缺少运动常年在室内的富家小姐的特质，而且沈向葳不管是人中还是整体格局，没有短寿之相，他也就没有多想。

现在郑道提及沈向葳体质阴寒，以他丰富的经验，再联想到沈向葳苍白的肤色，立刻就推断出沈向葳身有暗疾。又一想，心中怦然而惊，不对，以他现在的水平，只从一个人的气色和面相之上推算出一个人运势、寿命长短以及健康与否，不在话下，为什么刚进来时他竟然没有看出沈向葳并非健康之人？

毕问天心惊过后，心中还是不甘，再次暗中观察沈向葳的面相。一看之下，心中更是疑惑遍地。放眼国内，在相术上可以超越他的寥寥无几，他的相面水准，绝对可以排到前五名之内，但为什么根据面相显示，沈向葳不但可以长寿，至少活到八十岁以上，而且还身体健康。

世界永远不会亏待你的付出

怪事，咄咄怪事，人的面相和身体健康息息相关，为什么沈向葳和一般人有所不同？毕问天不知道他的疑问其实是下意识认可了郑道的话，尽管他还不知道郑道到底有什么本事并且凭什么得出了沈向葳身患暗疾的结论。

沈向葳从来是不听话的性格。虽然她好玩且活泼开朗，但也不喜欢被人呼来喝去，郑道的话，她更不会听，反而更朝前迈近了一步："才不听你的，赶紧切开，我要看看里面到底有没有宝贝。"

郑道摇了摇头，回身看了胡说一眼，笑问："胡老板，你现在能不能拿出十万元的现金？我只收现金不接受刷卡。"

胡说气笑了，翻了翻白眼："先切出好东西再说。真有宝贝，别说十万块，二十万块也拿得出来。我胡说在乌有巷几十年了，人脉广得深，而且从来不胡说。"

"好。"郑道也不多说，哈哈一笑，一刀下去，石头一分为二。

"有没有？"沈向葳一把推开郑道，探头一看。

"有没有？"毕问天也按捺不住好奇之心，凑向前来。

倒是胡说假装镇定，在原地不动，斜了一眼，嘿嘿地笑了起来："有个毛。"

确实，切开的石头里面，除了石头之外还是石头，一无所有。

沈向葳倒没有什么失望之色，抱起最后一块石头："来，还有最后的希望。如果这个也没有的话，把剩下的全买了。"

毕问天心中闪过一丝不安，也不知道在担心什么，七块石头，六块没有，只剩最后一块，切出宝贝的可能性太小了。再联想到他看不出来沈向葳有病的事实，他坚定的内心出现了一丝裂缝，难道他这一次真的看走眼了？难道郑道真不是一个可造之才？

郑道从沈向葳手中接过最后一块石头，正是他从桌子下面翻出的椭圆形的其貌不扬的石头，放到了切割机上。他摆正石头，切刀对准石头的一端，一刀下去，只切了五分之一。

"你会不会切呀？"沈向葳着急了，想要推开郑道，"要切中间，你切边上干什么？"

"废石切中间，有宝的石头，肯定要切两边了，万一切坏了翡翠怎么办？"郑道一脸笑容，笑容中洋溢着自信的光芒，又一刀下去，切到了另一端，两头切过之后，石头只剩下了中间部分。

胡说现在也有几分按捺不住了，要拿手电筒照一照，被郑道拒绝了，郑道继续下刀，如切西瓜一般，又分别切了几刀，石头缩小到了原来的三分之一。

但石头还是石头，没有任何迹象表明石头里面有宝贝。毕问天一颗心提到了嗓子眼里，毫不夸张地说，他有至少十年没有这么紧张过了，没想到，今天居然为一个素昧平生的年轻人而提心吊胆。

"别故弄玄虚了，这块石头里面绝对没有翡翠，赶紧一刀切了拉倒，也好死心。"胡说被郑道的东一刀西一刀弄得火起，失去了耐心。

"好饭不嫌晚。"郑道也不生气，嘻嘻一笑，再次一刀切下，火花四溅过后，石头又少了一个角，"你们都太缺少耐心了，很多时候，奇迹都是诞生在一瞬间。也许你已经期待了很久，耐心已经完全耗尽，不要紧，你可以再休息片刻，然后再睁开眼睛，你会发现，世界永远不会亏待你的付出。"

郑道的话，沈向葳没听进去，她是急性子，胡说也没听进去，他迫切想要看到郑道输了之后沮丧的表情，毕问天却听了进去。

毕问天一脸紧张的表情立刻舒缓了下来，是呀，郑道说得对，许多人没有成功，不是因为努力不够，也不是因为付出不够，更不是因为能力不够，而是因为耐心不够。在付出了足够多、努力了足够久之后，在等待的过程中，在即将成功的前夕，却失去了耐心，放弃了等待，转身离去。却不知道，就在转身的瞬间，身后绽放了一朵娇艳之花。

"啰唆！"沈向葳免费奉送了郑道一个大大的白眼，作势要抢郑道的石头，"你再不赶紧切开，我就要自己动手了……"

"好，好。"郑道才不会让沈向葳出手，沈向葳出手没深没浅，他背着对沈向葳，然后又切下了一刀。

郑道背对沈向葳的时候，不但挡住了沈向葳的视线，同时也挡住了胡说和毕问天的视线，切割机的声音一停，郑道没有转身，而是愣住了。

"什么情况？"胡说冲了过去，推开了郑道，只看了一眼，也愣住了。

"没宝石就算了，也没什么大不了的，郑道，别哭，乖，剩下的几十块石头我全包了，今天不切出宝石，我就不走了。"沈向葳拍了拍郑道的肩膀，还想再宽慰郑道几句，她想当然地认为郑道愣在当场是又切开了一块废石。

不想等她挤到前面一看，也一下呆住了，嘴巴张大成了"O"形："啊、啊、啊，这是什么？"

毕问天离得最远，看不到背对着他的郑道手中拿的石头里面到底有什么，若是以前，他必定不会主动向前看个清楚，因为以他的实力和财力以及见多识广，不管多极品的翡翠都不过是一块更精美的石头而已，就算价值几百上千万，对他来说也没什么意义。

但今天不同，石头里面有没有翡翠，是不是极品翡翠，事关他对郑道判断的正确与否。他再难保持不动如山的风度，也向前一步，挤到了前面。

郑道手捧一块石头站立当场，一动不动。

仔细一看，郑道手中如捧至宝的依然是一块平淡无奇的石头，毕问天大感失望，被郑道的故弄玄虚弄得心头火起，耐心尽失，转身就走。不料就在回身的刹那，眼睛的余光扫到了切割下来的另一块石头，一块碧绿的翡翠被包裹在石头之中，犹如拳头大小，绿意盎然，晶莹如春天新发的柳芽。

翡翠以绿为贵，毕问天粗通翡翠，知道切出来的翡翠虽不是极品的玻璃种帝王绿，但也是罕见的极品玻璃种绿翡翠。从大小和成色来看，价值少说也在十万以上。

十万还是一百万的价值，对毕问天来说没有意义，但最后一块石头切出了翡翠的事实，顿时点燃了他内心熊熊燃烧的火焰，说明他没有看错郑道，更说明郑道确实有过人之处。

但……郑道到底是怎样准确无误地判断出了最后一块石头中包裹翡翠？毕问天虽然不是此道中人，也深知赌石之事，眼力、运气、经验缺一不可，其中还是运气的成分占据了重要因素，即使是赌石多年的资深人士，也不敢说哪一块石头里面必定会有翡翠。否则，也不会有人开采原石便宜出售，直接自己切出翡翠岂不赚得更多？

毕问天在惊喜之余，对郑道的兴趣越来越浓，结交郑道将郑道培养成他的接班人的想法也越来越强烈。

胡说愣了足足有两分钟。他开店有几十年了，还是第一次切出如此极品的翡翠，就如凭空捡了一个天大的宝贝一般，他睁大了眼睛，屏住了呼吸，不敢相信自己的眼睛，也不愿意相信郑道的狗屎运。

相信不相信，事实已经发生了，胡说在震惊过后的第一念头是欣喜若狂，因为根据郑道制定的规则，他现在有资格回购郑道手中的极品翡翠。

"这是……宝石？"沈向葳一把从地上拿起石头，翻来覆去看了几眼，并没有太多的惊喜，"看上去也不怎么样，就是一块绿绿的石头而已，能值一千块吗？"

下午三点多的光景，阳光依然强烈，照得人睁不开眼，热浪滚滚，没有风的话，站在太阳底下，片刻就会出汗。

郑道和沈向葳、毕问天站在胡一刀门店的门口，和进去的时候相比，郑道多了一个背包。背包不大，鼓鼓囊囊，里面是十五万现金。

没错，郑道切出来的极品翡翠，胡说报价十万，郑道不同意，最后以十五万成交。等于是说，郑道在胡说面前上演了一出完美的借鸡生蛋的大剧，最终凭空赚了十五万元。去除沈向葳之前的几千块开支，净赚也有十四万之多。

　　拍了拍郑道的背包，沈向葳还是不太相信刚才发生的一切。她对钱没有概念，却对郑道准确地从七块石头中切中一块极品翡翠百思不得其解。从刚才她赌石的经验以及胡说透露出来的信息，她已经知道赌石致富的概率和买彩票中奖的概率一样。那么这就说明，郑道绝对不是瞎打误撞，他明确地知道哪一块石头里面有宝贝。

　　问题是，就连从事了一辈子赌石事业的胡说都不敢确定哪块石头有宝贝，郑道凭什么知道？她对郑道的好奇心越来越浓厚，觉得郑道在年轻俊朗的外表下，隐藏着太多不为人所知的秘密。

　　偏偏她又是一个喜欢探秘之人，所以她忘了她才和郑道认识不到三个小时，就亲密无间地抱着郑道的肩膀："郑道，道哥，哥们儿，你到底是怎么做到的？难道你和孙猴子一样有一双火眼金睛？"

　　郑道以前经常被何小羽抱住脖子，或许是因为和何小羽一起长大的缘故，他不觉得何小羽的举动有什么不妥，但现在被沈向葳一抱，心中猛烈地跳了几下，也不知是沈向葳清新而淡雅的香气让他为之心动，还是她过于亲昵而不避嫌的举动触动了他内心最柔软的地方。

　　沈向葳的个头没有郑道的高，她抱住郑道的脖子要踮起脚尖，而且她穿的是连衣裙，胸口虽然不低，却由于距离郑道过近，并且姿势不对的原因，正好让郑道看清她的胸前风光。

　　郑道不是有意欣赏，实在是沈向葳脖子颀长而优美，锁骨迷人而性感，肤白胜雪，他被沈向葳一抱脖子，只能低头，一低头，目光就落在了她的脖子、锁骨和胸前一抹动人的洁白之上，他顿时有一阵目眩神迷之感，忙挣脱了沈向葳的胳膊，跳到了一边。

　　"又害羞了？真好玩。"沈向葳见郑道脸微微一红，又想起了和他在医科大学校园内初见时的情景，开心地笑了，"郑道，你不会还没有谈过女朋友吧？你不会真是纯情小男生吧？"

　　沈向葳穿着蓝色连衣裙，风吹裙动，在夕阳的映衬下，犹如一泓秋水碧绿如玉，当前一站，眉如黛，脸如月，耳如彩虹，当真是一个绝世美人。尤其是她戴了一副大大的没有镜片的蓝色镜框眼镜，配合束了一个俏皮的马尾辫，虽然不如何小羽的马尾辫更显青春活力，却多了华丽优雅的趣味。最难得的是，她大大的蓝色眼镜框衬托得她又萌又可爱，偏偏她又天生具有高贵的气质，综合了可爱和华丽的她，集萌和优雅于一身，顿时让人眼前一亮，有一种怦然心动的向往。

有些女人美在外表，虽然漂亮，却没有气质。有些女人美在气质，虽不惊艳，却让人第一眼叹服，第二眼沉迷。还有些女人，既有外表的美丽，又有内在的气质，初见之下惊为天人，接触之后方知是女神。

沈向葳就是少数的外表美和内在气质完美统一的女孩，她不但人长得漂亮，清冽如泉水，而且周身上下隐隐流露出出尘之意，如高山云雾，又如天上白云。

郑道心中微叹一声，叹息沈向葳近乎完美的美丽和身患不治之症的强烈反差，就如一件完美的艺术品即将被打碎，是一种无比痛心却又无可奈何的悲伤。

如果没有认识沈向葳，郑道或许还不会如此痛心。但随着接触的深入，他越来越被沈向葳的开朗、活泼感染，她是一个美丽的女孩，身患怪病不是她的错，她也不应该在如花的年华就凋谢。既然她遇到了他，既然他会中医，医者父母心，他就应该竭尽全力挽救她的生命，而不是遵循爸爸的叮嘱，为了避免暴露真实身份而避世不出。

从小看过无数儒家书籍的郑道，骨子里深受儒家思想影响，不为良相必为良医，修身、齐家、治国、平天下，是一直隐藏在内心深处的最高情怀。为天地立心，为生民立命，为往圣继绝学，为万世开太平，也曾经是爸爸一生所追求的境界。只是不知道爸爸受到了怎样的挫折，最终导致爸爸愤世嫉俗，隐匿世间，再也不肯出手救治一人。

郑道笑笑："石头有灵性，人也有，如果你的心静到了极点，就会听到石头的歌唱。玉是石之心，有玉的石头，唱的歌会比没玉心的石头的好听。所以，如果你能听到石头唱歌，那么哪块石头有玉心，哪块石头没有，一听就知道了。"

"又骗人，才不信你的鬼话，石头会唱歌？你当我是三岁小孩子？"沈向葳被气笑了，伸手去打郑道，"你貌似老实，其实坏得很，骗人的时候眼睛都不眨，太坏了你。别人是坏到明面上，你是坏到背后。"

郑道嘿嘿直笑，不解释，不回应。

毕问天心中的惊愕之意久久挥之不去，站在郑道的旁边，尽管阳光强烈，他却感觉不到炎热，心中翻来覆去只有一个疑问在萦绕——郑道显然不是相面大师，也肯定不是易经大师，更不是什么传说中的神仙中人，有没有神仙暂且不论，就算真有神仙，神仙也不会来到世间为了钱财而显示神通，因为对于吞云吐雾翱翔天际的神仙来说，钱有何用？在长生不老和逍遥自在面前，钱所能带来的作用不值一提。

毕问天纵横政商两界多年，在江湖之上市井之间，也多有他的传说。在商界，他是叱咤风云的隐形掌门人。在政界，他是一言断人生死的世外高人。在江湖和市井之间，他是前知五百年后知五百年的相面大师。但不管是哪一种身份，他都没有郑道一样一刀富贵的眼力。

是的，让人拍案惊奇的眼力，令人鼓掌叫绝的眼力，让人匪夷所思的眼力，令人难以置信的眼力！

毕问天有几次想开口问个清楚，到底郑道是怎样判断出七块石头中最后一块里面包含极品翡翠，几次话到嘴边又咽了回去。一是他自恃身份，不便开口；二是他也担心问到郑道忌讳的问题，因为能人异士大多都有个性，许多人不愿意谈论自己与众不同的能力。

不过毕问天知道机不可失失不再来的道理，他拿出一张名片："郑道，今天一见，我们也是有缘。来，留个联系方式，相信我们以后还有再见的机会。"

郑道对毕问天谈不上有什么印象，不过也能看出毕问天的非同一般之处。他接过毕问天的名片，见上面除了名字和电话之外，什么都没有，默然一笑："谢谢毕老。"

毕问天有意反问："谢我什么？"

郑道正色说道："刚才毕老在里面站在了沈向葳的旁边，让阳光进来，照亮了房间的黑暗，才让我看清了每一块石头的形状，听到了每一块石头的歌唱。"

你有我有全都有

"哈哈。"毕问天哈哈一笑, 心中却是怦然一惊, 知道刚才他有意站在沈向葳旁边助郑道一臂之力之举被郑道察觉了, 他也不多说什么, 心中愈加肯定了自己对郑道的判断, 挥了挥手, 手晃折扇扬长而去。

"这老头也是一个怪人。"沈向葳望着毕问天的背影, 歪着头, "他的眼神很亮很吓人, 好像能一眼看穿人心, 你想什么他都能知道一样。"

"他是一个高人, 他是有意接近我们。"郑道盯着毕问天的背影, 笑了一笑, 忽然一转身, "你也是一个高人, 不过你已经被我发现了, 就不要藏在后面了, 赶紧现身。"

"谁? 谁呀?"沈向葳吓了一跳, 左看右看前看后看, 没发现有人, 正想责怪郑道又骗她之时, 突然一个人影闪了出来。

"道哥, 又被你发现了, 真没劲。我觉得我的跟踪本事差不多可以出师了, 怎么每次都逃不过你的氪金狗眼?"王淞嬉皮笑脸地闪身出现在郑道和沈向葳面前, 习惯性地左右观察一番, "我的事情办完了, 你的事情办妥没有? 这是什么? 我勒个去, 发财了, 太牛了, 道哥, 你是我一辈子的人生偶像。不行, 你赚大发了, 今天晚上得你请客了。"

王淞发现了郑道背包里面的巨款, 兴奋异常, 差一点就欢呼雀跃了。

"别捣乱, 说正事。"郑道顺手将背包交给王淞, "钱都给你也没关系, 反正你保管和我保管一样。说, 有什么发现?"

王淞不是没有见过钱, 是没有见过郑道拥有这么多钱, 他的开心是替郑道高兴。郑隐的失踪导致郑道失去了经济来源, 而且郑道又是一个不愿意接受别人资助的人, 现在好了, 郑道解决了生存问题, 他心中一块石头落了地。

"事情比想象中复杂……"王淞不是警察胜似警察, 微一沉思, "对方很有一套, 眼见我快要凑过去时, 不知道怎么对方就发现了我, 开车跑了。我才不能放对方这么轻易溜掉, 叫了一辆三轮车跟在了后面。沈向葳, 你不要翻白眼, 三轮车最安全, 要是出租车跟踪, 一准被对方察觉。现在这么堵车, 宝马 X5 也跑不快。跟了对方两条街, 对方停在了一栋楼下, 你猜是谁家的大楼？"

"谁要猜，赶紧说，别啰唆。"沈向葳抬腿踢了王淞一脚，"最烦话说一半的人，吞吞吐吐，不男人。"

王淞一咧嘴，摇头一笑："好，姑奶奶，听你的。宝马X5停在了花满楼……"

"花满楼？好花常开集团？"沈向葳立时一惊，"车里的人是不是何无咎？"

好花常开集团是省内著名的大型企业之一，二十年前由花向荣一手缔造，时至今日，好花常开就如一朵长盛不衰的鲜花，越开越艳，产业涉及房地产、医疗、酒店、能源以及互联网行业，不但在省内商界拥有举重若轻的地位，放眼全国，也是让无数人无数企业仰视才见的存在。

好花常开集团的总部是位于中山路和中华大街交叉口的花满楼大厦，当初高达三十五层的大厦落成之后，许多人猜测会被命名为和集团同名的好花常开大厦，不料名字推出后许多人哭笑不得，居然被命名为颇有古典韵味的花满楼。

由于花满楼名字的另类，以及花满楼在石门的无人可及的高度和奢华，花满楼就成了石门一景，几乎无人不知无人不晓。

郑道也知道花满楼，更听说过好花常开集团，却并不知道何无咎和好花常开的关系。

"就是何无咎。"王淞嘿嘿一笑，搓了搓手，"车里不但有何无咎，还有一个一头白发的老头，哇，你们是没见到，老头太帅太有卖相了，穿一身太极服，拿一把折扇，一双布鞋，走路的时候，好像脚不沾地一样，完全就是一个活神仙。要是他穿上古代的衣服，再背一把宝剑，我说不定当即就拜他为师了……"

"扯远了，赶紧收回来。你也太没原则，见人卖相好就想拜师，这年头，卖相好的骗子多了去了。"沈向葳对王淞进行了毫不留情的批判，然后想起了什么，又扑哧乐了，"你不会被老神仙的卖相迷住了，然后被何无咎发现了吧？"

"别提了。"王淞一脸沮丧，"还真被你说中了，不过我不是被何无咎发现，是被老神仙逮住了。"

"逮住了？"郑道知道王淞说话很注意遣词造句，不用被发现而是用逮住，肯定事情比较严重，"老神仙对你说什么了？"

王淞深刻地摇了摇头，一脸悲伤成河的表情："何无咎下车后，和老神仙一起上楼，我跟在后面。进了大厅，才发现何无咎和老神仙不见了。正琢磨着要不要跟到楼上时，突然有人拍我的肩膀，回身一看，哎呀我的妈呀，身后居然站着老神仙。"

"老神仙慈眉善目地问我，你是不是在找我？我当时就蒙了，点了点头，都不知道说什么了。老神仙又说，跟我出来一下，我有话对你说。我就觉得一双脚不属于自己一样，轻飘飘地就出了大楼，来到了外面。在一棵梧桐树下，老神仙背着手站定，对我说，年轻人，你要小心，别被好奇心害了。然后他又问我，你认识郑隐和郑道吗？"

郑道怦然心惊，不是因为老神仙点了他的名字，而是因为老神仙说出了他爸爸的名字。

爸爸姓郑名隐，确实如一个隐士一般生活。在他的记忆里，爸爸几乎没有朋友，即使是在何家租住多年，爸爸和何不悟的关系也极其一般，五年来，两人之间说过的话总共不会超过二十句。

郑道一度怀疑爸爸在石门，不，整个世界，会不会有十个以上的朋友？恐怕没有。爸爸从来不和外界联系，也没有外界人士联系他，他完全过着与世隔绝的生活，除了赚钱养家之外，没有任何应酬。

郑道相信，知道爸爸名字的人，据他所知，应该不会超过十个，而且全是和他关系密切之人。所以，乍听到一个完全陌生的老者冲王淞说出爸爸和他的名字，他不怦然心惊才怪！

"你怎么说？"郑道忙问，"老神仙到底是谁？"

"我当然说不认识了，我又不傻。"王淞梗着脖子，不过在郑道意味深长的目光的注视下，片刻之后就又说真话了，"我开始说不认识，不过老神仙不相信，他说他知道我叫王淞，和你是死党是哥们儿，还说他神机妙算，什么都瞒不过他。我一想也是，老神仙掐指一算，上知五百年下知七百年，我就一五一十地说了真话……"

"大笨蛋大傻瓜，王淞，从现在起，你就叫井哥了。"沈向葳听不下去了，气得狠狠踢了王淞一脚，"你也太没节操太没智慧了，被人一诈，什么话都交代了，你简直比猪还笨。哪里有什么老神仙，估计就是何无咎找来的江湖骗子。井哥，你横竖都是二。"

王淞被踢得一咧嘴，不敢还嘴，更不敢还手，嘿嘿一笑："我、我、我当时也是被老神仙震住了，主要也是他什么都知道，我不信都不行。后来在回来的路上我觉得不对了，老神仙如果真是神仙，他就不会用疑问的语气问我认不认识郑隐和郑道了，而是会直接用肯定的语气说出来。"

"你到底对老神仙说了一些什么？"事关爸爸，郑道有几分焦虑。

"也没说什么。"王淞自知理亏，不好意思地跺了跺脚，"我就简单一说我们的关系，还说了你和你爸爸的事情，对了，老神仙还知道你爸爸失踪了……"

"什么？老神仙到底是谁？"郑道大惊失色，爸爸失踪的消息，到目前为止，应该不会有超过五个人知道，除了他和何小羽之外，就是王淞和王淞爸爸清楚，连何不悟现在还被蒙在鼓里，一个毫不相干的人，怎会一口道出真相？

"我也不知道他是怎么知道叔叔失踪的事情。他说他叫何子天，他不但认识毕问天，还认识关得和全有，他让我转告你一句话……"王淞回想起当时的情景，总有一种不真实的感觉，因为何子天太厉害了，每一句话都无比犀利，每一句话都准确无误，问题是，他和何子天素昧平生，才是第一次见面。

"什么话？"郑道回想起遇到关得和全有时的情景，再联想到毕问天的出现，直觉告诉他，爸爸的失踪有没有不得已的苦衷暂时不说，只说爸爸失踪的时机，绝对是一个关键的时间节点。

"何爷说，远离关得和全有，不要相信毕问天的话。如果不听他的话，不但你爸爸可能会永远消失，你的前途会一片黯淡，甚至你连命都会丢掉……"王淞忽然仰天大笑，"哈哈哈哈，本来一开始我还觉得老神仙仙风道骨，是一个世外高人，等他说完这番话后，我立刻就把他拉进了黑名单，这哪里是什么神仙，完全就是一个装神弄鬼的神棍。"

郑道却没有笑。从爸爸失踪，到全有和关得的出现，再到毕问天和何子天，隐隐之中似乎有一条线将所有的事情串联起来。到底是什么线，他现在还没有头绪，但可以肯定的是，爸爸说不定不但认识全有、关得，而且还认识毕问天和何子天。

"事情恐怕比想象中复杂……"郑道想了想，没有头绪，就暂时将难题放到了一边，"时间差不多了，先陪我去全有大厦，见见传说中的全有和关得再说。"

"好的，没问题。"王淞现在喜忧参半——喜的是，郑道暂时解决了生存难题；忧的是，突然出现的全有和关得，以及毕问天、何子天，各怀心思，恐怕都各有打算，相比生存，他现在更担心郑道的安全，"道哥，你说实话，你和叔叔是不是以前浪迹江湖的时候，得罪过什么仇家，为了躲避仇家的追杀，才藏在了善良庄，现在被仇家发现了，所以叔叔先溜了，留下你来断后？"

郑道哭笑不得："你乱七八糟的小说看多了吧？还江湖，还仇家，你以为生活是电影电视剧呀？真有你的。"

"嘿嘿，嘿嘿，也不能怪我想得多，实在是今天发生的事情太吓人、太难以想象……"王淞嘿嘿笑了起来。

"我想回家了……"沈向葳打了一个大大的哈欠，困意和疲倦袭来，她瞬间变得无精打采了，"送我回家，我不想玩了。"

真是一个没心没肺的丫头。郑道暗暗摇头，虽然和沈向葳年纪相仿，在他眼中，沈向葳就如一个没有长大的小女孩一般，他觉得他应该像家长一样保护她。

"好，送你回家。"郑道和沈向葳、王淞出了乌有巷，拦了一辆出租车。

几人上车，沈向葳说出了地址："书香世家。"

"你住书香世家？"王淞一惊，"你是沈雅的什么人？"

"要你管？"沈向葳和郑道坐在后座，王淞坐在副驾驶座上，她懒洋洋地看了王淞一眼，"你怎么不问问，我是何无咎的什么人？"

"就是，忘了问你是何无咎的什么人？"王淞顺水推舟，正好他也纳闷很久了，就张口问了出来。

"我是他女朋友。"沈向葳白了王淞一眼，又故意挑衅一般看向了郑道，

"郑道，你觉得何无咎和我在一起，像不像一对恋人？"

郑道双手抱肩，一脸浅浅的笑意："不发表意见。"

"你什么意思？"沈向葳推了郑道一把，"是不是觉得何无咎配不上我？"

郑道虽然没有谈过恋爱，但是小女孩的心思还是懂一些的，他继续装傻："不知道，再说，也不关我的事情。"

"哼，真没劲。"沈向葳生气了，不理郑道，闭上了眼睛。她的睫毛很长，眼珠不停转动，睫毛微微颤抖，夕阳照在她的脸上，有一种迟暮之美。

可惜的是，她正值青春年华，却有了迟暮的气象，不得不说是一种无可奈何花落去的悲哀。

半个小时后，车到了书香世家，沈向葳下了车，只冲郑道摆了摆手，就转身进了小区的大门，连一句话也不肯多说。

书香世家距离全有大厦不算太远，不到半个小时后，郑道和王淞就已经站在了全有大厦的大堂之中。

如果说花满楼是石门名气最响的第一高楼的话，那么全有大厦就是石门最有个性的大厦。全有大厦的个性不仅体现在整栋大楼是一个圆柱形，而且还在于除"全有大厦"四个醒目的大字之外还有一行小字，类似于新闻标题的主题之外，另有一个副标题，起到了画龙点睛的解释作用。

——你有我有全都有！

你有我有全都有是全有的口头禅，也是他对自己名字的最佳诠释，同时也是他人生的座右铭。也正是依靠先你有后我有的人生理念，全有才一路逆袭，从一个社会底层没有人脉没有社会资源的穷小子，最终成为战胜了一个又一个强有力的竞争对手的胜利者，一步步走向了人生的巅峰。

全有大厦的一层装修得很是简洁，简洁之中却透露出一股祥和的气息。东南西北四个角落各有一棵盆栽木本植物，郁郁葱葱充满生机。共享空间有一个水晶吊灯，虽是水晶材质，却类似中国古典的莲花灯造型。再看正门对应的侧门和后门，正好形成气流贯通，却又绕大堂中间的假山一圈，不至于形成直接的一进一出的格局。

直接的一进一出，不利于聚财。

郑道暗暗赞许，表面上大堂的布局简单明快，其实暗含五行平衡之道，显然是高人手笔。和许多大楼的大堂胡乱布局不同的是，全有大厦推崇中式风格并且讲究风的流通和水的流畅，正合"万物负阴而抱阳，冲气以为和"的大道。

"怎么有点像日式风格？"王淞是第一次来全有大厦，左右看看，有点失望加愤慨，"本来我对全有还挺崇拜的，没想到他是一个媚日的家伙，从现在起，他被我拉进人生黑名单了。我不再当他是人生偶像，当他是媚日流氓。"

"没文化真可怕。"郑道摇头笑了笑，打了王淞一拳，"可别在外人面前这么说，会被人笑掉大牙的。什么日式风格，这是唐朝风格。日本的建筑风格全部受汉唐的影响，一直传承到了今天。中国文化出现断层之后，忘掉了传统之根，结果中国许多传统的东西在日本得以完好地保存。日本不管是礼仪还是建筑风格，以及生活的方方面面的习惯，都带有汉唐时的烙印。"

"真的呀？"王淞高兴了，"谢谢道哥提醒，以后我也是有文化有内涵的中国人，不盲目仇日。"

"算你聪明。"郑道开心地笑了，"仇恨解决不了任何问题，仇恨也不能让自己进步。仇日和仇富一样，你仇恨富人，富人就成穷人了？你仇恨日本，日本就不是发达国家了？要充分尊重对手，发现对手的优点并且想方设法超越对手，才是正道。"

"说得好，对对手最大的尊重就是超越对手，而不是仇恨对手。仇恨是无能的表现。"郑道话音刚落，一个响亮的声音从背后响起，全有大步流星地下楼，热情洋溢地握住了郑道的手："不好意思，郑道，刚才接待客人，来晚了一步，让你久等了。"

全有典当行

郑道暗暗赞许，以全有的身份地位，能如此待人接物，说明他确实虚怀若谷，平易近人。上善若水，利万物而不争，而水流无形，流往低处。人越是谦和，就越有人格魅力并且越聚财。

"全总客气了。"郑道热情地回应全有。他对全有印象很好，此人不但举止得体，言谈之间还别有风趣，让人不由自主地信任并且愿意接近，"我也是刚到，约好的时间是下午五点，时间正好，不早不晚。"

随后郑道又介绍了王淞，全有对王淞的意外到来，没有流露出丝毫的不满和不快，热情地和王淞寒暄了几句，就带领郑道和王淞上楼。

郑道跟随全有来到二楼的一间会议室，会议室里面已经坐了几个人。郑道一进门就愣住了，映入眼帘的一脸愕然和他对视的一人不是别人，正是何无咎。

怎么何无咎也在？

不但何无咎在，柴硕也在。

柴硕坐在何无咎旁边，正在低头玩手机，抬头见郑道进来，也顿时惊呆了。

"郑……道，你怎么来了？"柴硕放下手机，揉了揉眼睛，"沈向葳呢？"

"沈向葳呢？"何无咎语气不善地质问郑道，"郑道，你不要对向葳有什么想法，你一个穷小子，根本就配不上她。如果你敢打她的主意，小心我让你下半生生活不能自理。"

"你再说一遍？"何无咎的话顿时激起了王淞的怒火，他向前一步，举起了拳头，"信不信我现在就让你生活不能自理？"

"别闹。"坐在何无咎对面的一个打扮十分休闲的女孩斜着眼睛看了何无咎和王淞一眼，"都是成年人了，要懂礼貌，不要在别人的地方展现自己的幼稚和冲动。再说我们要清楚一点，我们来好景常在生命科学研究所，是来工作和学习的，不是来打架和争风吃醋的。要是你们控制不了自己的下半身，我建议你们到外面解决，不要影响大家的心情，也不要耽误大家的时间。"

休闲女孩穿了一身飘逸的白色休闲服，类似太极服，但又不像，她一头干练的短发，巴掌小脸，眼睛又大又圆，很轻松随意地坐在椅子上，双手托腮，看上去很萌很无害，刚才的一番话却是既犀利又毫不留情。

休闲女孩不是第一眼美女，但却十分耐看。第一眼可爱，第二眼养眼，第三眼惊艳。对，第三眼的时候你才会发现她的漂亮是不动声色的美，就如秋日晴空之上的一朵白云，许多时候被我们忽视。但如果你仰望天空，你会发现，原来白云是如此的纯净和飘逸，又是如此的动人和美丽。

"萧小小，这里没你什么事儿，你不要多嘴。"何无咎一拍桌子，怒视休闲女孩，"记住一句话，多管闲事多吃屁。"

萧小小一拍桌子，纵身跳了起来："我是全有请来的客人，你没资本对我指手画脚。要是你不服气的话，我们就到外面练练。"

王淞乐了："萧小小，你用词不当，应该是何无咎没有资格对你指手画脚，而不是没有资本。"

萧小小对王淞怒目而视："我说是没有资本就是没有资本，你是谁，哪里冒出来的？记住一句话，多管闲事多吃屁！"

王淞也不生气，摊开双手："得了，我自讨没趣行了吧？"

房间中除了何无咎、柴硕、萧小小之外，另外还有两个人，一个是其貌不扬的小个子男生，看上去二十岁出头，黝黑，小鼻子小眼睛小耳朵，而且瘦，总之给人第一眼的感觉就是他是一个非常委琐的小矮人。他坐在角落里，又蜷缩在椅子里，几乎没人注意到他的存在。就连郑道刚进来时，第一眼也忽略了他。

不过随后郑道就感觉到了哪里不对，因为直觉告诉他，房间中总有一股不和谐的气息。气息不是来自嚣张的何无咎，也不是来自咄咄逼人的萧小小，而是来自一个角落。

正是黑瘦小个子男生所在的角落。

一个人有气场，一个环境也会有，同样，在一个房间中聚集了一群人，如果气场不和谐，必定是有一人与其他人格格不入。奇怪的是，与其他人格格不入的不是何无咎，不是萧小小，居然是黑瘦小个子。

和黑瘦小个子截然不同的是，另外一个人虽然也是没有说话，不过她一副幸灾乐祸的表情和跃跃欲试的姿态出卖了她的内心。她个子不低，站在黑瘦小个子男生旁边，一头长发一身长裙，瓜子脸，柳叶眉，樱桃小口，皮肤白皙，乍一看，如同一个娴静的古典淑女。但她一脸夸张而压抑的笑容显示出了她内心的欢呼雀跃，说明她只不过长相和打扮像是淑女，本质上却是一个唯恐天下不乱的主儿。

全有拍了拍手掌："人都到齐了，我介绍一下，我叫全有，你有我有全都有的全有。你们也许知道我，也许不知道，不管知道不知道，现在就都知道了。我的理念就是，你有了我才有，然后大家才能全都有。这位温柔文静漂亮大方的女孩叫苏夕若，毕业于中国传媒大学导演系。"

长发长裙女孩朝众人挥了挥右手，粲然一笑："苏是苏东坡的苏，夕是夕阳的夕，若是般若的若，很高兴认识大家，请多多关照。"她弯腰致意，笑意盈盈。

全有点头，手指何无咎："何无咎，医科大学高才生。"

何无咎冲众人微一点头，目光有意无意在郑道脸上停留了半秒钟："我叫何无咎，毕业于医科大学，很高兴和你们成为同事。"

同事？郑道明白了什么，心中却想，全有果然是一个怪人，如果说邀请他和何无咎加盟好景常在生命科学研究所还说得过去的话，那么传媒大学导演系毕业的苏夕若的加入，就让人摸不着头脑了。

全有手指萧小小："萧小小，毕业于中国地质大学珠宝学院。"

珠宝学院？郑道糊涂了，全有在布什么局玩什么花样？

萧小小很随意地站了一站："我叫萧小小，叫我小小就可以。我脾气不好，你们最好别惹我，谁惹我我跟谁急。对了，强调一下，我是毕业于珠宝学院，但我最向往的职业是警察，同时，我也上过警校。所以你们谁想跟我挑战……你们懂的。"

话一说完就坐了下来，跷起了腿，一副别惹我烦着呢的神态。

王淞哈哈一笑："你上过警校？真的假的？你不会是卧底警察吧？"

萧小小白了王淞一眼："离我远点儿。"

王淞摸了摸头："不好意思，忘了刚才我已经在你面前自讨没趣过一次了，我怎么这么不长记性？"

苏夕若咯咯地笑了："你叫什么名字？你可真有意思，真好玩，我想认识你。"

王淞受宠若惊："真的呀？我叫王淞，愿意和你交朋友。"

"现在不是你们交朋友的时候，请尊重别人的时间。"黑瘦小个子男生站了起来，他目光紧盯着王淞的眼睛，阴郁而阴冷，"王淞，你不是五人组的人，请你闭嘴。我自我介绍一下，我叫范无救，毕业于中国人民大学哲学系。如果你们有任何生命科学和哲学上的困惑，都可以找我聊聊，我一定可以帮你们解惑。"

何无咎冷笑一声："大言不惭，就凭你，还要帮别人解答生命科学和哲学上的困惑，你的意思你是全才了？真服了你了，自吹自擂，自恋加自大。"

范无救冷冷地看了何无咎一眼："何无咎，你表面上不可一世，其实骨子里很自卑，因为你并没有多少自信，也许和你的家庭有关，也许和你的性格有关，不管是什么原因，我可以明确地告诉你，你的自大和自恋只不过是为了掩饰你的无知和无能。"

何无咎勃然大怒："范无救，你再敢说一句，信不信我……"

"好啦好啦，不要闹了，你们以后会是同事，是好景常在生命科学研究所全有典当行的第一批员工，也是创始团队。你们要精诚合作，才能打造一个战无不胜攻无不克的团队出来。"全有制止了何无咎和范无救的吵闹，回头看向了郑道，"下面隆重推出全有典当行最后一个加盟者郑道。郑道，医科大学的高才生，郑重其事的郑，大道至简的道。"

郑道微一点头，淡然一笑："大家好，我叫郑道，很高兴和大家成为同事。虽然之前全总让我过来，说是让我加入好景常在生命科学研究所，现在却被告知是全有典当行，但我还是很期待即将到来的一切。不管人生给你准备了怎样的生活，总会有惊喜有失落。不过我还是选择相信全总，相信你们。谢谢。"

何无咎无动于衷地看了郑道一眼："虚伪。"

范无救双手抱肩："没看出来，人长得不错，话也说得漂亮。"

萧小小斜着眼睛打量郑道："有点意思，你比何无咎好看多了，也让人感觉舒坦多了。"

苏夕若跳了起来，鼓掌叫好："说得太好了，简直就是一次声情并茂的演讲。郑道，你太有才了，像你这样既有才又高颜值的男生真的太少了，能和你成为同事，是我的荣幸。"

全有拍了拍手，笑道："好了，我解释一下，全有典当行是好景常在生命科学研究所的全资子公司，肯定有人会觉得为什么打着好景常在生命科学研究所的名义招聘，而不是全有典当行，告诉你们一个秘密，因为你们加入了全有典当行之后才会发现，原来真正的生命科学研究，就在典当行里面。"

王淞不明就里："怎么会？生命科学研究和典当行完全是风马牛不相及的两个行业，全总，当年听说您在落魄的时候还骗过叫花子钱，骗了一百多块，有没有这回事儿？"

全有哈哈一笑，知道王淞的言外之意是对他的说法产生质疑，也不过多解释："没错，是有这回事儿。准确地说，是骗了叫花子老编一百五十六块三毛钱，后来我还了他一百五十万。好了，不说这些陈年旧事了，现在我带领大家参观一下全有典当行。"

几人跟随全有下楼，绕过大堂的假山流水，来到外面，几人才发现原来全有大厦的底商有一半打通连在一起，上面有醒目的"全有典当行"五个大字，金光灿灿，是古朴的隶书，并且有意取拙，拙朴而典雅，有大巧若拙之意。虽然没有署名，但明显可以看出出自名家手笔。

大门两侧有一副对联。上联：攘攘熙熙有无相济；下联：生生息息尔我均安；横批：你有我有全都有。

此时已经夜幕初上，全有典当行却是灯火通明。无数 LED 灯泡照得近一千平方米的大厅无比明亮，崭新的柜台，各种琳琅满目的奢侈品，高大的花瓶，令人目眩神迷的珊瑚树，让包括郑道在内的所有人都瞠目结舌。

别人震惊的是不是见所未见的奢侈品郑道不知道，他只知道的是，他震惊的并不是满目的奢华，而是全有典当行的整个格局无一处不透露出精心营造的平衡和和谐。大多数人都懂一些平衡之道，知道怎样摆放家具更和谐、更赏心悦目。但在和谐和赏心悦目之外，典当行各种物品的摆放，金器所在的位置，玉器所在的方位，珊瑚所在的高度，都是精心为之。

说明规划典当行格局之人，胸中有丘壑，手下有乾坤。

全有站在几人的中间，右手一挥："从明天起，你们就是全有典当行的第一批员工了。你们肯定会想，会疑惑，为什么打着好景常在生命科学研究所的名义来招聘，最后你们工作的地点却是全有典当行，我现在还不能告诉你们。不是我故弄玄虚，而是我也不知道，哈哈。好了，不多说了，答应你们的待遇和福利不会变，你们只管做好本职工作就行了，相信全有典当行不会让你们失望，相信我全有也不会让你们失望。你们参观一下，签了协议就可以走了，明天起，正式上班。"

全有话一说完就转身走了。

王淞一拉郑道："道哥，我怎么感觉到了阴谋的味道？你真的决定留下来了？不怕被骗了？我总觉得全有设了一个局，拉你们跳坑，是在谋划一个惊天阴谋。"

郑道哈哈一笑："你可真敢想。"

王淞将郑道拉到一边："你想呀，你和何无咎是医科大学毕业的，加入什么生命科学研究所，也算专业对口。苏夕若毕业于传媒大学，萧小小毕业于珠宝学院，范无救毕业于人大哲学系，和生命科学研究所研究的方向完全不对路，你们全部算上，和典当行也不搭边。好吧，除了萧小小之外……可是组合了一帮乌合之众，不好意思可能用词不当，都来从事和原专业相差十万八千里的典当行业，要是没有阴谋才怪了。"

"阴谋个屁。"何无咎冷不防回应了王淞一句，然后又冷眼看向了郑道，"郑道，沈向葳是我的，你记住了。"

郑道也不生气，淡淡一笑："就算整个世界都是你的，和我又有什么关系？"

"说得太好了，太精彩太有哲理了。"苏夕若笑着鼓掌，她一拍郑道的肩膀，"郑道好样的，我就喜欢你这样的性格。"

范无救从郑道和苏夕若的中间走过，有意无意撞了郑道一下："现在就开始争风吃醋拉帮结派了？无聊，低俗，请继续。"

说完扬长而去。

萧小小轻蔑地笑了笑："还真是一群乌合之众，早知道和你们做同事，我就不来了。"

说完头也不回地转身走了。

何无咎冷笑一声，还想再嘲讽郑道几句，苏夕若却一把拉过郑道，夺门而出："走了，郑道。"

夜色灿烂如烟花，郑道和王淞在苏夕若的再三要求下，跟随她上了一辆出租车，一路朝西，车行半个小时后，来到了一处深宅大院。

"好了，我到家了，天不早了，就不请你们到家里喝茶了。晚安郑道，晚安王淞。"苏夕若站在路灯下面,昏黄的灯光衬托她的脸庞娇艳如夜来香,让她本来就白皙的肤色多了一层金色,格外朦胧动人。她说得轻松自然,丝毫没有因为郑道和王淞穿越了大半个城市送她而觉得有丝毫愧疚,而且郑道和王淞还是被迫送她。

"道哥,今天一天发生的事情,比我以前二十多年遇到的所有事情都要奇怪,都要有意思,以前真是白活了。"回去的路上,王淞生发了无限感慨,"萧小小、范无救、苏夕若、何无咎,个个都是怪人。对了,如果再算上沈向葳、柴硕和耿乙、岳悦的话,算是大开眼界了。"

郑道点头笑了笑,没有说话,心里却在深思一个问题,典当行到底和生命科学研究所有什么联系?以他对全有的侧面了解以及初步的接触,他不认为全有会有什么阴谋,但肯定是在布一个什么局。

至于今天遇到的奇怪的人和事,他倒没有多想。跟随爸爸漂泊多年,再稀奇古怪的人和事也遇到过。耿乙和岳悦并没有给他留下太深刻的印象,苏夕若几人也是,甚至包括何无咎和沈向葳,只有毕问天让他有一种前所未有的感觉。不是惧怕,不是渴望,也不是想要结识的冲动,而是一种说不清道不明的情绪。

03　筋斗云再厉害，也翻不出命运之手

"担忧他不好控制？"关得意味深长地笑了，"如果一个人可以被你牢牢控制，他的成就肯定极其有限，永远不会超过你的高度。越是不好控制的人，可塑性越强。记住一点，我们成立的五人组，不是一个普普通通的团队，而是一个肩负着重大使命的团队。一个团队成功的动力永远不是因为赚钱，而是时刻牢记的使命感和责任感。"

望闻问切

在胡说的门店赌石的时候，郑道对毕问天还没有太多感觉，现在越想越觉得他似乎错过了什么，毕问天的意外出现，出现之后的每一句话每一个举止，都大有深意。只是当时他沉浸在赌石之中，没有察觉罢了。

"我到家了。"一抬头，何不悟家已经在望了，郑道回身一拍王淞的肩膀，"你回去吧，陪我一天了，回去好好休息。"

"我就不回去了吧？反正两个房间也够住。"王淞不肯走。

郑道知道王淞是想留下陪他，怕他一个人触目伤感想起爸爸，到底是好哥们好兄弟，他心中一阵感动。

想了一想，郑道还是婉言拒绝了王淞："不用了哥们儿，你还是回家吧，要不你老爸又该收拾你了。我们明天见。"

王淞迟疑着不肯走："真的不用？"

郑道坚定地摇头："我是没有分寸的人？"

王淞无奈，只好点头："好吧，要是扛不住了，电我，我马上过来。"

郑道知道王淞家其实家教很严，白天怎么都好说，晚上不回家不行，再说他也不想让王淞陪他，有些困难只能自己扛，有些问题只能自己解决。

善良庄的路灯并不明亮，夜色如水，郑道的影子被拉得长长的，就如一个漫长的梦。

何不悟和何小羽都已经入睡，回到自己房间，郑道先是调息休息片刻，然后倒头便睡。一觉醒来，东方已经变亮，他来到露台之上，面朝东方，闭目养神。

"郑道，起床没有？我上来了。"

和往常一样，何小羽轻灵愉快的声音传来，话音刚落，她就如清晨的第一道阳光闪亮亮地出现在了郑道面前。

郑道施施然站在客厅，淡然一笑，接过何小羽手中的油条米粥咸菜，摆在了茶几上，也不客气，坐下就吃。何小羽也坐在了对面，拿起一根油条放到了嘴里。

"你怎么也吃？"郑道有些惊讶，平常何小羽都是饭后才送早饭上来，她会和何不悟一起吃早饭。

"我怎么就不能吃？你这话问得真没良心，白关心你了。"何小羽奉送了郑道一个大大的白眼，然后又开心地笑了，"都说和一个人最亲密的关系不是一起吃晚饭而是共进早饭，所以从此以后，我要天天和你一起共进早饭，你没意见吧？有意见请保留。"

"我……"郑道张了张嘴，想说什么，却被何小羽严厉的眼神制止，他只好点头，"共进早饭没问题，只要你晚上不偷偷摸摸上来就行。"

"你是想让我上来，还是怕我上来？你以为我不敢？哼，不过是觉得现在时机不成熟，不愿意强迫你罢了。"何小羽一仰头，一脸的自信。

郑道吓了一跳，下意识往后坐了坐："不是吧，你还真有这样的想法？何小羽，我在你家住是交了房租的，我不欠你钱，你不要这样好不好？"

"怎么就不欠我钱了？郑道，这样的话你都说得出口，你不脸红吗？"郑道话刚说完，何不悟的声音就从楼下响起，随后，何不悟的脑袋和酒糟鼻就依次出现，他来到郑道面前，手指郑道的鼻子，"你住我的房子吃我的饭，现在还想睡我的女儿，你自己挂个蹿天猴上天算了。本来你还有三天的期限，现在我改变主意了，立马交钱，晚上一分钟，走人。"

"爸！"何小羽将油条一扔，站了起来，怒气冲冲，"你年纪也一大把了，怎么能出尔反尔？一个人一两年说话不算话并不难，难的是一辈子说话不算话。你要是再这样下去，你别说会等回妈妈了，你连我都会失去！"

何不悟愣住了，满脸通红，过了一会儿，忽然跳了起来："何小羽，你翅膀硬了是不是？我告诉你，当年是我甩了你妈，不是你妈甩了我。她就算再回来，我也不会让她进门！你再敢向着外人，信不信我连你也……"

何不悟话未说完，眼睛直了，他的目光紧盯着郑道手中不知何时多出的三叠钞票，如同饿狼见到食物一样双眼放光。

"够不够？"郑道微笑，"一共三万块，两万算是房租，一万当早饭钱。"

"够，够了，足够了。"何不悟喜笑颜开，一把抢走郑道的三万块，夹在了胳膊下面，弯腰捡起何小羽扔在地上的油条，直接放到了嘴里，"行了，你们年轻人接着聊，我就不打扰你们了。小羽，以后不要乱扔东西，不管是一张纸还是一根油条，都不能浪费，听到没有？一粥一饭，当思来之不易；半丝半缕，恒念物力维艰……"

一边说，何不悟一边吃着油条下楼了。

郑道和何小羽对视一眼，无奈地笑了。

何小羽挽着郑道的胳膊，迎着朝阳，朝学校进发。一路上，她跳来跳去，就如春天的阳光一般明媚，早就将早晨的不快抛到了脑后。

到了石门大学门口，她才想起一个关键的问题："郑道，你从哪里来的钱？不是卖肾了吧？还是卖身了？"

郑道刮了刮何小羽的鼻子："卖肾卖身？亏你想得出来，凭我的本事，用得着出卖自己吗？"

何小羽嘻嘻一笑："知道你本事大，不过也不用自夸不是？好了，好了，我才不管你怎么赚的钱，只要不是偷来的抢来的骗来的就行，反正我相信我的郑哥哥总有一天会一飞冲天。"

郑道哈哈一笑："飞龙在天不如潜龙在渊。"

"什么意思？"何小羽不解。

郑道却岔开了话题："你多劝劝何叔，别再这样下去了，他现在的情况很危险。"想到了何不悟嗜酒如命又抽烟很凶的习惯，再加上斤斤计较的性格，长此下去，怕是病情会进一步加重。

"知道了，知道了。"何小羽并没有往心里去，她早就习惯了爸爸的生活状态，也知道一个人的习惯很难改变。

进了教室，忽然又想起郑道在路上特意交代的一番话，何小羽总觉得哪里不对，打开电脑搜索了一番，看到了一段话后，愣住了……

"心在中医属于阳，肾属于阴，正常的情况下，心的阳气下行到下焦来中和肾的阴气，肾的阴气上升到上焦来中和心的阳气，如此阴阳平衡，人体则处于健康的状态。如果心肾不交，阳气过旺，阴气较盛，阴阳不调，久之，百病丛生……"

怪事，真是咄咄怪事，学西医的郑道为什么懂中医知识，而且似乎还很精通，他只是看了爸爸一眼就说出了爸爸的病情，在中医上叫什么来着？何小羽又搜索了一会儿，对，是望色，是中医四诊法"望闻问切"中的望色。

"望闻问切"四诊法是由扁鹊发明的，当时扁鹊称之为"望色、听声、写影及切脉"。

想起郑隐和郑道一直很神秘的处世、低调的行事和不明所以的来历，再加上郑隐的突然失踪，何小羽又想了许多，总是觉得郑道身上隐藏了太多的秘密，她无论如何也看不透他。

"小羽，放学后一起看电影好不好？"

何小羽正想得入神时，身后过来一人，双手支在她的课桌上，笑眯眯地向她发出了邀请。

作为全校的风云人物以及无数女生心目中的偶像，身为篮球健将的学霸柴硕，不但长相英俊潇洒，而且还学习出色口才出众，堪称文武双全。

有一句话不是说，最让人惊叹的事情是看土豪秀成绩，看学霸秀恩爱，看情侣炫富，柴硕既是土豪又是学霸，唯一欠缺的就是没有一个正牌女友。有无数女孩为他疯狂，追他追到不顾一切，他却弱水三千只取一瓢饮，就喜欢何小羽一人。

可惜的是，落花有意流水无情，何小羽心里已经有了郑道，再也容不下别人了。

"没空！"正被郑道的事情搅得心烦意乱的何小羽，哪里有心思理会柴硕的邀请，看也未看柴硕一眼，挥了挥手不耐烦地说道，"别理我，一边儿去，烦着呢。"

柴硕嬉皮笑脸地敲了敲桌子："小羽，别这样，给我一个机会，我还你一个轰轰烈烈的恋爱。马上就要毕业了，再不恋爱就老了。不要辜负青春年华，你没男朋友，我没女朋友，何不试一试，也许我们还真的能走到一起！"

何小羽从来没有公开承认她有男朋友，不知为何，忽然就大着胆子说了一句："谁说我没有男朋友？我从高中时就有男朋友了。"

"啊？"柴硕惊呆了，"是谁？是谁？到底是谁！"

"郑道！"何小羽第一次当众大声说出了郑道的名字，而且声音大到足够全班每一个人听到。

什么？听到校花何小羽居然有了心上人，班上所有的男生都瞪大了眼睛，不少人纷纷站了起来，围在了何小羽的身边，都想知道郑道到底是何许人也，为什么可以赢得号称石门大学最挑剔校花的何小羽的芳心。

"郑道？"柴硕先是一愣，随后又轻描淡写地笑了，"我还以为是什么官二代、富二代、土豪或是学霸，原来什么都不是。"

柴硕从何无咎嘴中知道郑道的来历，乍听郑道是何小羽的男友，还不太相信。见何小羽如此肯定，心中不但没有失望，反而激发了争强好胜之心。

"我一定可以打败郑道，成功地把你从他的手里抢回来。"柴硕一挥右手，颇有舍我其谁的豪迈，"小羽，你早晚是我的女朋友。"

何小羽扑哧一声笑了："柴硕，大白天的，你做什么春秋大梦？醒醒，赶紧醒醒。"

柴硕自信地笑了："做做梦也不错，人不能活得太现实太清醒了，否则就没意思了。小羽，你觉得郑道和我相比，哪一点比我强？"

"他不管哪一点都比你强。"何小羽懒得再和柴硕纠缠个没完，转身出去了，"告诉你柴硕，你可以去打龙作作的主意，也可以去追碧悠——虽然碧悠比你大了几岁，不过你就喜欢御姐——但想要追到我，除非沈雅和花向荣成为好朋友。"

龙作作是医科大学的校花，一向孤傲，独来独往，从来不与人为友，大学期间，不但没有男友，连闺蜜也没有一个，是医科大学出名的怪人。碧悠是石门商界传奇人物，人称石门商界一姐。从单城起家在石门发迹的碧悠，芙蓉如面柳如眉，很有古典之美，却不知何故，一直单身。有关她的身世传奇，有无数版本的故事，总之，无人知道真相。

据说，碧悠是因为苦恋关得，而关得最终娶了秋曲，她才矢志不嫁。

沈雅和花向荣是石门两家著名集团公司的掌门人，二人早年曾经共事，联合开发过不少项目。后来各自的企业做大之后，二人各自为政，分别打出一片江山。因为两家有业务重叠的地方，在部分项目的开发中，产生了纠纷和矛盾，一年前沈雅和花向荣分别在石门推出了两个高端别墅区，其中的宣传理念有重叠之处，从而引发了一场旷日持久的口水战，现今的沈雅和花向荣，不能说是不共戴天，至少也是势同水火了。

柴硕伸出右手食指摇了摇："你也许不会相信，小羽，我和郑道不但认识，还打过交道，相信我，我一定可以打败他，让他乖乖地退出和我的竞争。"

柴硕来到教室外面，走到走廊的尽头，拨出了电话。

"何少，是我，柴硕。告诉你一个秘密，郑道是何小羽的男朋友，对，就是我最喜欢的女孩何小羽。我决定加入何爷和你的团队，共同对付郑道。"

何无咎兴奋的声音传来："柴少，我很高兴你能做出决定，何爷很看好你，他说你很有潜质，以后的发展不可限量。"

柴硕一脸激动："谢谢何爷的认可，我一定不会辜负何爷的期望。"

郑道走在熟悉的校园之中，心情平静了许多。爸爸才失踪一天，他似乎就适应爸爸不在身边的事实，是适应能力太强了，还是昨天发生的事情太多，冲淡了他对爸爸的想念？

走过花坛的时候，下意识朝昨天全有招聘的地方望去，全有自然不在了，却多了一个大大的条幅，上面的字顿时吸引了郑道的目光。

"附属二院招聘应届毕业生！"

通常情况下，附属二院不需要公开招聘都会有人挤破头想要进去，今年却一反常态打出了条幅，倒让郑道大感好奇。虽然郑道已经和全有签了合同，但还是想知道到底附属二院是真心招聘还是只是走走过场。

走近一看，附属二院的招聘位被围得水泄不通，无数学生争先恐后你推我搡想要寻找一个可以进入二院从此人生天地广阔的机会。

"道哥，你也来凑热闹？"

郑道才走近人群，就被人一拍肩膀，回身一看，正是王淞。

王淞揉着鼻子笑道："你不是已经签了全有典当行？不过要是二院要你，我建议你毁约，不要去什么全有典当行，感觉全有像是一个骗子。"

郑道笑道："二院不会要我，要我我也不去，还是全有典当行更适合我。"

王淞瞪大了眼睛："道哥，你到底在想什么？你学的是外科，去全有典当行能做什么？"

郑道没有接话，正好前面有了一个空位，他侧身挤了进去。王淞见状，也跟了进去。

二院的招聘位比别家高大上多了，一字排开五张桌子，桌子后面还有遮阳伞，每张桌子上面都放了一台微软最新出品的 surface book 笔记本电脑，既显得高档有品位，不同于苹果电脑的流俗，又紧跟时代潮流，有与时俱进的即视感。

每张桌子后面都坐着一位工作人员，也不同于别家参差不齐的颜值和老中青齐上的年龄层，二院的工作人员清一色是青春貌美的女大夫。穿一身白衣的靓丽美女，再加上附属二院的金字招牌，不成为医科大学一道亮丽的风景线都不可能。

郑道拍了拍王淞的肩膀："这样的招聘阵势，不用提二院有多优厚的条件，只凭她们的吸引力，就足以让包括你在内的医科大的所有男生疯狂。"

"你的意思是不包括你了？"王淞白了郑道一眼，"道哥，男人爱美女是天性，不要压抑自己的天性，懂不？"

郑道拿过桌子上的一张表格，愣住了："怪事，表格不是让人填简历，而是答题。"

"答题？考试？"王淞从郑道手中夺过表格，"还真是，二院摆的什么龙门阵？出的都是什么题——中医为什么没落？中医还有没有希望？中医最终会不会败给西医？中医的希望在哪里？……不是吧，这是捧杀中医还是打压中医？"

郑道笑了笑："你会怎么回答这些问题？"

王淞挠头："拜托，我学的是西医，不是中医。中医为什么会没落？不知道。中医还有没有希望？希望不大。中医最终会不会败给西医？什么叫最终不会败，现在已经败了好不好？中医的希望在哪里？不好意思，我觉得已经没有希望了……道哥，你怎么看？"

郑道转身就走："有些事情讨论起来没有意义，所以，不要浪费时间了，走吧，回教室收拾东西，今天是第一天上班，要打扮得精神一些。"

"这位同学请留步。"

后天之本

郑道才迈开脚步，胳膊就被一人拉住了，回头一看，是一个长腿秀气的女孩。穿一身白衣的她，细腰宽臀，圆脸长发，笑的时候，脸上有两个浅浅的酒窝，下巴圆润，双眼细长，形象甜美而温柔。

郑道注意到了她的胸牌——加清子，好怪的姓，他微微一笑："加大夫，有事？"

加清子在郑道坦诚却大胆的目光的直视下，心中一慌，脸微微红了："不要叫我加大夫，我、我、我是实习生。没、没事，就是想请你帮忙答题。"

"好吧。"郑道也没为难加清子，一口气答道，"中医为什么会没落？中医并没有没落，只是蛰伏了起来，在等待时机一飞冲天，现在是潜龙勿用。中医还有没有希望？当然有希望，时机一到，见龙在田。中医最终会不会败给西医？中医有五千年的传承，西医才多少年？中医永远不会败给西医。为什么要说败呢？中医和西医本来就是并存的两大医术，中医现在虽然终日乾乾，或跃在渊，飞龙在天只在未来十几年间。中医的希望在哪里？希望就在民间，在我们看不到的每一个角落。”

郑道的声音并不大，周围的人却都听得清清楚楚。他一说完，乱哄哄的人群顿时鸦雀无声，所有的目光都如探照灯一般聚焦在了他的身上。

郑道不太习惯成为众人的焦点，他嘿嘿一笑，摆了摆手：“你们别这样，我会不好意思的。”

人群哄的一声又笑了。

加清子更是脸红过耳：“同学，你叫什么名字？”

王淞忙不迭接话：“他叫道哥，我死党，铁哥们儿。”

“道哥？”加清子一脸迷茫，“这个姓好怪，哪个道？”

“郑道。”郑道怕王淞没完没了，忙拉过王淞要走，冲加清子摆了摆手，“好了，不打扰你们了，我们先撤了。”

“等等。”

郑道分开人群，才走出两三米远，忽然，一个人影出现在了眼前，正好挡住了去路。定睛一看，眼前多了一个个子高高相貌清瘦的男人，足有一米八的他比郑道高了少许，再加上他不怒自威的表情，就让郑道感觉一股威压如水波一般荡漾开来。

来人绝对不是等闲之辈，郑道只看了对方一眼就心中一惊，倒不是说对方身上多年养成的权威之气就如无形的气场无时无刻不在向外散发，而是对方双目炯炯有神，在初升的朝阳的照耀下，依然可以看到眼中咄咄逼人的光彩。

通常情况下，一个人的眼神并非越明亮越好，眼是心之窗、肝之口，肝开窍于目，眼神有神说明肝脏功能良好。但中医讲究一个藏字，人体的精气神越是深藏于身越好，外泄得越多越快，人体越不健康。所以张大嘴巴睡觉的人，会伤身，因为会泄气。同理，眼神虽然有光彩却不外放之人，长寿，含而不露才符合大道无形的天道。如果眼神过于明亮，则精气过于外放过于耗神，会损伤元气而导致身体生病。

以郑道的判断，眼前之人有五十多岁的年纪，以他现在的年纪，眼神还能如此明亮，身体应该早就垮了，但他不但精神状态极好，而且说话时声音洪亮，说明他中气十足。

一个人的声音也和一个人的健康息息相关，声音沙哑之人，中气不足，则脾胃不好，人体就如无源之水，早晚坐吃山空。中气，脾胃气也，后天之本。中气不足，说话无力，人体无源头活水，则坐吃山空。

保中气之法，重在吃素、少食、不吃冷食。有人以为大肉大鱼为养身之要，却不知"生处便是杀处"。消化大肉大鱼，需要人体付出相当的努力和精力，看似多营养，其实消耗营养。记住一句：肉食多积尸毒。少食，为养生长命之宝。还有一句，早晨起热饮一杯白开水，一天胃气得养。

中气既然是后天之本，中气足者，都是保养得当之人。

如果仅仅从中气十足判断眼前之人身体健康，也不全面，郑道的望气之法已经初入门径，一眼就可以看出对方双眼有神之外，双耳红润，犹如大树，呈现勃勃生机。

《四诊抉微》说："耳焦如炭色者，为肾败，肾败者，必死也"，耳朵枯萎、面色变黑是生命之火将熄的征兆。

　对于面色发黑，西医的解释是心脏功能不好，血细胞从负荷氧气变成负荷二氧化碳，血液颜色因此不再鲜红。和窒息时的嘴唇发紫一样，脸色变黑也是缺氧的标志。但心脏功能一直不好的病人为什么到后来才脸色变黑呢？相比之下，中医的解释更有说服力：青、赤、黄、白、黑五种颜色分别对应肝、心、脾、肺、肾五个脏腑，黑色是中医所说的肾出问题之后显现的颜色。

重病、久病的人面色变黑，意味着其他器官上的疾病久治不愈最终累及肾，而肾是人体火力、元阳的发源地，是生命的最后关口，肾出现了问题，如果火力不足元阳无法提升，生命之火就失去了动力。

对方脸色也犹如春回大地的气象，温和并且充满了活力，说明他火力充足而元阳充沛。按照正常规律，"年四十，而阴气自半也，起居衰矣"——意思是说，人到四十岁左右，肾中精气就衰减一半了，"五十岁，肝气始衰，肝叶始薄，胆汁始灭，目始不明"，意思是指人到了五十岁左右，肝气开始衰减，胆汁逐渐减少，眼睛开始老花。

郑道暗暗称奇，虽然在一般规律之上，也有许多懂得养生之道的人会比常人身体延迟衰老，但如眼前之人一般如此神采奕奕者，也实属少见，跟随父亲漂泊多年，他也算是阅人无数，还是第一次见到如眼前之人有如此良好的体格。

郑道站定，朝对方点了点头："有事吗？"

来人上下打量郑道几眼，微微一笑："刚才听了你的一番高论，我也有一些想法想和你交流一下。"

郑道一愣："请问您是？"

来人摆了摆手："我是谁并不重要，重要的是，我认为你关于中医的观点并不正确，我想要说服你。"

上来就说要说服他，底气十足，郑道眯着眼睛想了想，决定一试："好，您有什么高论尽管抛出来，我洗耳恭听。"

来人没想到郑道答应得如此爽快，怔了一下，又笑了："真是初生牛犊不怕虎，不过初生牛犊不怕虎不是因为勇敢，而是因为无知。"

王淞气不过，一挽袖子上前就要和对方理论一番，却被郑道拉住了。郑道冲王淞摇了摇头："能动口就不要动手。说不过了再跑，跑不了了……再打。"

人群之中，有两个人正目不转睛地盯着场中的局势。其中一人是何无咎，另一人郑道不认识，王淞却认识，赫然是何子天。

何子天一身休闲装，手持一把折扇，淡然站立在人群之中，神情平静如水，双目平和如春风，有鹤立鸡群之姿。他须发皆白，年约六旬，但气色比起和郑道对峙之人还要好上许多，相信就连郑道见了，也会禁不住赞叹一声老神仙。

何子天的目光在郑道的脸上打量半天，又落在郑道的双肩之下，脸色忽然凝重了几分。

"何爷，郑道的面相好不好？"何无咎一脸迫切之意。

何子天摇了摇头："不好，很不好，比起关得差了太多。郑道表面上，长得还算不错，耳大有轮，鼻子高挺，双眼有神，天庭饱满，就连格局也都不错，但他眉宇之间隐有黑气，双肩之下，有败坏之象，说明他运势已尽，怕是离死不远了……"

"啊，真的假的？真有这么严重？"何无咎一脸的迫切瞬间变成了一脸的兴奋，"我还没有好好斗斗他，他就要死了，岂不是太便宜他了？"

　　昨晚何无咎打电话给沈向葳，想约沈向葳今天去看电影，被沈向葳一口拒绝。沈向葳不但拒绝得干脆，还明确告诉他，她昨天一直和郑道在一起，她对郑道一见钟情，喜欢上了郑道，从现在起，她要追求郑道，争取在一个月之内拿下郑道。

　　一直苦追沈向葳而不可得的何无咎，之前还庆幸沈向葳虽然拒绝了他的求爱，但她也没有喜欢上别人，他就认为他还有机会。郑道突然出现又迅速赢得了沈向葳的好感，让他大感失落的同时，又有了深深的屈辱感。沈向葳不选择他也就算了，还要主动去追比他差了十万八千里的郑道，让他身为男人的尊严和富二代的自豪跌落尘埃，被践踏成了一摊烂泥。

　　沈向葳欺人太甚，郑道交了天大的狗屎运！屈辱之余，何无咎决定不惜一切代价打败郑道，在他看来，郑道一败，沈向葳发现郑道不过尔尔，是一个中看不中用的草包，她就会对郑道失去兴趣，到时再转身投入他的怀抱，也不是没有可能。

　　今天请何子天何爷前来医科大学，主要目的就是为了请何爷为郑道相面。作为国内硕果仅存的几位运师之一，何爷在狱中十年，在运师境界上突飞猛进，已经达到了运师境界的顶峰，只差一步就达到了命师的大成之境。

　　但何爷努力了多年，却还是止步在运师之境，无法再前进一步。何爷也不知道问题出在哪里，或许是年纪大了的缘故，他对命师境界的追求也不再如以前一般强烈，反正他也度过了运师境界每八年一次的劫难，此后可以安养天年，也算是莫大的欣慰了。

　　虽然何无咎对于可以一言断人生死、一语定人前途的高人境界分为相师、运师、命师三重的说法半信半疑，但他对何子天的本事却是深信不疑。第一次见何子天时，他就被何子天一眼看出了他的身世，他大为震惊的同时，又深深被何子天的一双似乎可以看透任何人命运的神奇之眼折服，从此对何子天奉为神明，言听计从。

　　何子天的目光依然停留在郑道身上，他凝重的神情之中多了一丝疑惑："从气色上看，郑道确实是早夭之相，但似乎哪里又不对，郑道身上有一种神秘的气息让人看不清楚……或许是因为郑道的爸爸是郑隐的缘故。"

"郑隐？郑隐不就是一个捡破烂的流浪汉吗？一无是处的社会负担。"何无咎一脸不屑。

"郑隐是一个深藏不露的高人。"何子天冷笑一声，轻蔑地看了何无咎一眼，"无咎，不要轻视任何一个人。有一句话你一定要记住——真正的高人，从来都是既普通又平凡，而且默默无闻，不会让人知道他是谁。名闻天下的高人，都不是高人，是名人。"

何无咎尴尬地搓了搓手："是，何爷，我记住了。不过我还是不明白，郑隐到底是什么来历？"

"我也不太清楚，但可以知道的是，郑隐是某个神秘的中医世家的传人，身怀治病救人的绝技。郑道到底得到了郑隐几分真传，还不好说。学中医到了一定境界，都会是相面大师。中医有五重境界，分别是医者、医手、医师、医王、医圣，到了医手的境界，就相当于相师初门了。"

相师、运师和命师三重境界都有三重门，初门、中门和高门，相当于一共有九重门。何子天现在的境界是运师的高门，几乎可以摸到命师初门的门槛，却还是差了一分的距离。

一分的距离，却是咫尺天涯，运师和命师的境界差距，是天渊之别。

"到了医师的境界，就是相师中门了。"何子天继续说道，"到了医王的境界，就是运师高门了，而一旦迈进了医圣的境界，就是命师的高门，不，可以说超越了命师的高门，达到了高深莫测无法想象的境界。"

"不对，哪里不对？"何无咎听出了问题所在，"医师是相师中门，医王是相师高门才对，怎么就一下到了运师高门了？中间跳了好几级。而医圣境界更是直接超越了命师高门，中间的跨度也太大了，何爷，您是不是说错了？"

"没错。"何子天一脸的严肃认真，"中医的境界之所以是跳跃式升级，是因为随着医术的提高，可以救治越来越多的人。如果你救了一个普通人是一分功德的话，你救了一个为国为民的县长，就是三分功德了。救了一个市长，是五分功德。救了一个省长，是七分功德，以此类推，所救治的人影响力越大，功德就越大。还有一个原因是，医者父母心，如果学医的出发点是真的为了治病救人，心量有多大，成就就有多大。而一个人的心量是无限的，所以相比命师之路，中医的成就要大许多，毕竟命师就算可以达到顺应天时而随意改命的境界，也只是为了自己。"

何无咎摇了摇头："何爷，您说得是不是太夸大了，郑隐怎么能和您相比？"

何子天意味深长地笑了："郑隐是不是能和我相比，还不知道，但郑道却是没机会和我相比了，我估计他活不过一个月了。"

"病死？横死？车祸？血光之灾？还是别的什么惨不忍睹的死法？"何无咎已经开始猜测郑道会怎么惨死了。

何子天却并不回答何无咎的问题，而是示意何无咎关注场中局势："开始了。"

确实是开始了，清瘦老者背起双手，一脸淡然的微笑，抛出了第一个问题。

"你叫郑道是吗？郑道，我列举中医的七宗罪，你能不能为我解答一下，好让我不再疑惑。"清瘦老者话说得委婉，却是一脸的咄咄逼人，明显是要逼得郑道无路可退。

王淞一拉郑道的胳膊，小声说道："道哥，不行就撤。他年纪一大把了，吃的盐比你吃的饭都多，你和他理论，肯定说不过他。与其丢人，不如走人。"

郑道轻轻推开王淞，淡定地笑了："先别忙着走，说不定我还有机会赢他。就算赢不了，也没什么，毕竟他那么老了。万一赢了，就是赚到了。可退可进的时候，一定要搏一把。"

王淞无语了："没想到你比我还无赖，好吧，我就陪你疯一次，不过我可有言在先，万一输了，你跑路之前先给个暗示，别自己先跑扔下我不管。"

郑道瞪了王淞一眼，转身冲清瘦老者淡淡一笑："解答谈不上，也许有一些粗浅的看法可以借您参考。"

周围人群越聚越多，学生从来都是喜欢热闹，有人认识郑道，有人不认识，众人交流了一番之后，差不多都知道郑道是何许人也，却对清瘦老者一无所知。

清瘦老者并不在意周围人群的议论，他直接就抛出了难题："中医第一宗罪——以玄学为理论基础，比如阴阳平衡概念的滥用，实际上阴阳平衡之说，既没有根据又是无稽之谈。再加上生搬硬套的五行体系，什么金木水火土分别对应五脏，什么金对肺、木对肝、水对肾、火对心、土对脾，简直是可笑之极。人体不过是一堆血肉、皮毛和骨骼，哪里有什么阴阳五行？"

论战

周围围观的人们基本上都是医科大学的学生，学的都是西医，深受西医理论熏陶的他们在听了清瘦老者的一番论点之后，齐声鼓掌叫好。

"好！"

"说得好！"

"完全正确，加一百分！"

"就是，就是，中医的阴阳五行的理论，完全就是狗屁不通，牵强附会，胡说八道！"

一时之间，响应者如云，几乎没有一个反对的声音。

王淞脸色大变，他虽然早就料到郑道不是清瘦老者的对手，却怎么也没有想到，才一个照面，郑道连还击的机会都没有就先输了气势。从现在的局面来看，郑道别说可以胜利了，不输得一败涂地抱头鼠窜就不错了。

王淞眼睛一扫，发现了人群的东南方有空隙，就朝郑道示意，暗示郑道他可以打掩护让郑道先撤退他断后。郑道却对他的好心视而不见，而是好整以暇地咳嗽了一声。

"许多人理解不了中医的阴阳平衡和五行体系也可以理解，毕竟简单地一想，阴阳五行确实很玄学很奇妙，似乎不可思议，但大多数人的思维仅流于表面，不会深究。就如牛顿从苹果落地发现了万有引力，千百年来，有无数苹果落地有无数人目睹，为什么只有牛顿一个人提出了万有引力的概念？再比如古往今来，有多少人著书立说，为什么流传下来的只有极少的一部分？又为什么从老子之后再也没有人可以写出超越《道德经》的巨著？"郑道以前受爸爸影响，对许多事情采取回避的态度，推崇水利万物而不争的处世之道，但现在他越来越明白了一个道理，一味消极地回避不如勇敢地出击，出击才是最好的防御。

郑道目光平和，神情淡然，继续说道："中医传承了数千年，从四大经典《黄帝内经》《难经》《伤寒杂病论》《温病条辨》到四小经典《汤头歌诀》《四百味》《濒湖脉学》《医学三字经》，再到李时珍的《本草纲目》，无数前人的智慧和经验融汇其中，怎么会是狗屁不通牵强附会呢？如果中医真是狗屁不通的东西、牵强附会的理论，又怎么会让中华民族屹立于世界民族之林不倒？几千年人类社会的文明史，中华民族一直站立在世界民族之巅，中国一直是世界的头号强国，如果说其中没有中医的功劳，你们会相信吗？"

"能说重点吗？别扯没用的。"一个新潮而另类的女孩没耐心了，第一个跳了出来反驳郑道，"郑道，中国以前强大是事实，现在不如西方也是事实，能不能别总是想当年老子怎么怎么样，成不？好汉不提当年勇，做人要立足现实着眼未来，而不是缅怀过去。缅怀过去是没有未来的人才会做的傻事。"

"虽然扯得远了点，但仔细想想，郑道说得也有几分道理。"一个额头上一缕头发染成黄色的男生若有所思地说道，"别吵，听郑道说下去。"

郑道冲黄毛男生点了点头："说到阴阳五行体系，许多人不信，不信是因为觉得太玄幻太离奇。玄是什么意思，许多人其实并不知道，以为一提到玄字就是迷信一样，其实不是。玄者深也，幽远也，黑而有赤色者为玄，凡远而无所至极者，其色必玄。玄的本意是精微，所以说，玄之又玄，众妙之门。世间万事万物，有天有地，有男有女，有昼有夜，有阴有阳。人生长在天地之间，必然会和天地一体同源，所以人体也分阴阳，才符合天地之道。"

"举一个最简单的道理，手心为阴、手背为阳，后背为阳、前胸为阴。既然世界上所有的事物都是对生，人体自然也是一样。再看左手右手左腿右腿，相互对应达成了一个平衡，综合在一起就是阴阳平衡。人体生病，大多数原因是阴阳失调引起的，比如风寒、咳嗽、溃疡、上火，等等，阴胜则寒，阳胜则热，阴虚则热，阳虚则寒。"

郑道侃侃而谈，胸中涌动着激情："如疖、痛、丹毒、脓肿等多为阳证，是阴虚。感染性结核、肿瘤等慢性疾病，表现为苍白、平塌、不热、不痛、隐痛等症的多为阴证，是阳虚。如果说到现在还有人不相信人体的阴阳平衡，那么可以设想一下为什么人体热了不行，冷了也不行？为什么会发烧，又为什么发烧的时候全身都冷？这都是阴阳失衡的表现。"

清瘦老者倒有涵养，始终一脸微笑地聆听郑道的演说，不反驳不干扰，风度十足。不过和他相比，周围围观的学生就没有那么有水平了，郑道话刚说完，人群轰的一声炸了。不少人对郑道的说话嗤之以鼻或是不以为然，一时之间，攻击声、谩骂声不绝于耳。

"中医和牛顿有个屁关系？真会胡扯。"

"牛顿和老子又有什么关系，真能转移话题。"

"郑道到底懂不懂中医？他是医科大学的学生，学的是西医，怎么能说中医的好话？这不是吃里爬外吗？"

"就是，就是，都什么年代了，现在西医的仪器多先进，可以透视人体，可以检查出来微小的病变，中医能吗？没想到，一个学习了五年实证科学的医科大学的大学生，居然还相信什么阴阳五行之说，这是教育的失败，是科学的悲哀。"

"郑道，滚出医科大学！"一个又黑又瘦的男生忽然跳了起来，高举右手，义愤填膺，"胡说八道什么阴阳平衡，我喝口热水肚子里发热是不是阴阳失衡？我洗一个冷水澡是不是也会引发阴阳失衡？你算哪门子大学生，丢医科大学的人，你不配当一名医生。"

黑瘦男生不但语言上攻击郑道，还想有肢体动作上的表示——他向前一步，飞起一脚踢向了郑道。

不用郑道还手，王淞早就按捺不住义愤，别人语言上对郑道的攻击，他没法反驳，有人对郑道动手，他如果还能容忍就不是他了。他也不讲究什么招式，盛怒之下，直接就撞了过来。

砰的一声，王淞的右肩撞在了黑瘦男生的左肩之上，尽管王淞并不是人高马大的类型，但他毕竟从小练过军体拳，而且还受过警校的专业培训，别说被撞之人瘦小无比了，就是一个彪形大汉被他一撞，估计也不会好受。

黑瘦男生连哼都没有来得及哼上一声，就直接被王淞撞飞了。好在周围全是人群，他只飞出了半米开外，就被几个男生拦了下来，否则少说也得撞飞到两米开外。

黑瘦男生站稳身形，勃然大怒："你找死！"说话间，一挽袖子朝王淞冲了过来。

王淞才不会怕他，哈哈一笑："我不找死，你过来送死。"

眼见一场大战就要上演，清瘦老者一伸手拦住了黑瘦男生的去路，他脸色一沉，低声说道："本来是你动手在先，现在还想闹事？滚！"

黑瘦男生一愣，翻了清瘦老者一个白眼："你算老几，让我滚，信不信我连你也打！别在我面前倚老卖老，老家伙！"

郑道暗暗摇头，真没素质。

从老者身后闪出一人，是个年约三十的青年，他戴一副金丝眼镜，在别人都穿短袖衬衫的炎热天气里，他西服领带之外，还一脸严肃。

西装男看上去文质彬彬，出手却很简单粗暴，他一把就抓住了黑瘦男生的衣领，用力一提，险些将黑瘦男生当麻袋一样提起来。

"放开我，你他妈是谁？快放开我。"黑瘦男生用力挣扎，却挣不脱西装男的手。

西装男一脸冷峻，低头在黑瘦男生耳边小声说了几句什么，黑瘦男生惊呆了，不敢相信地看了清瘦老者一眼，然后二话不说，一脸畏惧转身灰溜溜走了。

什么情况？所有人都震惊了，到底西装男对他说了些什么，让他怕成这样？在震惊之余，众人心里都有了疑问，清瘦老者肯定大有来历，否则不会只凭名头就吓走了黑瘦男生。

郑道却不管这些，小插曲对他来说就当没发生一样，他继续说道："五行体系是在阴阳学说的理论基础之上的进一步延伸，五行学说在中国古代医学中具体表现为五脏、五腑、五官、五行、情志与五行的对应关系，说起来复杂，其实也简单，就如刚才这位老先生所说，金对肺、木对肝、水对肾、火对心、土对脾。肯定又有人会说，金是金属，和肺有什么关系？不要急，听我慢慢说。"

经过刚才的插曲之后，人群多了一分理智，不再有人吵吵嚷嚷，都自觉地围成了一个圈，并且保持了静默和耐心。

"秋季是收获的季节，是成熟的季节，所以说是金色的秋天。秋天五行属金，其色白。秋天人爱咳嗽正合五行相生相克之理。同样，春季，大地回春，春风杨柳万千条，所以春季属木，其色绿。肝属木，春天人爱得肝病。夏日炎炎似火烧，夏季五行属火，其色红。心属火，夏天人易得心脏方面的疾病。冬季寒风凛冽，万事都藏起来了，水也结冰了，冬季五行属水，其色黑。肾属水，冬季人要注意保养肾和泌尿系统。五行学说里，还有季月，在一年四季的每一季的第三个月称季月，属土，其色黄。脾胃属土。所以人四季都要注意脾胃问题。中医有一句老话，春养肝，夏养心，秋养肺，冬养肾，四季养脾胃。有没有道理，你们都是医科大的高才生，每个季节都有不同的高发病，你们自己说，是不是春天人易发肝病，夏天人容易出现心脏问题？"

"是。"人群不约而同地发出了一声回应。

在事实面前，就算再对中医有偏见，也不能睁着眼睛说瞎话。许多人都没有想到，郑道如此年轻，对中医理论的了解居然如此之深，而且经他讲解之后，有一种豁然开朗之感，不少人对郑道油然而生赞赏之意。

清瘦老者却没那么容易被郑道说服，他并不反驳郑道的说法，而是呵呵一笑："中医七宗罪之二——自诩高明的通玄思维，比如取意思维，中药葛根能升正气，是因为葛根的根能生茎。比如取象类比思维，落叶之形态和孕妇产子的形态很像，就可以用梧桐叶来催生，是真有道理还是胡乱用药？再比如通玄思维，将两个表面现象扯在一起，认为二者有玄妙的联系。中医讲某个部位的痣与财运相联系，某个人有反骨，容易谋反，等等，自古以来，中医就和相面术密不可分，暴露中医愚昧迷信的本质。"

清瘦老者的话，在人群之中又引起了一阵轰动。

"也是，中医除了胡乱类比之外，还相面，扁鹊见蔡桓公就是扁鹊给蔡桓公相面，结果蔡桓公不信，谁知扁鹊瞎打误撞猜中了，结果蔡桓公死了，成就了扁鹊的千古美名。反过来说，如果扁鹊没看准，也可以说蔡桓公自愈了，反正他怎样都可以自圆其说。"

"面相如果可以决定一个人的命运，我还是死了算了。"一个五短身材鼻孔朝天嘴大眼小又有一双招风耳的女生说道，"连凤姐都可以出名，我比她漂亮多了，去一趟韩国回来，我就是天仙美女了，万一再被张大导演选中，我就是谋女郎了。"

"你还是别去韩国了，去泰国回来，你就直接秒杀小鲜肉了，这比当谋女郎有前途多了。"一个高冷的美女冷冷地说道。

"别吵，听郑道怎么说，谁要听你们胡闹？"何无咎不耐烦地插了一嘴，"相面也不全是封建迷信，有科学的成分。就像你，长成这个丑样，再怎么整容也整不成美女。好吧，退一万步讲，万一哪个医生吃了什么不消化的药一不小心真把你整成了美女，可是你这一米五二的身高还想走红，算了吧，明星网红都没戏，人家大腿都比你身高长。"

一句话打击得招风耳女生无地自容，她愣了一愣，捂脸跑了。

郑道一开始虽然对清瘦老者的来历也有过猜测，但没想到清瘦老者如此学问高深，他提出的问题，刀刀毙命，直指中医最容易被人误会诟病之处，换了对中医了解不深入的人，还真会被他问倒。

好在郑道的中医知识十分丰富，远非常人可比，就连一个从业十几年的老中医，或许经验比他老到，但相关中医理论的知识储备肯定远不如他。

"通玄思维本来就很高明，不用自谑。"郑道哈哈一笑，依然是不徐不疾的口气，"前面已经说过，玄字的意思是精微，并不是现在我们所理解的不可思议玄之又玄，通玄就是通往精微的意思。先说葛根，中医一向讲究形补，葛根确实可以提升正气，可以清风寒，净表邪，解肌热，止烦渴。至于梧桐叶催生的典故，就说来话长了，但你也得承认叶天士确实救了人……对于既神奇又见效的医术，理解不了的人往往会归为愚昧，就如布鲁诺当年支持哥白尼的日心说一样，本来是真理，却在一五九二年被捕入狱，最后被宗教裁判所判为'异端'烧死在罗马鲜花广场。一九九二年，罗马教皇宣布为布鲁诺平反。对于自己不理解不知道的知识，要抱着敬畏之心去学习去研究，而不是一味地否定。"

"叶天士是什么人，讲讲。"

"就是，快说说叶天士梧桐叶救人的故事。"

人们都对神奇的故事感兴趣，都纷纷表示要听叶天士的传奇。

郑道笑道："我倒是很想讲讲叶天士的故事，就是不知道老先生会不会觉得耽误时间？"

说实话，清瘦老者确实不愿意郑道穿插叶天士的传说，但现在看来郑道很会借势，他不好拂了众人的好意，只好点头："不要紧，反正还早，有的是时间。"

清晨的阳光照在每一个人脸上，充满了朝气。郑道的目光扫过每一张充满了期待和好奇的脸庞，心中忽然有一种豪气陡然升起。他不是什么了不起的大人物，只是一个微不足道的学生，甚至连生计问题都还没有解决，但位卑未敢忘忧国，尽管他从来没有将振兴中医当成自己的责任，但既然事到临头，他也不能退缩不是？更何况他对中医寄托了太多的感情，也安放了太多的情怀。

中医糟粕论

郑道点头说道："叶天士是清朝的一代名医，他不仅是一位成就卓绝的瘟病学家，还是一位专治杂症的大师。他的传奇故事很多，最有名的是他巧用梧桐叶治难产的美谈，让人拍案叫绝。趣闻发生在清朝乾隆年间，一天，叶天士正在家中书写医案，忽然有人前来请求救治一名难产妇女。叶天士即刻前往，在途中听病家说已请了同派瘟病大家薛生白诊治过，但仍不见产下。薛生白是叶天士同乡近邻，其医术与叶天士齐名于江南，只是他比叶天士年轻一些。叶天士十分纳闷，薛生白的医术也十分高明，难产并非疑难之症，为什么不见效呢？"

人群被故事吸引了，站在后面的人听不清楚，想要挤到前面，却被前面的人挡了下来。

何子天微微一笑，对郑道的认知又加深了几分。他原本以为郑道虽是郑隐之子，毕竟年轻，不会传承郑隐多少东西，不承想，郑道比他预料中的厉害多了，不由微微动容。

何无咎注意到了何子天眼神中的欣赏之意，不由说道："何爷，郑道是在故弄玄虚，您不要被他骗了。"

　　何子天没有回答何无咎，而是自言自语地说了一句："郑道颇有叶天士之风。"

　　"叶天士来到病人之家，见产妇已经奄奄一息。家人说，薛生白诊断后认为是产妇气血双亏，无力运胎，气血滞行，交骨不开，开了药方，药方大多以气血双补、行滞活血、催生下胎药为主。叶天士接过药方一看，此方甚佳，但难以治此病人之病。因为缺乏同气之药，无法使药效达到病所。随即将原方中的药引'竹叶三片'改为'桐叶三片'。产妇遵方服药，果然不久便神奇地顺利产下一胎儿，母子均报平安！"

　　所有人都被郑道的故事吸引了，不少人在议论竹叶和桐叶有什么不同。

　　郑道继续说下去："此事传到薛生白耳中，薛不以为然，认为叶天士巧立名目故弄玄虚而已。叶天士和薛生白齐名，都是当时大医之一。叶天士听说之后，当即修书一封与薛生白——有眼无珠腹中宝，荷花出水喜相逢。梧桐落叶分离别，恩爱夫妻不到冬。秋分之时，梧桐叶落，同气相求，胎儿立下……薛生白阅后，豁然贯通，深感叶天士之博学才华，大为叹服，自惭不如。"

　　"叶天士出的诗谜谜底为'竹夫人'，是一种用竹篾编制而成的圆柱形中空之物。古人夏天睡觉时抱着取凉用，秋冬闲置不用。叶天士诊病的当天恰值秋分之日，寒暑燥湿交替季节，梧桐叶纷纷落下，人与自然互为相应，同气相求，故在薛生白原方中加入梧桐叶以求其气，瓜熟蒂落，桐籽熟叶落，合而为一，所以催生成功。不久，'叶天士三片梧桐叶，一字救两命'的佳话就传遍了江南水乡。"

　　"哧……"人群之中，一人讥笑出声，是一个英俊帅气的男生，长得足有一米八二以上，穿一身名牌，就连腰带也是万宝龙的，不用说脚上的爱步皮鞋了，"三片梧桐叶也拿来大做文章，真是够了。梧桐叶本来也是一种中药材，有祛风除湿、清热解毒的作用，叶天士用来催产，不过是误撞之下成功了而已。郑道，你别在这里丢人现眼了，中医的没落，不是你一个无名小辈可以重新振兴的。你洗洗睡吧。"

　　"别捣乱，王传先，听郑道说下去。"王传先旁边一个相貌清纯的女生白了王传先一眼，"收起你的高论，不要以为自己多了不起，天天喝咖啡，追求小资情调，还觉得自己高人一等，却不知道，你的生活方式完全被西化，是彻头彻尾的洋奴，是崇洋媚外的思想作祟，真是可怜加可悲。"

"你！"王传先勃然大怒，"安珂，不就是上次你追我被我拒绝了，你现在非要当众羞辱我还回来，是不是？"

"哈哈……"安珂大笑，"太可笑了，你不但自以为是，还得了严重的自恋病，觉得每个女生只要多看你一眼就是暗恋你是吧？在你眼中，全校百分之八十的女生都暗恋你，是不是？就凭你泡妞只肯请人吃肯德基全家桶，哪个女生会喜欢你？别做梦了。"

"你们都闭嘴！"王淞终于忍无可忍地发作了，"郑道在谈正事，你们倒好，胡扯淡。"

"好吧，不扯了。"安珂也不生气，冲王淞盈盈一笑，又朝郑道发问，"郑道，叶天士的传奇故事，我也听过，梧桐叶催产是因为当时正是秋分时分，是特例，不能当成经验来推广，所以不具有临床医学价值。叶天士被称为清朝四大瘟病学家之一，难道他就这一点儿本事？"

郑道对安珂的印象不错，虽然她的问题也很尖锐，而且语气咄咄逼人，不过他依然保持着温和的微笑："关于叶天士的传说当然不只三片梧桐叶救两命的故事，还有许多，足以证明叶天士的医术高明，也证明了中医传承了几千年，确实有独到之处。"

"说来听听。"安珂歪头一笑，"光说不练不是好汉。"

"就是，接着讲啊。"

"最爱听故事了，哪怕故事很离奇。"

众人起哄。

郑道只好呵呵一笑："好，好，接着讲——有一个孕妇难产，因别的医生治不好，勉强支撑着去找叶天士求救。叶天士正在下棋，他漫不经心地瞅了孕妇一眼，不屑地哼了一声，继续埋头与人对弈。孕妇流泪哀求，叶天士置之不理，后来棋友都不忍心了，帮孕妇说话。不料叶天士发火了，顺手举起棋盘，'啪'的一声甩到地上，棋子撒得四处都是。"

"叶天士声色俱厉地对孕妇说：'病来如山倒，病好如抽丝，你急什么？给我把棋子捡起来我才会帮你救治！'孕妇因有求于他，无奈只好忍气吞声地把棋子一一捡起。叶天士忽然大笑，对孕妇说：'好好好，这下孩子自然会顺利地生下来了。'孕妇半信半疑赶回家中，果然应了叶天士的话，很快就顺利地分娩了。棋友又钦佩又诧异，不解为什么拾棋子居然能治难产，其中到底有什么奥妙。叶天士答，滚动之石，不长苔藓。妇人是捧心胎，当她拾棋子时，弯腰了很久，胎儿的手靠她的运动之力，就离开了她的心窝，所以不能再赖在娘肚子里不出来了！"

"形补又怎么说？到底是科学还是迷信？"清瘦老者见话题扯远了，忙向回收，唯恐被安珂带到天涯海角，"郑道，不要讲传奇故事了，离题千里可不好。你先回答一个最简单的问题，中医认为吃核桃可以补脑，你觉得有没有道理？"

"有。"郑道十分肯定地回答了清瘦老者，"从形状上看，核桃确实长得像人的大脑。从医学上说，核桃的不饱和脂肪酸含量比较高，对大脑的发育有一定的好处。"

"这么说吃猪脑补脑子也有道理了？"清瘦老者冷笑一声，"中医最大的愚昧之处在于看一个东西像什么就认为可以补什么，联想太丰富，结论太武断，太没有科学精神，所以中医遇到了严谨而有科学论证的西医之后，才会一败涂地，才会行将就木。"

人群再次被清瘦老者几句慷慨激昂的话点燃了激情。

"说得好，中医就是太无知了，什么事情都想当然。"

"中医的所有结论都没有理论基础，西医是科学家，中医都是文学家，但人的身体是严谨的科学而不是随便想象的文学，中医败给只有几百年历史的西医，是必然的结果。"

"中医都是狗屁，都是垃圾，都是糟粕！"

一时群情激愤，大有不把中医扫出历史舞台、扫进垃圾堆誓不罢休之势。

王淞惊恐了，再次想拉走郑道，不想让郑道站在风口浪尖，做无谓的挣扎并且成为被清瘦老者践踏的牺牲品。不料郑道摇头拒绝了他的暗示，郑道一脸坚毅，嘴唇紧抿，眼神中流露出义无反顾的神色。

之前郑道一直和爸爸流离失所，漂泊不定，爸爸一身绝技从不示人，宁肯饿着肚子也不愿意用中医知识救人，他还不太理解爸爸的所作所为。现在他终于明白了一些，中医自从清军入关以来开始被朝廷有意地打压，再到五四运动之时反对中医的声音甚嚣尘上，达到了顶峰，到今天，传承数千年之久的中国的国粹在国人眼中竟然全部成了糟粕，怎不令人痛心疾首？

郑道也不止一次听爸爸说起，中医之所以沦落到现在的地步，固然有文化断层的原因，也有所谓的专家教授，不遗余力地在各种渠道大肆宣扬中医糟粕论的推波助澜之故。中国几千年来始终屹立在世界民族之林，不是靠武力的强大和国土面积的第一，而是依靠生生不息的文化传承。一个国家的真正灭亡不是国土的沦陷，而是文化的消失。

作为中华民族文化传承中至关重要的一环，中医也是中华民族的安身立命之本。如果文化被侵蚀，传统礼仪和美德消失，思想被外来文化控制，中医再被灭绝，身体健康受制于外来医术和药品，中国将会彻底沦陷，虽然国土依然完整，却在精神层面和技术层面成为外来文化的殖民地。

平心而论，郑道还没有以一人之力力抗整个社会潮流的想法，就算有，他也没有这个能力。但今天的意外事件，清瘦老者步步紧逼的姿态，激发了他心中的热血和豪情，让他突然生发了一种舍我其谁的豪迈。既然遇上了，既然他是中医传人，既然他生逢其时，他就要挺身而出，为自己、为中医、为国家发出最强有力的声音。

郑道面对盛气凌人的清瘦老者以及众多被成功洗脑的学生，心中充满了愤怒和激情，却还是努力保持了克制，强压心头热血，深吸一口气，缓缓地说道："人们骂一个人笨常说他是人头猪脑，人头猪脑的笨人估计是猪脑吃多了。从营养价值上来说，猪脑也许真有一定的补脑作用，但我不提倡吃脑补脑，因为猪脑是猪的智商，在补脑的同时万一连同猪的智商也一起补了进来，不是麻烦大了？"

"哈哈！"

人群一阵哄笑，气氛缓和了许多。

"其实，中医的形补在古代是指中药，而不是动物身体的部位，只不过到了现在被误读了。"郑道语重心长地说道，"形补有没有道理？有！天地万物是一体的，一个东西之所以有这样的形状、味道、颜色等，不是偶然的，而是必然的。长相相同的东西会有一种相同的气，正是相同的气才使不同的东西有相同的形态、味道、颜色。因此，才有了五味、五行、五色相对的理论。形补，真正发挥作用的不是形，而是隐藏在形背后的气，以形补形的结论，背后是以气聚而成形为基础的。"

"有点道理……"安珂若有所思地点了点头，"比如黄色人种和白色人种、黑色人种有区别，比如狗也有许多种类，再比如树叶也有好多相同的，长得一样的东西，肯定有某种内在的联系。"

郑道点头："说得对，虽然中医在古代不能借助仪器在微观下研究事物，只能通过寻找共同点的方式来总结规律，这种方法未必总是有效并且科学，但是很多时候你会发现这非常有趣，甚至神奇。比如肾与耳朵的形状以及子宫内的婴儿的形状都很类似。也许有人说是巧合，但是几千年来的经验发现，三者确实存在某种内在的联系。"

安珂附和郑道的说法，一拍王淞的肩膀："王淞，你可以呀，交了郑道这么一个有内涵的朋友，怎么不早介绍给我认识，真不够朋友。"

王淞憨笑："我不是不介绍你们认识，一是你不是郑道喜欢的类型，二是我和郑道虽然是好哥们儿，但有些东西也不能分享，比如自己最喜欢的姑娘……"

安珂夸张地张大了嘴巴："不是吧王淞，你喜欢我？我怎么从来不知道你还喜欢我，我以为你喜欢龙作作。"

龙作作是医科大的校花。

王淞不好意思地嘿嘿一笑："开个玩笑你可千万别当真，我当你是哥们儿。"

"滚！"安珂一脚踢在了王淞的腿上，"老娘不是女汉子，老娘是安媚娘。"

郑道摇头笑了笑，继续说道："中医认为肾开窍于耳，许多人觉得是胡说八道，但西医发现伤肾的药物多数会影响听力之后，就没人再说肾开窍于耳的说法是胡说八道了。还有，从形补的角度来说，猪肺可以'清补肺经'，不少人对中医的如此说法嗤之以鼻。但是，早产儿因为肺部功能发育不全，往往会打西药固尔苏，固尔苏是什么？猪肺磷脂！是一种从猪肺提取的表面活性物质。你们看，这就叫异曲同工。中医的发现，是千百年实践和智慧的总结。现代医学的研究，是微观科技发展的结果。"

"但是为什么总是有些人喜欢摒弃我们自己祖先的智慧呢？为什么不是继承和发扬，为什么不是用中医理论指导我们更好地发展现代医学呢？中医和西医，不过是两条通往真理的不同道路！许多反对中医的人，要么是居心不良别有用心，要么是由于过于洋化而产生了对自己文化的自卑，要么就是单纯地为反对而反对，只是为了追求一种反对的快感要让自己有存在感！"

郑道的话掷地有声，人群先是一阵沉默，随后响起了雷鸣般的掌声。

激荡风云

清瘦老者的脸色有几分不善，或许是没有料到郑道如此能说会道。他咳嗽了几声，等掌声平息之后，再次向郑道发难："中医七宗罪之三——浮想联翩的文字，大部分概念来自主观拼凑，比如肝风，是肝内有了邪风。七宗罪之四——人体内部结构多为猜想，一是停滞于浅表的四诊法，望闻问切哪里有现代化的仪器诊断得准确？二是以卦象、五行套用于五脏，过于相信主观判断。七宗罪之五——理论背景的可笑，中医旧称儒医，儒家思想落后而腐朽，华而不实，中医也是如此。七宗罪之六——狭隘的症状归类，中医的纲要不过八种，症型不过七十二，疾病千千万万，以简短纲要应对繁多疾病，如同杯水车薪。七宗罪之七——大部分草药的功能基于臆想，要么想当然，要么根据形状推测，要么依据五行体系，比如毒蛇出没之地，七步之内必有解药的说法纯属信口开河。还有幼稚的实证主义，不做临床试验，不论证，以'有效就是硬道理'当真理……"

清瘦老者一口气说完了后面的几宗罪，然后气定神闲地看向了郑道："郑道，你还能自圆其说吗？"

离得近，郑道可以真切地感受到清瘦老者字字如刀的威势，仿佛他打压中医、推崇西医是在维护自己的文化传承一样，不得不说是身为中国人的悲哀。

其实郑道也清楚一点，做无谓的口舌之争，不但谁也说服不了谁，还有可能引发不必要的争执，但话又说回来了，有时理不辩不明，对方非要当众和他一较高下，他也不能退让不是？更何况他从来没有认为中医不如西医，更不觉得中医从此就会没落！

郑道胸中激荡风云："我不用自圆其说，因为，中医几千年来拯救了千千万万中国人的性命就说明了一切，事实永远胜于雄辩，如果没有中医，中华民族或许早就灭亡了。如果没有中医，你们每一个人的祖辈都有可能死于各种疾病，就不会有今天的你们了。"

"好！"王淞大声叫好，虽然他对中医也没什么认知，但郑道的话确实带感，而且也是千真万确的事实。

"呵呵……"清瘦老者冷笑了，"不要慷慨激昂地说一些煽动性的话，没用，要以理服人。摆事实讲道理，说出符合科学发展观的论点出来，才能证明你的观点正确。"

"好。"郑道接过了对方的挑衅，"先说肝风，肝风是指肝受风邪所致的疾患。《素问·风论》中说，肝风之状，多汗恶风，善悲，色微苍，嗌干，善怒。有人不信风邪之说，其实如果注意一下身边风湿病患者就清楚了，风湿病就是因为风邪加潮冷的侵蚀而得。风邪看不到摸不着，但就如空气一样，你看不到就否认空气的存在吗？再说四诊法，望闻问切是扁鹊发明的四诊法，'切脉动静而视精明，察五色，观五脏有余不足，六腑强弱，形之盛衰，以此参伍，决死生之分'，古人的智慧是阴阳五行、藏象经络、病因病机等基础理论的具体运用，是建立在物质世界的统一性和普遍联系之上的。现代化的仪器确定可以透视人体，但谁又知道古人医术到了大成之境，不可以用肉眼来透视人体？"

清瘦老者哈哈大笑："肉眼透视人体？你还不如说古人都是神仙来得直接。郑道，你既然这么推崇中医，那么你用中医帮我诊断一下，我有没有病？"

这个问题就有些无理取闹了，郑道脸色微有几分不满，不过片刻之后又恢复了平静，他呵呵一笑："不急，您的病不是急性病，不必急在一时，先回答您的问题再说。古人对于人体结构了如指掌，虽然没有现代的解剖仪器进行解剖，但人体每个部位的位置、大小、形状以及作用都有详细记载，怎么只是猜想了？理论背景的可笑，哪里可笑了？中医和儒家学说一脉相承，一个治病一个修身，和儒家思想传承了几千年一样，中医依托儒家思想的大树，救治中华民族数千年来的苦难。同样，儒家思想千百年来一直是中华民族的正统，引领中华民族站立在世界民族之巅数千年，儒家思想怎么落后而腐朽了？现在我们接受了所谓的西方理论，才几年就道德沦丧百病丛生，西医再发达，也治不了人性中的贪婪和欲望！"

停顿一下，郑道继续辩解："至于您说的七宗罪的六、七两条，根本不值得辩驳，比如狭隘的症状归类，中医的纲要不过八种，症型不过七十二，古代人心纯朴，疾病种类不多，根本就没有现在出现的千奇百怪的怪病。读过中国上古史的人都知道，在上古时期，人一生无病无灾，到了百岁自然寿终正寝，从来不知道什么叫疾病。大部分草药的功能基于臆想……板蓝根你们都喝过，不管用吗？六味地黄丸无效吗？同仁堂的可以在关键时刻用来救命的安宫牛黄丸也没有效果吗？"

板蓝根和六味地黄丸的疗效，在场的大部分人都清楚，对于安宫牛黄丸，许多人是只闻其名未见其物。作为在中风时可以救命的安宫牛黄丸，价格昂贵，但确实是保命神药，也被无数患者证实在关键之时吃上一粒，有起死回生的功效。

"中医的重点是预防，预防是最有效的治病。任何治病的手法再高超仪器再高明，也不如不生病。中医认为，很多病都是我们内心所生的，我们人活着最好的状态是'恬淡虚无，真气从之'，如果我们养心不够，内心不安定的话，那么很多情绪就会过度，过度的情绪就会损伤我们自己。具体表现在，心在志为喜为惊，过喜或过惊则伤心；肝在志为怒，过怒则伤肝；脾在志为思，过思则伤脾；肺在志为悲为忧，过悲过忧则伤肺；肾在志为恐，过恐则伤肾。所以，根据中医理论，任何的情绪过度，都会引起相关的脏腑功能的紊乱。"

"所以说老先生……"郑道一脸恬淡地冲清瘦老者笑了笑，"您和我争论没什么，理不辩不明，但千万不要动怒，怒伤肝。也不要因为中医还没有灭绝而忧郁，郁生病。气血冲和，则万病不生，一有忧郁，则诸病生焉，故人身诸病，多生于郁。而这个郁的产生原因，主要就是情志忧郁，影响了气机的正常运行，结果导致了身体的各种疾病。再回到中医和儒家思想的统一上来，有一句话您一定听过——仁者寿，什么意思呢？就是有仁德之人必定长寿。孔子说，故大德……必得其寿。儒家特别注重个人道德修养在养生中的作用，主张突出个人养德的主动性，来达到道德自我完善的境界。一个有德之人，心态平和，不亏欠别人，看人生起伏都很坦然，乐于帮助别人，自己心里也留下了很多的玫瑰香，这是得以长寿的基本要素。长寿来源于自我修养，而不是各种先进的仪器。"

清瘦老者脸色十分难看，被郑道的一番理论说得无力反驳，却又不甘心就此认输："你这是强词夺理，什么仁者寿，什么病由心生，还是唯心主义的封建迷信思想……"

"您家里的病人得病很久了吧？"郑道突然打断了清瘦老者的话，目光直视对方的双眼，"最少病了三年以上了。老先生，既然您这么不相信中医，为什么还要给家人熬中药喝？"

清瘦老者瞬间愣住了，难以置信地说道："你、你、你认识我？"

郑道笑着摇头："第一次见面。"

清瘦老者不相信："你怎么知道我家中有病人？"

郑道自得地笑了："您手上的银戒指色泽发黑，不是正常的氧化颜色。银是最易受环境影响的金属，如果家中有人经常喝中药，受到中药气味的熏染，银就会变黑。从您的银戒指的黑色程度可以判断出您家人需要经常喝中药，三年以上的时间肯定是一种不好根治的慢性病……"

周围人群鸦雀无声，都被郑道的理论震惊了，都想知道郑道推论的正确性。所有人的目光都齐齐地落在了清瘦老者的脸上。

清瘦老者在众目睽睽之下，脸上的惊愕之色慢慢消退，又云淡风轻地笑了："哈哈，无稽之谈，我家里没有病人，郑道，你不要再为自己的中医理论诡辩了，你认输吧。"

啊，不是吧？众人虽然心思各异，但不少人哪怕对中医没有好感，也希望郑道的说法正确，因为都喜欢神奇。只是清瘦老者的话彻底破灭了他们的期待，他们在失望之余，就又把怒火发泄到了郑道的身上。

"郑道, 大骗子。"

"郑道, 大混蛋!"

"郑道, 老顽固。"

"郑道, 胡扯淡!"

"哈哈, 郑道也有今天。"人群之中的何无咎笑得前仰后合, "他太自以为是, 真以为自己是什么高人了? 狗屁! 他不过是一个医科大学刚刚毕业的学生, 连医学的大门都还没有迈入, 就想给别人看病, 不对, 是看别人家人的病, 他以为他是谁? 华佗? 扁鹊? 张仲景? 还是叶天士?"

何子天却是一脸严肃: "郑道不是华佗不是扁鹊, 也不是张仲景和叶天士, 但如果他有足够的时间的话, 以后成就不可限量。可惜了, 他是早夭之相, 如果他跟了我, 我或许还可以传授他改命之法。"

"什么什么? 何爷, 您的意思是刚才郑道的话说中了?"何无咎急了。

何子天微微点头: "清瘦老者面相不错, 气色也是中正平和, 但他的格局之中, 微有偏执之气, 本来偏执应该落在他的身上, 但他气场太强大, 就反弹到了家人身上, 所以家人有病。而且从他眉宇之间的忧色来看, 家人也确实是病了三年以上。"

"郑道也会相面?"何无咎很清楚何子天精通相面之术, 却不懂中医。

"应该不会, 但郑道是某个神秘的中医世家的传人, 或许他自己都不知道他所学的中医知识有多高深。他是通过中医的望气观察到了清瘦老者的气色, 再通过清瘦老者手上的银戒指发黑推断出了老者家里有病人。虽然不是相面之术, 但和相术有异曲同工之妙。"何子天对郑道的兴趣愈加浓厚, "无咎, 我有意收郑道为徒, 帮他逆天改命。"

"逆天改命? 何爷, 您不是一向推崇顺天改命吗? 当年关得就是在您的引导下顺天改命成功, 逆天改命不是容易反弹, 而且很快就会死得很惨吗?"

何子天嘿嘿一笑: "郑道不同于关得, 郑道的性格中有叛逆的一面, 如果引导得当, 郑道会在很短时间内成为呼风唤雨的风云人物。至于以后是不是受到天道的反弹而死得很惨, 就不在我的考虑范围之内了, 至少我让他延长了生命, 他应该感谢我才对。"

"也是, 也是。"何无咎连连点头, "利用完了郑道再把他一脚踢开, 他还得感谢何爷的救命之恩，这才是掌控一切的最高境界。"

何子天微微点头，自信地笑了笑："全有先下手一步，让郑道去他的全有典当行，以为从此就可以掌控郑道了，想得太简单了。关得现在自身难保，把郑道拉到身边，只会拖累他的运势，对他的病情没有半点帮助。除非……"

"除非什么？"何无咎轻蔑地摇了摇头，"难道还有比何爷更厉害的人出现？"

"我有一个老对手也在石门，他叫毕问天。当年他就和我争过关得，结果没争过我。我想如果让他遇到郑道，他也会有想法。不过事情不会这么巧，他怎么可能正好碰上郑道？"

郑道在众人的哄笑声中，依然保持了镇静，他只是淡淡地笑了笑，不无遗憾地说道："老先生，既然我猜错了，您家中没有病人，就当我没说，本来我想帮您家人根治慢性病的。"

清瘦老者的脸色变化几下，终于理智战胜了争强好胜之心，他一咬牙："你真的能为我的家人根治顽疾？如果根治不了，怎么办？"

"根治不了，我从此不再说半句中医的好话，天天宣扬西医。"郑道一脸坚决，"如果我根治了呢？"

清瘦老者想起家中病人的痛苦，蓦然下定了决心："如果你能根治她的病情，我保证以后不再诋毁中医。"

"好，一言为定。"郑道郑重地和清瘦老者握手，又笑意盈盈地说道，"那么老先生，您刚才的话……"

清瘦老者愣了愣，随即摇头一笑："我的错，我改正……"随后大声说道，"更正一下，刚才我否认家里有慢性病病人，是我说谎了，郑道猜对了，家里确实有一个长期服用中药的病人。"

"哇！"

"太厉害了，太神奇了，郑大师！"

"真的假的？不是吧，真的有这么厉害的人？郑道是不是我们医科大学的学生？医科大学什么时候出了这样一个怪才？"

"郑道，我爱你，我要给你生猴子！"

　　"郑道，求求你快娶我吧，我是女汉子……"

　　郑道冲人群挥了挥手，虽然不是明星，却很有明星范。他温和地笑了笑，然后又低声和清瘦老者说了几句，转身和王淞一起走了。

　　无数学生一哄而散追赶郑道，想要郑道的手机号码和微信号码，却都被王淞拦住。王淞不知道从哪里翻出了一个墨镜戴上，一脸严肃地阻拦每一个想要接近郑道的学生，主要是以女学生居多。

　　好不容易摆脱了女学生的纠缠，王淞追随郑道来到宿舍，收拾好了东西，二人赶紧离开了宿舍，把东西带回了善良庄的家中，才算松了一口气。

　　坐在二楼的露台上，王淞扇着扇子在葡萄架下乘凉，他的目光扫来扫去，一脸遗憾："可惜叔叔不知所踪，以前总觉得叔叔不近人情，是个怪人，现在他不见了，还怪想他的。道哥，你想不想叔叔？"

　　话一出口才知道说错话了，王淞忙咳嗽一声，赶紧转移话题："对了，沈向葳有没有再和你联系？"

　　"谁？"郑道一下没想起沈向葳是谁，愣了一下才又笑了，"没联系，估计以后也不会有联系了，萍水相逢，一面之缘。"

　　"怎么可能？沈向葳人漂亮又可爱，而且对你很有好感，你不追她太浪费了。"王淞极力鼓动郑道拿下沈向葳，"你难道没有看出来何无咎喜欢沈向葳？如果你追到了沈向葳，何无咎得有多生气、多沮丧，哈哈，想想就开心。"

　　"谁是沈向葳？你们说什么呢？"何小羽的声音突然在楼梯间响起，随后门一响，她的身影出现在了露台之上，短衣短裤的她在中午的阳光下犹如一朵迎风怒放的向日葵，青春饱满，活力无限。

　　王淞意识到了什么，忙嘿嘿一笑："没谁，就是偶遇的一个女孩，长得没你漂亮、没你白、没你可爱、没你胸怀宽广。"

　　"哼！"何小羽双手插兜绕着王淞转了一圈，又来到郑道身边，挽住了郑道的胳膊，"郑道，不要让王淞带坏了你，别跟他不学好。漂亮女孩多得是，但要认准真正属于你的那一个，不要见一个爱一个，记住了，多情自古空余恨。"

养生第一要素

郑道不说话，嘿嘿直笑。

王淞连连点头："对，对，小羽说得完全正确。不管她们多漂亮，道哥谁也不会喜欢……"

"谁也不会喜欢？"何小羽拉长了声调。

"就喜欢你一个。"王淞被何小羽意味深长的目光逼得无奈说了违心话，"道哥总是在我面前提起你，说你温柔、漂亮、可爱、贤惠，如果娶回家，肯定是天下第一号贤妻。"

"骗人不眨眼！"嘴上这么说，何小羽还是甜蜜地笑了，仰头对郑道说，"郑道，今天我当着全班同学面宣布我恋爱了，男朋友就是你。"

"啊？"郑道大吃一惊，"我还小，还不懂什么叫爱情，怎么就能恋爱呢？小羽，你再给我五年时间好不好？"

何小羽笑靥如花："五年，你当我傻呀？五年后你早就认识无数个何向葳、陈向葳，哪里还记得我是谁？我认识你已经五年了，五年来朝夕相处，你没烦我、我没烦你，说明我们就是对方最需要的那个人。"

王淞见势不妙，朝郑道眨了眨眼，很不道德地起身就跑："道哥，我刚想起来还有一件重要的事情没有处理，我先走了，一个小时后我在老地方等你。"

"回来。"郑道哭笑不得，王淞这种一见朋友有难就赶紧溜之大吉的优良品质永远需要他毫不留情地敲打，"你要是敢跑，我们兄弟情谊从此一刀两断。"

王淞头也不回跑得飞快："兄弟情谊是重要，但小命更重要，再见道哥，祝你幸福。"

"哈哈……"何小羽开心地大笑，"王淞真有眼色，不愧是你的死党。郑道，你说实话，到底喜不喜欢我？"

"喜……欢。"郑道被何小羽紧紧抱住胳膊，想跑却跑不了，感受到何小羽身体的微凉和滑腻，想起五年来的朝夕相处，心中蓦然升腾起一股暖流，"小羽，我是喜欢你不假，只是……"

"咳咳！"

伴随着一声表示强烈不满的咳嗽，何不悟出现在了露台的门口。

"郑道，放开小羽，有本事冲我来！"何不悟脸色涨得通红，如同见到心爱的宝贝马上要被别人抢走一样激动万分，"我早就怀疑你对小羽心怀不轨，还真是。你马上搬走，鉴于你近距离接触了小羽，你交的房租被没收了。"

这是什么逻辑？明明是何小羽抱他，他却要为被抱付出两万元房租的代价，何不悟太会算账、太不要脸了。郑道有几分生气。本来他被何小羽紧紧抱住胳膊，气愤之下，抽出胳膊抱住了何小羽，还用力将何小羽揉进了怀里。

何小羽被突如其来的幸福融化了，嘤咛一声将头埋在了郑道的怀中，既羞涩又幸福，浑然不顾老爸正目不转睛地观看。

何不悟跳了起来，如一头咆哮的公牛，一头朝郑道撞来。他含辛茹苦将何小羽养大，眼见何小羽出落得亭亭玉立外加花容月貌，可以找一个好人家了，怎么能被郑道这个要什么没什么的孤儿抢走？相当于他存了二十多年的一大笔资金突然要被郑道以极低的价格取走，和要了他的老命没有区别。

以何不悟的身手，就算有十个他也不是郑道的对手，只是郑道现在温香暖玉扑满怀，想要躲闪或是还手，却被何小羽的拥抱束缚了手脚，如果他强行推开何小羽的话，势必会让何小羽受伤。无奈之下，眼见何不悟距离他只有一米之遥时，他身子原地一转，带动何小羽向右偏离了一米。

何小羽身子一斜——在惯性的带动下，她朝栏杆倒去——栏杆不高，一米二的样子，如果她收不住身势的话，会直接从二楼摔下去。三米的高度，头下脚上摔下的话，也会当场摔死。

郑道一时心惊，按照他的推算，何小羽应该身子在内侧而他在外侧靠在栏杆之上才对，但何小羽经常锻炼，身法比他想象中的矫健，在被他带动之时，她下意识自己调整了身形，导致他所用的力度出现了偏差。

怎么办？如果郑道非要躲开何不悟的撞击，那么何小羽肯定会摔到楼下。没时间犹豫了，他当即脚步一错，用力转身，将后背留给了何不悟。

　　何不悟一头撞在了郑道的后背之上，郑道在何不悟的撞击和何小羽惯性带动的两重力道的作用下，身子猛然朝前扑去。

　　郑道心中有数，倒不惊慌，何小羽却是慌了，"哎呀"一声，双手双脚紧锁，缠在了郑道身上。郑道顾不上理她，双手用力撑地，才不至于直接硬生生压在何小羽身上。

　　郑道以一个做俯卧撑的姿势压在何小羽身上，何小羽像一只壁虎，双手搂着郑道的脖子，双脚锁住了他的腰部，挂在他的身下，二人以一个既暧昧又滑稽的姿势保持了暂时的平衡。

　　说来郑道和何小羽认识多年，平常朝夕相处，打闹的事情常有，却还从来没有过如此近距离的接触，尤其是现在这种标准的男上女下的体位。虽心中没有旖旎之想，但毕竟引人好花常开，郑道的鼻子碰到了何小羽的鼻尖，目光落在她白嫩而健康的锁骨之上，又有她青春气息的体香扑鼻而来，难免心猿意马。

　　"你、你们，郑道！"一撞得手的何不悟原地转了一个圈，回身过来，被郑道和何小羽的暧昧姿势气得七窍生烟，顾不上许多，上前一脚踢在了郑道的屁股上，"郑道，我打死你这个流氓色狼。"

　　郑道双手用力支撑，为的就是不让自己直接压在何小羽身上，何不悟一脚踢来，他顿时失去了平衡，双臂一弯，就和何小羽来了一个完全没有隔阂的零距离接触。

　　尽管说来郑道的姿势还算文雅，虽然直接压在了何小羽身上，但还是保持了足够的风度，至少双手没有放在何小羽的胸上，不过却放在了何小羽的脸上。

　　何小羽被郑道压了个结结实实，脸微红、气微喘，微微一怔之后，大方地抱住了郑道的头，直接就送上了娇艳红唇。郑道猝不及防被她亲个正着，连挣扎都来不及就被夺走了初吻，他瞪大了眼睛，不敢相信已经发生的事实。

　　不是吧，他的第一次接吻居然是如此狼狈的情形之下完成的，而且……而且还完全被动，这也太让人没有心理准备，让人没有选择余地了，他真的没想到初吻的对象居然是何小羽。

何不悟没有看到何小羽主动亲吻郑道的动作——就算他看到了也不会承认——他气得暴跳如雷，回头看到地上有一根棍子，捡起棍子就朝郑道的头上恶狠狠地打去。

郑道还在被何小羽紧紧抱住，一时挣脱不了，愣神的工夫，何小羽突然翻身而起，将他压在了身下。若是平常，他也不至于如此不济，被一个女生任意摆布。只不过初吻被夺，他心神激荡之下，难免失手。

翻身之后，就成了何小羽在上他在下，郑道还没有来得及摆脱何小羽热烈的亲吻，就见眼前一条棍影一闪，随后何小羽闷哼一声，何不悟的棍子落在了何小羽的后背之上。

何不悟恨死了郑道，所以下手挺狠，何小羽被打得眼前一黑，险些昏倒过去。好在她平常身体很好，不同于一般的羸弱女孩，肌肉很有弹性，又是后背被打，并无大碍。

何小羽没事，何不悟却有事了。他一棍打下，怎么也没有想到何小羽翻身压在了郑道身上，一棍打中的是自己的亲生女儿，他本来已经怒火攻心，现在更是肝火大动，一时心急如焚，眼前一黑，身子一歪，竟然昏迷过去。

何小羽吓得不轻，从郑道身上跳了下来，抱住何不悟："爸，你怎么了？郑道，快打120。"

郑道立刻从刚才的迷失状态中清醒过来，来到近前一看，心中一惊："快去拿针。"

"什么针？"何小羽手足无措。

"就是常用的缝衣针。"

"嗯。"何小羽二话不说转身下楼，片刻之后上来，手中多了一根亮亮的缝衣针，"怎么不打急救电话？爸爸他怎么了？郑道，他会不会死？"

"何叔是急火攻心引发的中风，情况很危急。等我给他放血后，你再打120，救治中风，中医如果处置得当，不会留后遗症。"郑道以前见过爸爸处置中风病人，他虽然知道处置方法，却没有亲自动过手，心中略有几分紧张，"你这样，去我的房间书架上，放《黄帝内经》的旁边有一个木盒，里面有药丸，快去拿一粒。"

"要不……"何小羽有几分犹豫，"还是先打120吧，万一耽误了治疗就不好了。"

郑道知道何小羽对他缺乏信心，他对自己也是信心不足，但他也知道中风耽误不得，等120过来，先不说是不是及时，以西医对中风的处置方式，他担心何不悟就算抢救过来，重则半身不遂，轻则嘴歪眼斜。中医对于处理中风病人有独到之处，但中医的手法和每一步的步骤都需要经过多次的实践才能确保无错。他现在最欠缺的就是实践经验。

想了一想，郑道还是下定了决心："等我处置完了再打120也不晚，相信我，小羽，我会付出全部的努力救治何叔。"

"好……吧。"何小羽眼中含泪，转身进了房间。

深吸了一口气，郑道先在何不悟的拇指上扎了一针，针扎进去没有血流出，他用力挤了挤，血涌了出来。一定要让血流出来才有效，然后他又依次在何不悟的十个手指上都扎了一针，每根手指都涌出了鲜血。

然而何不悟还是没醒，依然深度昏迷。

何小羽回来了，手里拿着一粒药丸："还没醒？可以打120了吧？这是什么药？"

"可以打了。"郑道算算时间也差不多了，接过药丸，"安宫牛黄丸……来，你来喂何叔吃药，我来脱鞋。"

"脱鞋做什么？"何小羽现在已经六神无主了，打了120后，将药丸用水喂何不悟吃下。

"继续扎针。"郑道脱了何不悟的鞋，依次在他的脚指上扎针，也分别挤出血来。处理完毕，何不悟还是双眼紧闭，没有醒来。

难道是他处置的方式不对？郑道心中隐有担忧，如果再过十分钟何不悟还没有醒转的迹象，估计麻烦就大了。何不悟平常不注意养生，纵酒并且抽烟，还熬夜，都是损肝伤肾消耗元气的坏习惯，再加上他心胸狭窄，遇事斤斤计较，更是容易忧郁入体，久之必定加重身体损耗。

人的健康离不开两大要素：一是足够的气血，二是畅通的经络，包括血管和排泄垃圾的通道。

足够的气血靠的是足够的食物加胆汁加必要时间内优质的睡眠，如果晚上十点睡觉，可以养肝，这个时候大脑完全不工作，由自主神经主导。而畅通的经络需要清净心，一切七情六欲都会破坏清净心，从而破坏经络的正常运行。

许多人不知道的是睡觉是养生第一要素，睡觉的时间应该是晚九点到早三点，因为这个时间是一天的冬季。冬季主藏，冬天不藏，春夏不长，第二天就没精神。

何不悟长期以来从来没有过健康的生活习惯，养生就相当于遵守交通规则。不遵守交通规则，出现交通事故的意外就会大大增加。再加上平常他不但作息时间不正常，饮食上也无度，现在的中风，只是不良习惯日积月累到了临界点的必然结果。

人要想健康，就必须使体内有足够的"气"来"气化"所吃的食物。只有这样，体内才不会积累垃圾，不会有多余的食物来释放游离的"虚火"损害你体内的脏器。而吃得过多并且不规律，这个"虚火"反过来会损耗你的"气"。所以，从某种意义上来讲，现代人生病，大多数是饮食不节的缘故。

何不悟饮食不节、作息不规律，再加上为七情所伤，又过度喝酒抽烟，种种不良嗜好叠加在一起，身体再好也早晚垮掉，何况他年纪也不小了。上次郑道就看出了何不悟心肾不交，阴阳失衡，以为他会得泌尿系统的疾病，不想竟然先得了中风。

"怎么样？爸爸是不是被你治死了？郑道，你也太坏了，爸爸不就是嫌弃你，刚才撞了你一下，又想打你一棍子，你至于害死他吗？你太小心眼了。"见爸爸没有醒来的迹象，何小羽忍不住失声痛哭。

郑道本来忧心忡忡，也在担心哪里出了差错，正常情况下何不悟应该醒来了，正苦思之时，何小羽的一番话让他忍俊不禁，扑哧笑了出来。

"小羽，再怎么着我也不可能害何叔。医者父母心，治病救人是一个医生的天职，就算他是我的情敌杀了我的亲人，他快要死了，我也不能见死不救。"

"我都快要死了，你还能笑出来，郑道，你真是一个忘恩负义的王八蛋！"郑道话音刚落，何不悟就醒了，他一睁开眼就骂郑道，骂了之后才意识到自己说话说不清了，"我、我、我怎么了？"

"啊，爸，你醒了，太好了。"何小羽大为惊喜，惊喜之后又惊愕了，"哎呀，爸，你的嘴巴怎么歪了？"

何不悟的嘴巴歪到了一边，流出了口水。

嘴歪眼斜是中风的常见症状。

郑道心中一块石头落了地，何不悟醒来就好，醒来就说明命是保住了。他伸手揪住了何不悟的耳朵，用力拉扯几下。

何不悟唔唔直叫，想要反抗却动弹不得："郑道，你、你、你要干吗？放开我，马上滚蛋。"

"郑道，你放手！"何小羽也急了，想要推开郑道，"你太过分了，欺负一个病人，你算哪门子医生？"

郑道不理何小羽，见何不悟的两只耳朵已经被他揪得通红，就分别在何不悟的左右耳垂之下各扎了一针，血流了出来，片刻之后，何不悟的歪嘴恢复了正常。

何小羽目瞪口呆："郑道，你太厉害了，这么快就治好了爸爸的中风？你就是神医，是华佗……"

"我是郑道。"郑道努力笑了笑，"何叔的病只是暂时缓解了，危害还没有完全解除。记住，有人中风，不要移动，因为中风的人脑部的微细管会破裂。移动他，会加速脑部微细管的破裂。所以最好的处理方法就是原地不动，然后手指放血。等病人苏醒之后，再送往医院。否则上了救护车，一路颠簸说不定会加剧病情。"

"你懂个屁！"何不悟气得浑身发抖，手指郑道，挣扎着想要起来，却力不从心，"郑……道，我不会放过你，我要打死你，你摸了亲了小羽，你气死我了你。"

何小羽只是脸红了一下下，马上又恢复了正常，她大方地说道："爸，你别操心这些你说了也没用的事情了，再说刚才是我主动亲了郑道，是你女儿沾光了，你该高兴才对。你别乱动、别瞪眼成不？哎，爸，你别再昏了，救护车快到了……"

背后的推动

郑道在一旁无奈地摇了摇头，真是一对活宝父女。想起刚才被何小羽强亲的经历，他心中五味杂陈，也不知是该庆幸还是悲伤，一个男人的初吻居然被女孩抢走了，本来应该是他抢女孩的初吻才对，怎么现在的女孩都这么汉子呢？

唉，有时太有魅力了也不好，郑道决定以后要再低调一些。

郑道却不知道，他在医科大学和清瘦老者的对峙加辩论，已经让他名声大振，他在医科大学坚持了五年的默默无闻，却因为一场辩论而一举成名。

在医科大出名也没有什么，毕竟他马上就要毕业了，但他却进入了何子天的视线，并且给何子天留下了无比深刻的印象。

此时何子天正在石门西部山前大道之上一处名叫好花常开的别墅区内。好花常开是一处徽派建筑风格的别墅区，由于远离市区，幽静且空气清新。别墅区占地四百余亩，位于封龙山山脚下，北边是山，东西两边各有一大片梨树林，初春之时，梨花漫山遍野，如诗如雪，好花常开因此被人称为梨花庵。

好花常开南面是一片人工湖，虽是人工挖掘而成，面积却也不小，波光粼粼，在阳光下气象万千，背山面水，又夹在树木之间，即使不是行家也一眼可以看出这是一块风水宝地。

何子天的别墅位于别墅区中央地点，如果从空中俯瞰的话，何子天的别墅就如圆心，周围别墅众星捧月一般围绕在四周。

坐在院中的凉亭下，何子天悠闲地摇着扇子，仰望凉亭上面郁郁葱葱的柳树。

"许多人喜欢在院子里种各种名贵的树木，我却单单喜欢柳树，知道为什么吗？"何子天收回目光，看向了坐在对面的一个穿一身白色休闲服的女孩。

"不知道。"休闲女孩懒洋洋地坐在太师椅里，对何子天饶有兴趣的提问全无兴趣。也幸好她身体柔韧度很好，才能半躺半侧地蜷缩在硬硬的太师椅里。

其实古人很有智慧，太师椅就是笔直而端正地坐着才舒服，要的就是不让人懈怠。现在的沙发和转椅，都由于过于追求舒适而导致久坐之后会有各种劳损出现。立如松，行如风，坐如钟，睡如弓，不仅仅是古人对外在仪表以及行为规范的一种高标准的要求，从生理学的角度来说，也非常符合中医的养生之道，有利于身体健康。

何子天对休闲女孩的全无兴趣的回答毫不在意，淡淡一笑："柳树谐音留树，有挽留的意思，有意栽花花不开，无心插柳柳成荫，柳树也有留住岁月之意。还有，柳树有极长的生命力，插一根柳枝就可以成活，不但是绿化的好树种，而且柳树的柳条、柳叶等具有一定药效，用于风湿痹痛、牙痛龈肿等多种疾病的治疗。"

"那又怎样？"休闲女孩依然是一脸冷淡，她从椅子上跳了下来，"何爷，如果没有别的事情，我要回市里了，全有打来电话，说是三天后正式上班。"

"萧小小，我都不急你急什么？"人影一闪，何无咎从房间中大步流星出来，他端着一个果盆，放到了何子天面前，"何爷，全有会不会知道我和萧小小与您的关系？"

何子天摇头笑了笑："如果在关得没有得病之前，全有说不定会在关得的推算下，知道一二。现在关得病入膏肓，危在旦夕，他哪里还有能力推算？全有是一个世俗之人，他怎么可能知道？"

何无咎点头："不过我还是不明白，何爷，全有召集我们五个人，我和萧小小的来历就不用说了，苏夕若、范无救都是什么来历？郑道算是中医世家传人，五个身份和来历完全没有共同点的人聚集在一起，他到底想要摆什么龙门阵？"

没错，休闲女孩正是郑道在全有典当行见过的五人组之一的萧小小。

萧小小冷哼一声："管他摆什么龙门阵，跟他一起玩就是了，他能折腾多大风浪，我就能马跃龙腾陪他劈波斩浪。何无咎，你做事情也太瞻前顾后了，要是没胆量就赶紧退出算了。"

"萧小小，我不想和你说话。"何无咎碍于何子天在场，不想和萧小小争吵，主要也是他知道他吵不过她，"你能不能别像更年期老女人一样，逮谁咬谁？"

"别理我！"萧小小白了何无咎一眼，如果不是被何子天的目光制止，她非要和何无咎再争论一个小时以上。

"全有想摆什么龙门阵，我也不是很清楚，不过有一点可以肯定……"何子天目光迷离，似乎勾起了往事，"全有此举，肯定是为了救关得，关得对他来说太重要了，不提关得的一身出神入化的本事，就是关得与他的兄弟情谊，他也不会眼睁睁看着关得无药可救。"

"要救关得可以理解，好景常在生命科学研究所应该就是为了救治关得而专门成立的机构，但全有典当行就让人莫名其妙了，关得的病和典当行有什么联系？"何无咎百思不得其解，"是不是可以这样想，全有找来郑道，是想利用郑道中医世家传人的医术；找来萧小小，是看重萧小小慧眼识宝的能力；找来苏夕若，是想让苏夕若以导演的身份来摆布其他四个人，好让其他四个人尽快入戏；找来范无救，是想利用范无救的自以为是来混淆视听……"

"找来你，是想让你的笨衬托其他四个人的与众不同。"萧小小忍不住冷笑了，"何无咎，你累不累？天天琢磨这些没用的事情，全有到底有什么用意，很快就会知道了，你与其胡思乱想胡猜乱蒙，还不如去做点正事，比如去追沈向葳，说不定你早就得手了。再比如回家和他们商量怎么对付花无忧，也许花家的继承权早就落在你头上了。"

"萧小小！"何无咎恼羞成怒，顾不上许多，飞起一脚踢向了萧小小，"我家里的事情用不着你来多管。"

萧小小见成功地惹怒了何无咎，反而咯咯地笑了，纵身一跳闪到了一边，用手刮脸羞辱何无咎："动口，你骂不过我。动手，你打不过我。何无咎，你就认命吧，别觉得你是富二代就了不起，说实话，你这个伪富二代不一定什么时候就被花向荣扫地出门流落街头了。哼，别以为我不知道你们家的烂事，你妈邱浼嫁到花家时，你都一岁了。你妈坚持让你姓何而不是姓花，说明你妈用心深不可测，她对花向荣也没多少感情，要的就是借婚姻的壳谋花家的家产，也算是借壳上市的资本运作。"

何无咎的继父花向荣是好花常开集团的创始人，省内三巨头之一，是燕省工商界呼风唤雨的巨商。花向荣妻子早逝，留下一女，名花无忧。娶邱浼之时，花无忧四岁半。邱浼带着一岁多的何无咎嫁进花家，在当时轰动一时，不少人不理解花向荣事业有成，人又年轻，什么样的年轻未婚姑娘找不到，为什么非要找一个离异带孩子的女人？

更让人不理解的是，嫁入花家之后，邱浼坚决不让何无咎改姓花，也引起了不少非议，不知道邱浼此举是何意。人人都清楚一点，如果何无咎改姓花，膝下无子的花向荣以后让并非亲生的何无咎继承花家家族产业也不是没有可能。但如果不改姓，花向荣不但要过没有血缘关系的生理关，还要再过不是同姓的心理关，何无咎继承花家家族产业的变数就会无限放大。

外人是不是理解并不重要，重要的是，当事人相安无事过了二十多年，直到今天，好花常开集团的规模日益庞大，花无忧和何无咎相继大学毕业，即将迈入社会，谁将继承花家家族产业，从谁可以进入好花常开的董事会担任董事就可以看出端倪。

然而再次让人大跌眼镜的是，比何无咎早一年毕业的花无忧走向社会的第一份职业不但不是好花常开董事会的董事，而且和好花常开集团全然没有半点关系——她自己创业成立了一家名叫喜乐影视的公司，毅然杀入了娱乐业。

花家的家事虽然扑朔迷离，但毕竟是花家的家务事，外人只看个热闹就行，说三道四就不必了。何无咎一向最忌讳别人提及他的身世，萧小小不但当面挑衅，还丝毫不留情面，他忍无可忍了。

"萧小小，我和你没完。"盛怒之下，何无咎抓住何子天心爱的名贵紫砂壶就要扔向萧小小。

"好了，不要闹了。"何子天无奈地摇头笑了笑，伸手夺过紫砂壶，"你们两个比起当年的关得和碧悠，多了灵动少了耐心和沉稳。不过，你们也比他们两个更有个性，如果你们能再少些浮躁多些认真，你们超越他们不成问题。"

萧小小一副对任何事情都没太大兴趣的样子笑了笑："我对成为碧悠一样的人没兴趣，不过，对于怎样成为关得一样的人，还算有点想法。当然了，前提是别像关得一样得了不治之症才行。否则，好不容易成了运师，却又要死了，多不划算的生意。"

　　"我以前走进了一个误区，总觉得运师的劫难必须用约定俗成的办法来化解，现在我想通了，运师的劫难可以用另辟蹊径的方法来破解。"何子天陷入了对往事的回忆之中，双眼流露出向往之意望向了远方，"一本记录我和毕问天、关得、杜清泫这些人恩怨的书，把我们之间的故事写得很详细，你们可以看看。也不知道作者是从哪里知道的我的故事，还知道相师、运师和命师的境界划分，估计作者是关得的好朋友。当然，书里有一些说法也不太正确，比如作者对我有偏见，把我写成了想要操纵关得命运的命运操盘师。"

　　"什么书？我得赶紧看看。"何无咎迫不及待地发问。

　　"命运操盘师？到了命师的境界，真能随意操纵别人的命运？"萧小小和何无咎的关注点不一样，她对何子天过去的故事不感兴趣，追随在何子天身边，一是被何子天的风采所吸引，二是很想成为一名可以操纵自己和别人命运的命师。但说实话，她相信相师和运师境界可以达到，对命师境界，半信半疑。

　　何子天呵呵一笑："书名叫《胜算》，作者何常在，到处都有得卖，网上也可以买到，你可以看看，里面的故事有真有假，不明白的地方直接来问我。小小，到了命师的境界，操纵自己和别人的命运，易如反掌，只要你肯努力，以你的资质，三年之内必定可以超过关得现在的境界。"

　　"这么一说，我也得先看看《胜算》了。"萧小小咬着手指，意味深长地笑了笑，"作者何常在？这个名字好怪，有机会认识认识他，看他到底是何方神圣。"

　　"怎么，你想拿下他？"何无咎讥笑一声，"萧小小，你不是天仙美女，不是哪个男人都会喜欢你这样的类型的。"

　　萧小小咬着嘴唇吃吃地笑了："不试过怎么知道？要你多管闲事？你不会喜欢上我了吧？"

　　何无咎做呕吐状："我喜欢的人是沈向葳，你和她相比，差了一个筋斗云的距离。"

　　"筋斗云再厉害，十万八千里又能怎样？还是逃不出命运之手。"何子天叹息一声，"我倒是希望郑道可以化险为夷，他是我们所有运师的希望。"

"怎么说？"萧小小和何无咎异口同声。

"运师的劫难可以用另辟蹊径的方法来破解——这个方法就是借助中医大师之手来化解。"何子天一脸悲伤，"以前我没有想到这一点，是因为现在中医大师太少了，在国内找到一个真正的中医大师，比找一个相师甚至运师还要难上几倍。郑隐也是我跟踪了五年多才确定他是一个深藏不露的中医大师，可惜他应该察觉到了什么，失踪了。如果郑道传承了郑隐的一身本事，再给他足够多的时间的话，他的成就不可限量。"

何无咎一脸骇然：“郑道真有这么厉害？全有选中他，应该不是偶然，背后估计是关得的推动。”

何无咎猜对了一半，全有选中郑道确实不是偶然，但背后还真没有关得的推动。

全有大厦十八层，全有办公室，全有和关得相对而坐。

关得一脸灰气，双耳如同遭遇了风霜的叶子，呈现衰败之象。正是夏天，房间没开空调，气温很高，他却穿了外套，捂得十分严实，即使如此，还脸色苍白，气喘吁吁。

如果是何子天在此，断然不会相信关得会变成这个样子，想当年关得英俊洒脱，是怎样的意气风发。虽然他也知道关得重病缠身，却不会认为关得会病得如此厉害，几乎形同废人了。

"你真觉得郑道可堪大用？"关得说话的声音很低，明显中气不足。

"当时你也看到郑道的面相了，你觉得呢？"全有心中不是很有底气，他当年见过关得的神奇，清楚关得的一双眼睛有着怎样令人惊叹的识人之明，"我只是凭直觉感觉郑道是一个可塑性极强的年轻人，他或许可以成为我们的计划的关键一环。"

"我现在只能从面相推断而看不到一个人的格局了……"关得眯着眼睛回忆片刻，"从面相上看，郑道是中等资质，早年虽然流离失所，但在少年之后，运势渐旺。不过你也知道，面相只能看出一个普通人的命运，只要这个人有改命之心，只要他努力上进，面相就不准确了。"

"也是，郑道不是普通人，他的命运只能从格局上推断，可惜你现在看不出一个人的格局了……"全有不无遗憾地摇了摇头，"老弟，不是我说丧气话，万一你的病情不治，可怎么办才好？"

关得淡淡地笑了："生死无常，人从一出生就注定了死亡，我们每时每刻都在生死之中，方生方死方死方生，生死平常事，不要太计较了。何况说来我本来就是已经死过一次的人了，能多活十几年，并且结交了你这样的朋友，还有一番了不起的事业，也算死而无憾了。"

全有哈哈一笑："说得也是，当年你要自杀，也幸亏何子天救了你，你才走向了另外一条人生之路，要不是何子天，你也没有今天……不过人就是这个德行，没有认识你也就算了，谁让我认识你了，又和你关系这么好？现在正是我们大展宏图的时候，你却要……老弟，你早先为什么要认识我？"

全有由笑转哭，眼泪涌了出来，他也不去擦，哭得稀里哗啦。

关得反倒风轻云淡地笑了："男子汉大丈夫，流血流汗不流泪，别没出息了，我也许还能再活几十年，如果能活八十多岁的话，我才活一半。说说好景常在生命科学研究所和全有典当行下一步的规划吧，这可是事关我的生死和全有投资控股存亡的大事。"

"好，不哭了，不哭了。"全有一边笑一边擦了眼泪，"想当年我也就是在被马飞燕甩我的时候掉了三滴泪，后来开心理诊所失败，被不明地下生物咬了手住院，被房东扫地出门，我都没有掉过一滴眼泪。今天不知道是怎么了，也许是前几十年活得太严肃了，今天要搞笑一下。好景常在生命科学研究所和全有典当行的计划，正在按部就班地推进，还算顺利，就等郑道他们五个人到位之后，就可以开始第一步了。"

"相信郑道他们不知道全有典当行和好景常在生命科学研究所的内在联系，现在还不能告诉他们。"关得一阵激烈的咳嗽，佝偻着腰站了起来，摆手制止了全有想要扶他的动作，努力站直了身子，来到窗前，俯视窗外阳光明媚的世界，"总有一天，我会重新站立，以全新的姿态笑傲世间。"

"一定会！"全有信心十足地一挥右手，又想起了什么，说道，"对于苏夕若、萧小小、范无救，甚至何无咎，我都有信心也有把握，唯独对于郑道，我总有担忧……"

"担忧他不好控制？"关得意味深长地笑了，"如果一个人可以被你牢牢控制，他的成就肯定极其有限，永远不会超过你的高度。越是不好控制的人，可塑性越强。记住一点，我们成立的五人组，不是一个普普通通的团队，而是一个肩负着重大使命的团队。一个团队成功的动力永远不是因为赚钱，而是时刻牢记的使命感和责任感。"

04 世间万事万物，都不是孤立存在的

看到沈雅老泪纵横、惊喜交加抱着郑道的情形，何无咎虽然此时此刻距离沈向葳不到三米远，但他瞬间感觉自己和沈向葳之间的距离在以光速拉长。完了，他心中一声喟叹，除非有奇迹出现，否则郑道会踩着他的肩膀上位，成为沈向葳生命中最亲近的人。

真正的无价之宝

附属二院位于繁华的和平路和中华大街的交汇处，正好在一个丁字路口，每天车来车往十分拥堵，从来没有一天有过安静。以附属二院门口为圆心，方圆一公里的范围之内有无数人头涌动涌往附属二院，异常繁荣的景象说明了现代人得病率高得惊人的真相。

许多人诋毁中医对人体的得病机理了解得不如西医透彻，却忽视了一个客观事实，在古代，古人并没有现代人如此多的疑难杂症，许多人可以寿终正寝，在睡梦中安然地死在家里。再者说了，其实西医对于层出不穷的许多疾病的发病机理也不是十分清楚，也对大多数癌症束手无策，只能暂时延缓病情的加重，无法根治。

虽然郑道是医科大学的学生，但在高官权贵云集的附属二院，他没有半点特权，和一般患者一样排队交钱之后，费了几个小时，在傍晚的时候，才和何小羽一起将何不悟安置妥当。

何不悟是清醒了过来，但毕竟是中风，不是小病，必须要留院观察并且妥善处置。不过住的是多人病房，乱哄哄地吵成一团。

何不悟吵着要回家，说他已经没事了，医生却警告他不要乱动也不要激动，万一再一次中风，就有生命危险了。一句话吓得何不悟赶紧闭嘴了，不过即使闭嘴，他也不忘恶狠狠地瞪上郑道几眼，以表示他内心强烈的不满。

多人病房就是一个社会的缩影，有穿着破旧衣服的农民，有衣着光鲜的城市中产，也有挣扎在城乡接合部的底层市民，不管来自哪里，共同点都是愁眉苦脸，被突如其来的重病压垮了生活，重病或许还会进一步击垮一个家庭的幸福。

和其他几个躺在床上要么半身不遂，要么嘴歪眼斜的患者相比，何不悟简直可以称得上是生龙活虎了，他却还不知足，不停地指挥郑道忙来忙去，还埋怨郑道没有眼色。

一个三十五岁左右的中年妇女凑了过来，看了何不悟几眼，指着何小羽问道："这是你闺女？"

何不悟点头，没好气地回答："女生外向，闺女都是赔钱货。"

"这话说得就没良心了。"中年妇女其貌不扬，不过却是慈眉善目，"刚才的小伙子多好，忙前忙后地侍候你，你闺女也不错，一刻不离陪在你身边，你算是有福气的人，有这么好的闺女和女婿还不知足，你想上天呀？"

"我……"何不悟没想到被一个素昧平生的人呛了，顿时涨红了脸，"他不是我女婿，他是流氓。"

"流氓？我还没有见过这么好的流氓！"中年妇女气不过，"你睁大眼睛看看，身边都是和你一样中风的人，只有你一个人活蹦乱跳的，别人都成什么样子了？你还想要什么？如果不是小伙子对你照顾得好，你现在能说话、能动弹？"

何不悟才回过神儿来，一想也是，怎么别人都没一个完好的，只有他一个人跟没事儿人一样，不对，肯定是哪里不对，正好郑道从外面进来了，他冲郑道喊道："郑道，你对我做什么了，怎么我中风了什么事情都没有？"

何不悟嗓门大，一语即出，语惊所有人。

所有人的目光都聚焦到了郑道身上。

郑道手拎一壶热水，愣在当场，心想何不悟是真缺心眼，这是什么场合，怎么能说这种话？这不是引火上身吗？

果然，所有人愣了三秒之后，中年妇女一马当先，第一个冲到郑道面前，死死抓住郑道的胳膊，扑通一声跪在了他的面前。

中年妇女还真有表演天赋，瞬间泣不成声："大师，救救我爸，医生说了，我爸人是抢救过来了，但半身不遂是好不了了，要一辈子躺在床上了。您伸出援手，给他活下去的希望，给我们一个完整的家。"

榜样的力量是无穷的，中年妇女的举动立马引发了房间中所有人的跟风。几个患者家属接二连三地跪倒在了郑道面前，希望郑道出手救救他们中风之后遗留严重后遗症的亲人。

郑道理解病人家属病急乱投医的心情，但有时真的是有心救人却无力回天，中风是中老年的常见病、多发病，是当今世界危害人类健康的三大疾病之一，具有发病率高、死亡率高、致残率高、复发率高以及并发症多的"四高一多"特点。近年来，由于诊疗水平的提高，中风的死亡率有所降低，但致残率仍居高不下，约百分之八十的存活者尚有不同程度的功能障碍，即中风后遗症，给患者家庭和社会带来了沉重的负担。

中风重在防而不是治，因为一旦中风，除非身边有医术高明之人，否则如果不采取放血加喂食安宫牛黄丸等补救措施，送到医院后大多数人就算抢救过来，也会留下不同程度的后遗症。后遗症一旦形成，再想治愈就难多了。

郑道不是神仙，也不是什么大师，只是一个还没有出师的小医生，他承受不了这么多人的跪拜，将他们一一扶起。

何不悟看呆了，不是吧，郑道怎么被他喊了一嗓子就成了大师了，他还有这样的本事？不行，如果郑道靠大师头衔赚了大钱，得分他一半，毕竟是他成就了郑道的名声。

郑道才不会想到何不悟还有靠他赚钱的想法，他言语诚恳地说道："真的不好意思，不是我不帮助大家，实在是我无能为力。我帮何叔也是当时正好在他身边，才在他中风的时候替他梳理了血脉。如果错过了最佳时机，只能后期护理了。"

"怎么护理？"

"听说中医对于治疗中风后遗症特别有效，是不是呀大师？"

"大师给我们开个药方吧，我们去抓药。"

"大师，你卖药不？多少钱一服？"

郑道本着医者父母心的出发点，只好将自己所学所知的东西和盘托出："针灸疗法是治疗中风后遗症的首选方法，其次中医治疗中风还有八种方法，分别是中医治疗活血化瘀法、化瘀通络法、息风通络法、通腑泻下法、活血利水法、清热解毒法、益气活血法、温阳通脉法……中风重在预防而不是事后治疗，有些病具有不可逆转性。不过话又说回来，如果在中风时处置得当，在事后又坚持针灸，还是有不少中风患者可以完全恢复。"

"郑道是真懂还是吹牛，看他说得头头是道的样子，真当自己是大师了？我呸！如果不是我给他冠名，他就是一个无名小辈，哼，等下要他冠名费。"何不悟对郑道所受的礼遇既羡慕又嫉妒，还很不服气。

"爸，以前我一直觉得你是严监生、葛朗台一类的人，现在才知道，原来你还具备了嫉贤妒能、厚颜无耻这些优秀品质，作为你的女儿，我真是自豪得无地自容。"何小羽被何不悟气笑了。

"自豪就对了，能把你养这么大还长得这么漂亮，全是靠我孜孜以求从不间断的这些优良品质。"何不悟从来不知道什么叫丢脸，在沾光面前，一切都可以抛弃，唯独利益第一。

何小羽直接被何不悟厚达千丈的脸皮噎得说不出话来。

"一般来说，突然出现眩晕、心悸，莫名其妙的舌头僵硬，说话不利索，指端或者肢体局部麻木，或行动不听使唤，比如手里的东西会突然掉地等症状，就要多加注意了，这可能是中风的征兆……"郑道又向众人传授了一些中风的预防、发生时以及事后的处理知识，眼见就天黑了。

"小羽，怎么是你？"

何不悟睡着之后，病房里面人太多，郑道和何小羽在走廊说话，忽然，一个人突然出现在了何小羽面前。

"柴硕？"何小羽回身一看，一身运动装的柴硕英姿勃发，"你怎么在医院？"

"你怎么也在？"柴硕才注意到何小羽身边的郑道，脸色微微一变，"我来看望沈向葳，陪何无咎一起来的，你哪里不舒服？病了？"

"不是我，是我爸。"何小羽勉强笑了笑。

"你爸怎么住这样的病房？太差了，等我一下。"柴硕意味深长地看了郑道一眼，"郑道，你让小羽的爸爸住这样的多人病房，真不应该，你太无能了。"

"他救了我爸爸！"和住什么病房相比，郑道事发时及时的处置才是千金不换的恩情，何小羽不允许任何人说郑道的坏话。

柴硕笑笑没说话，转身走了。

一个小时后，何不悟被转移到了高级病房，是一个双人间，比起下面一群人住在一起的房间高级多了，房间中不但有卫生间，还有陪护人员的房间，装修得和宾馆一样豪华。

何不悟高兴极了，对柴硕问东问西，在得知柴硕是何小羽的同学并且喜欢了何小羽四年之后，他当即一拍大腿："小羽，有这么好的同学喜欢你，你还挑剔什么？赶紧和柴硕谈恋爱，听到没有？"

何小羽翻了翻白眼："爸，你又不了解柴硕，上来就让我和他谈恋爱，你知道他家里有多少钱吗？你知道他爸妈身家多少吗？"

"还真不知道……"何不悟双眼放光，毫不掩饰他的贪婪，"柴硕，你家里到底多有钱？"

柴硕也是服了何不悟的直接，不过有郑道在场，他很愿意当面打击郑道："叔叔，我家里也不算多有钱，我爸是一家上市公司的执行董事，名下有公司百分之十的股份，公司市值是五十多个亿。我妈是一家大型集团公司的董事长，名下也持有集团公司百分之十五的股份，她的公司市值是一百多个亿……"

说完，还故意挑衅地看了郑道一眼。

郑道双手抱肩，一脸浅浅的笑意，并不回应柴硕的炫富。

"什么意思，我怎么听不明白？"何不悟装傻，扳着手指计算，"五十亿的百分之十是五亿，一百亿的百分之十五是十五亿，加在一起是二十亿。二十亿是多少钱呢，郑道，你帮我算算，一亿是不是可以盖一栋楼？别说一亿了，你有一万吗？一个亿好像是一万个一万吧？"

"狗都比你有人情。"何小羽真是气坏了，拉起郑道就走，"钱再多有命值钱？郑道刚刚救了你的命，你一句感谢的话都没有也就算了，还没完没了地嫌贫爱富，你等着，总有一天你会后悔得撞墙。走，郑道，我们回家，让他一个人在梦里数钱去。"

何小羽不由分说拉起郑道夺门而出，郑道想要阻止也来不及，二人出了房门，才走两步，迎面走来一人，他低头走路，也不抬头，一头撞在了郑道的怀里。

要是平常郑道也不至于被人直接撞上，主要是他被何小羽拉着，躲闪不及。

"哎哟！"对方惊呼一声，退后两步，朝后便倒。

刚才力道不大呀，怎么对方一碰就倒，难道是碰瓷？郑道被何不悟一顿嘲讽，表面上没什么表示，心里也是微有不爽，任谁做了好事还要被冷嘲热讽谁都不会有好心情。没想到在医院里也能遇到碰瓷的，他正气不打一处来，伸手拉住了对手的右臂，然后用力向后一拉。

走廊的灯光昏暗，郑道没有看清对方的长相，手抓住对方的胳膊时才察觉不对，触手之处，微凉而柔弱，又纤细，分明是女孩的胳膊。

才这么一想，对方被他一拉之下，收势不住，直接扑入他的怀中。

"流氓！"对方用力挣脱郑道的手，一脚踢在了郑道的腿上，"色狼，混蛋，等下让人收拾你，让你知道本小姐的厉害。敢调戏本小姐，你是想当太监了吧？"

现在的女孩都这么强悍了？郑道大汗，不等他有所反应，何小羽不干了。

"你谁呀你？刚才你一头撞在郑道身上，如果不是他拉你一把，你就摔倒了。你撞人在先，他以德报怨又救你，你不感谢他还对他又打又骂，你是精神病院跑出来的吧？"何小羽也正在气头上，哪里还有什么好话。

"郑道？"对方愣住了，退后一步，拿出手机打开灯光，照在自己脸上，"郑道，是你呀，你看我是谁？"

在手机灯光近距离的照耀下，出现一张苍白而没有血色的脸，对方又是头发散乱，如果突然出现在漆黑的野外，肯定会被当成女鬼。不过此地是医院，也是容易让人浮想联翩的地方。

好在郑道认出了对方是谁，他呵呵一笑："沈向葳，幸会，幸会。"

"别幸会了，医院可不是幸会的地方。"沈向葳收起手机，拉过郑道就走，浑然当何小羽不存在一样，"来，跟我去我的病房，无聊死了，有你陪我聊天，我才能度过漫漫长夜。"

"喂喂喂……"何小羽怒气冲冲地拦住了沈向葳的去路，"沈向葳，你当我不存在是吧？我才是郑道的正牌女友。"

"请你让开。"沈向葳不动声色地笑了笑，"我才不管你是不是他的正牌女友，我只想和他聊天，又不是和他谈恋爱。退一百二十步讲，就算我真想和他谈恋爱，你也管不了。女友不是法律上承认的合法关系，好男人就像竞拍品一样，谁有本事、谁有资本，谁才能拿下。"

"你！"何小羽一把拉回郑道，"郑道，你跟我走。"

"小羽，回来。"何不悟在柴硕的搀扶下，从病房中走了出来，他摇摇欲坠，"你要是再跟郑道在一起，我、我、我就死给你看。"

话一说完，白眼一翻，身子一软，就要昏倒。柴硕忙扶稳何不悟，劝道："小羽，现在不是争风吃醋的时候，何叔病了，你身为女儿，要以何叔的病情为重。"

何小羽恨恨地跺了一下脚，扶住了何不悟，又转身对郑道和沈向葳说道："郑道，你要敢和沈向葳做对不起我的事情，我和你没完。沈向葳，你要敢对郑道动手动脚，我也和你没完。"

"什么乱七八糟的。"沈向葳看也不多看何小羽一眼，拉起郑道就走，"走，郑道，你答应过要当我的私人医生兼保镖，就得说话算话，现在是你履行责任的时候。"

郑道冲何小羽点了点头，示意她不要小题大做，然后和沈向葳一起来到了沈向葳的病房。

沈向葳的病房是单间，类似于五星级宾馆的总统套房，奢华且应有尽有。只是世间事情往往如此，再奢华的病房终究还是病房，如果让一个穷人用他的三间草棚和健康的身体来换取住在豪华病房和一副病体，相信他也不会同意。

健康才是无价之宝，金钱只能买来物质，买不来精神上的愉悦和享受，买不来健康和幸福。如果让你用健康的代价来换取任何所谓的奢侈品，请不要交换，等你失去健康之后才会发现，很多时候人生所做的一切其实是舍本逐末。

在病房明亮的灯光下，郑道暗中观察了沈向葳的气色。和上次相见时相比，她的气色又黯淡了几分，就如一盏油灯即将耗尽之时的昏暗。他心中忽然起了一阵揪心的疼痛，如果他和沈向葳是完全不相干的陌生人还好，只是他和沈向葳不但相识，而且还有了进一步的交集。一想到如此青春美好的女孩即将凋零，他就有一种深深的无力感，为什么他就医治不好沈向葳之病呢？

沈向葳到底得了什么病？

先天不足后天可补

"刚才的黄毛丫头真是你的女朋友？"穿一身病号服的沈向葳，难掩天生丽质，秀丽之中，又多了一份妩媚，即使病号服宽大而不合体，却依然可以衬托出她曼妙身材的绰约多姿，再加上白如玉、冷如霜的肤色，更多了冷艳之美。

"算是，也不算是。"郑道既不承认又不否认，他和何小羽的关系有点复杂，一时半会也说不清楚，"沈向葳，你怎么就住院了？"

"明白了，是她喜欢你，而你还不确定是不是喜欢她，对吧？"沈向葳笑了，眼睛转了转，双手放在兜里，坐在了郑道的旁边，"我生下来就很瘦弱，黄毛丫头一个，丑巴巴的，没人喜欢我，也没人愿意跟我玩。后来慢慢长大了，变好一些，不过还是病怏怏的。再后来不知道怎么突然就乌鸡变凤凰了，就好像，就好像……"

"就好像一个灯泡忽然来电了，眨眼变亮了，对不对？"郑道心中隐隐猜到了什么。

"对，说得太形象了，郑道，你真有才。"沈向葳吐着舌头开心地笑了，"虽然记不太清到底发生了什么事情，爸爸也不告诉我，但我记得是在我十三四岁的时候，有一个江湖郎中来到家里，为我扎针、艾灸，又开了一些药方，吃了之后，我就变好了。"

郑道一下站了起来，一个久病之人突然好转，要么是回光返照，要么是得了灵丹妙药，但不管是什么样的灵丹妙药也只能慢慢调理好，不可能药到病除得如此迅速，毕竟沈向葳的身体虚弱是先天不足。先天不足虽说后天可补，但也不是如点亮电灯一样，电到灯明，除非……

除非用了强行提升体质的大补之药！

但越是大补之药，后遗症越是严重。就如人参虽是大补之物，但并不适合所有人。高血压者肝阳上亢，服用人参容易引发脑血管意外。体内热毒者服用，可能会导致疮毒大发，经久不愈，如是等等。人参虽功参天地，却非百无禁忌，小孩及婴幼儿也不宜服用。儿童为纯阳之体，本身就偏热，再服食人参大补，会对生长发育产生不良影响。而且人参含有类激素，可引起性早熟，尤其是十四岁以下小孩应忌用。

"你还记得是什么药方吗？"郑道也未多想，张口便问。

"记不清了，只记得有几味常见的药材，比如人参，比如阿胶，比如牛黄……"沈向葳惊讶地问道，"郑道，你是医科大学的学生，学的是西医，难不成你也懂中医？"

"医科分中西医，病不分中外。"郑道嘿嘿一笑，搪塞过去，"你吃了多久人参和阿胶？"

"江湖郎中让我吃一年，吃了一年后，爸爸觉得反正也没几个钱，吃得起，而且人参和阿胶都是补品，多吃一些也没什么，就一直吃了下去。后来我实在不想吃了，就背着他扔了不少。"沈向葳做了个鬼脸，"你是不是觉得我很浪费，很不懂事？"

"扔得好。"郑道暗中舒了一口气，"人参虽补，但吃多了也能杀人。你生下来就体弱多病，说明你先天不足。先天不足是先天禀赋不足型肾虚，肾是先天之本。先天不足虽说后天可补，但如果大补过补，反而会起到适得其反的效果。脾胃为后天之本，后天补养主要是养脾胃而充实正气，从而补充肾气的不足。阿胶虽好，平常人若长期服用反而伤脾胃，伤了脾胃就会影响气血运行而无法充实正气，后天可补就成了后天失养，就等于雪

正 道

上加霜了。"

　　后天失养指的是长期劳累、生活紧张、房事过度，或久病伤肾、年老体衰等后天因素导致肾虚。

　　"啊！"沈向葳张大了嘴巴，"照你这么说，我天天吃人参、阿胶反倒成了坏事？真的还是假的？你别骗我，我不是老中医，但也久病成医，懂一些医理。"

　　"你天天吃大鱼大肉会不会肥胖？什么事情都要讲究一个度，过犹不及的道理在哪里都适用。"郑道环顾四周，"怎么就你一个人？没家人陪你？"

　　"家人出去了，要等一下才回来，我一个人无聊才跑了出去透气，没想到就遇到了你，还真是和你有缘。"沈向葳伸了伸懒腰，盯着郑道看了一会儿，扑哧一下笑了，"你年纪轻轻，怎么一副老气横秋的老中医样子？真是怪事。"

　　"老吗？我是正值当年的小鲜肉。"郑道突然跳了起来，伸手抓住了沈向葳的右手。

　　沈向葳一时惊慌，想要躲闪："你干吗？放开我，再不放开，小心我打你。"

　　郑道却偏不放开，嘻嘻一笑："不要光说不练，有本事你就打我。"

　　"别以为我真不敢打你。"沈向葳的右手被郑道紧紧抓住，想要挣脱却是不能，她努力了几下，反倒被郑道抓得更紧，感受到郑道手心的温暖以及他手掌的厚实，莫名心跳加快，心慌意乱，"郑道，大流氓，臭坏蛋。"

　　说话间，伸出左手打向郑道。不料才一出手，左手就又被郑道抓在了手中。随后郑道微一用力，就将沈向葳抱入了怀中。

　　"你、你想怎样？"沈向葳从来还没有如此被人调戏过，虽说她对郑道有好感，但还远远谈不上喜欢，不由心中愠怒，用力想要挣脱他的怀抱，"放开我，我警告你，再不放开后果自负。"

　　"后果自负？说得好像多严重一样，说吧，我要承担什么样的后果？"郑道依然若无其事地哈哈一笑，还是紧紧抓住沈向葳的双手，"就算你杀了我，也改变不了我亲你的事实……"

　　"啊，你还要亲我……"沈向葳吓得花容失色，话才说一半，郑道的嘴

154

唇已经结结实实地印在了她的右脸之上。

沈向葳既羞又急，眼泪都急了出来。

小时候因为身体原因，又黑又瘦，是一个没人喜欢的黄毛丫头。长大后，摇身一变成了凤凰，却由于从小身体不好养成了孤傲的性格，总是一副生人勿近的面孔，让许多追求者望而却步。再加上她身为沈家公主的高贵身份，更是让许多对她高山仰止的追求者只敢远观而不敢近前。或许外界不会相信，光彩照人、出身高贵的世家千金沈向葳到目前为止，还没有和一个男人有过感情上的纠葛，更不用说被一个男人手拉手并且亲上一口了。

沈向葳羞不可抑，只觉浑身酥软，几乎站立不住！

尽管近年来她性格开朗了许多，和郑道交往时没有流露出孤傲和冰冷，也是因为郑道为人谦和且长相随和让她一见如故之故，实际上，她骨子里的傲依然还在。被郑道如此轻薄，她大羞之余，心中怒火猛然熊熊燃烧。

拳打，双手被郑道紧握，动弹不得。脚踢，距离太近，用不上力气。沈向葳就施展最有力的武器——张口朝郑道的肩膀咬去。

夏天衣着单薄，郑道只穿了一件衬衫，被沈向葳一口咬中，他痛得倒吸一口凉气。

"放不放？"沈向葳咬了一口之后，自觉有了筹码，冷笑一声，"不放还咬你。"

"不放，还没摸够。"郑道咬牙切齿勉强一笑，"我皮糙肉厚，不怕你咬……哎呀，你是属狗的，咬这么狠。"

沈向葳咬着郑道的肩膀不放，嘴里含糊不清："再不放，咬死你……"

门一响，三个人推门进来，正好将郑道怀抱沈向葳，而沈向葳力咬郑道的一幕尽收眼底。

"咬死谁？"

当前一人，年纪约二十岁，穿一身运动衣，左手里还拿着一个羽毛球球拍，胳膊上绑着手机，右手拎着盒饭，身高有一米七八，英气逼发，朝气蓬勃。

他嘴里含着一根冰棍，瞪大了眼睛："姐，你要咬死谁？我们才出去这么大一会儿，你就交上男朋友了，还这么亲密，我太佩服你了，闪电速度，我以后就叫你闪电姐算了。"

他身边一人，脸色铁青，怒气冲冲，正是何无咎。何无咎苦追沈向葳多年，别说一亲芳泽了，连手都没有碰过，在他心目中沈向葳是女神一般的存在，除他之外，任何人都没有资格接近沈向葳半米之内，现在女神却被他最看不起的郑道抱在怀中，他顿时血往上涌："郑道，你干什么？赶紧放开向葳，你这个流氓混蛋无赖！"

何无咎一脚踢往郑道，他用尽了全身力气，恨不得一脚踢得郑道下半生生活不能自理。

郑道松开沈向葳，轻轻一推，沈向葳身子一转，然后朝后一倒，正好躺在了病床之上。他则后退一步，右腿轻抬，轻轻一碰何无咎的右腿。

何无咎身子一晃，踉跄几步，险些摔倒。他没有意识到是郑道让他，二话不说，回身又是一拳打去。

郑道不慌不忙身子一侧，让到了一边："事不过三，何无咎，你要再没完没了就别怪我不客气了。"

"我杀了你！"何无咎感觉受到了平生最大的耻辱，哪里还有理智可言，再次飞起一脚踢向了郑道的肚子。肚子是人体柔软的地方之一，如果被一脚踢中，剧痛之下，至少十分钟之内会失去反抗之力。再严重的话，会有生命危险。

三人之中，除了何无咎和小年轻之外，还有一个老者。老者年约五十岁，浓眉大眼，国字形脸，很有官相，眉宇之间却又有慈祥之意。他见事态有失控的迹象，喊了一声："何无咎，不要胡来。"

何无咎哪里还听得进别人的劝，再说他一脚飞出已经收势不住了。眼见他一脚就要踢在郑道的肚子上之时，郑道犹如闲庭信步一般，轻巧地朝旁边迈开一步，然后右手一伸，就抓住了何无咎的右腿，再一抬，何无咎哪里还站立得住，扑通一声一头栽倒在地。

郑道却没留神脚下不知何时有一个枕头，一脚踩在了枕头之上，身子晃了一晃，没有站稳，就摔倒在了床上。无巧不巧，正好和床上的沈向葳同床共枕。

小年轻张大了嘴巴，嘴里的冰棍掉在了地上也顾不上："我去，太牛叉、太惊悚了，这不是真实发生的，这是电影。"

老者也是一脸愕然，几乎不敢相信自己的眼睛，愣了半晌才冒出一句："真没想到，事隔七八年，终于又遇到传说中的高人了。小伙子，你叫什么名字？"

"爸，没听到刚才无咎叫他郑道吗？他叫郑道。"小年轻看也不看倒在地上呻吟的何无咎一眼，跑到床前，拿起手机拍了几张郑道和沈向葳同床共枕的合影，哈哈一笑，"姐，你从哪里找来这样一个极品男友？姐夫，来，认识一下，我叫沈向蕤，是沈向葳的亲弟弟，你的亲小舅子。"

"滚！"沈向葳刚才被郑道推到床上，一时气血翻腾，无法起身，现在郑道又躺在身边，正又羞又急，沈向蕤却又来添乱，她哪里还有好脸色，"什么姐夫，他是陌生人，沈向蕤，你有点原则好不好，不要随随便便就把姐姐卖了。"

郑道翻身起来，接过了沈向蕤伸过来的友谊之手，呵呵一笑："叫我郑道好了，姐夫就算了，我已经有女朋友了。"

"郑道，你什么意思？你刚才不是说和何小羽还没有确定关系？如果她真是你的女朋友，你刚才又抱又亲是在干吗？你说清楚。"沈向葳再一次怒火中烧，也从床上跳了下来，"告诉你，你刚才抱了我又亲了我，你就得对我负责。"

"姐夫……"沈向蕤嘻嘻一笑，朝郑道挤了挤眼，将郑道拉到一边，小声说道，"我姐好面子，刚才你们都那样了，而且我爸也看到了，我得给她一个台阶下。何况对我们男人来说，介意换一个女朋友，但向来不会介意多一个女朋友，所以你先笑纳了我姐，至于以后怎么着，就是以后的事情了。"

郑道无语了，沈向葳是沈向蕤的亲姐吗？沈向蕤怎么出卖沈向葳不遗余力，生怕沈向葳嫁不出去？他和沈向蕤才是一面之缘，沈向蕤对他的印象就这么好？

其实郑道不知道沈向蕤对他一见如故的好感来源于沈向蕤根深蒂固的英雄情结。

从小到大，沈向蕤就不是一个让人省心的孩子，打架、偷鸡摸狗、掀女同学裙子、调戏女老师，几乎所有的坏事都干过一遍，是一个典型的坏孩子，曾经一度被人称为沈家的坏小子。在他十五岁之前，只要提到沈家坏小子之名，整个石门几乎无人不知。

十五岁之后，沈向蕤稍微收敛了几分，一是沈向葳病情好转，沈雅有精力对他进行管教了，二是他也意识到只有努力学习才有可能接掌庞大的沈氏集团，所以痛改前非，开始步入了正轨。

不过沈向蕤从小缺少管教，就算自律，也比一般人狂妄了不少，所谓的痛改前非，不过是比以前稍微客气了几分而已，真遇到事情时，开口骂人、动手打人是常事。

沈向蕤从小就崇尚武力，现在是体院的学生，他对身手矫健的人天生亲近。刚才郑道举重若轻，不费吹灰之力就打倒了何无咎，让从小向往武林高手但从来没有见过真正高人的他顿时眼前一亮，意识到郑道就是传说中的身怀绝技的高人，惺惺相惜，他毫不犹豫就当郑道和他是一路人，更何况刚才郑道和姐姐搂搂抱抱，说明二人关系非同一般，如果真有这样一个深不可测的姐夫，是他可遇不可求的福气。

沈向蕤一直梦想有朝一日可以和武侠小说中的主人公一样，遇到一个绝世高人。可惜现在社会太浮躁，高人太少，骗子又太多，遇到高人的概率微乎其微。他一度怀疑传说中的高人是不是真的只是传说，却做梦也没有想到，今天会真的遇到。

尽管沈向蕤并没有看清郑道的动作，也不知道郑道为什么就打倒了何无咎，但对打人技巧研究多年的他来说，假如何无咎的战斗值是三，是比老弱病残强不了多少的普通人的战斗值，那么如果是和何无咎对等的普通人，和何无咎对战的话，至少五分钟以上才能分出胜负。如果是战斗值是四的身强力壮的大汉，估计也要三分钟才能放倒何无咎。再如果是战斗值是五的练过功夫的初级高手，两分钟之内干掉何无咎不在话下。

但想要在一分钟之内让何无咎一败涂地，至少也得战斗值是六及以上的中级高手，相当于特种兵中的佼佼者。但如郑道一样在半分钟之内搞定了何无咎，而且他本人面不改色气不喘，在沈向蕤看来，应该是战斗值是七以上的高级高手了，相当于特种兵教练或是特种兵比武大赛的第一名。

至于战斗值是八、九、十的超级及顶级高手，都是传说中的存在，不要说见到了，连名字都没有听过。

以郑道的年纪，不应该是战斗值是七的超级高手，因为郑道看上去既不是身强力壮的类型，而且裸露在外的胳膊也没有孔武有力的肌肉，那么是不是说明郑道是传说中的内家功夫修炼到了极致的内家高手？

不管郑道是哪一种类型的高人，在沈向蕊眼中，至少到目前为止，都是他所仅见的最厉害的高人，所以一见之下，沈向蕊对郑道的好感和崇拜如黄河之水天上来。

既然是难得一见的高人，又和姐姐如此亲密，他自然就不拿郑道当外人了。

爱出者爱返，福往者福来

郑道哑然，沈向葳的威胁也就算了，他当是玩笑，沈向蕊的话可就太不当自己是外人了。他嘿嘿一笑，刚要解释几句，老者却说出一句话，顿时让他呆立当场。

"郑道，向葳的脉象如何？"

刚才郑道抓住沈向葳的双手，又故作轻浮亲了她的脸颊，其实并非是唐突佳人想要沾光，而是借机来把脉。沈向葳病情古怪，不能以寻常手法来把脉，因为她体内太多的大补之品，会让她的脉象不真。所以他才故意又搂又抱，要的就是激发她的情绪，让她在激动之下，气血涌动，将大补之药的功效压下，才能显露出真实脉象。

他以为他瞒过了沈向葳、何无咎和沈向蕊，也可以瞒过老者，没想到，却被老者一语道破天机，不由他不大吃一惊。他的把脉之法源自爸爸亲传，据爸爸说，会此法把脉者，并无几人，为什么老者可以一眼看透他的真实用意？

难道说，老者以前见过有人施展此法？

"什么脉象？爸，你说什么呢？"沈向蕊愣了，摸着后脑，看了看郑道，又看了看老者，"能不能说点儿我听得懂的话？"

"老先生……"郑道迟疑一下，不想说出真话。

"我叫沈雅，是向葳和向蕤的爸爸，你叫我沈伯伯好了。"沈雅看出了郑道的犹豫，呵呵一笑，"你很像我的一个故人，他也姓郑，你也许认识，叫……郑隐！"

郑道惊呆当场！

八年前，沈向葳十四岁时，沈雅遇到了一个被他一生感恩的贵人——郑隐。当时沈向葳多方寻医问药不见好转，本该如花似玉的年纪，却如提前进入寒冬的幼苗，枝叶枯萎，毫无生机。沈雅忧心忡忡，寝食难安。

虽然沈雅和花向荣并列为燕省三巨头之一，富可敌国，但女儿沈向葳的病情始终是他的心病。从女儿出生后，他就感觉失去了生活的阳光，每天都生活在阴云密布的天空之下，时刻担心倾盆大雨从天而降。

郑隐的出现，是一个意外。当时沈雅正领着沈向葳在中山公园游玩，时值夏天，阳光晴好，天气炎热，他在阳光下汗水滚滚，沈向葳却是滴汗未出。他脸上虽然洋溢着笑容，内心却是一片冰凉。按照医生的说法，女儿今年十四岁了，是一大关卡。

向来男女的生长规律是男八女七，女人七年是一个生命周期，所以女人十四岁来月经而四十九岁闭经。"女子七岁，肾气盛，齿更发长；二七而天癸至，任脉通，太冲脉盛，月事以时下，故有子……七七，任脉虚，太冲脉衰少，天癸竭，地道不通，故形坏而无子也。"

男人八年为一个生命周期，所以男人十六岁成熟而五十六岁生育能力减弱。"丈夫八岁，肾气实，发长齿更；二八，肾气盛，天癸至，精气溢泻，阴阳和，故能有子……七八，肝气衰，筋不能动，天癸竭，精少，肾藏衰，形体皆极。"

对于女人来说，十四岁是至关重要的一年，对于沈向葳来说更是如此。沈向葳生下来就体弱多病，先天不足，后天虽经多方医治，收效甚微。如果十四岁时身体最重要的发育阶段仍然落后于常人的话，以后再想治愈的可能性就几乎没有了。

为沈向葳求医问药这些年来，沈雅见过形形色色的专家大师，有些专家一见沈向葳就摇头拒绝为沈向葳医治，因为沈向葳的病是不治之症，只有等死一条路。也有些专家信誓旦旦声称三个月见效，一年治愈。不管是西医的专家还是中医的大师，沈雅先后见过不下百人，钱也花了上千万之多，最终却没有一人可以让女儿的病情好转半分，顶多就是延缓了几分罢了。

倒也不是说专家大师都是骗子，当然其中骗子也有一些，主要还是沈向葳的病情过于奇怪，不但西医束手无策，中医也是无数典籍没有记载，仿佛整个世界只有她一个人得了独一无二的怪病，又或者可以说，她创造了一个前所未有的怪病。

是否可以这样想，他的女儿是整个世界上最与众不同、最孤独、最高傲的公主，她来世间一遭，如昙花一现，就是为了看一眼世间的繁华叫他一声爸爸，然后转身离去，义无反顾不会回头，也不会再来世间受苦。这么一想，沈雅只觉悲从中来，看到在阳光下草丛中蹦蹦跳跳的女儿美丽的身影，不禁悲愤：为什么她这么美好的生命却如蝴蝶一般短暂，为什么上天对她如此不公？他再也压抑不住内心的悲痛，泪水汹涌而出。

沈雅扭过头去，不想让女儿看到他悲伤的泪水。如果她必须离去，就让她带着全世界的美好离开，不让她感受到世间一点点的悲痛和无奈。

沈雅没想到的是，在他扭过头之后，突起变故。

沈向葳在花丛中捡到一个空塑料瓶子，她来到不远处的垃圾箱，将瓶子扔到垃圾箱里，转身要走，忽然愣住了，垃圾箱旁边蹲着一个人，手里拿着一个破旧的袋子，正从垃圾箱里捡东西。

"叔叔，你为什么要捡垃圾？"沈向葳好奇地问拾荒者。从小爸爸就教导她，对每一个人都要一视同仁，不管是高官权贵还是市井百姓，不要轻视他们，也不要仰视他们。要对每一个人有礼貌，因为礼貌是一种优秀的表现。如果一个乞丐对你有礼貌而你对他无礼，说明你还不如他优秀。

正是从小受到沈雅正确的引导，沈向葳虽然性格孤僻，但对人却进退有理。

拾荒者却只是冷冷地看了沈向葳一眼，并不答话，伸手去拿沈向葳扔到垃圾箱里的瓶子。垃圾箱正好坏了，瓶子在箱底滚动了一下，从下面掉了出来。

沈向葳捡起瓶子，放到了拾荒者的袋子里面，然后又捡起垃圾箱外面的一个瓶子，也放进了袋子："叔叔，捡垃圾不要紧，只要自力更生，不管做什么都不丢人。就像我，哪怕只有一天的生命，我也会开心一天。"

拾荒者斜着眼睛看了沈向葳一眼："你病得不轻。"

"我知道，可是那又怎么样？只要我现在开心就行了，就算下一秒死去，脸上也要挂着笑容死去。"沈向葳从小到大经历了太多次治疗，小小年纪已经数次与死亡擦肩而过，早就看淡了死亡。当一个人对同一件事情不断地重复时，她就不会再对这件事情有畏惧感。

拾荒者愣住了："你是想快乐地死去，还是想痛苦地活着？"

"谁不想活着？"沈雅发现了状况，走了过来，接过了拾荒者的话，"先生，你有什么高见？"

拾荒者浑身一震，多少年饱尝了人间冷暖和世态炎凉的他，还是第一次被一个有身份的人尊称为先生。尽管他不认识沈雅是何许人也，但阅人无数的他可以一眼看出气度不凡的沈雅大有来历。

"我没什么高见，只是给你提供两条建议，一是放弃任何形式的治疗，三个月后，你女儿就会离开。长痛不如短痛，人生总有分别。二是长年吃药，也许可以再活十年。但十年后病发，就算神仙也无能为力。你要哪一种？"

"我要死。"沈向葳坚定地回答。

"我要活！"沈雅心在滴血，却还是选择了让女儿活下去，十年后，也许医学可以发达到根治女儿病情的程度，那么女儿再受十年的痛苦，也是值了。

"决定了？"拾荒者一脸漠然地看着沈雅，仿佛生死对他来说，不过是手掌的正面和背面，要生要死，易如反掌。

若是别人，或许会对拾荒者的说法嗤之以鼻，但沈雅不是别人，他见多识广，见识过道貌岸然的所谓大师，也亲历过衣着普通却药到病除的高人，所以他对拾荒者没有丝毫不敬之心。因为他注意到了一个细节，自始至终，拾荒者都没有碰女儿一下，女儿和他也没有说过自己的病情，拾荒者却能一眼看出女儿的问题所在，不是高人又是什么？

沈雅强压内心的激动，努力不让自己失态。苦心人天不负，没想到在他即将绝望的时候，会意外遇到一个隐世的世外高人。如果不是他一直奉行与人为善的原则，也教导女儿不要看不起任何一个人，也不会有今天的回报。

人生果然种善得善。

"决定了！"沈雅咬牙说道。

"好。"拾荒者扔掉手中的袋子，伸手抓住了沈向葳的左右手，将沈向葳拉入了怀中。

沈向葳吓得不轻，挣扎着想要脱身，却力不从心。沈雅也是吃了一惊，想要出手相救，才一伸手又想到了什么，又收了回去。

"不怕，向葳，叔叔是为你诊治。"沈雅伸手抚摸女儿的后背，平息她恐慌的情绪。

片刻之后，拾荒者放开了沈向葳，问沈雅："有笔和纸？"

沈雅拿出笔纸，拾荒者接过之后，唰唰几笔写了几个药方，递给沈雅："大补之下容易伤脾胃，不过这也是没有办法的办法，用大火压大寒，可以保她十年生命。但你女儿的病情过于古怪，我没有能力根治。十年之后，除非遇到比我还高明的中医，否则你女儿再次病发，肯定没治了。"

一张便笺纸上写的一个药方，十几味中药，轻如羽毛，对沈雅来说却重逾千斤，他只扫了一眼药方就心中一阵狂喜，果然是高人，药方之上所列的中药虽然常见，但配比却是他从未见过的大胆。同样的中药，配比不同，疗效也会大相径庭。有时一味中药的增减，也会让药方的药效大不相同。

"请问先生大名？"沈雅知道他是真的遇到世外高人了，激动之余他更清楚，高人可遇不可求，如果能有高人的联系方式，以后再遇到什么难关，就容易解决了。

"你没有必要知道我的名字，我们只有一面之缘，你以后也不会再见到我了。"拾荒者捡起袋子转身就走，走了几步又停下，手中多了一个瓶子，"小姑娘，谢谢你的瓶子。一个空瓶子，里面可以装空气，可以装轻视，也可以装尊重，可以装爱。"

"等等。"沈向葳跑了过去，扑入了拾荒者的怀中，"谢谢叔叔，你是我见过的最酷最有个性的叔叔。我可不可以知道你的名字？不是想以后再麻烦你，而是想给我留下一个美好的回忆。"

　　拾荒者无法拒绝一个小女孩的愿望，他微微叹息一声："郑重其事，隐世而居，我叫郑隐。"

　　也正如郑隐所说，沈雅和沈向葳与郑隐只有一面之缘，此后漫长的十年岁月里，他们不但没有再见过郑隐，连郑隐的名字也没有再听人说过。沈雅曾经无数次托人打听郑隐，却无人认识，也无人知道郑隐是何许人也。

　　原以为从此人海茫茫，再也不会见到郑隐，也不会有如郑隐一样的高人出现，现在距离沈向葳病发还有两年时间，沈雅的心中始终悬着一颗定时炸弹。这一次沈向葳突然昏倒住院，他以为女儿要离开他了，险些没有急火攻心当场昏倒。还好送到医院之后，女儿很快苏醒过来，暂时没有大碍，他的一颗心才又落到了肚子里。

　　只不过医生告诉他，沈向葳的各项生理指标偏低，身体机能正在衰减，病因不知，医治方法没有，只能坐以待毙。就如一个身患绝症的病人，还有一年多到两年的寿命，除了等死之外，谁都无能为力。

　　世界上有太多金钱买不到的东西，比如快乐，比如幸福，比如……生命！沈雅有一种深深的无力感，尽管他富可敌国，愿意用全部的资产来换取女儿十年的寿命，却连一年的寿命都换不来。一个人如果连自己心爱的女儿都救不了，就算拥有了天下又能如何？

　　却没想到，就在他从医生办公室出来，满怀绝望和悲伤回到女儿病房的时候，突然就遇到了郑道，而且郑道抱着女儿的姿势和当年郑隐的手法如出一辙，这让沈雅大喜过望之余，又惊叹世事的难料和好人必有好报的道理真实不虚。

　　七八年来，他资助了无数贫困学生和身患重病的患者，拯救了许多因为大病而支离破碎的家庭。他相信上天有好生之德，他让许多人有了活下去的希望，上天一定会让他的女儿有活下去的机会。

　　机会来了——他就是郑道！

　　"您认识我爸？"郑道惊喜之余，脱口而出，"沈伯伯，您是我爸的故交？"

　　虽然早有猜测郑道和郑隐极有可能是父子关系，但在亲耳听到郑道承认之后，沈雅还是按捺不住欣喜若狂之意，猛然抱住了郑道，泪如泉涌："苍天不负有心人，我终于等来了这一天！郑道，你出现得太及时了，你就是我们沈家的全部希望啊……"

有多少人可以理解一个父亲对女儿深爱的拳拳之心，沈雅的热泪不是为自己而流，而是为看到了女儿活下去的希望一时激动的喜悦之泪。在他看来，郑隐的出现多给了女儿十年的生命，那么郑道的出现，也会为女儿再次多活十年二十年带来转机。

意识到了自己的失态，沈雅泪中带笑："郑道，我和你爸有过一面之缘，但谈不上故交。向葳能有今天，多亏了你爸。这些年来，我一直寻找你爸的下落，想要谢谢他，想要为他做些什么，却始终没有他的音讯。没想到，命运把你送到了我的面前，哈哈哈哈……"

沈雅放声大笑，笑声奔放而悲怆。奔放的是，山穷水尽之时，又柳暗花明。悲怆的是，生活总是捉弄人，他用了将近十年失望才换来了今天的希望。

所有人都当场惊呆。

何无咎本来还无比愤怒众人对他的无视，他摔倒之后，浑身疼痛难忍，就等着有人扶他一把，却没有一个人当他存在。虽然他很清楚沈雅一向看不上他，沈向葳对他也是不冷不热，沈向蕤只是当他是狐朋狗友，可以说在沈家眼中，他有存在感但没有地位，别说待他为上宾了，不把他拒之门外就算不错了。

不过在听到郑道的爸爸郑隐和沈雅是故交并且郑隐还救过沈向葳之后，他震惊得无以复加，怪不得都在传言当年沈向葳是偶遇了一个高人之后，才脱胎换骨从一个黄毛丫头摇身一变成了一个风姿绰约的女孩。原来传言是真，并且传言中的高人居然是郑隐！

何无咎从地上站了起来，忽然有一种置身事外的凄凉。郑道本来是距离沈向葳十万八千里的外人，不想在和沈向葳见了一面之后，沈向葳就对他大感兴趣不说，现在他又意外闯入了沈雅的视线，并且……并且郑道还他奶奶的是沈向葳救命恩人郑隐的儿子，这玩笑开大了，上天对他太残酷了，完全当他是一个可以随意摆布的棋子，想怎么玩就怎么玩。

看到沈雅老泪纵横、惊喜交加抱着郑道的情形，何无咎虽然此时此刻距离沈向葳不到三米远，但他瞬间感觉自己和沈向葳之间的距离在以光速拉长。完了，他心中一声喟叹，除非有奇迹出现，否则郑道会踩着他的肩膀上位，成为沈向葳生命中最亲近的人。

中医将会亡于中药

不行，不能就此让郑道得到沈向葳。郑道肯定图谋不轨，他爱的不是沈向葳，而是贪图沈家庞大的产业。以沈雅对沈向葳的偏爱，虽然沈向葳重病在身，不过沈向葳名下持有沈氏集团百分之二十的股份，据说，沈雅有一次意外透露，等沈向葳结婚的时候，他会将自己名下股份的一半转移到沈向葳名下。到时，沈向葳就是沈氏集团第一大股东了。

谁都清楚一个事实，如果沈向葳病情好转，沈氏集团的接班人不是沈向蕤，而是沈向葳。沈雅对儿子沈向蕤的器重远不如对沈向葳的溺爱，尽管沈雅骨子里也有重男轻女的思想，一是他因为沈向葳之病对沈向葳心存愧疚，二是沈向葳确实聪明而懂事，即使身体有病，依然考上了中国人民大学的哲学系。同时，沈向蕤太不争气也让他一再失望。

沈向蕤挠了挠脑袋，愣了片刻，忽然哈哈大笑，跳了起来："郑道，这个姐夫你当定了。哈哈，太有意思了，你爸当年救我姐的时候肯定没有想到，他是为他儿子预留了一个媳妇。哎呀……姐，你干吗踢我？"

沈向葳踢了沈向蕤还不算，还一把推开他："一边儿待着去。你叫不叫他姐夫，你说了不算，我说了才算。"

郑道顾不上沈向蕤的胡闹，他努力搜索回忆。记忆中，爸爸从来没有提过沈向葳之事，也是，爸爸的一生充满了传奇和神秘，遭遇的离奇而古怪的事件数不胜数，救过的人也不计其数，或许在爸爸的生命里，沈向葳只不过是微不足道的一朵浪花，他帮过之后转眼就抛到了脑后，从此再也不会想起。

"郑道，让我好好看看你……"沈向葳拉过郑道，一双漂亮的眼睛转来转去，在郑道身上上下左右扫描，"你和你爸不太像。"

"八年了，你的记忆早模糊了，何况当时你才十四岁。"沈雅收起了眼泪，也开心地笑了，"太好了，郑道，你的出现是沈家八年来最大的喜事，你们父子和沈家真是有缘。"

"当然有缘了，还不是一般的有缘。爸，上次我不是和你说过，我找到了一个私人医生兼保镖？你猜他是谁？对，就是郑道。我和郑道已经认识了，不是今天才认识。"沈向葳对郑隐的印象有点模糊了，在她的记忆里，郑隐犹如看透世事沧桑的冷漠眼神一直萦绕不去，让她固执地认为高人向来都是一副拒人于千里之外的冰冷面孔，不想开朗热情的郑道居然是郑隐的儿子，这让她心情舒展了许多。

"不过我和郑道认识，还得感谢何无咎。"沈向葳冲何无咎浅浅一笑，"无咎，谢谢你，没有你，我也许会和郑道擦肩而过。"

何无咎心中无比苦涩，他和沈向葳认识多年，沈向葳从来没有向他表示过感谢，这是第一次。但第一次感谢却是感谢他让她认识了郑道，他努力笑了笑："该来的总会来，没有我，你一样也会认识郑道，不用谢我。"

"天色不早了，无咎，你回去休息吧。"沈向葳下了逐客令，"我没事了，你不用担心，再说有郑道在，你更可以放心了……晚安。"

"我送你。"沈向蕤看似不着调不靠谱，却也很有眼色，一眼就看出爸爸和姐姐有话要和郑道私下说，当即拉起何无咎，"无咎哥，走了，他们刚开始热恋，我们让出肉麻的空间给他们。"

何无咎不想走也没有办法，只好目光如刀地瞪了郑道一眼，和沈向蕤一起走了。

临出门时，沈向蕤朝郑道挤眉弄眼地笑了笑，还做了一个武打的姿势，意思是他够意思吧，郑道要记得他的好，以后教他本事。

"现在没有外人了……"沈雅平息了一下激动的心情，"郑道，向葳的脉象如何？"

郑道岂能不知沈雅的期待之心？只是他实在不愿意看到沈雅的失望，有些问题只能面对，他沉默了片刻才说："爸爸的一身本事，我学的不到三成。"

一句话让沈雅的心沉到了谷底。

"你就明说我还能活多久就行了，我不怕。"沈向葳咬着嘴唇，双眼泛光，是天真烂漫之光，以她现在的年纪以及身份地位，应该有一定的城府和涵养了，但实际上，她从来不会掩饰自己的喜好和想法，"我习惯了朝不保夕的生命，其实想通了也就没什么了，有一种生物叫蜉蝣，朝生暮死，生命只有短短的一天，在我们眼里，它们的生命太短暂了，短暂到没有意义。但在蜉蝣的感觉中，也许一天的时间就如我们的一百年。生命的意义不在于长短，而在于有没有感受到快乐。"

沈向葳的话让郑道心中释然了许多，释然之外，又是莫名的悲伤，他深吸了一口气："脉象微弱，情况不好。向葳体质大寒，十四岁时，用大阳之药补充阳气以压制寒气，寒气虽然被压制了，却没有被驱除。一般来说，女性体质都会偏寒，如果阴阳平衡的话，倒也无妨。过热或过寒，都是阴阳失衡的表现。向葳阴阳失衡，是先天不足。先天不足虽然后天可补，但如果是不讲究平衡的大补，反而会因为伤了脾胃而导致气血不足……"

沈雅的脸色愈加凝重了几分："你的意思是，向葳的病再次发作的话，就无药可救了？"

"有一个问题我一直想不明白……"郑道没有正面回答沈雅的问题，"以我对爸爸的了解，他为向葳开的大补之药，肯定有平衡的中药作为补充，以免过犹不及。如果我没猜错的话，除了人参之外，还有补气的黄芪。通常情况下，不能给小孩用黄芪，因为小孩是纯阳之体，阳常有余，气过多则上火。向葳不同，体质过阴，黄芪进补应该正好。黄芪之外，还要有当归，当归可补血。向葳不但气不足，血也不足。"

"我何止是气血不足，我还全身经络不通畅。"沈向葳点头说道，"你还有点真本事，你爸的药方你全说对了，你猜，药方里有没有黄精？"

"黄精味平性甘，作用缓慢，主治脾胃虚弱，你虽然体寒，但脾胃并不虚弱，吃饭应该还行。而且黄精性质滋腻，易助湿邪，并不适合你的体质，如果是我，就不会让你服用黄精。但应该有萝卜。"郑道对沈向葳病情的判断是体质大寒外加全身经络不畅，既需要补气行血，又需要气血通畅，"按说人参补气、萝卜破气，不能同吃，但由于向葳体内经络不通，补气过多反而会郁积在体内，所以加入萝卜引气下行，有利于排气。不对，应该还有陈皮。陈皮可以行气，让气运行得更加通畅。"

　　沈雅喜忧参半，喜的是，郑道理论知识无可挑剔，郑隐的药方，他全部说中，说明他基础扎实，忧的是，郑道既然如此厉害，却说沈向葳的病情无药可救，难道说，女儿终究还是难逃一死？

　　沈雅的心情从来没有如现在一样患得患失，他既希望郑道的医术如郑隐一样高明，可以医治女儿，又希望郑道的医术远不如郑隐，他所得出的女儿病情严重的判断是误诊，是不正确的结论。

　　"全部答中，满分。"沈向葳嘻嘻一笑，"爸爸把你爸的药方给几个中医大师看了，有人说好有人说差，爸爸最后决定冒险一试。试了后才发现果然是灵丹妙药，可问题是，为什么就根治不了我的病呢？到底是哪里有问题？郑叔叔的药方几乎想到了方方面面的问题，可以说没有漏洞了。"

　　"说到底还是你自身的问题，是你自身阴阳失衡严重，药力再大，也弥补不了你失衡的速度，所以你的病情只是得到了延缓而不是治愈。就和往一个漏水的壶里续水一样，结果壶底有漏洞，进来的水永远比漏掉的水少，水壶早晚会干涸。"道理很简单，但要找到解决之法就困难多了，郑道想了想，说，"除了自身原因之外，也许还和心情、居住的环境以及日常的生活状态有关。心情不好，病不走。环境不好，病不走。生活状态不规律不符合养生之道，也会每天都漏掉元气。你性格还算不错，遇事也想得开，说明和你的心情关系不大。那么就有可能和居住的环境以及日常生活状态大有关系了。"

　　"当然，也不排除药材的问题。"郑道或许实践经验不如郑隐丰富，但在对中医的研究上，他不比郑隐差，再加上他对网络的熟练运用，他对中医近年来各种问题的分析，比郑隐有过之而无不及，"有一名国内很有名望的中医说过，中医最终不会亡于庸医，也不会亡于国外势力的渗透和污蔑，而是会最终亡于中药。"

　　"中医最终亡于中药？"沈雅坐了下来，靠了沙发上，舒展了一个身体，若有所思地点头，"有道理，我也发现了一个问题，许多中药材的药效远不如以前典籍中记录的有效，不是典籍故意夸大，而是现在的中药种植由于种种原因，不再有以前的规范和认真，而且过于追求商业价值，导致药效大减甚至假冒伪劣，作为中医的根本中药失去了药效，中医怎么可能不亡？"

　　沈向葳半躺在床上，宽大的病号服遮住了她完美的身材，却掩盖不了她裸露在外的皮肤散发的青春气息。尽管她疾病缠身，正值一个女孩最美丽年龄的她浑身上下依然弥漫着女性成熟的魅力，修长而笔直的双腿，优美的锁骨以及迷人的双臂，就如一个无比精美且华贵的瓷器，远观如玉，近看似花，美轮美奂。

　　只不过不管是花还是玉，都容易凋零或是破碎，无法长久，正是"最是人间留不住，朱颜辞镜花辞树"的悲哀。

　　"啊，不是吧，我这些年吃的中药难道都是假药？"沈向葳假装恐慌，将头埋在枕头下面，"不得了了，我要死了……"

　　沈雅怜惜地摇头一笑："不许闹，有客人在。郑道，说说你对中医将会亡于中药的看法，怎样才能提高中药的药效？"

　　很多人都以为"中医是慢郎中"，其实不然。一次一个孩子发烧，父母为了快速治愈，直接送医院挂水。没想到挂水一周都没见好。正好遇到了一名老中医，是祖传三代老中医的孙子，仅用了五味药，三服下去，小孩子就生龙活虎了。

　　祖传老中医用药也没有太多的高明之处，只不过是每一味药他都是自己精心炮制而成，绝不假他人之手，并且每一服中药他都要检查产地和成色。为什么呢？因为从来没有见过中药材质量像今天这么差，过去三五服中药下去疗效就出来了，现在十服八服也不见疗效。不是中医水平不行，是中药不行了。

　　枇杷膏是一种常见中药，制法也不复杂，只要有耐心，人人都可以炮制，但前提是，要保证炮制过程中的每一个细节都要到位。枇杷叶必须是去年从树上摘下来的老叶，树龄至少三五年。用鬃刷把枇杷叶背面的毛刷得干干净净，放在竹垫上晾到八九成干，以一公斤为单位，一叶一叶码好用绳子扎起来，再立起让它彻底干燥。做药的时候，拿出来，用药刀切成 0.5 厘米厚的丝，锅里加炼熟的蜂蜜和适量开水，放入枇杷丝拌匀，用文火炒到枇杷丝既能很均匀地沾上蜜，又不黏手，取出放凉即可。

　　但是现在批量生产的枇杷膏所用的枇杷叶从何而来的呢？在全国最大的枇杷叶产地福建省仙游县，一袋袋包装扎实的枇杷叶码得像小山一样，一辆十二吨的载重货车整装待发。枇杷叶都是附近村民采集而来，然后一份份卖给批发商，再由批发商成吨地卖给中药厂。村民采集枇杷叶时，都是直接用一根金属的或者竹制的长签扎地上的落叶，不管老叶还是新叶。很多叶子在泥里已经腐烂，再一下雨，浸泡过后烂成一团还有什么用？采回来后洗都不洗，毛也不去，晒干一扎。炮制的时候，甚至连绳子都不解，蜜炙就更不用提了，直接提取往罐里倒。

如此批量生产的枇杷膏如果有疗效才是怪了！

中药材历来讲究原产地，是为"道地"，是五千年来通过实践摸索出的规律。大量事实证明，一旦改变了环境，中药材的药效往往就不行了。"文革"之前，中药如果需要异地种植，必须经过三代的培育。用第一代的种子种第二代，第二代的种子再种第三代，直到三代药材的疗效和原产地药材一致，才允许移植。现在则随心所欲了，想去哪里种就去哪里种。

比如鱼腥草，过去鱼腥草主要生长在深山的水沟溪泉两边，没有污染，煮了以后给小孩退烧迅速见效。现在云南、贵州、四川等地，把鱼腥草撒在大地里，像种蔬菜一样。本身地是农田，已经施过多年的化肥和农药。长出来后用耙一耙，装在竹筐中浸到水塘里，把泥洗掉就挑到集市上当蔬菜卖了。当天卖不完的怕烂掉才拿回去晒干，卖出去做药。得肺炎发烧，以小孩居多。小孩病情变化很快，以往一服药就能扳过来，延误了就可能致命。问题是拿这样没什么疗效的鱼腥草做药，吃了能好才怪，能不死人就不错了。

道地的药材越来越少了，如今浙江各地中药房，已经难以看到原汁原味的白术、白芍、浙贝母、杭白菊、延胡索、玄参、笕麦冬、温郁金这八味中药材组成的"浙八味"了。云南白药最重要的原材料野生重楼，又名七叶一枝花，已经濒临灭绝。而道地药材大多产于老少边穷地区，而老少边穷地区一心追求经济利益，无论用什么手段，只要能使产量倍增，就是硬道理。滋阴润肺调理脾胃的麦冬使用"壮根灵"后，单产可以从三百公斤增加到一千多公斤。补中益气有生血功能的党参使用激素农药后，单产量也可增加一倍。如此拔苗助长式的只顾产量不顾疗效的做法，让中药沦落为生财工具而失去了应有的医用价值。

都知道一个最简单的道理，春小麦不如冬小麦好吃，为什么？因为冬小麦是在秋天播种，经过了一冬的严寒和春天的复苏、夏天的生长，才终于成熟。而春小麦是在春天播种，只经过春夏两季时光的浸润，因为缺少了秋冬两季的培育，自然会比冬小麦少了口感和营养。向来速生的事物都不如经历过沉淀和锤炼的事物更有内涵和回味悠长，就如一年一熟的东北大米比一年两熟三熟的南方大米好吃是一样的道理。

中药面临的问题除了产地不对、速生和农药残留之外，还有配药不够严谨的问题。一般人都知道黄瓜头尾两端味道不一样，同样，当归各个部位的药效也大不相同。当归头止血，当归身补血，当归尾催血，绝对不能乱用。以前用当归，都要分清部位，一钱一钱算得很仔细。现在去配药，当归都长得很大，给你一整根，也不会按部位用药。当然，都啃光也不会出事情，问题是也没什么疗效，跟吃萝卜差不多。

药医不死病，医救可救人

国家投资了好几个亿，在黄河以南的某省份搞黄芪转基因研究。黄河以北的黄芪疗效才好，到黄河以南有什么用？中药作为一个复杂的化合物集合体，转基因之后是不是会影响它的性味归经，没有人在意，也没人提及，都只在意能不能研发成功，能不能提升产量，能不能带来经济效益。

除此之外，中药的采摘还有非常严格的时节之分。"三月茵陈四月蒿，五月砍来当柴烧。"药王孙思邈早在一千多年前就直接指出，不按时节采摘的中药材，有名无实，跟烂木头没有什么两样。现在种植药材主要靠价格调节，哪个上涨种哪个，哪种方法长得最大最快就用哪种。为了尽早上市，药农采收的天麻里面都是瘪的。桔梗生长两三年才能达标，现在人工种植一年就可以了。

杜仲等皮类药材，过去选择的标准是皮必须有 0.3 厘米厚，树龄一般是十年到十五年，折断后杜仲丝拉都拉不动，才有效果。现在不管年限，也不管加工、研炒了，当年种的都拿来用，都是薄皮和枝皮的，也根本没有丝，疗效相差极大。黄芩五寸长才能用，现在才长到一寸长就被挖出来了。甘草、大黄三年以上的才能达标，可药农一旦遇到价好的年份，就会提前采收。还有药用价值极高的辽五味子，本应到十月才能采收，有时提前三个月就采收了，采回来的青果还要喷上药水焐红，而真正自然成熟的五味子则无处寻觅。

除了采集阶段的问题之外，炮制过程也不再如以前一样严格遵守规范，也是导致药效失效的原因之一。很多人都听说过何首乌能治少白头，但为此闹肚子的也比比皆是。原因在于生何首乌中含有一种蒽醌衍生物，能滑肠致泻，必须经过炮制，让蒽醌衍生物水解成无泻下作用，降低毒性，才可以正常行使乌须黑发的功效。

红顶商人胡雪岩开设的胡庆余堂，收藏着一套国家一级文物——金铲银锅。具有清热解毒、止痉开窍之功效的"紫雪散"祖传的最后一道工序，就是放入白银钵内，用黄金铲搅拌煎熬。很多人以为这不过是药店的噱头，后来经过化验证实，白银含有硝酸银、弱蛋白银，对人体黏膜有抗菌消炎作用。而金箔则具有镇惊、安神功效。中药加工炮制，一是减少毒性，二是增加疗效，三是改变归经，必须严格遵守规范，每个环节都要到位才行。

对于中药的现状，郑道虽说不是完全了解，也知道一些内情，他不无忧虑地说道："自从清末太医院被废止，中医药就开始走上了不被重视之路，经过现代化的洗礼之后，如今更是日渐风雨飘摇。中药要走现代化的道路没错，但要走自己的现代化之路，而不是全盘西药化的现代化之路。有些国外的中药专家提出的观点反倒比国内一些恨不得灭亡中医的洋奴更理性——目前西医、中医，西药、中药，谁更科学，以我们目前人类的认知能力，无法做出判断。所以最关键的不是谁先压倒谁，而是先保护，不要让两大体系中的一个先行消亡。"

"我都困了，你们聊完没有？我不想听中医西医谁好谁坏的大道理，我只想知道，我的病还能不能治好？如果治不好，我还有多少时间？"沈向葳眼神迷离，困意袭来，打了个大大的哈欠，"对于怎样提高中药的药效，就让有理想、有抱负的人去实现好了。"

郑道哈哈一笑："沈伯伯，沈氏集团名下不是有两家制药厂？"

"是呀，不过生产的是西药和中成药，不是纯中药。"

　　"如果沈伯伯真想为国家、为民族做一些有意义的事情，不如成立一家中药厂，从源头到中间的每一个环节再到配比，严格遵守规范，前期虽然投入巨大，而且见效慢，但相信一旦形成口碑，品牌效应会迅速带来巨大的回报。榜样的力量是无穷的，到时其他厂家也会跟随，毕竟药材不同于日用品，是救命用的，只要有疗效，哪怕贵一些，也物有所值。"

　　"现在国内有许多专家还在叫嚣要消灭中医，是为了国外的主子卖力。"沈雅没理沈向葳的撒娇，脸色微有凝重，"实际情况却是，中医药在全世界愈来愈受到重视，但是这一切都与中国无关。中国的贡献，仅在于为日韩等国的汉方药提供原材料。作为中草药的发源地，今天中国大陆拿到的份额，只是世界草药销量的百分之二，日本则以百分之九十的市场份额牢牢占据第一位！韩国和中国台湾地区则占百分之五到百分之七。曾获得日本医师会授予'最高功勋奖'的日本医学权威大冢敬节，在一九八〇年去世前曾叮嘱弟子说，现在我们向中国学习中医，十年后让中国向我们学习……很不幸的是被他言中了。"

　　"如果我真的投资一家中药厂，郑道，你愿不愿意担任总顾问？"沈雅郑重其事地向郑道发出了邀请。

　　"不敢，不敢。"郑道连连摆手，"我可以提供一些参考性的意见，总顾问就算了，以我的年纪和资历，在许多中医大师面前，还是学徒。"

　　"中国古方'六神丸'，日本拿去改造后，开发出'救心丹'，曾一度风靡全球，被誉为救命神药，年销售额一亿多美元。日本老牌的汉方药'正露丸'也是源自中国，现在返销中国。在向中国申请中药专利的国家里，以日本、韩国、美国、德国最热衷……"沈雅其实早有凭借一己之力重振中药之心，和郑道的一番谈话让他终于鼓起了信心，主要也是有郑道的指导他才更有把握做好中药事业，"就这么决定了，时机成熟时，我上马一座中药厂，只生产精品中药，为重振中医药事业，做出应有的努力。"

　　"最好能尽快研发出可以治愈我的病的中药，这样就可以一举成名了，连广告费都省了。"沈向葳忽然又来了精神，"郑道，这样吧，我让你拿我当试验品，反正死马当活马医，你尽管拿我当小白鼠。治好了，你成为名医。治死了，我也不怪你，怎么样，接招吧。"

　　郑道不知是该庆幸沈向葳的坦荡的心性，还是该无奈她人生的不幸。其实最高明的中医是治未病，不治已病，在病情没有发作之前将其扼杀，才是最为超凡脱俗的医术。中医所追求的最高境界是养生，养生的最高境界是养心。所以，就养生而言，下士养身，中士养气，上士养心。以他对沈向葳的观察，她心性积极向上，乐观开朗，非常有利于病情的恢复。

　　但迟迟不好，除了可能是中药药效不够的原因之外，可能还有外部因素。

　　想通此处，郑道又下意识看了沈向葳一眼。半靠在床上的沈向葳，双腿交叉，小腿裸露在外，周身上下弥漫氤氲之气，双眼如雾，显然是水性体质，再加上沈姓也是水性之姓，按照中医五行相生相克的理论，水势过旺了。

　　沈向葳名字中的"葳"字有木性，本来是水生木，是一种相生的现象，不过物极必反，水太盛反而伤木。

　　沈雅沉吟片刻："郑道，你以前跟随你爸的时候，你爸有没有让你诊断过病情？"

　　此话一出，郑道立刻明白了沈雅的用意，沈雅对他还是信任不够，认为他虽有理论基础却没有实践的医术，不够资格拿沈向葳做试验。也是，可以理解一个父亲对女儿的关爱。

　　郑道如实回答："我现在还没有迈进医手的门槛，顶多算是半个医者。"

　　沈雅脸上微露失望之色，见识过无数专家和大师的他很清楚一个事实，有人夸夸其谈，一听之下似乎学贯古今、学富五车，但一旦具体到一件事情上，往往就眼高手低了。郑道或许也是如此，毕竟他还太年轻。

　　"天色不早了，郑道，耽误你半天时间，不好意思。"沈雅委婉地下了逐客令。

　　郑道也不多说什么，起身就走："晚安。"

　　"这就走了，郑道，我还没有和你聊够呢。"沈向葳跳下床，她又不困了，"别走，再聊聊我当小白鼠，你当医生的事情，肯定好玩儿，嘻嘻。"

　　郑道却脚下不停，来到门口，不等他开门，门却自动开了。一人从外面走了进来，由于来得过快，险些和郑道撞个满怀。

　　"是你，郑道？"来人一见郑道，顿时愣住了，随即笑了，"这么迫不及待要帮我的家人诊治？也真是难为你了，哈哈。"

不是别人，正是在医科大和郑道论战的清瘦老者。

"你们认识？"沈雅也愣住了，随即哈哈一笑，"先山，你误会郑道了，郑道来二院是有家人住院，可不是为了帮你的家人诊治。怎么，嫂子的病还没有好转？"

清瘦老者让开一步，身后有一人闪出，是一名五十开外的妇女，一头乌黑的头发，面色红润，眼睛不大，鼻子高挺，颇有高贵气质。衣着打扮看似普通，却浑身上下全是名牌。

"还是老样子，总不见好转，我就常对老付说，别看你是附属二院的院长，连自己老婆的病都治不好，传了出去，谁还信你这个院长有真才实学？"贵妇眼睛扫了郑道一眼，视若无睹，热情地和沈雅打招呼，"沈总，听说葳葳又住院了，我吃完晚饭就赶紧过来了。葳葳就跟我的亲生女儿一样，她一病，我心里难受得不得了。"

"文姨。"沈向葳惊呼一声，扑入了贵妇的怀中，"您一来，我又馋了。您做的野菜馅饺子太好吃了，全中国找不到第二份。如果您开一家饭店叫文姨水饺，绝对风靡全国。"

"就知道你不是想我，想的是饺子。"贵妇从身后拿出一个饭盒，"给你带来了，新鲜出炉的野菜馅饺子。你说你这么喜欢吃文姨的饺子，怎么就不想着当我家付平顺的女朋友，嫁过来，文姨天天做饺子给你吃。"

"文姨，饺子是解馋用的，不是每天都吃的主食，天天吃饺子，会油腻死的。"沈向葳接过饭盒，从里面拿出一个饺子扔到了嘴里，一边吃一边笑，"再说平顺爱吃米饭，我爱吃面食，不是一路人。"

郑道暗中为沈向葳的聪明叫好，回答得既巧妙又委婉，真是一个机智的女孩。

沈雅呵呵一笑，好奇地问郑道："郑道，你怎么也认识付院长？"

付院长？想起刚才沈雅称呼他叫先山，郑道心中猛然一跳，不是吧，清瘦老者居然是附属二院的院长付先山？这么说，他当时不知天高地厚和对方唇枪舌剑，他是初生牛犊不怕虎，而对方真是一头在业内可以呼风唤雨的大老虎。

"何止认识，我们之间还有过一场西医和中医谁对谁错的辩论……"付先山哈哈一笑，一拍郑道的肩膀，"既然这么巧，既然你答应为文洁治病，来，开方吧。"

沈雅虽然不知道背后发生了什么事情，也没多问，一脸笑意地看着郑道，等着郑道接招。正好他也可以观察一下郑道到底是只会纸上谈兵，还是真有真才实学。

郑道也不客气，微一沉思，抬头看向了文洁。

当时他和付先山约定，择日到付家为付先山的夫人看病。如果让他知道和他辩论的人是赫赫有名的附属二院院长付先山，他或许会在气势上退让三分。还好他并不知道对手是谁，也是好事，可以让他就事论事，只论道理而不管身份地位。

文洁一开始并没有将郑道放在眼里，她阅人无数，一眼就可以看出郑道是一个一无所有的普通人，稚气未脱，虽沉稳但举手投足并没有高官权贵之家长大的孩子应有的气度。在她听到付先山说到郑道就是将他说得无言以对的年轻人时，不由好奇地多看了郑道几眼。

不看还好，仔细一看之下，文洁暗暗吃了一惊。

郑道身上是没有高官权贵之家的孩子应有的气度，但他淡然而立，脸色平静，眼神清澈，如春花温和、夏风平和、秋月静美、冬雪沉静，蓦然就让她想起了一首诗：春有百花秋有月，夏有凉风冬有雪。若无闲事挂心头，便是人间好时节。

不过片刻的震惊过后，文洁心中又有愤愤不平之意，郑道如此年轻，凭什么让付先山败北？以他的年纪推算，他也不会有太多的人生阅历，何必装出一副风轻云淡的姿态来故作高深？哼，装模作样的人她见多了，所谓的大师也有不少，有没有真本事一试便知。

"中医看病讲究望闻问切是吧？"文洁用居高临下的口气轻哼一声，"年轻人，从气色上看，我应该很健康是吧？从声音上听，我中气很足，也很好。那么接下来就是要问我的症状和切脉了，对吧？"

付先山岂能看不出来文洁对郑道的轻视，他故作不知，饶有兴趣地袖手旁观。沈雅也淡淡一笑，摆出了隔岸观火的姿态。沈向葳却想替郑道打抱不平，刚要开口，却被沈雅的眼神制止了。

沈向葳只好往嘴里扔了一个饺子："吃人嘴软拿人手短，那个人，别怪我不帮你，是我现在太饿了，等我吃饱了一定替你出头。"

郑道暗暗一笑，沈向葳真有意思，是一个可爱且率性的女孩。他后退一步，距离文洁一米之外："文姨，您的病情只用望和闻就可以，不用问和切。"

"哦……"文洁淡淡地笑了，"年轻人，有些事情说说大话吹吹牛不会有事，有些事情来不得半点虚假，稍有不慎，会死人的。"

"谢谢文姨教海，我心里有数。"不提郑道跟随爸爸多年，深受爸爸谨慎性格的影响，就是他读了五年的医科大学，也清楚医生一行既可治病救人，也会致病害人，"医术有高低，医生有名医和庸医，药医不死病，医救可救人。"

文洁心里不太舒服，大多数人在她面前毕恭毕敬，即使不是低声下气，也是点头哈腰，不敢有半分失礼，郑道虽然不卑不亢，但言语之间却也没有多少礼让，她就难免愤懑地想，到底是没有教养的孩子，不懂礼数又没涵养："话是这么说，你这么年轻，肯定没多少经验，要是治不好也没什么，万一把瘫子治成半身不遂，你怎么还得起病人一生的幸福？"

付先山袖手旁观，既不帮郑道说话，也不替文洁出面，他一脸自信的微笑，显然是认为文洁必定可以占据上风。沈雅也是置身事外的态度，悄然退后一步，似乎是要表明两不相帮的立场。

沈向葳和文洁认识多年，关系密切，和郑道才见过两面，但她实在看不下去了，不顾爸爸不想她介入进来的暗示，站了出来："文姨，刚才郑道已经说过了，药医不死病，医救可救人，意思已经很明白了，你的病还可以治好，但你治不治，就看你相不相信他了，你信他，你就是可救的人。"

沈向葳语气柔和、用语委婉，但所要表达的意思却是强烈而直接，想治就信郑道，不信就别治，没人强求你。

伏龙肝

文洁脸色一寒，想要发作，又忍了回去，毕竟她是有头面的人，不能丢了身份。她和沈向葳情同母女，就算生气也很快过去，她主要是对郑道有偏见，因为郑道让付先山丢了面子。其实她如果换位思索一下，会想通两个道理，一是本来是付先山挑衅在前，郑道只是被迫反抗而已。二是不管她身份有多高，现在是她有求于郑道，而不是郑道有求于她。更何况向来在医生眼里，不管平民百姓，还是高官权贵，都一样是病人，没有高低贵贱之分。

在疾病面前，不分男女老幼贫穷豪富，都一视同仁。

郑道见气氛有几分尴尬，呵呵一笑："文姨说笑了，把瘸子治成半身不遂的前提是病人得是瘸子，您的病和瘸完全不相干。您血脉通畅，中气充足，心火向下肾水向上，阴阳平衡，就是三十岁的人也不如您身体健康……"

文洁脸色稍缓，暗露得意之色，这话她爱听，到了她这个年纪，什么都不如身体健康是最真实的幸福。

"但有一个问题，您一定要注意……"郑道扬了起来之后，开始抑了，"您心气太高，太爱争强好胜。如果年轻的时候心气高一些也没什么，年轻人好动，火力旺，阳气足，心气可以化成事业上的动力，再加上年轻人肾水足，也可以中和心气过高而引发的心火，如此达到脾胃平衡。如果您以后少一些争强好胜，心境平和一些，您的脾胃问题，就能不药而愈了。"

一般而言，人生富足之后有保卫力，如衣食住行等。在年轻时的奋斗阶段，有抵抗力，如气足神旺，等等。但富足之后多食油腻食物，大鱼大肉则伤胃伤齿。年轻时所食简单，一碗米饭一碗面条即可解决温饱，故没有肠胃方面的疾病。所以许多人在贫困的时候，身强力壮，百病不生。但一旦富贵之后，放纵饮食、放逸身体，结果百病丛生。

诸病由心生，心可以主宰一切。心定则气和，气和则血顺，血顺则精足而神旺，精足神旺者，内部抵抗力强，病自除矣。心一放逸，身体就懈怠，身体一懈怠，疾病就乘虚而入了。

郑道话一说完，文洁顿时脸色大变，她想起了什么，转身看向了付先山。付先山摇了摇头，意思是说他并没有告诉郑道她到底得的是什么病。

难道说郑道真有这么了不起的本事，只通过望色和闻声，不用问切就可以知道她有脾胃上面的慢性病？这不是中医大师才有的境界吗？郑道才多大，他就算一生下来就学习中医，也不过才二十多年的从业经验。

"而女人一过四十九岁，先天肾水不足，无法中和心火，您偏偏又心气过高，心火过旺，导致心火下行之后，无法被肾水调和，结果就郁积在了脾胃之中，导致脾胃失调，经久不愈。"郑道说到了重点，"相信您也看过不少中医，也一直在吃调理脾胃的中药，为什么还是一直不好？因为缺少了一服关键的药方。"

"什么药方？"文洁现在哪里还顾得上装腔作势，已经完全被郑道左右了方向，她一脸急切的表情，"是不是特别名贵的中药？不要紧，不管多名贵，不管多罕见，对我来说都不成问题。"

如果钱可以解决一切，全世界的富人就都不会得病了，郑道淡淡一笑："药方一点儿也不名贵，却很难找到，名字叫……伏龙肝。"

"伏龙肝？"沈雅和付先山异口同声，"是什么东西？"

"伏龙肝呀……我知道。"沈向葳得意地笑了笑，背着手在房间中来回走了两步，假装老学究，"就是黄泥巴。"

"伏龙肝说白了就是黄土，但不是一般的黄土，是灶心土。"郑道强调说道，"必然是灶心烧得最焦、年头最长的一块土才行，边缘的土都不管用。"

"胡闹！"文洁脸色大变，盛气凌人地说道，"我还以为你是真有本事的医生，没想到，你是一个胡说八道的江湖骗子，先山，我们走。"

"等等……"付先山毕竟不同于文洁，他见多识广，也知道一些中药虽然听上去古怪，却确实有疗效，"郑道，关于伏龙肝，是不是有一个传说？"

"灶心土为什么叫伏龙肝，不仅仅是因为经过天长日久的火烧，黄土变成和肝脏一样的颜色，还因为吸收了柴火的精华，有许多神奇的功效。传说伏龙肝可以降龙，龙驭水，而土克水，再者又是蕴含了火精的土，据说只要沾上一点点，不管多厉害的龙，都会失去神通，变成一条小蛇。当然了，传说只是传说，伏龙肝之所以可以治疗脾胃上面的疾病……"郑道既不故作神秘，也不故作高深，而是很淡然地笑了笑，"是由于伏龙肝性温而和，用于虚寒血证，从医理上讲属于铝化合物，从中医五行理论来说，土克水，肾属水。文姨的脾胃不调属于肝胃不和，土生木，肝属木，所以用伏龙肝来提升肝气，以达到治病的目的。"

沈雅沉吟片刻："伏龙肝是有一个传说——宋代著名儿科医生钱乙，著有《小儿药证直决》，人们尊称他为儿科之圣。一天，宋神宗的皇太子突然生病，请了不少名医诊治，毫无起色，病情越来越重，最后开始抽筋。神宗见状十分着急，有人向他推荐了钱乙。"

"钱乙被召进宫，神宗见他身材瘦小，貌不出众，有些小看他。钱乙从容不迫地诊视一番，要过纸笔，写了一贴药方。本来就心存疑虑的宋神宗接过处方一看，见上面有一味药竟是黄土，不禁勃然大怒，放肆！难道黄土也能入药吗？钱乙胸有成竹地回答，据我判断，太子的病在肾，肾属北方之水，按中医五行原理，土能克水，所以此症当用黄土。"

"神宗见他说得头头是道，心中的疑虑已去几分，正好这时太子又开始抽筋，皇后情急说道，钱乙在京城里颇有名气，皇上不妨一试。于是，神宗命人从灶中取下一块焙烧过很久的黄土，用布包上放入药中一起煎汁。太子服下一剂后，抽筋便很快止住。用完两剂，病竟痊愈。从此，钱乙声名大振，伏龙肝也被不少中医列入了药方之中。"

"不过……"郑道接过沈雅的话，"伏龙肝始载于《别录》，列为下品。不能常用，但针对不同的病人，要区别对待。付院长，一定要找柴火烧烤过的灶心土，不要煤炭、煤气烧过的黄土。"

至此别说付先山已经信了大半，文洁也基本信了三分。二人也无心停留，急于回去寻找伏龙肝入药，便匆匆告别而去。临走之时，付先山握着郑道的手，笑道："如果你真治好了文洁的慢性病，郑道，我希望你能来附属二院工作。"

郑道却婉谢了付先山的邀请，若是以前，能来附属二院工作是他最大的人生梦想，但现在不同了，他是一个言必行行必果之人，既然加入了全有典当行，就一定会善始善终。况且，直觉告诉他，全有典当行和好景常在生命科学研究所之间的内在联系，必定是一个惊天的秘密，秘密的背后，或许会有助于他提升他的中医境界。

　　如果说之前郑道拘泥于爸爸的叮嘱而不愿意悬壶济世的话，那么现在的他，自从和付先山辩论之后，再到他现在和沈向葳的走近，他越来越意识到一个人如果只是独善其身，就算再超凡脱俗再是世外高人，也只是一个只顾自己安逸不管他人死活的小人物。大人物之所以可以做出惊天动地的大事，就是胸怀天下，就是因为有着敢为天下先以及为国为民的远大志向和奉献情怀。

　　郑道不敢说将振兴中医当成自己的责任，但至少他可以做到不为良相必为良医，可以在他的视线之内，在他的能力范围之中，救治每一个他所遇到的人。比如沈向葳，比如文洁，比如何不悟。

　　今天何不悟的突然中风让他想了许多，如果不是他有医术在身，现在的何不悟可能已经和别的病人一样躺在床上，要么半身不遂，要么嘴歪眼斜，甚至下半生都会生活在生活不能自理的悲惨境界之中。再比如文洁，如果不是遇到他，脾胃上的慢性病虽说不至于要了她的命，但她一直会遭受病痛的折磨，生活会因此减少许多阳光。

　　更让他痛心的是沈向葳。沈向葳本不该每天都在死亡的恐惧中度过，她应该和同龄人一样，对生活充满了向往，对未来充满了憧憬，但她却无时无刻不在准备迎接死亡的到来，哪怕她再开朗再活泼，死亡的阴影也始终笼罩在她的头顶之上，她就永远不可能和正常人一样享受生活的美好和规划人生的幸福。

　　如果他能救她该有多好，郑道内心真正激发了医者父母心的慈悲。每一个人在有能力为他人做一些事情时，只要遇上了，都会出手相助，这是人类的天性，也是人类最基本的美德。再如果你的善良更进一步，就是更为伟大的博爱。博爱是人类通往更加美好社会的阶梯。

　　付先山一走，房间中就又只剩下郑道、沈向葳和沈雅三个人了。沈雅沉思了一会儿，忽然一拍桌子站了起来，如同下定了多大的决心一般："郑道，我考虑清楚了，如果你愿意，我同意让你拿向葳当试验品。治好了，你是我们全家的救命恩人。治不好，是向葳自己命该如此，不怪你……你愿不愿意用百分之百的努力来换取向葳百分之一的生存希望？"

　　"我……愿意！"郑道没有犹豫就一口答应下来，哪怕困难再大，哪怕以后遇到爸爸会受到爸爸的责难，哪怕因此会暴露他的身份而导致无数的麻烦上身，他也义无反顾永不回头，"只要沈伯伯信得过我，只要向葳配合我，我义不容辞。"

"我一定好好配合你，你说向东，我绝不往南，就像小学生听老师的话一样听话。"沈向葳嘻嘻一笑，"不过我有一个条件，就是你不许和何小羽谈恋爱。"

"胡闹！"沈雅无奈地一笑，"我和郑道在说正事，你不要捣乱。郑道是你的医生，你要配合他的治疗，不但要听他的话，还要尊重他的职业。"

"我哪里不尊重他的职业了？没有法律规定病人不许和医生谈恋爱呀？"沈向葳哼了一声，一脸兴奋，"而且如果我和郑道恋爱了，他出于对我的爱也会尽心尽力治好我的病。"

"错了，大错特错。"沈雅连连摇头，"知道医生为什么往往治不好自己和家人的病吗？医不自医、医不医亲……由于医者对疾病、医理、药理都比较明白，给人医病时能根据病情客观进行辨证论治，处方用药以病而立，多无顾忌，所以常常显效。而给自己或者家人医病时，往往联想较多、顾虑较多，患得患失之下，难免束手束脚。"

"向葳的病另当别论……"郑道摇头说道，"我已经初步想好对她的病情的医治方法，请沈伯伯提前准备好这些东西，一间五平方米的密封的房间，一张最简单的竹床，床上挖一个大坑，坑里放一个大锅，再准备干柴三五吨，一定要十年以上的大树劈成的干柴。然后再准备上等的艾绒一千斤，纯净水一吨……"

夜色已深，告别沈氏父女，郑道回到了何不悟的病房。推门进去，病房中空空如也，何不悟不在，何小羽也不见了。

出什么事情了？郑道一惊。何不悟不应该出院，难道是嫌住院费用太贵，逃跑了？以何不悟的品行，说不定还真能做出这样的事情。

手机正好响了。

是何小羽来电。

"郑道，你来314房间。"何小羽只说了一句就挂断了电话。

三楼是高级单间病房，怎么何不悟的病房又升级了？郑道上楼一看，好嘛，何不悟鸟枪换炮，314病房比刚才的双人病房还要高级不少，和沈向崴所住的单间病房的奢华程度不相上下。

何不悟躺在床上，床头摆满了鲜花和水果，他笑容满面，哪里像一个病人，倒像是借生病休养的富贵闲人。

"郑道，你总算来了，快来欣赏一下高级单间病房有多高级？见过没有？惊呆了吧？震惊了吧？吓傻了吧？告诉你，都是柴硕的面子。刚才柴硕下楼，遇到了一个人，和他说了几句话后，他一句话就让我搬到了这里。"何不悟眉飞色舞，酒糟鼻在灯光下泛亮，格外滑稽，"你猜柴硕遇到的人是谁？说出来吓死你，是院长付先山。也只有柴硕这样身份的小伙子才配得上小羽，你算老几？穷小子一个，千万别打小羽的主意，小心柴硕用钱砸死你。"

何不悟话刚说完，门一响，何小羽和柴硕进来了。

何小羽一脸惊喜："郑道，你总算回来了。你面子真大，我爸搬到了高级单间病房，是因为你的原因。"

"什么什么？何小羽你脑子有问题了吧？我搬到高级单间病房，明明是柴硕的面子。"

"还真不是我，叔叔。"柴硕嘿嘿笑了笑，下意识看了郑道一眼，"是就是，不是就不是，不能乱说。付院长确实是看在郑道的面子上才安排您住在单间病房。"

"怎么可能？郑道一个连房租都交不起的穷小子，怎么可能认识付院长？就算他交了狗屎运认识了付院长了，又怎么可能让付院长卖他面子？别谦虚了，柴硕，过分谦虚就是骄傲，听叔叔的话，该当英雄的时候就得挺身而出当英雄，世界要有英雄才更加美好。"何不悟才不会相信郑道有资格让付院长高看一眼，所以他拼命想让柴硕接招，不能让郑道得意。

得，为了贬低他，何不悟居然调动了全部的文学细胞，也真是难为他了。郑道笑了笑："别管是谁的面子，只要何叔住进了高级单间病房就是好事。不管西医中医，只要药到病除了就是好医，对吧？"

"对你个大头鬼。"何不悟愤愤不平，非要让柴硕承认，"柴硕，你自己说，是不是你的原因？"

柴硕看了看郑道，又看了看何小羽，非常肯定地说道："真不是我的原因，叔叔，我是不喜欢郑道，但一是一，二是二，不能混淆。"

一句话让郑道对柴硕的观感大为改观，不由多看了柴硕几眼。

和何无咎的黑眼圈以及沈向葳的肤色惨白相比，柴硕则要正常多了，气色不错，双目有神，耳大有轮，一头短发很是精神。体格也是属于健壮的类型，个子虽高，体型匀称，显然是身心都十分健康的阳光男孩。

尤其是他的一双眼睛，虽有神却内敛，并不咄咄逼人。眼通肝，眼睛有神说明肝脏功能健康。但眼又最耗神，如果眼睛过于明亮，则神气外放过多，反而导致精气外泄，容易疲劳。久之，会积劳成疾。但如果双目无神，则是肝脏功能不足、精气不济之故。所以，双眼明亮却又内敛的眼神，最合隐而不发、藏而不露的精髓。

虽说柴硕是何无咎的追随者，但他品行还算不错，至少有原则和底线。一个行事有原则和底线的人，通常也会气血通畅而身体健康。

同路人

"郑道，你、你、你……"何不悟不知道该怎么说了，"你真行，你有本事再让付院长让我住更高级的病房，我就服你。我要住到414去……"

"414是楼顶，爸，你要住到楼顶去吹风？"何小羽揶揄何不悟，"没看出来，天都这么晚了，又大病一场，你还有这精神？"

"你要成心气死我不是？"何不悟生气了，"走，你们都走，我一个人就行，不需要你们陪。"

"小羽，现在何叔不能生气，你不要再气他了。"郑道看了看时间不早了，就对柴硕说道，"柴硕，我们一起回去吧，让小羽留下陪何叔就行了。"

深夜的附属二院的门口，依然人来人往络绎不绝，无数愁眉苦脸的病人在唉声叹气的家属的陪同下，前来求医问药。社会的发展科技的进步，虽然带来了物质上的极大丰富，却也增加了无数种稀奇古怪的疾病，而且患病的人也越来越多。许多人都在思索一个问题，科技在带给人类更大的便利的同时，却并没有提升多少幸福感，并且制造了更多的疾病。

科技的发展没有止境，如果人心的境界不随之提升，道德水准一再下降的话，科技越发达，人类的前景会不会越黯淡？

柴硕在门口站住，扬了扬手中的宝马车钥匙："我送你？"

"不用了，谢谢。"郑道拒绝了柴硕的好意，冲柴硕点了点头，"今天谢谢你，柴硕，再见。"

"不用谢，我是在帮小羽，不是帮你。"柴硕知道郑道谢他什么，"我有一个问题不明白，你怎么就认识付先山了？"

郑道和付先山在医科大学辩论时，何无咎和何子天在场，柴硕不在场，所以他不知道郑道和付先山不打不相识的往事。

郑道笑了笑："认识付先山的事情是小事，倒是有一件更重要的事情，想听听你的意见。"

"是什么？"柴硕对郑道虽然不感冒，但也并不如何无咎一样上升到了反感的地步，当然，由于何小羽的关系，他对郑道也全无好感，冷笑一声，"我们之间除了小羽没有别的大事。"

"就是小羽的问题……"郑道嘿嘿一笑，"我想请你如实回答，你是希望我和小羽在一起，还是跟沈向葳？"

郑道的问题其实是一道难题，柴硕喜欢何小羽，何无咎喜欢沈向葳，这个问题考验的是柴硕到底是重色还是重友的选择。

柴硕果然如郑道预料的一样愣住了，他想了一想，摇头笑了："站在我的立场上，当然希望你和沈向葳在一起。站在何无咎的立场上，自然是想你和小羽在一起。站在公平的立场上，你和小羽、沈向葳都不合适。"

一个人漫步在深夜的城市街头，别有一番宁静的感觉。不知何时下起了雨，郑道打开熟悉的大门，两层小楼空无一人，只有哗哗的雨声。他上楼，回到房间，想了一会儿事情，没有困意，又到爸爸的房间转了一转，确信还是没有新的发现之后，才又回房睡去。

一周后，何不悟出院了。

出院的当天，有无数病人追随在何不悟身后，向他询问平常的养生之法以及术后恢复的窍门，何不悟哪里懂这些，信口开河地胡扯几句，立刻就露馅了，众人一哄而散，让他刚刚感受到的众星捧月的自豪感瞬间跌落尘埃。

回家后，他又迁怒于郑道，埋怨郑道明明是接他出院，却不专心，转身去和付先山说话去了。郑道也不争论什么，任由何不悟说个没完。等何不悟说累了，也就闭嘴了。

郑道接何不悟出院的时候，又和付先山不期而遇，付先山告诉郑道，添加了伏龙肝后，文洁只服了三剂药病情就有了明显的改善，再服上三四服应该可以根治了。他非常感谢郑道，再次提出如果郑道愿意加入二院，他负责安排。

郑道再次婉拒了付先山的邀请，如果说为了谋求一份安身立命的工作，到二院是一个不错的选择，但现在的他有了更远大的目标，想要成就更大的事业，君子不器，他不能局限在一个地方一个环境之中，他需要更广阔的舞台和空间。

不久之后，郑道又去了一趟全有典当行，得知全有典当行因故推迟开业，等毕业后再开始正式上班。全有的神色十分平静，看不出有什么问题，但他疲惫不堪的气色出卖了他，据郑道暗中观察，全有应该是生病了。本有意为全有诊治一二，但全有却有什么隐情，似乎故意隐瞒病情，不想让外人知道，他也就没有多说。

郑道让沈雅准备的东西，一时半会还不好凑齐，主要是五平方米的密封房间不好找，沈雅特意为沈向葳在家中修建一个，需要一个月以上的工期。反正沈向葳的病情现在已经稳定住了，也不急在一时，再说急也没用，郑道就没再催促沈雅。主要是他也清楚，他的办法是否有效，关键就是密封房间的建造。

很快就是毕业仪式了。

毕业仪式过后，郑道就正式从医科大学毕业了。走出医科大学的校门，郑道没有什么留恋，转身离去。

"郑道，等一下。"

身后一个动听的女声响起，郑道不用回头就知道是龙作作。

阳光下，长裙摇曳长发飘飘的龙作作就如一个如诗如幻的梦境，绿色的长裙衬托得她肌肤如雪，小巧的鼻子和修长的脖颈，大大的眼睛和小小的巴掌脸，她不管什么时候都是一副楚楚动人的表情，就如江南水乡傍晚的炊烟，充满了让人向往的气息。

"作作。"郑道站住，回身笑了笑，"你是要回杭州了？"

"不，我留在石门了，签了附属二院。"龙作作来到郑道面前，递上一张卡片，"送你的，记得保持联系，不要忘了我。只要有你在，我在这个城市就不会感觉到孤单。再见。"

龙作作转身走了，就如一只在阳光下穿梭的燕子，一闪就不见了。

"真是痴情，道哥，你应该收了她。"王淞不知道从哪里冒了出来，一把抢走郑道手中的卡片，"是不是情书？都什么年代了，还有纸质情书，也是醉了，啊，不是情书，是一首诗——今夕何夕兮，搴洲中流。今日何日兮，得与王子同舟。蒙羞被好兮，不訾诟耻。心几烦而不绝兮，得知王子。山有木兮木有枝，心说君兮君不知……"

摇了摇头，王淞一脸遗憾："多好的女孩，就这样从你的手指间溜走了，真是浪费，哪怕你亲一下，也好让哥们儿出去可以大言不惭地吹牛，我哥们儿郑道亲过校花。得，机会一去不复返了。我也纳闷了，作作不是有倪流了吗，怎么还对你念念不忘？难道女人和男人一样，得不到的永远最好？"

"我怎么知道。"郑道才懒得想那么多，他对龙作作没有感觉，感情上的事情向来勉强不来，他也没把心思和精力用到感情上面，"你是不是对龙作作有想法了？不对，你不是有安珂了？"

"我和安珂是哥们儿，哥，你想哪里去了，我和她怎么会来电？别闹了好不好？"一听到安珂，王淞神情立刻紧张了几分，慌忙解释，"我和她真的只是哥们儿，不信你去问她，我和她认识都好多年了，连手都没有拉过。不对，拉过一次，是第一次见面的时候握手，当然，如果握手也算拉手的话。"

只顾低头说话，一抬头，郑道已经走远了，王淞忙追了上去："太不够意思了，道哥，你玩我是不是？"

郑道是急着回家，他最近一直在帮沈向葳配制药方，有一部分中药材料让沈雅准备，有一部分由他来亲自炮制，现在到了最后一味药的关键时刻，他想一气呵成做好。

"姐夫，等等我。"

不料才走几步，身后又有一个声音响起，回头一看，一个人影从身后闪出。他一身运动装打扮，骑一辆两万元的碳纤维运动自行车，一个漂亮的甩尾动作，横在了郑道的面前。

正是沈向蕤。

"姐……夫？"王淞也赶到了，瞪大眼睛看着沈向蕤，"你是谁？你姐是谁？"

沈向蕤冷冷地看了王淞一眼："滚开！"

王淞怒了："你是谁家的小兔崽子，敢用这种口气和男神说话？"

"他是沈向蕤的弟弟沈向蕤。"郑道没想到在他面前热情的沈向蕤对别人是如此嚣张，为了避免节外生枝，别让王淞和沈向蕤打起来，他介绍了二人，"向蕤，他是我的好哥们儿王淞，市公安局副局长的公子。"

"哦……"沈向蕤懒洋洋打量了一眼王淞，"王哥好，刚才冒犯了，别见怪，都不是外人。姐夫，你今天说什么也得帮帮我，你要是不帮我，我今天就得栽跟头了。"

王淞回应了沈向蕤一个无所谓的表情，冲郑道说道："道哥，你真喜欢上沈向蕤了？这么快就确定关系了，姐夫都当上了，你可真行。"

郑道没理王淞，一推沈向蕤："别捣乱，我还要回去给你姐配药。"

"今儿的事情，你还真得替他出面解围，要不，他还真得有血光之灾。"郑道话刚说完，身后冷不防又有一个人说话的声音，声音有三分苍老三分威严四分神秘。

回身一看，一个一身休闲打扮的老者气定神闲地站在身后，淡然而立，手持折扇，正是在乌有巷遇到的毕问天。

"毕先生。"郑道点头一笑，心想毕问天出现得真是时候，如果上一次在乌有巷的遇见是巧遇，那么今天的遇见，怕是有意了。

"郑道，我们又见面了，呵呵。第一次见面是巧合，第二次见面，就是有缘了。"毕问天呵呵一笑，"如果愿意的话，你们可以叫我毕爷。就和何无咎称呼何子天为何爷一样，王淞，你应该见过何子天，是吧？"

王淞吓了一跳："你、你怎么知道？"

"我就是知道。"毕问天淡淡一笑，又看向了沈向蕤，"你和别人约架，没打过人家，就来找郑道帮忙是不是？"

沈向蕤从车上跳了下来："不是吧，你到底是谁，是什么高人？你是神仙吗？"

"我不是神仙，只是一个比你们多懂一些稀奇古怪的知识的老头子罢了。"毕问天谦和地笑了笑，挥了挥手中的扇子，"你既然和别人约了架，就算含泪也要打完，男人说话要算话。"

"对，对。"沈向蕤拉住了郑道的胳膊，"姐夫，你要是不帮我，我就死定了，一家人不说两家话，你给个痛快话，帮不帮吧？不帮的话，我告诉我姐你对她不是真心的。"

这都哪里跟哪里？郑道无语了，不等他有所决定，忽然一声呼啸声响起，转身一看，四五个小年轻骑着几万元的碳纤维自行车包围了上来。

为首的一个小年轻，额头上染了一缕黄毛，牛仔裤的两条裤腿各破了一个洞，左手扶着车把，右手拿着一把车锁，一脸的痞气，也不下车，耀武扬威地斜着眼睛看向了郑道。

"听说沈向蕤找了一个靠山，叫什么名字来着？就是你吧？"黄毛哈哈一阵冷笑，"哥们儿，就凭你的身板，也不够我们几个收拾的，你是自己滚蛋呢还是非要让我们送你一程？"

"是我，我叫姐夫。"郑道冲黄毛点头笑了笑，一脸谦卑的笑容，"大哥尊姓大名？"

不是吧，这么尿，沈向蕤眼睛都瞪圆了，郑道还没动手就先输了气势，他上次收拾何无咎挺有本事的，怎么现在这么草包了？沈向蕤痛苦地闭上了眼睛，完了，愿赌服输，就算被打上一顿也没什么，但找郑道出面，还当郑道是高人，这个人丢大了，会让熊达他们嘲笑他跟猪一样笨的。

王淞不动声色，毕问天笑而不语。

"我姓熊，熊猫的熊，叫熊达，达人的达，不是大小的大，不要叫我熊大。"熊达对郑道谦恭的态度很满意，车锁在郑道的眼前晃了晃，"姐夫是吧，沈向蕤说你会替他出头，你怎么说？"

郑道嘿嘿一笑："你姐呢？"

熊达一愣，没反应过来："上班去了，怎么了？"

"漂亮不？"郑道笑得很含蓄。

"当然漂亮了，我姐号称石门一姐，比沈向葳、花无忧好看多了，不对，姐夫，你问我姐做什么？"熊达才醒过味儿来，脸上微有怒色，"你是消遣我是吧？妈的，老子收拾你！"

熊达手起锁落，朝郑道的肩膀砸下。锁是重达一公斤的钢锁，砸中郑道肩膀的话，肯定会骨折。现在的一部分年轻人，真是既缺少家教，又没有敬畏之心，随随便便就敢出手伤人，而且一出手还是重手。

"我是你姐夫呀，当然得了解一下你姐的动向。"郑道哈哈一笑，随后脸色一变，身子朝左一侧，右手一伸一抓，就将熊达的车锁夺了过来，然后右腿一脚踢出，将熊达的自行车踢出了三米开外。

熊达的自行车被踢，人却原地未动，他本来半骑在自行车上，车子飞出之后，他一屁股摔倒在地上，摔得不轻。

熊达的自行车是碳纤维材质，轻且坚硬，飞出之后，撞在了和他同行的一个胖子的自行车上，胖子没下车，一只脚支撑地面。被撞之后，连人带车飞出一米多远。

一脚踢出，两车两人倒地，郑道之威，恐怖如斯！

沈向葳惊呆了，待了片刻，一下跳了起来，大声欢呼："姐夫万岁！姐夫牛叉！"

熊达从小横行霸道惯了，哪里受过如此的屈辱，他在地上呆坐了片刻，似乎不敢相信发生的一切，等他完全清醒之后，怒不可遏地从地上一跃而起，从身上拿出一把刀子，一刀就刺向了郑道的胸口。

"道哥小心！"王淞看得清楚，熊达的刀子是管制刀具，锋利无比，绝对可以一刀毙命，他情急之下，上前就要帮忙。

王淞是在郑道的身后，王淞向前一步，想要帮忙，而此时郑道却在后退，二人就不可避免地撞在了一起。若是平常撞在一起倒没什么，现在是生死攸关之际，郑道算好了距离，后退一米就可以躲开熊达的致命一刀。但却失算了——没算到王淞会出手帮他，和王淞的一撞，阻止了他继续后退，一米的距离变成了半米，如此一来，熊达的一刀就可以刺个正着了。

如果何子天在场，会十分欣慰他当初对郑道的推算完全正确，郑道确实有血光之灾。当然，如果何子天真在场的话，他在欣慰之余还会震惊毕问天的在场。毕问天的出现，是一个意外。

有意外就必然有意外的收获。

毕问天手中折扇一收，大步向前，用力一撞，撞开了郑道，他自己却收势不住，身子朝前一扑，没能躲开熊达的刀刃，左臂之上被划出了一条长达十厘米的口子，顿时血流如注。

但愿这一刀可以改变许多事情……毕问天心中念头一闪，也正是这一刀，会改变他和郑道的关系，从此他和郑道会成为同路人。

05 蠢蠢欲动，再启战端

毕问天心中一跳，郑道果然是聪明人，一语中的。他微一沉吟，笑道："一刀之恩用一茶之谊来报答，已经足够了。以后我们交往，以心相交。以金相交，金耗则忘。以利相交，利尽则散。以势相交，势去则倾。以权相交，权失则弃。以情相交，情逝人伤。唯心相交，静行致远。"

一刀之难

之前在乌有巷见到郑道时，毕问天就推算出了郑道会有一难。以他的运师境界，虽然不能准确地推算出具体的时间和地点，但大概方位不会错。

十年前，他的境界比何子天稍逊三分。现在，他和何子天之间的差距在拉大。十年的牢狱之灾，让何子天参透了运师境界的全部秘密，距离命师境界只有咫尺之遥。到底何子天什么时候参透命师之境，成功地迈进登峰造极的命师大门，毕问天不得而知，也心中没底。但他清楚，如果他不借助外力，不组建团队联合作战的话，在何子天面前，他会丝毫没有还手之力。

毕问天非常看好郑道的未来，虽然他算出了郑道有一次劫难，但人生就是起伏不定，越有起落的人生越有成就。就和大多数人都五行不全一样，多少缺一两种，并不要紧，五行之说，相生相克，固然大有道理，却也并非完全可以左右一个人的运势。因为五行之说只管表象，真正决定一个人命运好坏的关键内因是心性。

换句话说，一个人就算五行齐全，也并非好事。《道德经》说，大成若缺，一旦完美就会开始残缺，只有稍有欠缺的人生才是孜孜以求的人生。花未全开月未圆，才是人生之中最为美好和值得回味的境界。

五行齐全之人，由于相生相克达到了一个最佳的平衡，一生会顺利平安，但正和生于忧患死于安乐的道理相通的是，平衡的代价就是凡事因过于圆满而失去奋发向上的动力，从而一生平安却平淡。古人云："有病方为贵，无伤不是奇"，一个人如果没有经历过挫折，也就无法真正成熟，无法追求更高的境界。万事不破不立，永远在平衡之中，则永远在安逸之中不思进取。

毕问天在十年前和何子天的一场较量中，因关得之助而大获全胜之后，近年来他潜心于运师到命师之境的研究，基本上不再过问世事，在全国各地到处隐居，过了一段逍遥自在的时光。但最后发现，还是石门最适合他，石门既安稳又距离京城最近，可进可退，是一处难得的安定之地。

如果不是何子天现在开始蠢蠢欲动，有意再启战端，他可能还不会重出江湖。何子天当年扶植关得，借关得之力，险些掀起滔天巨浪。好在关得及时清醒，发现了何子天是命运操盘手的真相，毅然和何子天划清了界线。关得的收手，导致了何子天整个计划的崩盘，也让何子天银铛入狱，承受了十年牢狱之灾。

正如老子所说，福祸相依，何子天入狱的十年来，境界上突飞猛进，成了国内运师境界最高的一人。而十年来，关得的商业帝国版图越来越大，但在运师境界上却一直止步不前，再也没能前进一步。不但如此，关得还突患怪病，现在病情已经严重到了无药可救的地步。

真是十年河东，十年河西，何子天现在反倒更加风生水起，他如当年扶植关得和碧悠一样扶植了何无咎和萧小小，有意再现当年的辉煌。何无咎是谁毕问天自然知道，但萧小小是什么来历，他却一无所知，不管他怎么调查，都查不出萧小小的身世。

和十年前相比，已经度过了运师劫难的何子天不但在境界上更加炉火纯青，在行事上也更是如鱼得水，有了何无咎和萧小小相助，他的大计推动得十分顺利。和当年的关得相比，何无咎起点更高，为人更坚决果敢，并且手法更无所顾忌。

　　至于何子天是想吞并关得的商业帝国以报当年的一箭之仇，还是有更大的企图，毕问天也不太清楚，但他知道的是，就算他真的安心当一个太平盛世的小民，何子天也不会放过他，必定要置他于死地而后快。所以，与其坐以待毙，不如主动出击，何况，他从来不是任人宰割的性格。更何况，他遇到了郑道之后惊喜地发现，郑道资质之高，不但超过他以前的所有弟子，甚至比起奇才关得有过之而无不及。

　　但不幸的是，和关得当年绝处逢生一样的是，关得是在自杀之时遇到了何子天，而郑道是在命中有一难时遇到他。他不能见死不救，因为他看出来，和当年的关得一无所有身无长技不同，郑道身怀绝技，只要他渡过了难关，就会一遇风云便化龙。

　　为了郑道着想，也为了自己，毕问天知道郑道的一难必须由他出面化解，哪怕付出挨上一刀的代价也在所不惜！

　　"我去，这一刀偏了十万八千里！"熊达一刀划破了毕问天的胳膊，并不知收手，反倒更激起了他的暴力倾向。他抽刀回手，再次刺出一刀，刀锋所指之处，正是郑道的脖子，"死老头子，闪开，要死去找别人，小爷没空陪你玩。"

　　毕问天好歹也是纵横政商两界数十年之人，倒退十年前，也是响当当的一号人物，提起毕问天的大名，不少人肃然起敬。十年来，虽然毕问天不问世事，处于退隐状态，但余威还在。如今被熊达一个宵小之辈刺了一刀不说，还被如此嘲讽，若是以前，他早就出手还击了。

　　但现在的他和以前大不相同了，只是淡淡一笑，闪身到了一边，因为他知道，替郑道挡了一刀之后，他的使命已经完成了。

　　毕问天闪到一边，郑道和熊达就正面面对了。郑道险些被熊达一刀刺中胸口，在生死的关口走了一遭，心中既惊又怕，对毕问天的出手相救无比感激。

　　王淞却吓得魂飞魄散，他本是好心，没想到好心办坏事，如果不是毕问天的及时出手，郑道已经倒在了血泊之中。他血往上涌，后怕得要命，眼睛一扫，注意到熊达的几个跟班蠢蠢欲动，大吼一声，朝另外几个人冲了过去。

郑道失误一次，绝对不会再失误第二次，他不等熊达的刀子接近自己半米之内，微一侧身，飞起一脚，正中熊达的手腕，刀子立时脱手飞出。不等熊达有所反应，他欺身近前，左腿直右腿弓，全身力气由左腿到右肩贯穿，然后力道猛然爆发出来，硬生生顶在了熊达的左肩之上。

熊达被郑道一脚踢飞刀子之时，心中还闪过一个念头——好快的身法，这家伙练的是咏春拳不成？短打快打。不料念头刚起，就被郑道的肩膀撞中，顿时感觉一股如排山倒海的大力传来，他哪里还站立得住，身子腾空飞起。

人在半空，熊达第二个念头跳了出来——这一手像是太极中的借力打力，这家伙到底是什么来头，看上去也不大，怎么会这么多本事？念头还没有想完，人已经重重地撞在了一辆车上。

砰的一声巨响，汽车的车顶顿时深陷了一个大坑。在重摔之后，熊达眼冒金星，感觉一阵天旋地转。他不肯服输，努力挣扎着起来，对郑道怒目而视，刚要说句什么，一张口，一口鲜血喷涌而出，然后一头栽倒，不省人事了。

“出人命了。”熊达的几个小跟班见状，吓得连几万元的自行车也顾不上要，扔下就跑，转眼跑得一干二净。

“啊，真出人命了。”沈向蕤也吓傻了，愣了半天终于醒悟过来，“姐夫，你太厉害了，真神了，刚才你是怎么做到的？怎样才能把人撞飞三米高然后摔一个稀巴烂？”

“出不了人命。”毕问天和郑道的表情一样，淡然而自信，“沈向蕤，剩下的事情就交给你了，怎么善后，你有经验吧？熊达的家人，你能摆平吧？”

“能，能，没问题，小事情一件。”沈向蕤本来对毕问天没什么观感，在毕问天帮郑道挡了一刀之后，他对毕问天肃然起敬，“毕爷，您受苦了，赶紧去医院包扎一下。”

“不要紧，皮外伤。”毕问天手一翻，手中多了一个小瓶，打开瓶盖，撒了一些粉末到伤口上，片刻之后就止血了，“这个熊达，到底是什么人？”

沈向蕤不好意思地笑了笑：“是我的同学，我们都喜欢同一个女孩，先是单挑打了一架，谁也没有占到便宜，他就提出约一次群架。结果他叫的人到了，我叫的人都跑了，只好来找姐夫帮忙。熊达他爸是熊正元……”

"熊正元？"王淞摇了摇头，无奈一笑，"得，无意中又得罪了一个厉害人物，熊正元是副市长……"

沈向蕊挥了挥手，说道："算了，不想那么多了，我来善后就行了，你们先撤。对了姐夫，我姐最近状态还不错，如果你真爱她，就赶紧娶她，让她给你生孩子。"

毕问天执意不去医院，郑道也没勉强，和毕问天、王淞一起回到了善良庄。

见到郑道回来，何不悟又想冷嘲热讽几句，还没开口，就被毕问天一句话噎了回去。

毕问天朗声一笑："何不悟，你小时候家穷，冻无衣、饥无食、病无医、少无父、大无母、中无妻、晚无子，你这一辈子，真是七苦之命。"

"什么什么？"何不悟先是被毕问天仙风道骨的形象镇住，又被他的一番话惊得目瞪口呆，"我小时候是饥一顿饱一顿，也没衣服穿，病了没钱治，三岁丧父，十五岁丧母，中年被老婆抛弃，但晚年无子是怎么一回事？我本来就只有一个女儿，没有儿子。"

"不对不对，你到底是什么人？"一想他的身世全部被毕问天说中，何不悟又惊又怕，"郑道，是你告诉他的吧？"

郑道一摆手："何叔，你的人生经历对我说过吗？"

"也是，我什么都没有对你说过，你也不知道这些。"何不悟惊恐地看了毕问天一眼，"你会相面？来，帮我看看，我什么时候发大财？"

毕问天哈哈一笑："你想要发财，随时都可以，前提是，你得知道你命里的贵人是谁。"

"是谁？难道是你？"何不悟上下打量毕问天几眼，摇了摇头，"不像，你顶多就是一个会看相的江湖骗子，没多大本事，更不是什么贵人。"

毕问天也不生气，回身对王淞说道："为什么大部分人一辈子一事无成，就是因为他们有眼无珠，不知道谁是潜力股。"

王淞现在对毕问天既恭敬又敬畏，点头称是："是，是，毕爷英明。何老头傻就傻在明明身上有一块宝藏，他却扔到一边，所以他一辈子也就这样了。"

"王淞，你说谁傻？赶紧走，这里不欢迎你。"何不悟立刻恼了。

王淞拉过何不悟，在他耳边小声说了几句什么，何不悟愣了片刻之后，立刻喜笑颜开，换了一副恭敬的面孔。

郑道几人上了二楼，露台上支起了一个遮阳伞，几人就坐在伞下乘凉。不多时，何不悟送茶上来，不但用上了他珍藏的白毫银针，还拿出了他最心爱的紫砂壶。

怪事，何不悟怎么转了性子，向来郑道的客人来了之后，他不扫地出门就不错了，怎么还上茶上好茶，请坐请上坐了？

何不悟不给郑道倒茶，也不给毕问天倒茶，而是先恭恭敬敬地给王淞倒了一杯茶，满脸堆笑："王淞，来，尝尝我珍藏了三年的白毫银针。"

"行了，这里没你什么事情了，你先回避一下。"王淞大大咧咧地接过茶，却转敬给了毕问天，然后又亲自为郑道倒了一杯，"道哥，现在我们正式毕业了，从此要走向社会了，来，发表一下感想。"

何不悟平常对郑道吹胡子瞪眼，却对王淞不敢有半点放肆，乖乖地放下茶壶就走了。

郑道望着何不悟的背影，笑问："你怎么吓唬何叔了？"

"我才没有吓他，只是告诉他，他在善良街的几个门脸房消防检查不合格，我回头招呼一声，让他整改一下就能过关，他立马就老实了。对付这种人，就得连敲带打才行，千万不能手软。"王淞得意扬扬地笑了笑，"有时候我爸的名头抬出来，还是挺管用的，对了，你还没有发表毕业感想呢。"

"为名忙为利忙忙里偷闲且饮杯茶去，劳心苦劳力苦苦中作乐再拿壶酒来……"郑道哈哈一笑，"毕业就毕业了，能有什么感想？人生的每一个阶段经历了就过去了，我现在最想问的是毕爷。毕爷，您这一刀之恩，我该怎么报答？"

毕问天心中一跳，郑道果然是聪明人，一语中的。他微一沉吟，笑道："一刀之恩用一茶之谊来报答，已经足够了。以后我们交往，以心相交。以金相交，金耗则忘。以利相交，利尽则散。以势相交，势去则倾。以权相交，权失则弃。以情相交，情逝人伤。唯心相交，静行致远。"

既然毕问天这么说，郑道也知道毕问天肯定有长远打算，也就不再多问什么，反正来日方长。

"我来了，郑道，你们喝茶也不叫我，太不够哥们儿了。"何小羽的声音忽然响起，门一响，她来到了露台之上，一屁股坐在了郑道的对面。

还好何小羽穿的是短裤不是裙子，否则从郑道所坐的角度看去，她就会春光大露了。

"我找到工作了……"何小羽不当自己是外人，喝了一口郑道的茶，"你们肯定猜不到我去哪里上班了？附属二院！"

郑道吃了一惊："你怎么去了附属二院？你学的是文秘专业。"

"是呀，谁说文秘专业就不能去附属二院工作了？我是行政助理，而且还是在院长办公室。上次我爸住院，付院长对我印象很好，聊了几次后，得知我正好大学毕业在找工作，就邀请我到二院工作，后来我就参加了笔试、面试，顺利过关，今天收到了通知。太好了，我试用期就月薪五千块，羡慕我吧，郑道？"何小羽喜悦之色溢于言表，"转正后月薪一万块，哼，不比你赚得少。"

"付先山……是一个厉害人物。"毕问天淡淡一笑，不经意扫了何小羽一眼，眼中闪过一丝讶然，漫不经心地说了一句，"何小羽是吧？你的名字很好听，但太轻了，风一吹就身不由己了，所以以后遇到事情，不要慌不要乱更不要急，要三思而后行，再如果以后找一个稳重可靠的男朋友，你的人生才会平坦顺利。"

"不找别人，就找郑道了。"何小羽嘻嘻一笑，眉毛一挑，"郑道的名字好，人间正道，人生大道，多稳重多平坦，跟了他，就不会身世浮沉雨打萍了。"

"呵呵，呵呵……"毕问天只是不置可否地笑了笑，转移了话题，"郑道，你了解付先山吗？知道付先山和全有的过往吗？"

郑道摇头，为毕问天倒了茶，心中微有疑惑。刚才毕问天对何小羽的点评话里有话，他下意识地又多看了何小羽一眼。

续命针

郑道和何小羽朝夕相处四五年，对何小羽太熟悉了，熟悉到她的长相以及一举一动，每一个习惯性动作以及每一句惯用语，甚至包括她开心时喜欢挑眉毛的动作以及难过时皱鼻子的习惯，都了如指掌。说实话，对于何小羽的名字，他也有过想法，也认为"羽"字太轻了，轻到了没有分量，一吹就会飘浮不定。经毕问天一点，他更加坚定了自己的判断，何小羽五行之中，虽然有木有金有土，缺水和火，但小和羽两个字太轻太弱了，让她正气不足。

正气不足就会导致格局不够。

人体之内，最重阴阳平衡。水火交融，阴阳调和，才是最大和谐。何小羽因为年轻，再加上平常经常健身，弥补了正气不足的缺陷。但如果她遇到大事之后乱了分寸，一旦情急就会阴阳失调，到时就容易水火不济而生病。

如果仔细观察的话，生活中会有这样的经验，一个经常锻炼身体的人，轻易不会生病，一旦生病就是重病。而一个身体一般的人，小病不断，但通常不生大病。其中原因就在于表面上非常健康的人，其实是用强行的运动压制了体内的失衡，稍有压制不住的时候，就会全盘崩溃。而小病不断的人，体内不断的局部失衡会刺激身体不断地调整状态来恢复最佳状态，所以身体一直在战斗的状态之下，轻易不会全盘皆输。

推而广之，一个国家如果几十年是和平盛世，刀枪入库，马放南山，只要开战，必定溃败。而一个国家小范围的战争不断，哪怕上升到了大规模的战争，也能坚持多年。此理，正是生于忧患死于安乐之理。

郑道心中闪过一个强烈的念头，他想为何小羽改名。不过念头刚起，就被毕问天的话打断了。

"付先山是一个有故事的人，他的故事也很有传奇色彩……"毕问天摆出了长谈的架势，抿了一口茶，摇了摇折扇，在树荫下，在蝉鸣声中，开始了他的长谈……

燕省医科大学附属第二医院是省内最好的综合性医院，不但是无数平民百姓的求医圣地，也是众多高官权贵的疗养宝地。每年前来附属二院或因真病或因装病住院的省市高官以及商界大佬不计其数, 院长付先山每天都要周旋在权贵之间, 不亦乐乎的同时又不厌其烦。

出身于西医世家的付先山本身就曾经是一个名医, 只不过后来从事行政工作之后, 在医术上停滞不前了, 官运却十分亨通, 从办公室主任到副院长再到院长, 一路畅通无阻。

人生就是有得必有失, 虽然父亲付远峰对付先山弃医从政大为不满, 却也不好阻止付先山的仕途。人体经络无数条, 条条通内外, 做人只有内外通顺才能无病无灾。或许对付先山来说, 从政反倒更有利于身心健康。

外界对付先山仕途畅通的解读, 就远不如付远峰那么有专业有内涵了, 所有人都认为, 付先山之所以迅速成为省内最负名望的一流医院的院长, 威势之盛, 权势之大, 比起省卫生厅厅长也相差无几, 甚至就连省卫生厅副厅长也无法与之相比, 究其原因并非是因为付先山非凡的医术——在附属二院和他齐名的名医比比皆是——而是他娶了一个旺夫的夫人。

付先山的夫人文洁出身普通人家, 不管是能力还是相貌, 都没有过人之处。但不知何故, 外界都传言文洁是高官之女, 只不过隐藏了真正身份而已。

当然, 大多数人对此说法嗤之以鼻。也有好事者专门调查了文洁的身份, 结果发现文洁确实是出生在平民之家, 从小家境贫寒, 并无任何高官权贵的亲戚, 大多数亲戚都是农民, 连山村也没有迈出一步。

付先山的官运亨通之路, 到底背后是什么力量推动, 就成了一个谜。

付先山对外界的传言自然清楚得很, 却从来不解释什么。他的位置太重要太敏感, 虽然级别不高, 但权限极大影响极广, 不管多高的高官多有钱的巨商, 谁还没有头疼脑热的时候? 不方便进京或是去外地疗养, 都会来到附属二院求医问药。正是因此, 如果说放眼整个省内谁和高官权贵的关系最好、人脉最广, 付先山自称第二, 没人敢自称第一。

就在郑道几人喝茶聊天谈论付先山的故事之时, 付先山却正在遭遇一件怪事。

今天和往常一样, 付先山一早到了办公室, 喝了茶, 处理了一些杂事, 准备去后院的疗养院看望一下几个位高权重的大人物, 但没想到的是, 一个流浪汉的死亡让他见到了生平所没有见过的神奇。

作为省内最好的医院，每天都会接治一些无家可归的重病流浪汉，有些可以救活，有些送来时就接近死亡，尽了医院应尽的抢救责任之后，就送火葬场了。

按说救治流浪汉的小事，犯不着惊动付先山。如果连处置流浪汉的小事都要付先山亲自过问，付先山每天什么事情都不要做了。一般来说，处置流浪汉的事情别说上达到院长一级了，就连科室主任也没时间插手。

只不过今天救治的流浪汉有些特殊，一开始谁也没有在意，只当是一个再普通不过的重病患者，但在初步检查之后，值班医生发现了不对劲。上报到了副主任医师后，副主任医师大吃一惊，联合了几名主任医师会诊。

会诊的结果再次震惊了所有的主任医师。

付先山要去后院疗养院的时候，路过会诊室，被里面的争吵吸引，推门进去，见医院几个最有权威的主任医师正争得面红耳赤，不由笑道："吵什么呢？为哪个大人物会诊这么热烈？"

通常情况下，除非为大人物会诊，否则不会全院的主任医师倾巢出动。

外科主任医师雁九虽然长了一双小眼睛，看人的时候却精光闪动，是附属二院有名的一把刀，号称一眼定轻重一刀断生死，闻名省内外。

雁九收起了往常的一脸职业的笑容，严肃而认真："付院长，不是为大人物会诊，是为一个流浪汉。"

付先山一愣："没事吧你们？闲着了？"

雁九的神情凝重了几分："还真不是没事干了，是这个流浪汉的病情太奇怪了。按说他早该死了，却在没有采取任何救治措施的前提下，足足多活了三年。一个流浪汉，没有医疗条件就不说了，吃住肯定很差，营养必然跟不上，这样还能多活了三年，这不是奇迹，这是神话！"

付先山本来想走，一听就又停下了脚步："有这种事情？"

作为院长，他见多了预估能活三年却连一年也活不过去的病人，却极少见到多活三年的绝症患者，顿时好奇心大起。

雁九忽然就兴奋了："付院长，这个病人的情况您一定得亲自看看，太罕见了，不敢说是绝无仅有，估计短时间内也会是空前绝后了。"

　　付先山太了解雁九了，雁九从医多年，什么样的病患没有见过？能让他如武林高手遇到武功秘籍一样兴奋的病人，绝对非同一般十分罕见。付先山的好奇心被吊了起来，看了看手表："走，看看去。"

　　在以雁九为首的几名主任医师的带领下，付先山一行浩浩荡荡地前往太平间而去。附属二院的不少医生护士目睹了让他们终生难忘的一幕——附属二院几乎所有有名望的主任医师全体出动，一行十几人直奔太平间而去。

　　太平间是停放死尸的地方，人死了就已经没有了抢救的必要，那么如此众多的高手集体出动，又是出了什么大事？难道高手集体发功，还能让死人起死回生不成？

　　虽然有不少人很想知道到底发生了什么事情，很想目睹盛况，却没有人敢离开工作岗位半步。所以，以后关于太平间中发生的一切，都是传闻，没有人知道当时的真实情形。

　　知道真相的几人，包括付先山在内，谁也不敢对外透露半分。

　　不是事情太蹊跷，而是真相太惊人！

　　付先山一行来到太平间，先是被太平间阴冷的气息刺激得打了一个寒战，随后付先山立刻清醒了几分。

　　"关门。"

　　付先山意识到他们一行兴师动众前来太平间的举动，肯定会引人注目，为了避免外界过多的解读，他强调了纪律："今天的事情，传出去容易招来非议，谁也不许瞎扯扯。如果谁透露了风声，我抽屉里有好几双小鞋还没人认领呢。"

　　众人笑。

　　虽然笑，却也知道付院长虽然说话有时诙谐，但真下手时也不会心慈手软。

　　"好了，言归正传。"付先山摆了摆手，"雁九，人在哪里？"

　　雁九向前，打开一个抽屉，拉出一具尸体。刚死的尸体还没有完全冷冻下来，似乎还有活人的气息，脸色也不是那么惨白。

　　付先山只看了一眼就愣住了："这人我见过，三年前来治病，正好我坐诊，他当时不就是得的绝症吗？他叫什么名字来着……"

"毕四。"雁九翻开了毕四的手，从里面拿出一张纸条，"毕四被送来的时候，已经神志不清了，他不停地叫一个人的名字，但谁也听不清是什么，等他刚做完检查就死了。咦，纸条上写了两个字……"

付先山陷入了回忆之中："毕四，对，就是他。三年前他就得了绝症，只有三个月的寿命了。当时我承诺给他免费化疗，他说不需要，就走了。我记得很清楚的是，他说他三年前就得了绝症，是一个人帮了他，他才活到了今天，现在病情复发了，想来附属二医找救他的人，我问他是谁，他说了一个名字就走了。"

"是谁？"雁九递上了纸条，"郑隐是一个人名？"

"郑隐？"付先山一惊，接过纸条，"对，没错，三年前毕四就是来附属二院找郑隐。我说附属二院从来没有一个叫郑隐的人，他很失望地走了。"

雁九忽然想明白了什么，惊叫起来："三年前毕四来的时候就说他三年前已经得了绝症，岂不是说，他的绝症已经有六年了？怎么可能？他这病存活率从来没有超过半年，他却活了六年，这不可能，绝不可能！"

"是不可能。"付先山围着毕四的尸体转了一圈，从尸体上看不出任何异常，他迟疑了一下，伸手一摸毕四的头顶，猛然停住了，"果然，果然。"

说话间，付先山从毕四的头顶上拔出一根银针。

"这是？"雁九几人围了过来，无不震惊失色。

付先山打量了几眼银针，冷笑了："传说中的续命针，装神弄鬼的玩意儿。"

雁九接过银针，和几名主任医师看了几眼，看不出有什么异常之处，就是一根再普通不过的针灸银针，他摇了摇头："难道说，毕四多活了好几年，就靠这么一根破针？如果真是这么样的话，这是对整个西医理论的否定。"

"这是封建迷信！"几名主任医师异口同声，同仇敌忾。

付先山不以为然地笑了："毕四得了绝症，多活了六年，先不说原因是什么，你们都是经验丰富的名医，都知道的一个定律是，病人的病情，三分之一是自愈的，三分之一是误诊的，还有三分之一是我们治好的。毕四的病情，可能就是属于三分之一的误诊。"

雁九摇了摇头："毕四的病情不是误诊，付院长，他确实得的是绝症。

郑隐到底是什么人？毕四为什么非要找郑隐？"

"郑隐……"付先山轻描淡写地笑了，"也是巧了，我还真见过郑隐一次。"

如果让郑道听到付先山说见过郑隐，他肯定也会大吃一惊。因为在他和付先山的交往中，自始至终付先山没有提过郑隐。

雁九好奇地问道："他是个什么人？"

付先山背起手："说好听点儿，是个无业游民。说难听点儿，是个江湖骗子……三年前在我见过毕四一面之后，有一天在路上遇到一个突发脑梗的患者，我下车去救治，却发现已经有一个人在为患者刺破了几个手指头放血。我当时就火了，质问他干什么，他说救人。我说这哪里是救人，分明是害人。他还怒了，说他叫郑隐，如果患者有什么好歹，尽管找他，他会承担一切后果。我当时也懒得理他，先把患者带到了医院。到了医院才想起来他是毕四口口声声要找的高人郑隐……"

"后来呢？"雁九听得入了神。

"后来？没后来了。"付先山看了看表，"后来就再也没有见过郑隐，患者也没有了大碍，我也就忘了这事儿。走了，该去看望花董了。"

"花董还没有出院？"雁九紧随付先山身后，和几名主任医师出了太平间，"花向荣本来没什么病，就算疗养，休假三五天差不多就行了，这一次住了快十天了，看来，家里的事情很棘手呀。"

高官疗养，通常是升迁或调离的前兆，当然，也可能是要被拿下的预演。商界大亨疗养，要么真病，要么是被家务事烦心出来躲躲。

付先山笑笑，没有说话。花向荣和他是莫逆，不是泛泛之交，花家的家务事，确实让人头疼。别说身在其中的花向荣了，就连他这个外人也觉得十分麻烦。

回到办公室，付先山刚坐下，还没有来得及打一个电话给花向荣，何无咎敲门进来了。

作为花向荣的继子，何无咎和花向荣的关系一向不错，花向荣最近住院疗养，何无咎几乎每天都过来看望。

付先山问道："无咎，是来接你爸？"

"是的付叔叔，我来接我爸回家。"在付先山面前，何无咎老实得很，而且是一副晚辈的姿态，不是他有多怕付先山，从小到大，他虽然不是无法无天的张狂性格，但也没有怕过谁，主要是因为小时候有一次生了重病，幸得付先山出手相救才没有死掉，付先山是他的救命恩人。

"在接我爸之前，我有几个问题想向付叔叔请教一番。"何无咎嘿嘿一笑，有几分不好意思。

付先山立刻猜到了何无咎想问的是什么问题，说道："无咎，向葳的病是先天带来的，不好根治，虽然经过几年的调理，比以前好多了，不过她还是不能情绪波动太大，对她来说，结婚生子也可能是大问题……"

付先山一脸笑眯眯的表情，慈祥的目光观察何无咎的反应。

何无咎被看穿心事，大方地说道："付叔叔，我是喜欢向葳，不过喜欢她不一定就要娶她，结婚生子这样的问题，离我太遥远了。"

付先山继续说道："就算不说结婚生子，她可能还是活不长，你是真喜欢她的人，还是觉得沈向蕤好欺负？"

付先山的话意思十分明显了，是说何无咎喜欢的其实是沈家的家产。沈向蕤扶不起来，沈向葳继承了沈家家产，早死的话，沈向葳名下的财产就会顺理成章地归她的丈夫所有。

五种境界

"怎么会？我是真喜欢她的人。"何无咎微微涨红了脸，如果对方不是付先山，他说不定就当场发火了，"沈家是富可敌国，但我信奉君子爱财取之有道的理念，不会巧取豪夺。"

"真的不会？"付先山意味深长地笑了笑，然后手指轻叩桌子，"无咎，在我面前你如果还不说真话，还想让我帮你？"

何无咎愣了愣，纠结了一会儿："好吧，不瞒付叔叔，我是有点小小的想法，但都是建立在对向葳的真爱上面。"

"真爱假爱，只要人不在了，都无所谓了。"付先山心满意足地笑了笑，"其实你妈不让你姓花，非坚持让你姓何，走的是一步很长远的棋，不过问题也正是因为你姓何而不姓花，花向荣对你还是不够信任。攘外必先安内，无咎，还是先处理好家里的事情再和沈向葳谈恋爱，要分清轻重主次。没有花家作为后盾，你也不够资格和沈向葳在一起，更没有实力吃掉沈家。"

"道理我明白，可是……"何无咎拉了一把椅子坐在了付先山对面，看了看紧闭的大门，才又放心地说道，"以前还好说，在郑道没有出现之前，向葳对我虽然不冷不热，却还没有完全把我拒之门外，也没有喜欢上别人。但自从她认识了郑道之后，她好像真的喜欢上郑道了。这下麻烦了，万一等她爱上郑道了，非要嫁给郑道，我家里的事情还没有处理好，不是错失良机了吗？"

"有危机感了，呵呵。"付先山笑着点了点头，"你不是有何子天为你出谋划策吗？有他在，你还怕什么？肯定是运筹帷幄决胜于千里之外了。"

何无咎尴尬地笑笑："我知道付叔叔不太相信中医、相面等这些传统的东西，但何爷确实有真本事，厉害得很。好多深奥的事情经他一说，马上清晰了。有些事情你不相信也没办法，就是神奇，就是存在。"

付先山摆了摆手："不提这些，说正事。说吧，你到底是怎么想的？"

"何爷说了，可以帮我尽快理顺家里的事情，他有办法让花无忧远走高飞，不再和我争夺花家接班人的大权。他还说了，郑道是短命之相，不出一个月就有可能猝死，沈向葳至少还能再活两年。这样算下来，虽然时间很紧迫，但也不是没有可能完成大计。"何无咎眉飞色舞，"当然，还需要付叔叔的帮助才能一切顺利。"

付先山起身，背着双手在房间中转了一转，然后打开了窗户。窗户一打开，夏天炎热的气息夹杂蝉鸣声全部涌了进来。

"你爸的病，说严重也严重，说不严重也不严重……"付先山说了一句莫名其妙的话，"主要靠日常的调理和温养。还有，你打算怎么对付郑道？"

"我和郑道是同事了，我们都去了全有典当行，以后有的是机会整治郑道，让他不再骚扰向葳。"提及郑道，何无咎一脸恨意，"郑道真是可恶，总有一天我会把他踩在脚下。"

"何子天不是说郑道会猝死吗？郑道如果死了，哪里还用你踩在脚下。"付先山不以为然地笑了，"对了，按照何子天的预测，郑道的死期应该到了。"

"对呀。"何无咎一下想起了什么，站了起来，"何爷是一个月之前说的这句话，不过我有几天没有见过郑道了，说不定郑道真的已经死了……"

话才说完，他的手机急促地响了。

何无咎一看来电，脸色微微一变，立刻接听了电话："何爷……什么，郑道没事，逃过一难，毕问天替他挨了一刀，这……郑道以后就会没事了？"

放下电话，何无咎一脸沮丧，忽然用力一捶桌子："好人不长命，祸害一千年，郑道你怎么就不能好好去死呢？"

"哈哈！"付先山放声大笑，"郑道哪有那么容易去死？听我一句话，无咎，不要相信何子天神神道道的鬼话，想要成功，就要靠自己一步步争取，世界上没有投机取巧的事情，也没有什么神机妙算。"

"那我下一步该怎么办？"何无咎有几分不知所措，郑道安然渡过一难的消息让他大受打击。

"还是按照计划推进。如果何子天再有什么神机妙算，提前告诉我，我来看看是不是可行。"付先山沉思了片刻，"还有，继续观察郑道，我总觉得郑道和郑隐身上隐藏了太多秘密，这个秘密一旦揭开，说不定会是很惊天的事情。另外，你不要再正面挑衅郑道，你不是他的对手。"

"知道了。"何无咎点了点头，想了一想，"我去接我爸回家，我妈说，她要再成立一家控股投资公司，希望得到我爸的批准。"

付先山点头笑了："你妈布局，先做事，用事情来撬动各方利益，是大处着眼小处落脚。你是先算计人再做事，有时会因为过于斤斤计较而因小失大，以后要多学习你妈的商业头脑。"

"是。"何无咎点头称是，眼神却闪过一丝不以为然的神色，"郑道既然没死，现在肯定又去纠缠向葳了，不行，我要去找向葳。"

"先接你爸回家再说，正事要紧。"付先山摇了摇头，何无咎最大的缺点就是容易分不清主次，很情绪化，不善于控制自己的冲动。

随后，何无咎接上了花向荣，开车回家。

现年五十五岁的花向荣保养得还算不错，看上去比实际年龄小了不少，头发不见一丝花白，精神状态很好，和何无咎的长脸相比，他是标准的方脸，浓眉大眼，鼻直口方，厚厚的嘴唇给人憨厚和值得信任之感。或许是休养了一段时间，精力充沛之故，又或许是心情大好的原因，他神采飞扬。

花向荣本来想亲自开车，在何无咎的再三坚持下，才心有不甘地坐在了副驾驶座上。

"儿子，你妈想再成立一家投资控股公司，你觉得怎么样？"花向荣乐呵呵的样子，一点儿也不像刚从医院出来，倒像旅游刚回来。

"我没什么想法，挺好的。"何无咎心思还在沈向葳和郑道身上，如果说之前他有三分喜欢沈向葳，郑道出现后就变成了五分，现在沈向葳有真喜欢郑道的趋势，他对沈向葳的喜欢又变成了七分。

男人对女人的喜欢中，好感是一部分因素，占有欲也占据了很大一部分原因，除此之外，还有征服欲以及打败对手的满足感。

花向荣看出了何无咎的心不在焉："又在想沈家的女儿了？你要是真喜欢她，我明天就去和沈雅正式提提，能和花家联姻，也是沈家的福气。"

"真的？"何无咎顿时喜出望外。

"爸爸从来不骗儿子。"花向荣伸出右手，"来，击掌。"

何无咎和花向荣高兴地击掌，随即又微有失落："沈雅不答应怎么办？"

"答应不答应，不是全看条件？条件不合适，可以继续谈，只要谈到双方满意为止。花家和沈家联姻，不是你和沈向葳两个人的事情，是两个集团公司交叉参股的大事。"花向荣信心十足，"花家的产业里面，有沈家想要的部分。沈家的产业里面，也可以弥补花家的短板。花家和沈家两家联手，才是真正的强强联合。"

"如果真这样的话，那就太好了。"何无咎仿佛已经看到沈向葳扑入了他的怀抱，娇羞无限地向他撒娇。

"不过我怎么听说，沈向葳有了男朋友，好像叫什么……郑道？"花向荣想起了什么。

"郑道不是她的男朋友，他只是一个无赖。"何无咎的眼前浮现出郑道淡淡的笑容，他又怒了，"爸，你能不能查查郑道和他的爸爸郑隐到底是什么来历？"

"好呀，没问题，回去就查。"花向荣也没多想。

也不知道郑道现在在做什么？何无咎愤愤地想，郑道明明有何小羽，为什么还非要缠着沈向葳不放，真是一个花心大萝卜。

"花心大萝卜"郑道现在正坐在何小羽对面，对何小羽健美的身材和裸露在外的胳膊、大腿视而不见，他正专心致志地听毕问天谈天说地。

在说完了付先山的往事之后，毕问天又谈到了中医，他呵呵一笑："我的说法未必正确，据我所知，中医境界分为五个阶段，医者、医手、医师、医王、医圣，不知道是不是这样划分的？"

郑道点头："是的，从医者到医圣，五个阶段，每一个阶段都需要十几年以上的历练。所以现在中医人才凋零，和中医成为大医的时间过于漫长不无关系……"

郑道清楚地记得爸爸说过，中医境界分为五个阶段：医者、医手、医师、医王、医圣。到了医师的境界，初步可以通过望闻问切准确地把握一个人的健康程度，而到了医王境界，通过一个人的气色就可以快速了解此人的健康程度和病情轻重，等到了医圣的高度，只凭感应就可以推断出一个人的生死！

是真正的一言断生死一眼定祸福的超凡入圣之境！

郑道清晰地记得，爸爸在说到医圣境界时一脸的向往和神圣之色。爸爸还说，如果一个人真的到了医圣境界，可以游戏人间而无所牵挂，达到随心所欲悬壶济世的自在。除非必死之人，否则一般的疑难杂症甚至是绝症，在医圣手中都可以药到病除。

当时郑道并不信爸爸的话，觉得爸爸有夸大其词之嫌，并问爸爸自己达到了什么境界。爸爸没有正面回答他的话，也没有解释太多，只说有机缘的话，他会让郑道亲自感受一下一个真正高明的大医是怎样一言断生死一眼定祸福的。

后来不知过了多久，就在郑道几乎忘了爸爸关于中医五个境界的论断之时，他和爸爸出门办事的时候，路遇一人。是一个年轻人，精神状态很好，神采飞扬，活力洋溢，爸爸却脸色一变，将他拉到一边，说年轻人身患急症，将不久于人世。

郑道不信，年轻人看上去比一般人健康多了，浑身上下散发的活力，让人感受到春天般的生机，他怎么可能身患绝症呢？爸爸却坚持他的看法，说是从表面上看年轻人非常健康，但仔细观察的话可以明显发现年轻人在活力之下隐藏的一股微弱的死亡气息。比如感应灵敏的动物，可以在大地震来临之前有所察觉。说到底，其实也不神奇，只是天人感应的一种形式，只不过人类过于向外追求感官上的刺激而不追求内心的平静，很难再达到天人合一的境界罢了。

爸爸的理论虽然言之凿凿，但郑道当时年纪还小，并且境界太低，对爸爸的话难以相信。因为眼前活蹦乱跳的年轻人实在看不出有一丝不适，说他是将死之人，别说他了，就是国内最高明的医生也会觉得爸爸是信口开河。

甚至是装神弄鬼。

但随后发生的一件事情让郑道目瞪口呆并且骇然！

活蹦乱跳的年轻人穿过马路去对面，眼见就要消失在他们的视线之内，突然，一辆自行车横冲直撞地冲了过来，撞在了年轻人的身上。年轻人被撞倒在地。

自行车没有多大的冲击力，年轻人拍了拍身上的土，自己站了起来。如果年轻人此时转身走人，也许就不会有事情发生了，但年轻人却拉住撞他的人不放，非让对方赔他三百块钱。

对方是一个年约六旬的老人，老人衣着破旧，自行车也是破烂不堪，看样子别说能拿出三百块了，三十块都不可能。

老人低声下气地向年轻人求情，希望年轻人高抬贵手，年轻人却不依不饶，声称如果老人不赔他三百块，他就骑走老人的自行车。老人万般无奈，跪下向年轻人恳求，年轻人却二话不说，骑上老人的自行车就跑。

才骑几米远，由于过于慌张的缘故，年轻人一头撞在了路边的电线杆上。不幸的是，自行车没刹车，年轻人撞得够狠，摔倒之后，还滚出了几米远。

更不幸的是，年轻人滚出几米远之后，刚站起来，一辆突然冲出来的汽车直冲他撞来。眼见就要撞到他之际，汽车朝旁边一闪，撞在了旁边的椅子上。

椅子被撞得飞到了空中。

众人在一惊一乍后，长舒了一口气，真是险之又险，年轻人差点因为一辆破自行车丢了性命，真是不值。

正当众人以为危险过去了之时，被汽车撞飞的椅子突然从半空中掉了下来，眼见就要落在年轻人的头上之时，年轻人却敏捷地朝旁边一闪，再次躲过了致命一击。

所有人都目瞪口呆，简直太神奇了，年轻人命也太大了，两次死里逃生。都说大难不死，必有后福，年轻人以后肯定是一个了不起的大人物。

郑道被紧张刺激的一系列的事情震惊得不知所以，等年轻人若无其事地拍了拍身上的土，坐在了椅子上之后，他不解地问爸爸："爸，他没事了，你的判断失误。"

郑隐含蓄一笑："你再仔细看……"

年轻人在椅子落地之后，不慌不忙地坐在了椅子上，一脸淡定的笑容，仿佛是一个经历了大风大浪的老人，他从容的姿态以及轻松自若的神情，让所有替他担心的路人都在长舒了一口气之后，又暗中佩服他的表现。

"看什么呀，他不是好好的……"郑道不以为然地摇了摇头，忽然愣住了，年轻人脸上的笑容诡异而凝固，他发现了什么，"啊，脑溢血。"

话音刚落，一个路人来到年轻人身边，拍了拍年轻人的肩膀，想要说什么，还没有张口，年轻人头一歪就倒了下来。

人群一哄而散。

"啊！"别人是怎样的震惊郑道不知道，他内心的震惊几乎无法用语言形容，"怎么会这样，爸爸？难道说一个非常健康的人在非正常死亡之前，身上也会散发死亡气息？"

郑隐微一沉思："应该是，不过我境界不到，刚才感觉到这个人身上的死亡气息，也是突然出现的一种感应，是以前从来没有过的感觉。"

此事过后相当长一段时间内，郑道都对爸爸神乎其神的本事无比崇拜，但爸爸却对他刨根问底的问题一概以不知道作答，就让他十分不满的同时又无可奈何。

毕问天点头说道："在古代，每一个中医大师都是相面大师，中医和相面术密不可分。对于相术的境界，你们又知道多少？"

何小羽大摇其头："一无所知。"

王淞一脸惊讶："现在科技这么发达了，相面这些老掉牙的老古董，要么跟不上时代的发展，要么迷信的成分居多，要么是骗人的把戏，谁信谁才是傻子。"

境界

"相术的境界分为三种：相师、运师和命师。"毕问天并不理会王淞的话，继续说道，"街上算命、相面的人中，十人之中就有一人是有真才实学的相师。相师可以断人前程，可以知人祸福，却没有改命之术。相师就是知其然而不知其所以然。如果一个相师得到名师真传，学会了改命之术，就能利用各种手法改变一个人的运势，他就脱离了相师的初级阶段，成为运师。一名相师想要成为运师，不但要靠机遇和机缘，能够得遇明师，还要自身拥有极高的天赋，并且发心要正，如果机缘有了，天赋也有，却心术不正，就算成了运师也是没用，早晚会遭天谴而死。"

"啊啊啊，真的假的？这么神奇？"王淞惊讶得不知所以，"要遭天谴，谁还要当运师呀？"

"不要说话，听毕爷说下去。"郑道对中医知识了解得已经很多了，对于相术以前虽然听爸爸偶尔提过，却知道得并不详细，听毕问天一说，才知道中国古往今来传承的东西太多太博大精深，不由惊呆了。

"一般情况下，一百个相师里面，只有一人能够有机缘成为运师。"毕问天一脸淡然微笑，"表面上看，能够成为一名运师肯定是一件非常荣耀的事情，不但要有极高的天赋，还要有非同一般的机缘，但是实际上，运师的局限性也很大，虽然运师比相师境界更高，能真正断人前程改人命运，但运师就和医生一样，却不能自己为自己改命！"

"如果一名运师想自己为自己改命，就必须更进一步，成为传说中的命师！只可惜，一千个运师之中才能有一人成为命师。在我的眼界之中，古往今来，历史上有记载的相师无数，运师也有十几人，但命师却并无一人，可见成为命师的难度之高，几乎就是无法突破的人类极限。"毕问天摇了摇头，"我进入运师境界几十年，一直停滞不前。何子天也是一样，他在狱中十年，境界虽然提升了不少，但还是没能突破运师境界，进入命师之门。"

"就连当年所有运师都一致认为的天才运师关得，在冲击命师的最后一步之时也是功败垂成，不但没能成功，还差点丢了性命，现在朝不保夕。"毕问天深深地叹息一声，"命师之路无比凶险，但现在还是有不少人前仆后继进入命师之门，你们知道为什么吗？"

"为什么？"何小羽和王淞异口同声问道。

"因为每个人都想掌控自己的命运，在掌握了自己的命运之后，还想掌控别人的命运，做一个可以一言定人生死一言兴邦安国的命运操盘手。铁口直断，点人前程，是为相师。铜口直断，决人富贵，是为运师。金口直断，改人命运，是为命师。"毕问天看向了郑道，"就和一个医生一样，在手术台上的时候，手拿手术刀为病人开刀时，那就是主宰病人命运的命运之手。"

"医生是治病救人，命师是改人命运，如果医生治病救人的出发点不是为了金钱，命师改人命运的初衷也不是为了财富，那么医生和命师都是高尚的职业。"郑道初步了解了命师的境界之后，心中反倒更有疑惑了，"中医的五个境界和命师的三个境界，有对应的地方吗？"

"有。"毕问天斩钉截铁地说道，"在古代，每一个中医大师都会是一个相面大师，到了医圣的境界，可以达到起死回生、改命换运的地步，和掌控别人命运的命师没有区别，不，比命师的境界更高。应该说，在医王的境界就已经和命师的境界比肩了，医圣的境界又是怎样的超凡入圣，从古到今，应该没有典籍记载……"

"是的，没有相关的记载。"郑道点头说道，"境界是很个人的体验，有时可能没有办法说清，就如佛家常用的不可思议一样，是不可想象无法理解的境界，或者可以说，境界本身没有办法用语言形容。"

"每一百个医者，会成就十个医手。每一千个医手，会成就十个医师。每一万个医师，会成就一个医王。每十万个医王，会成就一个医圣。"毕问天摇头一笑，"不要说医圣了，能达到医王境界的中医，几千年来，屈指可数。"

"哇，太难了。郑道，你到医师的境界估计就很了不起了，想成为医王，怕是很难。"何小羽对郑道没信心。

"谢谢鼓励，你的话很励志。"郑道哈哈笑了。

"会不会太唯心了？"王淞挠了挠头，"中医本身就是完全凭经验判断，没有科学依据也没有临床实验，相面更是一种经验论的运用，经验是很个人化的感受，没有共性。"

"犯罪也是个例，但所有个例总结在一起，就有共性了。"郑道知道王淞学的是西医，出身警察世家，深受唯物主义的影响，只相信眼见为实以及西方主导的实证科学，不信个人体验，"实际上，科学也是在无数个例的综合之后得出来的共性，而且实证科学永远落后于现象。中医就是通过现象看本质，相面也是如此。"

"反正不管你们怎么说，我就是不信。"王淞索性耍赖了，嘻嘻一笑，"你们说服不了我，除非有事实打败我……毕爷，帮我相相面，看看我的过去和未来。"

"对，对，毕爷，快帮他看看，看他以前办过什么坏事，以后还会办什么坏事。"何小羽一副唯恐天下不乱的表情，兴奋地说道。

毕问天呵呵一笑，不慌不忙地说道："人的面相只是决定一个人命运的一方面，不能决定全部，如果一个人的命运生下来就决定了一生，那么所有的奋斗和努力全部都没有意义了，佛家也经常提倡一个理念就是命由心造，心性是决定命运的关键因素。王淞，你从小到大一帆风顺，没遇到什么挫折，从世俗的角度来说，你命好。生在富贵之家，有爱你的爸爸和妈妈，还有疼爱你的爷爷和奶奶，可以说，你的生活达到了世人眼中的幸福高度。"

王淞点点头："确实是，从小到大我都是事事顺利，从来没有遇到过难关。"

"也正是这样，你才体会不到人生的无常，才会觉得一切都是应当应该的……"毕问天微微一笑，"有时人生太顺利了，反而不是好事。"

"啊，为什么？"何小羽十分不解，一双大眼睛充满了疑惑看向了毕问天，"毕爷，不是所有人都希望一帆风顺平平安安吗？"

"你见到过永远的晴天和阴天吗？"毕问天淡淡一笑，抬头看天，流露出神往的神情，"只有曲折的大江大河才会奔流不息，平缓的溪水往往会断流。人生太一帆风顺了，壮志就会被平顺的生活磨平，没有奋发图强的上进心就会平庸。"

"啊，毕爷，你的意思是说我会一辈子碌碌无为了？"王淞算是明白了毕问天的言外之意。

毕问天摇头一笑："你的人生转折马上就要来了，就在今年，再精确的话，应该就在月内。"

"什么转折？好事坏事？"王淞既惊喜又充满期待，也确实，他感觉日子太平淡了，缺少激情和热血。

"郑道，你来说说。"毕问天把球踢到了郑道脚下。

"我又不会看相……"郑道不敢接招，"毕爷不要为难我。"

"我不是为难你，是希望你能开导开导王淞，让他做好心理准备，也希望你能在他落难之时，帮他一帮。"毕问天的话声音不大，但听在王淞耳中，却如晴天霹雳。

王淞迅速站了起来："毕爷，什么意思？"

郑道打量了王淞一下，从气色上来看，王淞健康得很，没有丝毫生病的迹象，再观察王淞眼、耳、鼻、嘴以及手心手背，全部正常，没有明显的大病征兆。

郑道也不解毕问天是何意，问道："毕爷，以我的眼力，看不出来王淞会有什么问题。"

"当然了，你现在境界还低，还只停留在粗浅的察言观色阶段，只能诊断出一个人有没有病，还不能看出一个人将来会不会得病，等你到了医师的境界，你就差不多可以提前预知病情了。"毕问天再次打量了王淞几眼，轻轻摇了摇头，"等你到了医王的境界，就可以通过一个人而知道他身边的人将来会不会得病。其实严格来说，王淞的落难不是因为他而起，而是因为他身边的人。"

"谁？"王淞已经被毕问天的话激起了好奇和不安，紧张地问道，"毕爷，您就别卖关子了，快点说。"

"我只能告诉你八个字，一夫当关，万夫莫开。"毕问天不是故弄玄虚，而是王淞既然不信他的相面之术，他就不能透露太多，"说太多了，容易影响你遇到事情时的正确决定。不过不管遇到什么事情，你要相信一点，有我在，有郑道在，天大的事情都能解决。"

"毕爷的话我喜欢。"何小羽大声叫好，"一个男人最性感的时候就是说——你不要怕，有我在——的时候。一个男人最有魅力的时候就是说——有事情来找我，天大的困难都能解决——的时候。"

"哈哈。"毕问天哈哈大笑，"对一个男人来说，性感和魅力都是假象，都是身外之物，早晚会随着年龄的增长而消失，但内心的安稳和一身本事，却不会丢失。好了，我该走了，郑道，我们后会有期。"

如果说毕问天第一次出现是偶然事件，那么他第二次的出现就有有意为之的因素，站在露台上，望着毕问天渐渐消失在远处的背影，郑道陷入了沉思之中。

尽管之前也听爸爸说过，民间隐藏着许多高人，不管是武林高手、相面大师、易经八卦大师，还是中医大师，大多真人不露相，如一滴水藏身在大海之中，不为人所知。但亲眼见到毕问天之后，他还是被毕问天的风采所折服。倒也不是他妄自菲薄，就连毕问天也说过，中医的境界之高还远在相术之上，只是他现在毕竟在中医上才刚刚入门，在毕问天面前，还有一种高山仰止的渺小感。

甚至郑道认为哪怕是爸爸也达不到毕问天现在的境界。记忆中，爸爸的境界也达不到可以通过一个人而观察到他身边人即将得病的高度。爸爸的境界应该在可以观察一个人是不是将要得病以及他身边的人是否有病的水平。

是不是可以说，在初级阶段，可以观察出一个人以及他身边的人是不是已经得病；在中级阶段，可以观察出一个人是不是将要得病，以及他身边的人是不是已经得病；在高级阶段，可以观察出一个人以及他身边的人是不是将要得病。

上次郑道得出了付先山身边有病人的结论，纯属机缘巧合，是因为付先山手中有银器的缘故。银的物理特性就是在中药的熏染下会发黑。其实郑道也是低估了自己，他一直认为自己还没有入门，实际上他已经不知不觉中悄然步入了中医的医者阶段。

从理论知识的角度来说，郑道是在中医的医师境界。但理论不等于实践和实际操作能力，在实践上面，他在爸爸还没有出走之前，才是医者境界。是因为他从来没有亲自出手的原因，在他第一次出手为何不悟救命时，在他帮文洁解决了多年的宿疾之际，在他决定尽平生所学为沈向葳治病之后，他的境界在暗中有了突飞猛进的进展，顺利地迈出了第一步，进入了医者阶段。

郑道一直以为中医境界的提升全在医术的高低，其实不是，或者说不完全是。医术的高明固然重要，更重要的还是一颗仁心。凡是大医，都有慈悲同情之心，决心拯救所有人的痛苦。不管他是贵贱贫富、老幼美丑、亲朋好友还是血海仇人，都一视同仁。一名中医，心量越大，境界的提升就越快，相应的，医术的提高也就越快。

"道哥，毕爷说的到底是不是真的，神神道道的，怪吓人的。"王淞说是不信，却也心里没底。

"小心无大变。"郑道说道，"姑且信之，以毕爷的年纪和经历，他没必要在我们面前故弄玄虚。"

"我倒觉得不用太在意。"何小羽发表了自己的看法，歪头想了想，"毕爷表面上是在提醒王淞，其实是在点化郑道。王淞，你也别有什么心理负担，没事最好，有事的话，你还有郑道和我，我们都会帮你。"

王淞释然了，哈哈一笑："杯弓蛇影，杞人忧天，不想了，好好过好当下的每一天，就足够了。对了，忘了告诉你们，我也找到工作了，你们肯定猜不到我会从事什么样的惊心动魄的工作。"

"法医。"郑道淡淡地说道。

"切，真没劲，一猜就对。"王淞摆了摆手，"能不能制造一点悬念让我兴奋一下下？"

"法医有什么好兴奋的，每天接触各种死人，你以后就会生活在悲惨世界里了。"何小羽白了王淞一眼，挽住了郑道的胳膊，"走，为了庆祝我们都找到了工作，去砂锅居吃砂锅。"

此时太阳已经落山，微风习习，飞鸟回巢，远望西天，晚霞朵朵，好一派祥和安静气象。

"去吃砂锅不带上我怎么行？"何不悟突然就冒了出来，满脸堆笑，"不过得事先说好是谁请客，反正我出门吃饭从来不带钱。"

"我请。"郑道早已习惯了何不悟铁公鸡的做派。

"对，对，你请，你上次不是骗了胡说好几十万？不错，发达了，如果你能骗上十几次的话，我就考虑让小羽和你处朋友。"何不悟伸出右手，"怎么样，敢不敢和我赌一把？"

郑道不接何不悟的话，招呼王淞下楼："王淞，你觉得何子天和毕问天，谁的境界更高？"

王淞想了想："感觉何子天更深不可测。"

"喂喂喂，郑道，你不要狗眼看人低，什么何子天什么毕问天，都不如我何不悟厉害。"何不悟追在身后，一边跑一边说，"实话告诉你，我是真正的深藏不露的高人。你看我的穿衣打扮，还有我的长相，是标准的高人范本。"

何小羽忍不住了："爸，你刚出院，医生说，少说话少吹牛，多闭嘴多迈腿，才能多活二十年。你想呀，如果你多活二十年的话，每年节省十万块，就是两百万了。"

"啊，就是，就是，为了两百万，我不说了。"何不悟忙闭了嘴，仿佛晚上一步就损失了两百万一样，"两百万可以买好多东西，可以买两百万个烧饼，可以买一百万棵白菜，可以买两万台笔记本电脑，可以买十辆车……"

郑道、王淞和何小羽面面相觑，都一脸苦笑。

三天后，郑道正式到全有典当行上班了。

各怀目的

一上班，全有就简单地为各人安排了工作。五个人全部都是典当行的学徒，郑道负责接待古董文物的典当顾客，苏夕若负责接待奢侈品的典当顾客，萧小小负责接待珠宝的典当顾客，范无救负责接待古装书籍、金银玉器的典当顾客，何无咎负责接待房产、汽车的典当顾客。

五人分工完毕之后，全有又交代了一些注意事项，强调了典当行的三不原则："第一，古董文物原则上不接受典当，因为古董文物容易造假。第二，判断不准价值的典当品，尽量不当。第三，绝版的古装书籍，虽然市场价极高，但通常情况下，有价无市，所以也尽量不当。好了，记住以上的三不原则，遇到什么不清楚的地方，再具体问我就行了。”

全有一走，几人就开始议论纷纷了。

“想不明白，如果说萧小小负责珠宝的典当还算专业对口的话，那么我来接待奢侈品的典当顾客，是不是太强人所难了？我才大学毕业，又不是白富美，从小就没有见识过什么叫奢侈品，怎么辨别奢侈品的价值高低呀？”苏夕若的柜台紧挨着郑道的柜台，她来到郑道面前，一开口就说个没完，“我连什么是香奈儿、古驰、芬迪、CK，都不知道，怎么判断顾客典当的奢侈品的价值？还有你郑道，你学的是外科，让你判断古董文物的价值，你怎么判断？难道要拿手术刀开上一刀判断？拜托，完全是风马牛不相及的两件事情好不好，全总的安排也太有创意了。”

范无救很认真地擦拭柜台，冷冷地说道：“让你做什么你就做什么，不想干或是无法胜任，直接辞职走人，不要没完没了地发牢骚，既浪费精力和时间，又影响别人情绪。苏夕若，你是不是从小到大都一直这么负能量？”

“我哪里负能量了？”苏夕若愤愤不平地说道，“范无救，我又没惹你，你干吗跟我过不去？”

“不要吵。”何无咎的柜台和郑道的柜台正面相对，他冷冷地看了郑道一眼，“郑道，管好你的苏夕若，别让她添乱。”

“怎么成了郑道的苏夕若了？这才认识多久，进展就这么快？”萧小小阴阳怪气地笑道，“不过也可以理解，在琳琅满目的奢侈品的围绕下谈情说爱，别有一番情趣。”

虽然全有典当行是刚刚开业，但各个柜台里面已经摆了不少当品，各种名包名表珠宝玉器，应有尽有，是真当品还是拿来摆摆样子，就不得而知了。

“是呀，就是呀，我就是喜欢郑道，怎么啦？”苏夕若大方地挽住了郑道的胳膊，故意将头靠在了郑道的肩膀上，“郑道人长得帅，又那么优秀，女孩子都喜欢他。”

郑道无辜地成了支点，他无奈地笑了笑：“现在开始工作了，工作时间，不要闹了。”

"郑道，等下我还有事情找你。"何无咎回敬了郑道一个凶狠的眼神，"下班后我们再聊。"

苏夕若悄悄拉了拉郑道的胳膊："郑道，不要怕他，有我在，他不敢对你怎么着。"

郑道笑笑没有说话。

一上午没有一个客人光临，几个人无聊之极，却没有人再主动闲聊。除了苏夕若喜欢和郑道偶尔聊上几句之外，范无救、何无咎和萧小小三个人谁也不理谁，各自为政。

中午吃饭的时候，郑道本来想简单吃点，苏夕若非要拉着他到全有典当行旁边的一碗香砂锅居吃砂锅。一碗香砂锅居是连锁店，全市一共有三十多家，虽然店面不大，却胜在有特色和干净整洁。

苏夕若让郑道坐下等着，她去点菜。二人要了一份砂锅豆腐、一份砂锅丸子、一份砂锅排骨和一份砂锅冬瓜，外加三个烧饼。

"郑道，我特别爱吃一碗香砂锅居的砂锅，真的好吃，主要也是干净卫生。一碗香砂锅居在石门开了十年，扩展到了三十多家连锁店，也算是不大不小的成功了，是不是？"苏夕若边吃边说，脸上洋溢兴奋之意，"听说一碗香砂锅居的创始人是碧悠，是关得的前女友。对了，关得你知道吧？是全有的合作人，或者准确地说，是全有商业帝国的幕后总设计师，就是传说中的隐形掌门人。"

原来一碗香砂锅居和关得还有如此隐蔽的联系，郑道点点头，愈加对苏夕若的来历有了兴趣。苏夕若表面上假装对奢侈品一无所知，其实她是故意为之，虽说郑道是真对奢侈品品牌所知不多，但也可以看出苏夕若浑身上下看似普通的着装，处处流露出不凡的气度，绝对都是一线大牌。

再加上苏夕若对关得和碧悠以及全有之间关系的了解程度，郑道有理由相信，苏夕若必定大有来历。当然了，他也相信全有不会没有眼光，五个人，都是各有故事各有本事的人。除他之外，来全有典当行工作，应该个个都各怀目的。

"碧悠现在有没有嫁人？"郑道和关得只有一面之缘，不知道关得到底是什么样的人，也不清楚关得和碧悠之间的感情纠缠。

正 道

"没有，据说矢志单身。可能是被关得伤心了，从此不再爱任何一个男人。"苏夕若嘻嘻一笑，"是不是男人都一样，见异思迁，当年关得落魄的时候认识了碧悠，后来发达了，认识了秋曲，他就爱上了秋曲，抛弃了碧悠。碧悠一怒之下，发誓从此再不嫁人。"

郑道隐约觉得哪里不对："碧悠如果真爱关得，关得抛弃了她，她应该伤心欲绝之下，移情别恋才对，怎么会矢志不嫁？一般来说，一个女人矢志不嫁，要么是太爱一个人却又不能和他在一起，所以才为他守候一生。要么是没有爱上任何一个男人，又不愿意将就，所以为自己守候一生。"

"你的意思是说不是关得抛弃了碧悠，而是碧悠太爱关得而关得从来就没有爱过她？"苏夕若对郑道的结论有几分不满，"你太大男子主义了，说来说去的意思就是强调反正男人没错，错的都是女人，对吧？"

"嗯……"郑道笑了，"不讨论几千年来都讨论不清的男女问题，还是说说全有典当行到底对全有来说意味着什么吧。相信以全有的实力，犯不着开一家典当行来拓展业务范围，一家典当行的收入，也入不了他的眼。"

苏夕若点了点头："我也想到了这些，但就是想不通，全有商业帝国表面上看，似乎没有燕省三巨头那么庞大，但实际上据内幕人士说，全有可以控制的财富是三巨头的总和！所以说，一家小小的典当行在全有眼里，就和一家小卖部没有区别，不值得一提。事出反常必有妖，全有专门开一家典当行，并且找到我们当首批员工，估计是想让我们帮他寻找一件东西。"

"什么东西？"郑道心中一惊，苏夕若的聪明超出了他的预料，他还以为就他想到了全有借典当行的名义来寻找特定物品的用意，不想苏夕若居然一语道破了天机，不由他不再次高看苏夕若一眼。

"我怎么知道？"苏夕若娇嗔地白了郑道一眼，"我又不是神仙，不会神机妙算。这么说，你也赞成我的猜测了？"

郑道倒了一些醋到碗里："基本赞成……对了夕若，你有男朋友没有？"

苏夕若一愣，随即脸一红："干吗？想为我介绍男朋友，还是想当我的男朋友？"

郑道还没有来得及回答苏夕若，手机突然响了。他朝苏夕若歉意地点了点头，接听了电话。

　　沈向葳的声音在他耳边欢快地响起："郑道，你要的东西全部准备好了，你什么时候有空过来我家一趟？我都迫不及待想知道你到底想对我做什么了。"

　　"明天有空。"郑道笑了笑，沈向葳的话容易让人产生联想，他不是想对她做些什么，而是想对她的病做些什么。

　　"明天上午我在家里等你。"沈向葳正要挂断电话，忽然又想起了另外一件事情，"你是不是帮向蕤打伤了熊达？熊正元很生气，想要收拾你，不过被爸爸暂时压了下去。但你还是要小心点，熊正元也许不会对你怎样，熊达肯定不会放过你。你也真是的，非和向蕤凑到一起，他就是一个不惹是生非就不高兴的刺儿头。"

　　"谁呀？女朋友？"苏夕若听到了沈向葳的声音，郑道一挂断电话，她就迫切地问道，"你都有女友了？是不是真的？"

　　"不是女友，是我的一个病人。"郑道实话实说，笑道，"怎么了，你很在意我有没有女友？"

　　"不在意，一点儿也不在意。反正男人都一样，从来不在意多一个女友。"苏夕若嘻嘻一笑，俏皮地问道，"那么请问你，你介意再多一个女友吗？"

　　"不介意。"郑道非常诚恳地答道，"不过我想知道的是，多出来的一个女友，能不能吃饭穿衣各项费用自理？"

　　"咯咯……"苏夕若大笑，"可以，没问题，不但她的费用自理，她倒贴你都愿意。"

　　郑道无语了，一个回合下来他才知道和何小羽的大方主动、沈向葳的热情积极相比，苏夕若的热烈进攻才是最强有力的武器。现在已经是女孩由被动变主动的年代了，他得谦虚低调一些，否则先抛开何小羽和沈向葳不提，光是一个苏夕若就让他难以招架了。

　　回典当行的路上，苏夕若蹦蹦跳跳就如一只欢快的燕子。穿一身褐色连衣裙的她，露出洁白光滑的小腿，脚上一双黑色运动风格的皮鞋，在中午明亮阳光的照耀下，宛如美梦。

　　"估计今天不会有客人了。"苏夕若站在全有典当行的门口，抬头仰望

"全有典当行"几个金光闪闪的隶书大字，"你猜什么时候会来第一个客人？"

"今天，现在。"郑道还没有迈进典当行的大门，却已经感觉到了气氛的不对，是环境的平衡被打破的微妙变动。

"骗人！"苏夕若嘻嘻一笑，她可以透过玻璃门看清里面的情形，里面除了何无咎、萧小小和范无救三人之外，再无他人，"门口一个人也没有，停车场也没有汽车，哪里有客人？"

郑道微微一笑："三分钟之内，必然会有客人出现。"

"说得好像你是未卜先知的神仙一样，演技逼真，神态饱满，代入感很强，你可以被提名为影帝了。"苏夕若调侃郑道，"我都怀疑你是中戏表演系毕业的，你说实话郑道，你是不是在中戏或是上戏进修过表演专业？或者是……"

话未说完，一声刺耳的刹车声响起，一辆白色路虎风驰电掣地开进了停车场，速度飞快，直朝苏夕若撞来。

苏夕若回头一看，惊得花容失色，惊呼出声："郑道，救我！"

郑道却只是淡然而立，微微而笑，并不上前一步。眼见路虎距离苏夕若还有三米远时，突然转向，和苏夕若擦肩而过，然后稳稳地停在了停车线内。

苏夕若吓得脸色惨白："郑道，你、你、你见死不救。"

郑道并非是见死不救，而是他早就看出了路虎虽然来势汹汹，却并无恶意，更无撞人之心，如果他贸然出手帮助苏夕若，说不定反而会弄巧成拙。

郑道上前一步轻抚苏夕若后背，小声说道："不要怕，来的不是坏人，是客人。"

"吓死我了。"苏夕若轻抚胸口，激动喘息之下，胸口波涛起伏，"你怎么知道他是客人，不是坏人，难道你认识他？"

"不认识……"郑道看到司机下车后，一下愣住了，"不对，认识。"

郑道之前并不知道对方是谁，只是凭对外界环境敏锐的感觉察觉到了周围环境的平衡被打破，知道会有人到来。每个环境都有平衡气氛，在变化之前，会有微小的波动。小的方面的表现是快要下雨时燕子低飞，山雨欲来风满楼，大的方面的表现是地震之前的征兆，动物成群出动，天空出现怪云，等等。所以说天有变地有感应，天有变人也有感应，只不过现在大多数人失去了对外界环境变化的灵敏触觉而已。

原本以为来人只是一名普通的客人，不料客人一下车，他险些惊叫出声——从路虎车上下来的小眼睛大鼻子头发稀落身材不高的中年男人，赫然是胡一刀的店主胡说。

不是吧，胡说也开路虎？郑道一时讶然，不过又一想也就释然了，别看胡说只是一家小店的店主，但他的店里有不少奇珍异宝，万一什么时候撞了大运切出一块极品翡翠，就够他吃一辈子了，一辆路虎又算得了什么，何况上次郑道切出来的翡翠，经胡说一转手，少说也能赚三十万以上。

胡说和当日郑道在店里所见时判若两人，他一身名牌，戴一副墨镜，下车之后，旁若无人地迈进了全有典当行的大门，压根看也没看旁边的郑道和苏夕若一眼。

"你说的客人是他？"苏夕若生气了，"你还认识他？不行，不管他是谁，今天我一定要让他知道什么叫失礼，以及失礼的下场，你别拦着我，我去修理修理他。"

郑道很听话，就是没拦苏夕若，笑道："去吧，我支持你。"

苏夕若翻了翻白眼，站住了："郑道，你真仗义，刚才我差点被人撞，你见死不救。我要和人打架了，你袖手旁观，你真是中国好男友，谢谢啊。"

"不客气，应该的。"郑道不为所动，依然一脸浅笑。

苏夕若反倒又不生气了，嫣然一笑，推门进去："哼，才不会和你一般见识。算了，以后我保护你好了。"

"我来典当宝贝，谁来接待一下？"胡说一进来就大声嚷嚷，唯恐没人高看他一眼，他扬了扬手中的东西，"快让你们总经理出来，你们几个小年轻，没眼力，看不出东西的好坏。"

"是吗？"何无咎第一个站了出来，努力挤出了笑容，"这位先生，您有什么宝贝要典当？"

胡说上下打量何无咎一眼，蔑视地笑了笑："不是我看不起你，小年轻，你别说识货了，你连我手里的东西是什么都不会知道……"

他一边说，一边把手中的东西推到了何无咎面前，是一个锦盒。胡说也不卖弄，当下打开锦盒，露出了里面的精美的包装，打开包装，里面又是一个小盒子。再打开盒子，才露出宝贝的真身——是一个十分精致的黄色的小棒槌。

黄金杵

"这是什么东西？"何无咎很是不满胡说对他轻蔑的态度，他还以为对方会有什么了不起的宝贝，不想只是一个极其普通的小棒槌，不由哈哈大笑，"不就是一个棒槌吗？有什么用？好吧，就算是金棒槌，顶多也就是一千克，按照市场价，也就是三十多万。"

"是吗？"胡说轻描淡写地笑了笑，环顾左右，招呼范无救，"小伙子，你来看看。"

胡说是第一个客人，范无救和萧小小早就按捺不住好奇之心，都围了过来。范无救伸手要拿小棒槌，被胡说一把推开。

胡说很是不快："太外行了吧？手套都不戴就要动手，你们全有典当行怎么这么业余？"

范无救脸色一变，不过想到也确实是自己之过，就勉强一笑："不是我们业余，是我们过于热情了。不过您批评得也对，我们一定改正。话说到这里，您这个棒槌是要当吗？"

范无救嘴上说得客气，其实还是暗中嘲讽胡说是一个棒槌。

胡说好像是没听明白似的，嘿嘿一笑："当然是要当了，不当留着能当饭吃？说吧，开个价。"

"黄金一般都按市场价走……"萧小小递上了电子秤。

"市场价？我卖的不是黄金，是宝贝。"胡说冷冷一笑，"太业余，太无知，算了，不和你们一般见识了，没意思，什么都不懂的一帮门外汉，还开什么典当行，真可笑。"

收起棒槌，胡说转身要走，才一回头，险些和郑道撞个满怀。

"闪开，好狗不挡道。"胡说正没好气，吓了他一大跳，他野蛮地一把推开郑道，"没长眼睛，差点撞到我。"

何无咎被胡说呛了一番，也是心中窝火，见郑道受气，大为受用，呵呵一笑："郑道，你真有眼色，这么大的人了，怎么走路还不看路，是不是从小发育不良导致眼睛不好？"

"怎么说话呢你？"苏夕若不干了，上前推了何无咎一把，"你从小就没有家教是吧？一个人从小发育不良，长大了还可以补回来。但一个人如果从小没有家教，就没治了。"

"你！"何无咎大怒，想要反驳苏夕若，却被萧小小拉住了。

萧小小一指胡说："见鬼了？"

胡说确实是一副见鬼的样子，睁大眼睛盯着郑道。

"你、你、你，怎么是你？"胡说确实是吓着了，他怎么也没有想到一个转身的距离会撞到他有生以来最不想见到的人。

上次郑道不动声色间切开了价值五十万的翡翠——没错，郑道要价十五万的翡翠他后来转手以五十万的价格卖出，凭空赚了三十五万，当时他还没有想太多，后来越想越觉得郑道可怕。虽然从事赌石行业多年，也见识过切出更高价值的极品翡翠的个例，但其他人都是撞了大运，只有郑道淡定从容的做派以及只挑选了七块原石的笃定，明显可以看出郑道不是凭借运气，而是凭借超人的眼力。

赌石之道，真的没有超人的眼力一说，如果真有，原石开采的人早就发了大财。那么郑道又是如何做到的呢？胡说把郑道的故事讲给了一些同行听，希望从同行得到答案，结果得到的答案全部都认为胡说是在胡说。人都是肉眼凡胎，不可能看透石头知道里面到底有没有翡翠，就连仪器也做不到，人怎么可能做到？所有人都认为郑道还是撞了狗屎运。

本来胡说还十分坚定地相信郑道有超人的眼力，但在问了一圈之后，他自己又不相信自己的判断了，也认为郑道是运气好，不过是瞎猫碰到了死耗子而已。

但尽管如此，他对郑道还是有几分敬畏之心，总觉得郑道在俊朗的外表和阳光的笑容背后，有一颗深藏不露的心。他是目睹了整个过程的唯一的资深人士，同行再怎么说郑道，他们也只是凭经验推测，没有眼见为实。

胡说再也不想见到郑道了，不知何故，每次想到当时的情景，他总有一种不寒而栗的感觉，仿佛郑道可以看透石头的一双眼睛也可以一眼看穿他的内心。

却万万没想到，他转身就遇到了郑道，胡说的心脏顿时加速跳动，他睁大双眼："郑、郑道，你怎么会在这里？"

郑道平静地笑了笑："我怎么会在这里？我是全有典当行的员工。"

"你是全有典当行的员工？"胡说吓了一跳，真是太巧了，怎么就撞到郑道手中了，他再也没有心思多待下去了，"有你在的典当行，肯定赔死。此地不宜久留，再见，不，后会无期。"

"棒槌不当了？"郑道也不强求，让到一边，一脸微笑，"我给出的价格是一百万。"

"一百万？"胡说走到门口又站住了，一脸惊愕，"真的假的？你有拍板权？"

"有。"郑道十分笃定地笑道，"一百万，当不当由你。"

"一百万？郑道，你疯了吧？"何无咎哈哈一笑，"一个一千克重的金棒槌，按照黄金典当只走市场价的行规，你凭什么出到一百万的价格？你是脑子进水短路了，还是智商余额不足欠费停机了？"

"何无咎，你不说话没人当你是哑巴，你一说话，人人当你是傻瓜。"苏夕若立刻反唇相讥，她最见不得何无咎对郑道冷嘲热讽。

萧小小冷哼一声："苏夕若，你不要狗拿耗子多管闲事，郑道和何无咎的事情，还轮不到你管。"

"我和何无咎的事情，也轮不到你管。"苏夕若反倒轻描淡写地笑了，"你这么着急护着何无咎，是不是对他有意思了？不好意思，忘了告诉你一个秘密，何无咎喜欢的是沈向葳，他的继父花向荣已经向沈雅正式提亲了，你和何无咎……没可能了。"

"我只是看不惯你罢了，和是不是喜欢他没有关系。"萧小小下意识看了范无救一眼，"要说谁最有男人味，还是范无救最耐看。"

范无救一脸不快："别扯我，和我没关系。你们也别喜欢我，我对你们都没有兴趣。"

"贵圈真乱。"胡说弄不清状况了，对郑道说道，"郑道，你真能出到一百万？"

"当然能。"郑道自信地一笑，"你只有一分钟的考虑时间。"

"一百五十万。"胡说立刻狮子大张口，坐地起价，"少一分也不行。"

"九十九万，多一分也不行。"郑道立刻还击，"你这个棒槌在全市哪怕是全国的典当行，也没人识货，最高出价不会超过五十万。"

"一百四十九万，不能再少了。"胡说心里底气不足了，之前他确实已经跑过几家典当行了，有的不收，有的就按克数乘以市场价收，有的还按照市场价打八折，最高出价别说五十万了，连三十五万都没有超过。郑道开出的一百万确实让他十分心动，但本着不管多高的价格都要再加一笔的做法，他还想再多赚一些。

平心而论，胡说也不知道金棒槌到底值多少钱，金棒槌到底是什么来历，又是什么宝贝，他一无所知。三天前，有一个人前来赌石，赌到最后说是没钱了，就用金棒槌来交换。胡说按照十万的价格折算，对方居然同意了。

后来对方的十万块全部赌了进去，血本无归。临走的时候，对方追悔莫及地对胡说说，金棒槌是个宝贝，不要当黄金去卖，遇到识货的人，说不定能卖到两百万。

胡说是不识货，但他相信对方没有胡说。胡说也是一个赌徒，他很了解赌徒的心理，在输得一无所有的时候，内心的善良激发出来之后，也会说真话，就和人之将死其言也善是一样的道理。

不过胡说拿着金棒槌接连去了四五家典当行，不断碰壁，他心灰意冷之余，打听到新开了一家全有典当行，就抱着试一试的心理过来。他做好了最坏的打算，如果全有典当行再不识货的话，他去一趟京城。

"九十五万。"郑道继续压价，和上次赌石时一样，他气定神闲，依然是一副吃定了胡说的样子，"胡老板，请继续。"

胡说气得想打人，不过也就是想想而已，他知道他打不过郑道。咽了一口口水，他硬着头皮说道："一百四十万，不行就算。"

"八十五万。"郑道毫不退让，步步紧逼。

"买卖不成情义在。"胡说和郑道握了握手，故作潇洒地说道，"再见郑道，有机会再合作。"

"再见。"郑道礼貌地送胡说出门，也不挽留，"欢迎下次光临。小心驾驶，不要超速违章。"

胡说也不多说，大步流星上车而去，一脚油门，汽车轰鸣着驶离了停车场。

"郑道，你在瞎折腾什么？"何无咎很生气，郑道刚才的故弄玄虚让他很是不爽，"你不识货也就算了，一个金棒槌居然开出了一百万的高价，你又没有决定权，装什么装？结果闹了半天，又不要了，你要是闲得无聊，多学一些典当的知识该有多好。"

"何无咎……"郑道淡淡地回应了何无咎的挑衅，"晚上我要去见沈向葳，你有没有什么话要我转达？"

"……"何无咎被呛得说不出话来了，过了半天才说，"别得意得太早了，沈向葳最后花落谁家还不一定呢。就凭你一穷二白的身份，还想拿下沈向葳，别做梦了。也不想想自己是什么身份。沈向葳是石门第一千金，你算老几？"

萧小小忽然拍掌大笑："你们真有意思，为了一个沈向葳闹得鸡飞狗跳，你们难道都不知道沈向葳病得很严重，说不定哪一天就不在了。为了一个有今天没明天的女孩争来争去，你们也是够了。"

范无救嘿嘿一笑："沈向葳的病我知道，她剩下的日子有多久，我也清楚。"

"你是叫范无救，并不代表你真是黑无常。"苏夕若笑了，"我还认识一个叫谢必安的人，她可是一个女孩，她都不知道白无常叫谢必安。范无救，你和黑无常同名，小心黑无常找你麻烦。"

"我爸给我起名的时候，就知道黑无常叫范无救。"范无救一本正经地说道，"没什么，每一个人都有遇到黑白无常的一天，我和黑无常同名，他肯定会照顾我一些。"

苏夕若回身问郑道："郑道，刚才的客人是什么来头，你认识他？"

"算是认识，他是一家赌石店的老板，叫胡说。"郑道回到了柜台里面，想起了什么，"全总呢？等下需要他出面。"

"有什么事情先和我说，全总说了，他不在的时候，暂时由我负责。"何无咎一脸傲然。

"就是刚才胡说的事情。"郑道一脸平静，"等胡说再回来的时候，到时八十万的价格，需要全总拍板定下来。"

"胡说？"何无咎愣了一愣才反应过来，不以为然地笑了，"别逗了，胡说还会回来？别闹了，全总会花八十万买一个棒槌，你可真好玩，郑道，我真佩服你这种时刻保持的娱乐精神。"

萧小小也随即附和，嘲讽地说道："郑道，你看上去长得挺精神，也很正派，应该走偶像派的路线，而不是小丑或者搞笑路线。人要对自己定位准确才能成功。"

苏夕若正要再次替郑道出头，郑道伸手制止了她，他微微一笑："要不要打个赌？"

"赌什么？"何无咎立刻兴趣大增，"赌注又是什么？"

"赌胡说是不是回来，赌全总是不是愿意花八十万买下棒槌。"郑道不慌不忙地擦拭柜台，柜台的玻璃被他擦得一尘不染。

"如果胡说回来，全有买了棒槌，算你赢。反之，就是你输了，对不对？"何无咎十分兴奋，"赌，必须赌，说吧，赌注是什么？"

"赌注你定。"

"赌注就是……"何无咎微一思索，立刻有了主意，"如果你赢了，沈向葳让给你。如果你输了，沈向葳归我。"

"沈向葳是人不是物品，我们没有决定她的归属的权力。"郑道否定了何无咎的提议，"这样吧，你赢了，我为你做一件事情。我赢了，你为我做一件事情，怎么样？"

"好。"何无咎一口答应下来，"不管我让你做什么，你都答应是吧？"

"第一，能力范围之内。第二，不触犯法律。第三，不损害他人利益。"郑道约法三章。

"哈哈，没问题，郑道，你就等着被我指挥得团团转吧。"何无咎哈哈大笑，自以为胜利在望。

下午五点，距离关门还有一个小时时间，何无咎看了看手上的劳力士，得意地笑了笑："还有一个小时，郑道，你不要再心存幻想了，你输定了。"

"不到最后一分钟，我都不会认输。"郑道依然一脸轻松，他冲苏夕若笑了笑，"夕若，你觉得我会不会赢？"

苏夕若摇了摇头："虽然我很想支持你，但我还是不看好你的赢率，不过在感情上，我还是会押你赢。"

"苏夕若的话倒是提醒了我，我们押注怎么样？我押何无咎赢。"萧小小拿出一百块放到了柜台上，"都来下注了。"

"我来押一百块赌何无咎赢。"范无救也拿出一百块。

"我赌……"苏夕若迟疑片刻，放到了郑道面前，"郑道赢。"

"哈哈……"何无咎从钱包中翻出一叠钱放在了自己面前，"我全部押自己身上。"

郑道乐了，翻出五百块，一百块放在了自己面前，四百块放在了何无咎面前，"最少是四倍赔率，萧小小、范无救，你们下的注太少了。"

见郑道押何无咎四百块，押自己一百块，萧小小和范无救先是一愣，然后也笑了，二人也不多说，分别拿出三百块放了上去。

"这样好了……"何无咎手放在了一堆钱上，"如果真是我输了，我按照全部赌注的十倍赔你，怎么样？"

"谢谢，谢谢。"郑道哈哈一笑，也不客气，点清了何无咎手中的钱，一共是三千块，他拿出纸和笔，"来，先打欠条，我只收现金，你身上肯定没那么多现金。"

萧小小和范无救对视一眼，笑了，都被郑道超强的心理素质和自信惊呆了。

"反正闲着也是闲着，就陪你玩玩，就当解闷了。"何无咎唰唰几笔写了一个三万元的欠条，签上了名字，放到一边，"郑道，你现在越玩越大了，别到时没法收场了，哭鼻子可不管用。生活不相信眼泪，尤其是男人的眼泪。"

"欠条上没注明还款日期，是不是可以约定三天内一次性付清？"郑道嘻嘻一笑，丝毫不理会何无咎的冷嘲热讽。

何无咎也笑了："我还是第一次见到这么盲目自信的人，行，没问题，不用三天，一天之内就会付清。"说话间，他又在欠条上加上了还款日期。

"还有半个小时就下班了，郑道，你真的以为你还有机会？"范无救一向在郑道和何无咎之间是两不相帮的态度，今天也实在看不下去了，"差不多就行了，要不一会儿真的没法收场了……"

非常之病，非常之法

"什么事情没法收场了？"范无救话刚说完，全有的声音就在门外响起。门一响，全有推门进来了，一脸笑意，"不错，今天第一天上班，有什么收获没有？"

"有。"萧小小第一个接话，"收获就是了解到了郑道是一个盲目自大、过度自信并且喜欢故弄玄虚的人。"

范无救嘿嘿一笑："我基本赞成萧小小的话。"

何无咎哈哈大笑："我作为当事人就不说郑道的坏话了，事实胜于雄辩。"

全有无比好奇："到底出了什么事情？"

"事情是这样的……"苏夕若简单地把事情一说，"现在离下班还有二十分钟，郑道估计要输了。"

所有人都以为全有会对郑道有不好的印象，不料全有听了之后却皱起了眉头。

"金棒槌……"全有若有所思地想了想，说，"郑道，如果胡说没有回来，你带我去找他，我愿意出两百万的价格。"

什么？两百万？所有人面面相觑，都被全有的话惊呆了。惊呆的不是两百万的出价，而是全有双眼放光的渴望，是全有对错失金棒槌的遗憾。

金棒槌到底是什么宝贝？除了郑道之外，所有人都认为金棒槌不过是一个极其普通的黄金饰品，都觉得郑道太业余、太不专业了，没想到，全有在还没有见到金棒槌的情况下，居然直接开出了两百万的天价，莫非全有早就期待金棒槌的出现？

"胡说会来的，全总，不要急。"郑道看了看手表，愣了一愣，回身看了一眼门口，"马上到。"

"还吹？"何无咎再次被郑道的自信激起了怒火，刚要再嘲讽郑道几句，门外传来了一声刹车声。

随后，胡说一阵风一样冲了进来，气喘吁吁，满头大汗。

"郑道呢？郑道，来，给你算了，好歹认识一场，人情价，一口价，一百万。"胡说看也没看全有一眼，直接来到郑道面前，将盒子推到郑道眼前，"来，一手钱一手货。"

全有刚要上前，被郑道眼神制止了。郑道不慌不忙从身后拿出一个一模一样的盒子："不好意思胡老板，你刚走，就有一个客人拿着同样的一个棒槌来当，我们开出的价格是八十万。"

"骗人不眨眼睛，你真有一套。"胡说才不相信，伸手要拿盒子，郑道却收了回去，"下班了，你明天再来吧。对了，今天的价格是八十万，明天的价格就是七十万了。"

"为什么？"胡说一拍桌子，"你逗我玩是吧？我还不当了。"

"悉听尊便。"郑道既不挽留也不阻拦，微微一笑，"走好不送。"

全有急了，上前一步，想要说些什么，被苏夕若拦下了。苏夕若悄悄摆了摆手，小声说道："郑道算准了胡说要回来，他肯定也吃定了胡说。"

还真是关心则乱，全有点了点头，心中暗道惭愧，比郑道大了十五六岁，怎么还没有郑道沉稳？差点犯了初级阶段才会犯下的低级错误。

胡说假装后退两步，见没有一人拦他，只好自己找台阶下来："算了算了，不和你一般见识，当了当了。和你耗不起这个时间，八十万就八十万，记住了，你欠我一个人情，郑道。"

"好说，好说。"郑道笑得很开心，"根据动产持有即所有的原则，全有典当行不对你所持物品的来源是否合法负责，由此造成的所有后果，都由你一人承担。"

直到胡说走了许久，何无咎才从震惊中清醒过来，他用力一拍自己的额头："刚才不是做梦吧？"

当然不是做梦。胡说答应要当八十万，全有二话不说就开了现金支票，胡说喜滋滋地拿着支票走了，全有也拿着金棒槌上楼而去。走之前，全有一脸凝重地拍了拍郑道的肩膀，虽然什么都没说，不过都看了出来全有眼神之中对郑道的认可和感激之情。

没错，是感激。

到底金棒槌是一个什么宝贝，对全有来说有多大的用处，就不得而知了，但人人知道，郑道第一天上班就帮全有拿到了他想要的东西。如果不是郑道的坚持和胸有成竹，今天的金棒槌百分之百不会留下。

"郑道，金棒槌到底是什么宝贝，你能不能告诉我？"苏夕若一脸好奇，她双手支在柜台上，一双大眼睛既萌又灵动，"我太想知道了，要是你不告诉我，我晚上都睡不着觉。"

"郑道，你赢了，佩服！"何无咎咬牙将欠条交给郑道，"不过我想知道，金棒槌到底是什么宝贝，你能不能告诉我，让我输个明白。"

"快说，郑道。"萧小小也想知道。

"我在听。"范无救也支起了耳朵。

"钱帮我打到这个账号……"郑道给了何无咎一张纸条，然后转身扬长而去，"下班了，各位，明天我要请假一天，后天见。"

望着郑道的背影，苏夕若会心地一笑，何无咎咬牙切齿，范无救若有所思，萧小小嘴角微撇。

回到善良庄，何不悟不在家，何小羽也不在。郑道一个人在露台上练习了一遍八段锦，又打了一圈太极，天色就黑了下来。

今天的事情有点意思，郑道回想起胡说当时的神态，不由得笑了。

如果说之前郑道完全摸不清全有的思路，不知道全有成立一家典当行的用意所在，今天的事情让他多少有了眉目。可以明确的一点是，全有典当行不是为了赚钱，而是为了寻找一些遗落在民间的宝物。

对，就是宝物，对一般人来说并无大用但对全有——准确来说是关得——来说却是无比宝贵的救命之宝。如果不是上次见过关得一面，再加上毕问天对关得病情的描述，郑道也不会猜到全有的真正用心。当然了，今天金棒槌的出现是一个拨云见日的契机。

实际上郑道也想到了全有典当行是为了治关得之病而特意成立的一个机构，但思路并不是十分清晰，直到金棒槌出现的一刻，他忽然有了豁然开朗的感觉。因为他一眼就认出了金棒槌是专门用来炮制中药的药杵，而且还是传说中失传的古代某个中医大师的专用药杵。

关得之病和沈向葳的病一样，是非常之病，必须用非常之法。不但要用上等的名贵药材，还要用特制的炮制中药的药具来制造，才能保证疗效。正是基于以上的判断，郑道才敢以高价留下黄金杵——对，金棒槌的真正名字叫黄金杵。

也许有人认为不就是一个金棒槌嘛，随便打造一个就行了。真正了解中医的人才会知道，中药的炮制不但讲究天时地利，还要有气场。传承下来的黄金杵带有以前中医大师的气息以及炮制过无数中药的气场，新打造一个出来就算材质再相同，功效也远无法与之相比。就如伏龙肝，十几年的火烧的灶心土和新建的炉子的灶心土，功效相差了十万八千里。

也不知道关得除了需要黄金杵之外，还需要什么宝物？郑道心想，算了，先不操心那么多了，先治好沈向葳的病再说。如果他连沈向葳的病都无法治好，关得的病，估计他更无能为力。

不知不觉晚上十点多，也不知道何不悟和何小羽去了哪里，郑道没再等，先睡了。

夜幕之下的石门，灯光闪烁，灯红酒绿，虽然比不上京城的繁华和南方沿海城市的浮华，却也随着经济的发展越来越增加了流光溢彩的气象。

作为新兴的城市，石门原本没有什么历史。一九四九年后才开始建市的石门，发展到今天，如果不是因为是燕省省会的缘故，说不定还只是一个不起眼的中原小市。但即使身为燕省省会，也因为距离京城太近，被京城吸血式的发展侵吞了太多资金和机遇，在全国三十多个省会城市中，排名勉强居中。

好在石门没有太多的遗留问题，发展起来倒也迅速，道路横平竖直，没有绕来绕去的弯路。只不过有几家重污染企业在二环之内，不再适应石门新时代的发展规划，被市政府强制要求在三年内必须全部搬离市区。

重污染企业中，除了化工厂和钢铁、有色金属、造纸、印染等工厂之外，还有两家原料药制造的工厂颇为引人注目，因为两家名气极大、产值颇高的原料药制造工厂是花氏集团的产业。

　　在政府限期搬迁的截止日期之前，除了花氏集团的两家原料药制造工厂之外，其余的重污染企业全部搬迁完毕。不少人路过花氏制药的两家药厂时，被药厂散发的浓重的药味熏得恶心不已，在纷纷指责花氏制药不顾百姓死活之时，又不免猜测，花氏制药到底有什么来头，为什么可以不顾政府禁令依然浓烟滚滚、臭味冲天？

　　花氏制药的办公大楼中，有一间办公室灯火通明。

　　"先山，你见到郑道了？和郑隐长得像吗？"花向荣站在窗前，凝望窗外近处辉煌的厂区夜景以及远处点点的灯光。

　　"有几分相似，不是很像。不过从他的沉稳、做事方正可以看出，他确实是郑隐的儿子，只是……他似乎比郑隐更倔强。"付先山负手站在一幅画下，欣赏画意。

　　这是一幅江山社稷图，万里江山尽在画中，站在画前，颇有一种指点江山的豪情，让人不由自主心生向往。

　　"希望这一步没走错。"付先山回身，拿起水杯喝了一口茶，"茶不错，是今年的新茶……夏天气候炎热干燥，喝绿茶可以败火静心，比喝咖啡好。"

　　花向荣哈哈一笑："我一年四季都爱喝咖啡，没办法，习惯成自然了。对了，你说把郑道留在向葳身边，郑隐就一定会现身吗？"

　　"郑道可是郑隐唯一的亲人了，他不会放下郑道不管。"付先山信心满满，"沈向葳病情古怪，郑道就算拼出全力也救不了她，情急之下，郑道如果愿意以心头血来救沈向葳，郑隐肯定不会让郑道以命换命。"

　　"这倒是，只不过……"花向荣若有所思地敲了敲桌子，"只不过我心里总觉得有愧疚，这么做，有点对不起郑隐，毕竟郑隐以前救过我的命。"

　　付先山摇了摇头："不要这样想，你应该从帮助郑道的角度来看待问题，如果郑道最终成功治愈了沈向葳的病情，郑道的境界提升了，沈向葳活命了，是一举两得的好事，郑隐感谢你还来不及呢。"

　　"我不需要郑隐的感谢，比起他的救命之恩，怎么回报他都不算什么，我只想他能在我的旧病复发之前，再出手救我一次，我才五十多岁，这么早就死了，太可惜了，我还想多为国家和社会做更大的贡献。"花向荣勉强笑了笑，忽然咳嗽了几声，"都以为我上次在附属二院疗养是装病，其实谁能知道我是真病了？先山，我现在倒是希望郑道能够早日成长起来，通过治疗沈向葳的病而超越郑隐的境界，再让他出手为我治病，成功几率也会高许多。你说，郑隐突然失踪，是因为沈向葳病情将要复发的原因，还是为了躲我？"

"估计两个原因都有，不管是你还是沈向葳，郑隐都无能为力，所以为了避免被你们纠缠，只能一走了之。你真相信郑隐是什么世外高人，可以治好你的病？老哥，你面前的人好歹也是国内闻名的名医，你不信我科学的判断，非要信郑隐神乎其神的歪门邪道？你不要这么迷信好不好？你这是误入歧途……"付先山听不得花向荣推崇郑隐的医术，一听就痛心疾首，非想说服花向荣不可，"还有，你想让郑道通过在沈向葳身上的练手来提高水平，想法也太天真了吧？"

"想法天真不天真就先不说了，反正也是死马当活马医了。你科学的判断断定我已经是一个死人了，可是谁愿意死？万分之一的希望也要拿出一万分的诚意和努力来尝试。"花向荣眼中闪过忧色，"我不是怕死，是还有许多事情没有做完。"

付先山想笑却没有笑出来，每个人都觉得时间不够用，永远也活不够，但每个人都得死，死亡是谁也逃不过的铁律，想了一想，他还是说出了心中的疑虑："每个病人在被西医判了死刑之后，都会认为可以在中医上找到活下去的希望，想法可以理解，但中医远比西医落后……"

花向荣摆手阻止了付先山的长篇大论，关于西医和中医的孰是孰非，付先山可以滔滔不绝说上几天几夜也不会停下，他不想听也没心思听，更不想做出谁高谁下的判断。作为外行，或者说作为一个病人，他只看重疗效，并不在意科学还是迷信的概念。

就如一个饿得双眼发绿的人，不管是中餐还是西餐还是谁更卫生更有营养，谁更能填饱肚子才是第一要紧的大事。何况花向荣也听说了郑道用一味伏龙肝治好了文洁之病的事情，说明中医在某些方面确实有独到之处。

"你是想引出郑隐，让他救你。我是想找到郑隐，揭穿他的真面目。目的不同，但结果相同。"付先山理解花向荣病急乱投医的心理，不想他在错误的道路上越走越远，"我不反对你等郑隐，也不反对你等郑道在沈向葳身上练手成功之后为你治病的思路，但希望你不要把全部希望都寄托在郑道身上……"

花向荣明白付先山的担心，笑道："放心，我不会拿自己的命当郑道练手的实验品。何况到目前看来，郑道未必就得到了郑隐的真传，在等郑道的同时，我还在寻找别的中医大师。对了，无咎说帮我找了一个，叫……何子天。"

付先山眼皮跳了一跳，不动声色地说道："何子天？是什么来历？"

"不太清楚，无咎说，他不是正统的中医大师，他走的是偏门。但他比郑隐年纪更大，更有深不可测的本事。我觉得可以试一试，除了中医之外，气功也可以治病……"花向荣久病成医，对中国传承下来的许多治病救命之法，都有涉猎。

"你呀你……"付先山摇了摇头，想说什么，又觉得说了也白说，就转移了话题，"你有没有想好到底让谁掌管花氏集团？是花无忧，还是何无咎？"

"还没想好。"花向荣摇了摇头，一脸无奈，"无忧是我亲生女儿，按说应该由她来继承家业，但她志不在制药和实体业，想投资娱乐行业，她的喜乐影视成立之后，发展良好。无咎虽然不是我的亲生儿子，但我并不是很在意血缘关系上的连接，主要原因在于他能力有限，不足以担当掌管好花常开的重任。"

"人的能力是可以提高的，谁也不是生下来就是将军。"付先山有意引导，"老哥，如果你真没有血缘关系上的成见，你早就让无咎接管集团了。无咎毕业了，你都没有给他一个明确的说法，结果他去了全有典当行工作，这不是不务正业吗？"

家事

"我是想让他到社会上锻炼一段时间再说，我也不是不照顾他，还为他向沈雅提亲了。"花向荣揉了揉太阳穴，"你也不是不知道我家的情况，无咎这孩子是不错，他的妈妈现在步步紧逼，吃相太难看了。"

邱况现在想吞并好花常开之心已经是司马昭之心路人皆知了。

邱况嫁到花家之后，在最初的十几年里，相夫教子，教育何无咎，辅佐花向荣。可以说得了邱况之助，花向荣的事业获得了突飞猛进的发展，以致有一段时间花向荣逢人便说邱况是他的福星，是他的贤内助。

只不过在何无咎长大之后，邱况越来越不满足于身居幕后，而是一步步走向了前台。先是担任了好花常开的董事，然后又以创业为名，先后成立了两家公司，并且亲自担任了董事长。

其中一家公司倒闭，另一家公司发展迅速，短短三年内壮大成了集团公司，就是省内赫赫有名的允名控股投资公司。允名控股虽然规模和燕省三巨头无法相提并论，但也算是实力雄厚可以排入第一方阵的大型公司。

允名控股控股、参股了数家公司，也拥有好花常开的股份，虽然不多，但也算是好花常开的大股东之一。邱况几次提出为了好花常开的良性发展，为了进一步提升好花常开的竞争力和影响力，希望允名控股可以持有更多好花常开的股份。

迫于面子，花向荣转让了一部分好花常开的股份到允名控股，同时，他也换取了允名控股的一部分股份。他同时也知道，邱况暗中通过各种手法从好花常开的小股东手中收购了不少好花常开的股份，如果再加上她个人名下的好花常开的股份，邱况俨然已经是好花常开的第五大股东了。

还好他早就预留了后手，虽然答应将名下股份的百分之十转让给何无咎，却一直只是口头答应，并没有落实。如果现在何无咎已经实际持有了他答应的股份，再加上邱况的股份，母子二人联合在一起，已经是好花常开的第三大股东了！

对于花家的家事，付先山是知道得最清楚的人，他点了点头："邱况的做法也可以理解，毕竟都是为了孩子着想。如果你真当无咎和你的亲生儿子没有区别，邱况所做的一切最终还会转让到无咎名下，你也就心理平衡了。"

"话是这么说，但换了谁，谁都难免心里有想法，毕竟无咎都不姓我的姓……"花向荣摆了摆手，"算了，不说了，不说了，说说无咎怎么就去了全有典当行，又和郑道成了同事了？无咎说，他去全有典当行是何子天的主意，何子天和全有有仇，何子天让他留意全有和关得的一举一动。"

　　付先山心想何子天是何无咎用来对付你的支点，你还当何子天是好人，真是病急乱投医。人到了走投无路的份儿上，智商会降低为零，不过他表面上却淡然一笑："无咎和郑道在一起工作也好，可以近距离观察郑道的进步和成长。"

　　花向荣的手机响了。

　　"是无咎……"花向荣接听了电话，"无咎，我在你付叔叔这里，这么晚你怎么还没睡？今天收了一个金棒槌，全有出价八十万？这有什么稀奇的，千金难买心头好，八十万也不是什么大钱。你打赌输给郑道了？输了三万？钱不多，但性质不好，以后不要打赌了。什么？郑道没要你的钱，让你打款到一个指定账号，你怀疑是郑隐的账号？好，账号报给我，我查查。"

　　放下电话，花向荣递给付先山一张纸条，说道："郑道让无咎往这个账号上打款三万，无咎怀疑是郑隐的账号。"

　　"可能性不大。郑隐的踪迹，郑道应该也是不知情，并不是说郑隐只瞒了外人而没有瞒郑道。"付先山接过账号，打出了一个电话，很快就有了回复，"是一个慈善基金的账号。"

　　"没想到郑道还有这份善心，他现在很穷，三万块对他来说不是小数目，他却转手就捐了出去，这份心性，确实不一般。"花向荣点头赞叹，"如果无咎有他这样的心性，想要成就大事就太容易了。"

　　"不早了，我该回去了。"花向荣困意上来，打了一个哈欠。

　　告别了付先山，花向荣坐车回家，走到半路上，忽然心血来潮，让司机绕道善良庄。司机满心疑惑，心想这三更半夜的，跑到善良庄做什么？却又不敢问，只好照办。

　　车到善良庄，花向荣下车步行，来到了三排十二号，正是何不悟的房子。路灯昏黄，四下一片安静，花向荣呆立了片刻，也不知想些什么。忽然，漆黑一片的房间亮灯了，传来了何不悟的咳嗽声，他微微一惊，转身走了。

　　何不悟半夜惊醒，推开房门，依稀看到一个人影消失在了远处，也未多想。回到客厅，一个人呆坐半晌，忽然觉得哪里不对，一抬头，郑道从楼上下来了。

　　客厅内，开了一盏并不明亮的小灯，何不悟穿了背心裤衩，坐在摇椅上，手拿一把扇子，有一下没一下地摇动。

夜晚十分寂静，外面传来了低声吟唱的虫鸣以及沙沙的风声。如果不是何不悟一脸凶相的话，倒是一个非常适合长谈的夜晚。

郑道站定："何叔，这么晚了还不睡？"他也是被何不悟的声音惊醒，才下来看看。

"睡不着呀。"何不悟叹了一口气，用扇子一指旁边的椅子，"坐，陪我说会儿话。"

"不会是说房租的事情吧，房租已经交过了……"郑道见何不悟情绪不高，故意打趣他。

"说点大事正事，这会儿不提房租这样的小事儿。"何不悟双眼浮肿，打了一个哈欠，明显是睡眠不足的症状，"你今天见到何无咎了？"

郑道也不知道何不悟为何有此一问，他点了点头。

"何无咎和小羽见面了没有？"何不悟又打了一个哈欠，他用力揉了揉脸，想清醒几分。

"又困又睡不着，是思虑过重，何叔，你以后要少想一些乱七八糟的事情，心放宽一些，忧悲伤肺。"郑道关切地说了几句注意事项，还想再多说一些什么，被何不悟打断了。

何不悟一脸不快："不催你交房租不等于你在我面前可以放肆地说话……赶紧的，回答我的问题。"

好吧，郑道只好说道："记不清了，应该是见过了。"

何不悟一下跳了起来："何无咎没对小羽有什么想法吧？"

郑道小吃一惊，何不悟的反应太反常了，他摇头说道："没有，他能对小羽有什么想法？他都不认识小羽。"

何不悟想了一想，又坐回到摇椅上："也是，他不可能对小羽有什么非分之想。你也是，你记住了，以后不要让他们再见面了，你也不要对小羽有非分之想。"

郑道大为不解："何无咎的眼里只有沈向葳，他们为什么就不能再见面了？"

"你别管这么多，我说不能见面就不能。"何不悟又站了起来，声音提高了八度，"要是你不听话，我立马赶你出去，让你睡大街。"

又意识到了现在是三更半夜，唯恐惊到邻居，何不悟捂住了嘴巴，压低了声音："听到没有，郑道？"

"听到了。"郑道忍住笑，何不悟的威胁听上去不但毫无力度，而且还很滑稽，"我一定保护好小羽。"

"唉，一言难尽呀……往事不堪回首。"也不知想起了什么，何不悟忽然感慨万千，眼睛湿润了，"郑道，不是叔叔为难你，有时候生活就是一泡尿，还是冬天结冰的尿，你不知道什么时候就走在了上面，然后摔了一跤，不但摔得浑身疼，还惹了一身尿臊，可是又怎样？别人都不会扶你一把，还会嘲笑你笨。所以，你从现在起就要学会自强不息，要学会一切靠自己，这年头，除了自己，谁他妈的都不靠谱。"

说实话，虽然何不悟一直很刁钻刻薄，郑道却并不讨厌他，相反，他总觉得何不悟在刻薄之下，隐藏着什么不为人所知的伤心往事。

"挫折经历得太少，才会觉得鸡毛蒜皮都是烦恼！"何不悟说了一句口头禅，又打了一个大哈欠，"行了，你就记住尽量不让要小羽和何无咎见面就行了。还有，如果何无咎对小羽有什么想法，或是小羽对何无咎有想法，你必须第一时间告诉我，听到没有？"

郑道点头。

"困了，去睡吧。"何不悟站了起来，摇了几下扇子，"不过你别以为我托你办事，你就可以不交房租了，一码归一码。对了，房租明年开始涨价，下半月就支你个人情，先不涨了。"

得，真是一个翻脸不认人、认钱不认脸的混蛋，郑道也不说话，上楼睡觉。

次日一早，郑道早早起来，动身前往沈家。本来沈雅要安排专车来接，被他婉言拒绝了，他正好路过附属二院，想和何小羽一起同行。

何小羽脸色微有憔悴，草草吃过早饭，她和郑道挤上了公交车。

"昨晚爸爸发疯，非要拉我去喝酒，我又不喝酒，又不敢走，只好陪他。还好，他喝了半天也没有喝醉。"何小羽无奈地摇头，"病才好，医生说不能再喝酒抽烟熬夜吃辣椒，他一样都不听，真是作死的节奏。"

何不悟肯定有着不为人所知的伤心往事，郑道不便多问什么。车到了一站后，上来几个乘客，其中一人居然是王淞。

"王淞，你不是有车吗？"何小羽见到王淞灰头土脸的样子，心情好了几分，"怎么也挤公交了？"

王淞垂头丧气："别提了，车好好停着被撞了，去修了。道哥，你这是去哪里？"

郑道忽然想起了毕问天的预警，暗中观察了一下王淞，还好，王淞精神状态不佳，但气色还不错，并没有明显的得病征兆。

不过……他又想起了一件事情："除了车坏了，家里还有什么东西坏掉吗？又或者是，是不是有什么不顺的事情出现？"

"家里……有一个微波炉刚坏掉，摔了一个暖水瓶，对了，我的电脑也莫名其妙坏了，电视也报废了，真是邪了门了。"王淞愤愤不平。

望气从初级来说，是指观察一个人的气色，但在更高境界之上，则是可以察觉到周围环境的变化。

一个正常人的气色应该是红润有光，同理，正常情况下，周围环境也会有平衡之气。如果一个人生病了，气色就会变得很差或是衰乱。同理，如果一个环境出现了问题，平衡之气就会被打破，或肃杀或散乱，等等，总之和正常的环境大不相同。

人体出现病变的原因很多，最根本的原因是阴阳不调失衡所致，环境也是如此。环境出现异常变化，要么是环境被破坏了，要么是环境之中有可以影响环境平衡的东西或者是……人出问题了。一个家庭，如果接二连三地出现各种奇怪情况，必然是家庭中的某一个人的气场变了，导致了家庭环境的失衡。一个人气场的改变有多种因素，但大多数情况下不外乎两种，一是要生病，二是事业上将会面临重大变动。

郑道心中一跳，毕问天的判断看来没错，王淞是要出现状况了，他心中着急："家里有没有人不舒服？"

"没有，都好好的。"王淞一拍脑袋，"你是不是想到了毕问天的话，哎呀，你可别再说了，我才不信他的胡言乱语。好了，我到站了，先下车了。"

"我也到站了，先下车了，郑道，你要洁身自好，记住，你的职责是治病救人，不是打情骂俏。"何小羽跳下车，冲郑道挥了挥小手，笑得既开心又灿烂，"从现在起就要管着你，不能让你飞了。"

郑道点头："好吧，我是治病救人的好医生，不是借机泡女病人的坏大夫。"

何小羽和王淞并肩走在树荫下。

"你说，郑道是不是喜欢上沈向葳了？"高大的白杨树在盛夏的季节枝繁叶茂，微风吹拂，哗哗的响声犹如一曲欢快的舞曲，呈现旺盛的生命活力，何小羽却看不到身边的风景，边走边踢路边的石子。

"怎么会？沈向葳不是郑道的菜，郑道也没那么重的口味，他喜欢小清新的类型，就如你……"王淞虽然没有泡妞的经验，但何小羽对郑道的喜欢这么明显，他再看不出来就太傻了。

"我知道他喜欢我，但你也知道，男人总是喜欢三心二意，万一他在喜欢我的同时又喜欢上了沈向葳怎么办？大多数男人介意换一个女朋友，但绝大多数男人都不介意多一个女朋友。"何小羽心思忽上忽下，"他既喜欢大方的沈向葳，又喜欢乖巧懂事的我。你说男人是不是都想征服有难度的高峰，同时还不会放手身边的幸福？"

"你说得太哲理，我听不懂。"王淞抓住耳朵笑了，"行了，别想那么多了，道哥是仁心仁术，是为了治病救人。如果每个男医生都会爱上女病人，世界不就乱套了？"

"可是不是每个男医生都和他一样帅气、有魅力并且有内涵。"

"你这是情人眼里出潘安。"

"你的意思是说郑道不帅了？"

"我不是那个意思，我是说道哥不会勾引女病人……"

"那要是女病人勾引他呢？你能保证他不动心？"何小羽俏皮地一笑，飞起一脚踢飞了一块石子，石子飞起十几米远，落在了一辆奥迪车的玻璃上，啪的一声，玻璃裂了。

"啊？惹祸了，快跑。"何小羽吐了吐舌头，撒腿就跑。

王淞反应稍慢了几分，还没有醒悟过来发生了什么事情："我又不是他，怎么能保证他不动心？我只能保证他不主动、不拒绝、不负责、不承诺……

怎么了？你跑那么快干什么？"

　　"小子，别跑，砸坏了我的玻璃，你赔！"一个大腹便便的司机从奥迪车上下来，以排山倒海之势伸开双手朝王淞冲了过来。

　　王淞才明白过来发生了什么事情，甩开双腿就跑，指着何小羽的背影："别过来，你别过来，我会武功，一个打你三个。何小羽，你等等我，我保证不骂你，也不会打你。"

06 虚晃一枪，从容破局

沈雅心中暗叹，郑道心明如镜，刚才的话，似乎是随口一说，却又维护了他和付先山的友情。他清楚得很，郑道并非是为付先山开脱，因为郑道肯定不知道付先山的真正用意，说实话，他也不敢肯定付先山到底是有意还是无意。不过不管如何，他都为郑道的聪明暗暗赞叹，对郑道更多了好感。

世家

半个小时后，郑道来到了位于石门西南的书香世家。

书香世家是石门有名的富人别墅区，位于二环之内，是主城区之内罕见的高端别墅群。早在数年之前，石门市政府就有明确规定，不允许在二环之内修建三十三层以内的住宅，更不用说是别墅了。原因在于二环之内的土地日益稀少，所以在二环之内拥有一套低层低密度花园洋房已经是一件十分奢侈的幸福了，更何况是在二环之内的别墅！

书香世家的前身是一个城中村，因为位于石门的西南角，故名城角庄。城角庄在相当长一段时间内，都是一片二三层小楼的居民区，曾经有数家开发商想要买下开发成高端楼盘，最终核算成本因为地价太高而作罢，在搁置了十几年之久后，直到沈雅的出现。

在开发城角庄之时，虽然沈雅的沈氏集团已经雄踞一方，在省内拥有呼风唤雨的能力，但所有人都不看好沈氏改造城角庄的前景，因为数任市长、

247

十多个开发商，都没有拿下城角庄。一是由于城角庄虽然是石门数十家城中村之一，却是最富的一个城中村，每个村民家中都有别墅一栋、房子数套，不但不差钱，还富得流油，比起辛辛苦苦硕士毕业，甚至是出国留学回来找一份高薪工作的高级白领有钱多了。毫不夸张地说，城角庄的每一个村民的个人资产都在数百万以上。

身家千万的也比比皆是。

正是因此，想要说服城角庄的村民搬迁，难如登天。

二是在于城角庄占地三百余亩，共有二三层居民小楼五百多户，按照每户补偿一千万的价格计算，光是补偿费用就高达五十亿，平摊在土地转让费用之中，高得惊人，导致每平方米的单价也居高不下。

三者是因为市里规定在二环之内不许再上马三十三层以下的住宅，根据容积率和综合规划核算，在三百亩的地皮上，可以建造十二栋三十三层的高层住宅，但如果定价过高，将此处打造成石门的富人区的话，周围又缺少规模效应。市里的规划是将位于东南的塔南路一带建造成一个高大上的富人区，有剧院、有公园、有各项高消费设施，而位于西南的城角庄一带的定位，就是普通的居民区。

只有形成规模效应才能提升品位和附加价值，所以不管从环境牌，还是长远规划牌来看，开发城角庄几乎没有成功的可能。正是因此，城角庄连成一片的、带着明显农家院风格的别墅群屹立石门十多年，任岁月变迁我自岿然不变，依然在岁月里沧桑。

然而谁也没有想到的是，总有一些有开拓精神的企业家敢为天下先。忽然有一天，城角庄周围的居民被机器的轰鸣声打破了生活的平静，无数辆大型设备开进了城角庄，对已经老旧并且不符合新时代审美的农家院别墅举起大锤。

轰隆声中，城角庄数百栋别墅被夷为平地。

终于要开发城角庄了，周围的居民不知道是该高兴还是无奈，多年来已经习惯了城角庄的存在，但城角庄经常积水的排水系统和没有集中供暖的落后设施，再加上城角庄的农家院式的别墅完全不符合时代的审美，使得城角庄的房价始终走低，从而拖累周围的房价也停滞不涨。

规模效应虽然不是人人都懂，但最粗浅的认识都还有，知道一荣俱荣的道理，所以眼光长远的人都希望城角庄的拆迁改造可以带动周围房价的上涨。

很快，城角庄变成了一个巨大的工地，许多人盼望着在城角庄的土地上可以竖立起无数高楼大厦，然而让不少人失望的是，机器轰鸣了两个月之后，突然全部撤离了现场，扔下一片平整的场地和一堆垃圾，不知所踪了。

出什么事情了？不知道真相的居民眼泪掉下来，为什么城角庄不改造了？为什么这样？为什么让他们的梦想破灭？是开发商资金链断了，还是开发商因为非法集资被查了？

都不是。

真相远在所有人的猜测之外。

最早承接城角庄开发的开发商名叫燕省华基房地产开发有限公司，通过私下关系和城角庄的村委会签署了协议，拿下了地皮，准备先斩后奏，等开发完毕之后再走补办土地证等流程。通常情况下，如此做法也不算什么，石门为了鼓励城中村的开发，多年来一直默许此事的发生，睁一只眼闭一只眼。

但是……就在燕省华基拆迁完毕并且平整了场地之后，有人背后将燕省华基私下取得地皮的事情向市政府反映，并且提出了异议，要求公开拍卖城角庄的地皮。

提出异议的公司是京城善来春秋房地产开发有限公司。

京城善来春秋房地产开发有限公司在石门并没有开发过任何项目，突然提出对燕省华基的异议，让人琢磨不透善来春秋的真正用意。更让人难以置信的是，善来春秋居然主动要求挂牌拍卖城角庄的地皮。

此事一出，业内一片哗然。

政府自然是愿意将土地挂牌拍卖，因为可以卖到高价。

善来春秋是京城有名的大型房地产开发公司，有过许多成功的楼盘，实力雄厚。但善来春秋从来没有涉足石门的房地产市场，第一次进军石门，就和石门本土的燕省华基正面为敌，似乎不是明智之举。

一个月后，城角庄地皮正式挂牌拍卖。

　　燕省华基也参与了竞拍，不拍不行，不拍的话，前期工作就毁于一旦了。

　　虽然有多家公司参与竞拍，但到了最后还是成了善来春秋和燕省华基之间针锋相对的较量。不管燕省华基出价多高，善来春秋必定多出一千万压燕省华基一头。经过一番刀光剑影的对抗，最终还是善来春秋打垮了燕省华基，赢得了城角庄地皮的所有权。

　　尽管如此，许多人并不看好善来春秋在石门的前景。石门虽然距离京城很近，却是一个非常保守守旧、故步自封的城市。一直以来，石门有左门的外号，言外之意不言而喻。

　　所以善来春秋尽管实力雄厚，但在石门无根无底，想要在石门落脚并且开发城角庄，几乎是不可能的任务。钱解决不了所有问题，钱连疑难杂症都治愈不了，更何况人心了。

　　果然，在善来春秋开始入驻城角庄之后不久，就接连出现了许多怪事，先是通往城角庄的唯一一条道路被人挖了一个大坑，车辆无法通行。然后已经进场的车辆，要么轮胎被扎，要么玻璃被砸。再然后许多建材，包括水泥、沙子、石子，都经常无缘无故地缺少，甚至一辆工程车在晚上被人直接开走了。

　　报警之后，警察查看一番，说是等候调查结果。结果就是，再也没有了下文。

　　于是不少人都等着看善来春秋的笑话，想看看善来春秋怎么收场。然而让所有人都瞠目结舌的是，善来春秋从容不迫地转身走了。是来不及说再见的潇洒，扔下花了几十亿购买的城角庄地皮就如扔掉了一块抹布一样。

　　什么情况这是？不明真相的群众开始猜测到底是善来春秋有钱任性，还是善来春秋对石门绝望，放弃了石门的市场。

　　真相揭开的一天，就如一块巨石投入了水中，让石门这个如一潭死水一般的城市爆发出轩然大波！

　　就在善来春秋撤离之后的第三天，又一队人马入驻了城角庄，浩浩荡荡的气势，就如凯旋的将士。不少人纷纷猜测，会不会是燕省华基卷土重来了？

　　猜测才持续了不到几分钟时间，答案就揭晓了——入驻的队伍拉了一个大大的条幅，红底黑字十分醒目：

花好月圆建设工程有限公司。

花好月圆和善来春秋乍一看似乎是兄弟公司，其实不是，善来春秋是北京的公司，而花好月圆则是石门的公司，是沈氏集团旗下的全资子公司。

至此众人才恍然大悟，再一深想就明白了其中的环节，整个事件从一开始就是一个局，善来春秋只是为沈氏集团站台的代言人，原本就不想介入石门的房地产市场，虚晃一枪借机走人，是为了给沈氏集团一个合理的接手机会。

说到底，背后撬了燕省华基墙脚的不是善来春秋，而是花好月圆，是沈氏集团！

更有自诩为聪明者深深自责，早先在善来春秋出面之时就应该猜到是沈氏集团的用心，善来春秋对应花好月圆，多么明显的暗示，为什么当时就没有想到其中的联系呢？真不应该，真是失误，真是笨。

但自责已经于事无补了，别说旁观者了，就是当局者燕省华基也是没有想到幕后推手居然是沈氏集团，在大吃一惊的同时，更是对沈雅恨之入骨。

在花好月圆入驻城角庄之后不久，类似的破坏事件再次发生。但和上一次结局不同的是，先是花好月圆亲自动手抓获了几个破坏分子，随后公安干警迅速出动，第一时间破案，将全部破坏分子一网打尽。

燕省华基见背后进攻无效，被沈氏老辣而干脆的手段拆解，正面出手，又实力不济，只好采取了侧面包抄的手段——新闻战。

多家纸媒以及网站开始唱衰城角庄的前景，声称石门未来的发展方向是东南，而不是西南。西南区的定位就是普通的居民区，城角庄的地皮过于昂贵，开发普通居民住宅，必定赔钱。但如果开发高端住宅，又无法形成规模效应，在富人逐渐向东南聚集的大环境下，谁会花大价钱到西南的贫民区买一套高端住宅？

风声放出之后，确实给城角庄的开发带来了不小的压力，许多原本看好沈氏集团实力的业内人士，也都转了风向，对城角庄的前景持悲观态度。

但沈氏集团对外界所有的不利消息一概置之不理，埋头苦干，既不开新闻发布会以正视听，也不公布城角庄开发的是什么楼盘，只是默不作声地做事。

半年之后，城角庄的开发初见雏形，让所有人都惊叹的是，沈氏集团开发的是别墅！

在市政府明令禁止在二环以内开发三十三层以下楼盘的规定下，沈氏集团居然在二环内开发了别墅，确实是让人震惊。燕省华基当即向市政府告状，声称沈氏集团违反了市政府的相关规定，要求沈氏集团立刻停工。

然而市政府对燕省华基的回应是，市政府正在开会研究此事，请等候通知。

结果一等就再也没有了下文，直到一年多之后，城角庄的别墅群全部完工，并且被正式命名为书香世家。

本来沈氏集团推出别墅项目就已经让人震惊了，更让人想不到的是，书香世家的别墅与众不同，既不是法式也不是英式、意式，而是中式，彻头彻尾的中式别墅，呈现古典园林式的唯美和四合院式的古朴。

在全国各地楼盘的风格一片崇洋媚外的风气之下，沈氏集团反其道而行之，以弘扬中华民族的传统美为出发点，别出心裁地打造了一片中式别墅，顿时引爆了石门的房地产市场。

书香世家一经问世，短短时间内就成了石门最热门的事件，前来参观的人络绎不绝。美轮美奂的中式风格、独具一格的装修、复古的挑檐、小桥流水人家的意境、随处可见的禅意气息，让见惯了欧洲建筑的人们眼前为之一亮。

在为之眼前一亮之后，又不禁深深地陶醉在了中式园林的美好之中，与众不同的风格和回归古典田园的情调，让书香世家如一股清新典雅之风，迅速吹遍了石门并且波及了整个燕省。一时之间，燕省十几个地市的购房者蜂拥而上，即使不买，也要亲眼一睹中式别墅的风采。

书香世家未卖先热！

更让人意想不到的是，书香世家虽然大热，但始终没有对外公布售价，也没有开售，只允许参观。许多参观的购房者甚至当场拍出银行卡要买下一套乃至两套，却被告知暂时不出售，等候通知。

不少人不知道沈氏集团葫芦里卖的是什么药，难道是要搞什么饥饿营销？都什么年代了，在房地产陷入不景气的大环境下，还敢捂盘惜售，太自以为是、太狂妄了，不少人怒了，当场拂袖走人。

一个月后，就在人们差不多忘记了书香世家曾经造成的轰动时，书香世家正式对外公布了售价以及销售政策。高昂的售价并不是让人惊呼的理由，而是近乎苛刻的销售政策让许多人的第一反应是：沈氏集团不是吃多了，就是傻掉了，该换营销经理了。

因为沈氏集团的书香世家销售政策有一条硬性规定，符合以下三个条件其中的两条以上者，才有购房资格。

一、拥有大学本科以上学历。硕士及以上学历、专家教授等高端人才，优惠至八折。

二、没有任何违法犯罪记录。作家、音乐家、艺术家优惠至八折。

三、从事重污染行业以及煤炭行业的老板，非请勿买。熟悉国学以及佛学的大师，优惠至八折。

三条政策一经推出，立刻让沈氏集团成为众矢之的。三条政策看似轻描淡写，其实杀伤性极大，大有推崇知识而鄙视暴发户之意，言外之意就是就算你有钱，没有违法犯罪记录，还不能是重污染行业以及煤炭行业的从业者，你也只能原价购房。而高学历的知识分子以及作家、艺术家们，可以八折优惠。以每套别墅两千万以上的售价来看，八折优惠相当于便宜了四百万，可谓力度不小。

许多想买书香世家但在政策限制之内的客户，不信书香世家真的会有钱不赚，直接带着一车现金前来购房。结果售楼小姐很客气地回绝了他，说要核实他的身份后才给他认购卡。没有认购卡，就没有资格购房。

在石门官方限购政策放开之后，沈氏集团却自己以商业行为限购，让人大跌眼镜的同时，又不免被人嘲笑沈氏集团此举是搬石头砸自己的脚，一个公司还能左右了市场？开玩笑！限购？不买不就行了，又不是没房子住。

在石门，从来不缺少不思进取、保守的开发商。有一个开发商年过八旬，孙子都近四十岁了，还不肯放权退休，依然事事亲为，结果他老人家以上个世纪五六十年代的人生经验和眼光敲定的楼型和户型，完全跟不上时代的发展，不但小区的配套设施跟不上，户型也一塌糊涂。如果不是因为他的楼盘坚持了质量第一的原则，恐怕早就无人问津了。

正是整个石门保守而陈旧，沈氏集团此举一石激起千层浪，让无数人瞠目结舌的同时，又被人嘲笑沈雅自视过高，敢如此玩，肯定会玩死自己。

济世情怀

守旧而落后的人总以为整个世界和他一样故步自封。所有石门的房地产开发商，没有一家看好书香世家的前景，结果三个月后，书香世家的五百套别墅全部卖光，不但卖光，后期的售价还比开始时上涨了百分之二十有余。

要知道书香世家的定价之高，已经创下了石门房地产的纪录，再上涨百分之二十，如此高价，相当于在京城通州买一套别墅了，谁会花费两千多万在石门买一套别墅？有这些钱，干吗不去京城？

让所有人都不理解的是，为什么会有这么多傻子买书香世家呢？

不理解没关系，市场不以个人的意志为转移。大多数人都有一个毛病，就是坚定地认为自己的理念正确。但个人理念往往受制于学识、眼界的局限，并不准确，而且失之偏颇。

有人事后诸葛地分析了沈氏对书香世家定位的成功营销，其理念在于提高了书香世家的定位，不仅仅是价高，同时入住的业主身份也高人一等，不是普通的暴发户，也不是穷酸知识分子，而是既有学问又有经济实力的社会高端优质人才。

在无比注重教育的今天，谁不想自己的孩子住在一个舒适优美并且周围全是高素质人才的环境之中？昔孟母，择邻处。子不学，断机杼……可见环境对孩子的成长多重要。书香世家正是抓住了这一部分消费者的心理，打出的三不政策让高端购房者清楚地知道周围的邻居都是什么样的人群。

在越来越注重生态环境的今天，人文环境也成为高端人士选择居住地的必要因素之一。书香世家的成功就在于准确地抓住了部分高端人士的需求，迎合了他们追求人文环境的诉求。

书香世家的成功，虽然是沈氏集团无数成功案例之中的一个，但也从侧面反映了沈氏集团的创新能力和开拓精神。在不到一年的时间里，书香世家就成了石门人津津乐道的高端别墅区，许多书香世家的住户以入住书香世家为荣，在外面和别人谈起书香世家，自豪感和身份的象征总是不自然地流露而出。

书香世家不但成了石门高端住宅的典范，也成了身份和社会地位的象征。许多当初因一时犹豫没有下手的潜在客户，现在都追悔莫及，想再买一套书香世家的别墅也不可得，因为购买书香世家别墅的人谁也不舍得卖掉。

书香世家的往事，郑道不得而知，不过他却知道书香世家的高端和高不可攀，也清楚书香世家是沈氏集团的旗下产业。

书香世家的大门和寻常小区大门大不相同，如宫城的城门一般，不但高大巍峨，门口还各立了一个威猛的石狮子，并且悬挂了一对大红灯笼。门口的保安也是一身黑色中装，在红墙的映衬下，格外有古朴典雅的意境。

更让人叫绝的是，门口两侧还有一副意味深长的对联。

上联：三千年读史，不外功名利禄。
下联：九万里悟道，终归诗酒田园。
横批：书香世家。

郑道暗暗点头，在文化断层的今天，大多数商人一生所追求的不过是金钱、地位、名声等身外之物，有几人可以静下心来思索人生意义？又有几人不是以别墅、豪车为荣，而是以书香世家为尊？暂时不论沈雅的为人如何，单是他打造的书香世家的情怀和理念，就比寻常的商人境界高了太多。

有太多生意人只能称之为商人，而不是企业家，因为他们大多只有经商头脑而没有济世情怀。会赚钱不叫本事，能一边赚钱一边推广自己的理念和思想的人，才是真正的高人，才是社会进步的决定性力量。不夸张地说，一个一年可以卖一亿件衬衣或是十亿个一元打火机的商人，对社会的贡献还不如沈雅的书香世家的百分之一。

因为沈雅的书香世家提升的是高端人群对国学的信心、对回归传统的自豪、对教育的重视以及对文化的重建，不仅仅是商品，也是文化产业的一种呈现。

"请问您是？"保安彬彬有礼地询问郑道，明显素质比石门绝大部分小区的保安高出太多。

郑道说道："我是沈向葳的医生，我来找沈雅。"

保安脸色顿时为之一变！

在保安的心目中，沈向葳是天仙一般，而沈雅更是神一般的存在，许多人私下都不敢称呼沈雅的大名，都称呼他为沈爷。

沈雅不仅是威名远振的沈氏集团的创始人兼董事长，是赫赫有名的燕省著名企业家，还是一个富有传奇色彩并且让无数人膜拜的英雄人物！

传说当年沈雅创业之初，曾经和韩国黑社会结下了仇怨。当时他只身远赴韩国，手无寸铁，和韩国黑社会当面对峙，只凭三寸不烂之舌说得对方哑口无言，最终对方愤然切下了自己的小拇指向沈雅谢罪。

此事一时传为美谈。沈雅回国之后，受到了许多人的尊敬。当然，当时具体情景如何，真相又是什么，就无人知道了，反正只是沈雅的一面之词。

郑道不但直呼沈雅之名，而且语气并没有太多的尊重，保安就心生不快。他虽然依然保持了微笑，声音却冷了下来："不好意思，如果没有预约，您不能进。"

还要预约？不是已经预约了吗？郑道也没为难保安，笑了笑，拿出电话就要打给沈向葳，不料手机从口袋中掏出来的时候，带出了一张十块钱。

"恭喜发财，大吉大利！"

身后，不知何时多了一个乞丐。

乞丐衣衫褴褛，佝背驼腰，乍一看，和一般的乞丐没什么区别，一头鸡窝一样的头发，一身看不出颜色的脏衣服，露出了小腿的破烂裤子，手里还拿着一个摔得面目全非的搪瓷碗。

乞丐见郑道注意到了他，就向郑道伸出了搪瓷碗。随后他注意到了地上的十块钱，迟疑一下，弯腰就要去捡。

"等一下。"郑道拦住了他，抢先一步捡了起来。

保安和乞丐同时愣住了，二人都以为郑道是想收回，不料郑道捡了起来之后，郑重其事地放到了乞丐的搪瓷碗里。

"谢谢，谢谢。"乞丐愣住了，向郑道深鞠一躬，"好人一生平安……"

郑道再次做出了一个让保安和乞丐都目瞪口呆的动作——他朝乞丐微微鞠躬, 说道:"我给你钱, 是出于我的自愿。你感谢我, 是出于你的礼貌。我理解你的职业并且尊重你的礼貌。"

乞丐走出老远, 保安还没有从震惊中清醒过来, 他看了郑道半天, 才问出一句话:"干吗要对一个要饭的这么有礼貌?"

郑道回答:"别人对你有礼貌, 不是因为你高人一等, 而是因为别人优秀。同样, 你对别人有礼貌, 也是你自身优秀并且有修养的表现。"

一句话让保安肃然起敬, 他帮郑道打开了行人通道:"郑先生, 我相信您是一个足够优秀的人, 书香世家欢迎您。"

小区的环境也格外优雅, 郑道是第一次来。以他的收入, 连书香世家的一块草坪都买不起, 何况是一栋别墅了。道路两侧的树木高大而郁郁葱葱, 呈现繁荣的景象。从几十年树龄推断, 才建成不到五年的书香世家的绿化全是移植的大树, 大树比小树贵了数倍甚至十几倍。由此可见沈雅为了营造一个优美的环境, 不惜花费重金的大气。

许多小区为了彰显奢华, 挖坑建造人工湖或是人工喷泉, 大量种植人工草皮。其实对改善环境最好的方法就是种树, 一棵树对水土流失的保护和对空气清新的作用, 远胜无数草坪。而在石门这个干旱少雨的北方城市挖建人工湖, 不但不会改善环境, 相反, 人工湖却成了蚊子的天堂和各种水生物的基地。更主要的是, 还有一定的危险性。

郑道虽然学的不是建筑, 但他很清楚自然环境和人体健康的紧密联系。人工湖、种草就如同西医的头痛治头、脚痛治脚, 不考虑全局只考虑局部, 改善不了大环境, 只能起到小作用。而种树尤其是大树, 才是根本的解决之道。

沈家别墅位于小区两条交叉路的路口, 面积约有八百平方米。和何不悟的二层小楼格局相似, 但奢华程度以及设计上的匠心, 使得格调上就高出了太多。

书香世家全是独栋别墅, 沈家占地足有一亩之多, 是最大的一栋, 深红色的大门紧闭, 犹如古代的深宅大院。

门口两侧各有一个木柱, 上有一副对联。

上联：不典不经格外文章圈外句。

下联：半真半假水中明月镜中天。

横批：中和且平。

郑道抬头仰望沈家高耸的屋檐，心想还是中式风格更典雅拙朴，真正的高门望族，向来在低调中隐约透露出奢华和富贵，含而不露，藏而不显，正合中正平和的天道。

刚在门口站了一站，门打开，沈向葳就迎了出来。

一身白裙的沈向葳，就如一只翩翩起舞的蝴蝶，在阳光下闪耀光芒，风一般来到了郑道面前。

"你怎么才来？等你半天了。不对，你怎么进来了？没有预约不打电话，不是小区住户是无法进入书香世家的。"沈向葳有几天没见郑道了，也不知为何，一见郑道就心生欢喜，就想说个不停。

郑道却不说话，暗中打量沈向葳几眼。和上次相见时相比，她的气色稍微缓和了一些，但依然可以看出气血不畅，在生机勃勃的夏天，生命力却还是如黄昏的森林一般暮色沉沉，表面上的神采飞扬掩盖不了眉宇间的衰败气象。

郑道抓住了沈向葳的胳膊，触手之处，冰凉无比，他心中微叹一声，沈向葳体质天生古怪，病情也是让人无法找到根源。人体是一台极其精密的仪器，有许多疾病来无影去无踪，不知道怎么产生又不知道怎么消失了。许多典籍中记载的许多疑难杂症，病情之古怪，症状之离奇，匪夷所思，许多名医别说有医治之法了，连听都没有听过。

有太多无法想象的个例怪病湮没在了人类的时间长河中，因为只是偶然出现，在没有明确的诊断和治疗方法之前，病人就死掉了，所以有太多的病症即使是最全面的典籍也没有记载。以郑道的博览群书的知识储备，到底沈向葳得的是什么病，他也不得而知。

"姐夫……"郑道还没有来得及和沈向葳说话，沈向蓉冲了出来，一把拉过郑道，"上次你收拾的熊达，还记得不？这家伙还不服气，说要再找人收拾你，结果我爸出面和他爸熊正元聊了聊，他就什么话都不说了。不过有这样一件事情你得注意一下，熊正元和王淞的爸爸王安逸不和，既然熊达没办法拿你出气，当时王淞又在场，熊正元可能要找王安逸的麻烦……"

郑道点了点头，也没多想。他和王淞关系是不错，和王安逸却没有什么来往，连王淞家也没有去过一次，只在学校里见过王安逸一面。再者在他的层次，王安逸和熊正元之间的矛盾，不是他所需要关心的问题，也不够资格关心。

"姐夫，你什么时候教我几手？你太厉害了，我天天在做梦梦到自己成为可以一拳打飞别人的超级高手。"沈向蕤对郑道的兴趣之大，就如同见到一个可以开发的宝藏一样，他拉住郑道的胳膊不肯放开，"姐夫，你告诉我，你练的是不是太极？"

"滚一边儿去，别捣乱。"沈向葳怒了，一把推开沈向蕤，"随随便便叫别人姐夫，你还有人性，还有原则，还有底线吗？姐姐就这么廉价，你说卖就能卖？"

沈向蕤挠头一笑："姐，其实对我来说姐夫就是一个显示关系密切的称呼，并没有别的意思，你不要想歪了好不好？"

"我想歪了？你还讲不讲理？姐夫不是姐姐，你见到一小姑娘可以叫姐姐，但见到别的男人不能随便叫姐夫，真是服了你了。行了行了，你赶紧走，别影响我和郑道的正事。"沈向葳推走了沈向蕤。

沈向蕤跑了几步，回头又冲郑道扬了扬手："姐夫，等下你和姐姐结束了，我们再聊。"

郑道笑着点了点头，沈向蕤的性格不错，开朗阳光。

迈进沈家大门，最先映入眼帘的是一方由整块石头雕刻而成的影壁。影壁之上，是一幅歌舞升平的画面，一人乘龙飞空，无数人争相抓住龙爪龙须，也飞到了空中。

影壁，也称照壁，古称萧墙，对，就是祸起萧墙的萧墙。

影壁是中国传统建筑中用于遮挡视线的墙壁，从功能上讲，可以遮挡住外人的视线，即使大门敞开，外人也看不到宅内。同时，影壁还可以烘托气氛，增加住宅气势。

　　古人认为自己的住宅中，会时常有鬼魂来访。如果是自己祖宗的鬼魂回家倒没什么，但是如果是孤魂野鬼溜进宅子，就会有麻烦了，所以影壁也可以起到阻拦孤魂野鬼之用。

　　从建筑学的美学角度来说，影壁和房屋建筑相辅相成，起到了主次分明的层次感作用。同时，影壁还可以根据主人的喜爱、品位来雕刻图像，彰显主人的情趣。

　　影壁一般分为青砖影壁、琉璃影壁、木影壁、石影壁等。琉璃影壁多用于皇宫和寺庙，民间大多是青砖影壁，木影壁因为不耐风吹日晒也很少见，石头影壁因为造价昂贵并且不易运输，使用者也很少。

　　郑道心想，沈家果然是大户人家，单是眼前的一方石影壁，少说也得一千万以上。因为他认了出来，它虽然不是一整块珍贵的汉白玉，但也是价值不菲的泰山石。

　　不过让郑道惊叹的不是沈家影壁的贵重，而是影壁上雕刻的图像。

　　通常普通人家的影壁都会雕刻一些寓意吉祥喜庆的图案，比如花开富贵、松鹤延年、福如东海、寿比南山，等等，但沈家的影壁雕刻的却是传说中黄帝乘龙飞天的场景。

　　传说黄帝在晚年的时候发明了鼎，鼎刚铸成之时，有一条金龙从天而降，金光万丈，犹如满天云霞。

　　龙对黄帝说，天帝很赞叹黄帝为百姓所做的善事和壮举，要他升天觐见天帝。黄帝当即乘坐在了龙背之上，飞空而去。

　　许多大臣知道升天的机会难得，纷纷抓住了龙爪和龙须，也想跟随黄帝一同升天。金龙一甩身子，大臣们纷纷落地。

　　攀龙附凤的传说就由此而来。

　　沈雅出现在了郑道面前，冲郑道点了点头，见郑道站在影壁面前凝神不动，笑了："怎么，你知道雕的是什么吗？现在的年轻人，知道中华民族神话传说故事的已经很少了，不得不说，这是文化的断层、民族的悲哀。"

福人福地

郑道点点头："黄帝乘龙飞天的传说和攀龙附凤的由来……难得沈伯伯对传统感兴趣，中国的商人不缺钱，缺的是头脑，缺的是文化，缺的是骨子里的自信。正是因为丢了根，才盖一些欧式建筑，才请国外的建筑师。国内许多奇形怪状的建筑物，在国外也是被人嫌弃的设计，拿到了国内，却堂而皇之地上了台面。其实老祖宗给我们留下了许多宝藏，只不过都被我们扔掉了。"

沈雅面露讶然之色，虽然知道郑道是郑隐之子，但西医出身的郑道如此推崇国学，倒是让他一时欣喜，现在的年轻人，大多数都丢掉了文化的根，对传统的东西没有认同感。

文化的根一断，就会被别的文化侵袭。文化是一个民族的立身根本，没有文化的民族，必然会走向灭亡之路。

沈家的院子很大，也很方正，东西南北四角都种植了树木。东南角是一棵樱花树，西南角是一棵柳树，东北角是一棵杨树，西北角是一棵枣树。还好，没有桑树也没有槐树，古人有训，前不栽桑，后不栽槐。

放眼望去，这是典型的四合院式设计，正房坐北朝南，东西各有厢房，玲珑翘曲，飞檐斗拱，彩瓦贴檐，瓷砖铺墙，恍惚间，犹如梦回唐朝。

郑道心生亲切之感，在他的记忆深处，总是隐隐记得不知道在几岁的时候，曾经和爸爸一起住过一个类似的院子。只不过过于久远，他怎么也记不清了。或者说，也不知道他的记忆是梦还是真实地发生过。

正房红砖绿瓦，映衬在蓝天之下，格外生动。

门口两侧的柱子上，也有一副对联。

上联：事在人为休言万般皆是命。

下联：境由心造退后一步自然宽。

横批：道法自然。

很有道家意境。郑道再看屋顶飞檐上，雕刻有屋脊走兽、檐角走兽、仙人走兽、垂脊吻等各种吉祥小兽，更是对沈雅的儒雅有了进一步认知，沈雅的雅字，并非附庸风雅，而是真有深厚的国学底蕴，可登大雅之堂。

进了客厅，依然是古色古香的中式装修，太师椅、八仙桌、屏风、实木家具，无一处不雅致，无一处不古典，整体呈现清风明月的飘逸风格。

"来，郑道，坐。"沈雅招呼郑道入座，他径直坐在了首位，风轻云淡地一笑，"家里布置得怎么样？"

"布局不错。"郑道见实木的茶几上有一盘洗好的苹果，拿过苹果和水果刀，片刻之间就削好了一个苹果，而且果皮不断，他将苹果递给沈向葳，"吃苹果。"

沈向葳被他神乎其神的削苹果绝技震惊了，接过苹果咬了一口："你是武林高手？刚才我见你手腕不动就削好了一个苹果，这刀功简直绝了。"

郑道笑了："小时候有一段时间跟着爸爸住在果园里，渴了饿了，就摘一个苹果吃。有时候还躺在苹果树下面睡觉，睡醒了，也摘一个苹果吃。后来爸爸送我一把匕首，我就用来削皮，削得久了，就熟练了。"

沈雅想起了什么，摇头笑了："说来也有意思，你和一个人很像……"

"谁？"沈向葳咬着苹果发问，萌萌的样子，三分可爱七分好玩。一身洁白连衣裙的她，在中式家具的映衬下，宛如仙子。只不过她吃苹果的形象不太雅观，丝毫没有大家闺秀应有的矜持。

"夏想。"沈雅感慨万千，"是从石门出去的传奇人物，从一个小人物开始，借助了李丁山之势，进入了官场，从此一遇风云便化龙，成就一番波澜壮阔的事业，他的传奇经历被写成了一本书，叫……对了，叫《问鼎》，作者是何常在。"

夏想的大名郑道也听过，只是无缘得见。他将苹果皮放到了嘴里，说道："我和夏想哪里像了？我没他聪明，也没他能说会道，更没有政治头脑。我只一个普普通通的医科大学的学生……"

"哎，你怎么吃苹果皮？苹果这么多，没说不让你吃，你真是的，怎么馋成这样……"沈向葳急了，将自己咬了几口的苹果递到了郑道手中，"你吃，你吃苹果，别吃皮，好像我多欺负你一样。"

郑道被迫接过苹果，却不吃："今天有点反胃，吃苹果皮压一压。"

"苹果皮可治反胃吐痰……"沈雅接了一句，他多少懂一些基础的中医常识，又说，"你和夏想相像的地方真的很多，夏想第一次去曹永国家，也是削苹果露了一手，你削苹果是把整个苹果给了小葳，他削了苹果切成小块送给了曹殊鳌，后来曹殊鳌就嫁给了他。不过，他却没有吃苹果皮，你吃了苹果皮。"

"啊，吃谁削的苹果就要嫁给谁？"沈向葳故意装傻，嘻嘻一笑，"还好我才吃了一口就还回去了，就不用嫁了吧？"

郑道虽然知道夏想的人生经历是怎样的风云激荡，却不是很清楚夏想人生经历中的一些细节，一时好奇："不就是削了一个苹果吗？"

"不要小看一个苹果。"不知何故，沈雅对郑道越来越好奇并且多了好感，或许他潜意识里当郑道是郑隐的替代品，又或许是感激郑隐的救命之恩，更或者是他意外发现了郑道和夏想的相似之处，更让他坚定了郑道是一个可造之才的信心，"削苹果代表的是礼貌，是举重若轻的随意，递苹果代表的是付出，是亲切。不过夏想没有吃苹果皮，你却吃掉了苹果皮，说明你比夏想更注重细节，更能充分利用每一个环节。"

"爸，你说得是不是太神乎其神了？"沈向葳觉得热，就打开了空调，"太热了，你们不热吗？"

郑道二话不说起身关了空调，回身看了看屏风后面的小门："房子的布局已经考虑到了穿堂风，自然风才是最舒适最有益的降温方式。你的身体根基很差，千万不要再吹空调了。"

"要你管。"沈向葳不满地冲郑道哼了一声，转身又打开了空调。

"关了，要听话。"沈雅威严地咳嗽一声，"郑道是你的私人医生，你就要照他说的做，否则他说了你不听，不是白请了？"

"你肯定不知道，夏想当年和李丁山居住的二层小楼，就是我们现在的位置。"沈雅话题一转，又回到了夏想身上，"我开发书香世家的出发点里，就有为了拿到夏想当年居住地的考虑。"

郑道怦然心惊！

此处居然是当年夏想待过的地方，郑道心中的震撼无法形容。

放眼整个燕省，不，乃至全国，凡是有志于成就一番事业的年轻人，谁不知道夏想的人生经历和成就？谁不想以夏想为人生榜样，向往可以和夏想一样拥有无与伦比的人生辉煌？

郑道强压心中的激动，努力保持了平静，微微欠了欠身子，点了点头："福人居福地，福地居福人，沈伯伯肯定认为这是一块风水宝地了。"

"难道不是？"沈雅淡然一笑。

"都什么年代了，爸爸还信阴阳五行、易经八卦、风水算命的一套，太老土太落后于时代了。"沈向葳不管不顾地从郑道手中又夺回了苹果，大口吃了起来，"要我说，这些封建迷信的老古董，都应该被扫进垃圾堆里。"

"不懂就不要乱说。"沈雅呵斥了沈向葳一句，转头问郑道，"刚才你说布局不错，没有说格局怎样，说说你的真实看法。"

郑道微一沉吟，目光扫过了房间中的每一件东西，应该说，房间的布局无可挑剔，不管是家具的摆放，屏风的位置以及博古架、书桌的排列来看，几乎挑不出毛病。但不知何故，他总觉得哪里不对，总有一种不太舒服的感觉弥漫在周围。

按说以沈家精心设计的宅院和布局来看，无一处不透露出主人的雅致和品位，并且低调含蓄，毫不张扬，应该让人感觉到平和中正的气息才对，但为什么他总有一种逼迫感呢？就如置身在旋涡的中间，虽然有一种相对的平衡，但还是让人有战战兢兢、如履薄冰、如临深渊的惶恐。

中医学一向认为，人体和外界环境有着和谐统一的对应。春暖夏热秋凉冬寒，顺之，则气血舒畅，百病不生；逆之，则气血逆行，百病丛生。所以中医看待问题，从来不会单一而局部地分析，会站在一个大局的高度来推断问题的根源。

简单来说，春天养肝，夏天养心，秋天养肺，冬天养肾，四季养脾胃，如果是肝出了问题，春天医治比较理想。以此类推，各得其所。

四季影响环境，环境左右心情，心情决定健康，世间万事万物，都不是孤立的存在。如果你认为你的病和你的心情没关系，和你的居住环境没关系，和四季以及天气没关系，就大错特错了。

一个人如果生活在四季风调雨顺、环境优美的地方，心情再愉悦的话，必然身体健康。近年来随着生态环境的恶化，春天多沙尘暴，四季灰霾，所谓"为有牺牲多壮志，敢教日月换新天"的豪言壮语，不敌一场及时雨一场救命风。有雨就没有沙尘，有风就没有了灰霾。

虽然改变不了大环境，以沈家的实力和财力，改变小环境不成问题，新风系统、软水系统，可以保证生活在一个相对清洁的环境之中，应该说，比绝大多数人要强上百倍不止。但为什么沈家的布局如此之好，格局却总有那么一丝不协调的地方？

郑道站了起来，一脸凝重地在房间中走了几步。此地既然是夏想曾经居住过的地方，必然是一方宝地，凡是能够成就大人物的地方，都有非凡之处。就如凤凰不落无宝地一样，凤凰所落之处，必有宝藏。

当然，夏想的历史已经久远了，或许几十年的光阴流逝，当年孕育出来夏想一般杰出人物的地方已经灵气散尽，不再是一块福地。灵气会随着水土破坏而流失，就如现在冬天不冷、夏天不热一样，阴阳失衡，天地运转不再循序而行，必然会影响到所有人的身心健康。

每年夏至是阳气上升的顶峰，夏至过后，阳气下行，阴气渐生，此后一直是阴气渐升阳气渐弱的过程，直到冬至，阴气上升到了顶峰，而阳气下降到了最低。所谓物极必反，阳气被压到极低之时，就会重新开始反弹。如此周而复始，一年四季。

但由于现在大兴土木，经常挖到地下几十米甚至上百米深的地基，阳气在冬天下行之时，会潜藏到地下，所以地下十几米深的地方冬暖夏凉。阳气在冬天无处可藏，只能在地表流动，就导致了暖冬。反之亦然，夏天之时，阴气无处可藏，夏天凉爽。

或许有人觉得冬暖夏凉是好事，其实不然。对于四季分明的北方来说，夏天热，可以排出体内积攒的毒素，因为有些毒素只能通过汗水排出；冬天冷，可以藏拙并且滋养三季的疲惫，为春天的迸发积蓄能量和动力。就和大地在冬天需要休养生息一样，人体如果冬天养不好，来年不会有好收成。

到底是什么原因导致了可以孕育出夏想一般杰出人物的福地流失了灵气？郑道仔细观察了沈家客厅的布局，面南背北的结构，并没有什么不妥，向来北方为山，山代表权力，南方为水，水代表财力。背山而面水，江山稳固。

客厅没有问题，难道问题出在院子里？刚才穿过院子的时候，明明一切都很合乎自然，也符合五行相生相克之理和阴阳平衡之道，怎么会总觉得哪里不对呢？想到此处，郑道也不多说，一步迈出大门，来到了院子之中。

举目四望，院中景色呈现勃勃生机，不但毫无违和之感，而且处处赏心悦目，除了树木之外，还有各种各样的花草繁盛，花团锦簇，欣欣向荣。

若在一般人看来，沈家犹如世外桃源，处处美景，怎么可能不是福地？但在郑道看来，却隐约感觉到了在无边生机之中，蕴藏了一丝不为人察觉的阴寒之气。

此时正是盛夏季节，阳气正旺，阴寒之气从何而来？可惜他现在境界不够，如果是爸爸在，或许一眼就可以看出问题所在了。真正的中医大师，看问题从来不只看局部，而会纵观全局。并且每一个中医大师同时还会是方术大师，懂易经和阴阳五行之道，兼修相面之术。

沈向葳身患怪病，必是阴阳失衡所致，如果沈家是福地，她的病即使没有痊愈，也会有好转的迹象。但从她的病情似乎有所加重的情形来看，沈家的居住环境肯定是出现了问题。

向来人体有病，要么是内因，要么是外因，要么是内因外因一起作用的结果。沈向葳就算先天有病，后天如果居住在祥和之气的环境中，也会改善许多。相反，则会加重病情。人体和天地之间保持着沟通和相互影响。中医学认为，人以天地之气生，四时之法成，智者之养生必顺四时而适寒暑，人与自然是一个统一的整体，人体的脏腑功能活动和气血运行与季节的变化息息相关。

沈雅和沈向葳见郑道一言不发地来到了院子里，二人一时惊愕，也不多问什么，跟随着郑道来到院中。见郑道在院中左顾右盼，二人对视一眼，心思各异。

"爸，郑道是怎么了？"沈向葳吃完了苹果，扬手将苹果核扔到了垃圾桶里，"他没事吧？有点吓人……"

"不要说话。"沈雅制止了沈向葳继续说下去的意图，目光跟随郑道的目光在院中扫来扫去，"从表面上，家里的布局没问题，但格局可能有问题。不过我怀疑郑道能不能找到问题在哪里，以他现在的水平，估计刚刚到医者的境界。"

"医者是什么？"沈向葳不解。

"也许是郑隐自创的一套系统，也许从古代就有，我不太清楚，反正我就是听郑隐随口一提，他没有时间往深里说，我也没机会再问。中医入门之后的第一个境界是医者，依次往上是医手、医师、医王和医圣。从郑道的年龄来看，就算他得了郑隐的真传，怕是连医者的门槛还没有迈进去。"

"都有什么区别？"

"我怎么知道？也许每一个境界都是天渊之别的差距，隔行如隔山。"沈雅呵呵一笑，抬头见郑道急步朝院子中间走去，忙跟了过去，"走，看看去。"

沈向葳嘻嘻一笑："又不相信郑道的本事，又希望在郑道身上发现奇迹，爸，你也是够了。"

沈雅不理会沈向葳的嘲笑，紧紧跟随在郑道身后，来到了院子正中。

院子正中是一方石头莲花台。

气脉

莲花台由一整块石头雕刻而成，是质地坚硬的大青石，雕刻成一朵盛开的莲花形状，莲花中间有一个直径一米的池子，池中有水，水里有鱼，再有几朵睡莲点缀其间，既雅致又有情调。

"这是一个朋友送的莲花台，造价不菲，我非常喜欢，就放在了院子正中，怎么，有问题？"沈雅见郑道上下打量莲花台，心中一动，想起了付先山送他莲花台时的情形，忽然有了一丝微微的担心。

郑道微一点头："院子正中是气脉所在，在气脉上压一块大青石，就好比让一个胖子坐在胸口上，坐一会儿也许没事儿，但天天坐在上面，人肯定受不了。环境也一样……"

"说得跟真的似的，什么气脉，什么五行相生相克，什么人和自然是统一的整体，我觉得不可信，都是虚妄之言。"沈向葳不以为然地笑了笑，背着手装模作样地围着莲花台转了一圈，又假装掐指一算，"此地乃风水宝地，挖地三尺有宝藏，信不信由你。"

"哈哈。"沈雅被沈向葳的样子逗乐了，"淘气。"

郑道却没笑，其实还有一句话他没有说出来，青石莲花台所摆放的位置，十分关键，如果将院子比喻成人体的话，莲花台的位置就是胸口膻中穴。膻中穴是人体任脉上的重要穴道之一，如果被撞击会导致内气漫散，心慌意乱，神志不清。

"莲花台是哪个朋友送的？"郑道问道，"摆放的地方，是他的建议还是沈伯伯的决定？"

沈雅心中一沉，最不愿意去想的问题还是来了，必须要正面面对，他微一沉吟："是付先山送的，地方也是他选的。"

郑道从沈雅欲言又止的神情上已经察觉到了什么，听到付先山的名字时，心中不知何故莫名一跳。

对付先山和沈雅的交情，郑道一无所知，他就不便多说什么了，只是淡淡一笑："付院长是西医专家，对中医的一些人和自然和谐统一的理论恐怕不知道，就算知道一些，也不会相信。"

沈雅心中暗叹，郑道心明如镜，刚才的话，似乎是随口一说，却又维护了他和付先山的友情。他清楚得很，郑道并非是为付先山开脱，因为郑道肯定不知道付先山的真正用意，说实话，他也不敢肯定付先山到底是有意还是无意。不过不管如何，他都为郑道的聪明暗暗赞叹，对郑道更多了好感。一个懂得在细节上为他人着想的人，会在很多方面赢得他人的理解和尊重，更何况郑道沉稳有度，年纪不大，隐约中透露出一丝少见的让人如沐春风的风范。

沈向葳的心思没那么多，只是觉得郑道少年老成，又有一种深不可测的神秘感，她对郑道有三分好奇三分好感外加四分不以为然。当然了，对于郑道故作老成的做派，不是很相信更有几分不屑，她觉得郑道有些故弄玄虚了。

"莲花台下面是不是真有宝藏？郑道，你快说，快说呀。"沈向葳推郑道，嘻嘻一笑，"如果下面真有宝藏，挖出来都算你的，好不好？"

郑道不说话，退后七步，打量了莲花台几眼，又向东七步，向南七步，向西七步, 站定之后, 心中闪过了一丝疑惑。

以郑道目前的水平, 虽然粗浅地懂一些阴阳五行之说, 知道人和自然和谐统一的道理, 但实战经验不足, 对周围环境如何影响人体健康并且进一步左右事业的兴衰的深奥理论, 只知其一不知其二。不过话又说回来, 以他的理论知识也足够判断沈家环境风行不畅水流不顺的原因所在。

就是莲花台压住了气脉。

郑道疑惑的原因不是付先山所送的莲花台压住了沈家气脉, 好吧, 如果说莲花台摆放的位置只是巧合也可以说得过去, 但问题是, 莲花台的材质是青石, 青石中间有水, 虽然青石五行为土, 土克水, 但水势过旺可以反制土的压制。何况青石中间本来有水, 和沈家的水可以起到互相响应的作用。

只是……沈家虽是五行属水, 是水性世家, 但沈向葳和她的弟弟沈向蕤是水性偏木之命, 换句话说, 二人虽然以水性为先天之命, 但最终还要落在木性之上, 葳蕤本意就是形容植物繁盛的样子。姓水名木, 本是好事, 水可旺木, 但凡事要讲究平衡, 水过旺, 则会淹没树木。正是, 木赖水生, 水多木漂。水能生木, 木多水缩。沈向葳体质阴寒, 本来就有水多木漂之忧, 体内的寒气就是水性阴寒, 是水性过多侵袭体内之故。如果她体内木性旺盛, 可以抵消一部分水性阴寒的侵袭。可惜的是, 她木性很弱。

肝属木, 肾属水, 由此说明沈向葳肝功能不足, 肾水过旺。对症医治的话, 她应该春天多休养, 不要熬夜, 不能喝酒。

回到郑道最疑惑的出发点上, 莲花台的位置摆放只是一个巧合, 那么莲花台的青石材质再加上中间有水的组合, 就明显有人为刻意的痕迹了, 而且更明显的是, 莲花台压住的虽是沈家的气脉, 但针对的却是沈向葳一人!

因为沈向葳体质最弱, 又是女孩。女性天生阳气不足, 难以抵抗阴寒之气, 沈家又只有沈向葳一人久病缠身。如果说利用五行相生相克的道理来压制沈向葳病情的好转真的是一个巧到无法再巧的巧合, 打死郑道他也不会相信。

有太多人为的刻意了……郑道心中暗叹一声, 豪门是非多, 果然如此。怪不得沈家如此财力雄厚, 不管多好的补品、多好的珍贵药材都能买到, 但沈向葳病情始终没有好转, 固然有沈向葳本身体质不佳的原因, 也有被人故意压住了气脉之故。

"郑道，你倒是说话呀。"沈向葳见郑道脸色凝重，一言不发，忍不住再次催促郑道。

沈雅却是察觉到了哪里不对，郑道刚开始时还不动声色，现在神色十分严肃，估计是郑道发现了什么状况。

请郑道担任沈向葳的私人医生，固然有为她治病的因素，也有想让郑道替他观察家中格局的出发点。沈雅对中医的痴迷，远超外人想象，甚至就连和他接触过的郑隐也不知道他对中医的理论体系和原理有多了解。

只不过他只是了解却不会实践，空有笼统的理论知识，却无法运用到实际之中，治不了别人的病，也治不了自己的病。

沈雅的理论知识全部来源于市面上可见的中医书籍，他很清楚，有些高深的知识并不会公开流通，而是隐蔽地传承在中医世家世代的口耳相传中。他更清楚的是，每一个学有所成的中医大家，都精通阴阳五行，懂风水，识格局，治病不仅仅是治病，还会辩证地站在全局和人文环境的角度来看待病情的根源以及如何防范，更高明的中医大师甚至可以利用格局和易经八卦之术，兴旺或是毁掉一个家族！

沈向葳久病不治，除了内因之外，肯定还有外因。沈雅游走在政商两界多年，太清楚其中的明争暗斗和各种各样的害人手法了，他早就怀疑有人在家里做了什么手脚，才导致沈向葳一直久病缠身。原本只是抱着试一试的态度请郑道来家中一坐，不想郑道的本事大大出乎他的意外，居然很快就有所发现，倒让他既惊且喜。

"郑道，有什么问题吗？"沈雅心里很是迫切，却还是故意保持了应有的沉稳，不慌不忙地问道，"是不是这个莲花台摆放的位置不对，压住了沈家中医上所说的气脉，破坏了沈家的阴阳平衡？"

此话一出，郑道心中大惊，掩饰不住一脸惊讶之色打量了沈雅一眼，心中掀起了轩然大波。

虽然从沈家中式的装修和阴阳平衡的布局来看，沈雅应该懂一些五行相生相克的道理和风水知识，但让郑道万万没有想到的是，沈雅居然还知道中医上的气脉一说。虽然在中医和风水上都有气脉一说，但两者有着明显的不同。中医气脉主人体健康，风水气脉主主人气运。虽然二者在地理方位上有时重叠，但有时又并非同一处。

"沈伯伯说得没错，莲花台的位置相当于人体的膻中穴。"郑道微一沉吟，事关大事，他也就不再顾虑沈雅和付先山的关系了，"如果一个人的胸口上压一块石头，肯定会胸闷气短，呼吸不畅，久而久之，气血不通就会导致浑身乏力，免疫力下降。"

"郑道，你说了半天，我总算听明白了，你说莲花台放的不是地方对吧？别说什么气脉不气脉的鬼话，你就明确地告诉我，莲花台下面有没有宝藏吧？"沈向葳从小习惯了被人当成中心，郑道几次三番不理她，她十分不快，用力一推郑道。

郑道被沈向葳推得身子一晃，也不恼，微微摇头："下面应该是管道，准确地讲，是通风和排水系统管道的交汇处。"

"不是吧，真这么神？"沈向葳不信，"要是你说错了怎么办？"

"说错了，我不要工资，免费当你的私人医生。"郑道十分肯定地说道，目光坚定，神情坚毅。

沈向葳心中莫名一动，她见多了形形色色的官商二代，在她面前有如此自信的人真不多。最主要的是，郑道的自信不是自傲的自信，也不是盲目的自信，而是从容淡定的自信，仿佛就和说一加一等于二一样云淡风轻。

"说话算话。"沈向葳笑了，拿起电话拨出了一个号码，"老孙，你来一下。"

不多时老孙赶到了，是一个个子足有一米八的黑胖子，长得五大三粗，十分魁梧，一看就是典型的包工头形象。一双手指粗大的黑手就如老树皮一样饱经沧桑，写满了岁月的痕迹和风霜。

老孙对沈向葳非常恭敬，只冲沈雅点了点头，却弯腰请示沈向葳："沈总，有什么吩咐？"

沈向葳笑嘻嘻地一指莲花台："推倒，挖坑。"

老孙连片刻的迟疑都没有，甚至也不请示沈雅，打了个哈哈："得了，您就等好吧。"

沈雅冲郑道无奈地笑了笑："看到没有，我的话有时还不如她的话管用。"

郑道淡淡笑了笑，让到了一边。老孙打出一个电话后，几分钟后就来了三个年轻力壮的小伙子，几人开始动手。

回到客厅，沈雅有几分闷闷不乐。郑道猜到了沈雅的不快是因为付先山所送的莲花台所致，不便多说什么。沈向葳却毫无心机，缠着郑道。

"郑道，你讲讲中医养生的一些知识，好不好？"

"你不是不相信中医吗？"

"你可以试着说服我。"

"我从来不去说服别人。信，是他们的福分。不信，也是他们的命运。"

"不行，你就得想办法说服我。"

"……"郑道见沈雅情绪低落，连话都懒得说了，为了缓和气氛，只好迁就沈向葳，"中医的养生和西医的卫生相比，更有先见之明，也更积极主动。养生重点在养，而卫生重点在保卫。举一个最简单的例子，比如一个杯子放在桌子上是完好的，杯子掉下来，摔破了，西医会告诉你怎么修补或是无法修补。中医注重养生做的是怎么不让杯子掉下来。今天不养生，明天养医生！真正的中医大师，都以治未病为最高境界。也就是说，中医的养生其实是防患于未然，是在根源上杜绝病情的发生。"

沈向葳也不知道是不是听了进去，点了点头："再说说五行和人体的对应关系。"

好吧，郑道习惯了沉默寡言，今天说的话，比他以前一个月说的话都多。不过既然选择了担任沈向葳的私人医生，就要做到尽职尽责，为她解答疑惑，哪怕她并不是真的很想听。

"根据五行学说，中医学建立了以五行为内核，五时、五方为间架，五脏为中心，配合以人的五窍、五体、五华、五志及外界的五色、五味、五音、五畜、五谷等，形成了一个相互联系统一的医学宇宙观。这就是五脏应四时的理论。"郑道知道这些理论知识比较难懂，就有意岔开话题，"何无咎是不是在追你？"

"何无咎他也配？一个私生子，说不定连继承花向荣财产的资格都没有，还想追我？太敢想了！"沈向葳对何无咎嗤之以鼻，"当然，敢于胡思乱想也是何无咎的风格，他一向自以为是惯了，觉得全世界都该围着他运转。可惜的是，所有人都不过是从他的全世界路过，没拿他当一回事儿。"

又想起了什么，沈向葳眨了眨眼睛，笑了："你和何无咎是同学，你觉得他为人怎样？"

郑道还没有来得及回答，就听到外面的院子中传来了老孙的一声惊呼："哎呀！不好了！"

出什么事情了？郑道、沈雅和沈向葳三人同时起身，朝外面走去。

高门望族

如果说位于西南的书香世家是石门别具一格的高端精品别墅区的话，那么位于东南的望族府别墅，也是石门罕见的另类高端精品别墅。和书香世家定位为高级知识分子的人文气息居住区不同的是，徽派建筑的望族府的购房者全是政商界的高端人士，非富即贵。

因为位于城市未来发展方向的东南方之故，望族府又被称为东南形胜之府，是真正的高门望族之地。

关于书香世家和望族府到底谁是石门唯一的高门望族之地，争论从来没有停止过。有人说，望族府位置好，在东南方，是太阳升起的地方，东方属木，木主欣欣向荣。书香世家在西南方，西方属金，是日落之地。

虽说在五行之中，金克木，但在中国传统的朴素的阴阳观念中，东方主生而西方主死，所以望族府才是生生不息的高门望族之地。

也有人不这么认为，说西方虽是日落之地，但日落代表永恒，而在佛教典籍中记载，永恒的极乐世界就在西方，说明西方才是永恒的归宿。由此可见，书香世家才是真正的高门望族之地。更何况书香世家定位为诗书传家，正合中国世代相传的"万般皆下品，唯有读书高"的传统思想。

望族府是在书香世家之后开发的楼盘，就被外界解读为望族府有模仿书香世家的嫌疑，最不济也是跟随，不过望族府却从来不肯承认是模仿或是跟随书香世家，只强调望族府的定位早在书香世家开发之前就已经定好，书香世家不过正好是提前了望族府一步而已。

不过不得不说，望族府虽然以政商界的高端人士居多，又是徽派建筑风格，不管是整个小区的规模，还是别墅的外观，和书香世家还真有六分相似。所以外界的诸多议论，倒也没有完全冤枉望族府。

不管外界怎样议论或是非议，花向荣从来不会承认望族府是步书香世家的后尘，在他看来，望族府不但是石门独一无二的高端别墅区，也是整个石门的气脉所在之地。书香世家位居西南，距离公墓不远，别说是风水宝地了，不说是穷乡僻壤、穷山恶水之地就不错了。

谁愿意和死人为邻？

花向荣虽然不会在公开场合谈论书香世家的不好，但时不时还是难免会流露出对书香世家的轻视，毕竟好花常开集团作为省内乃至全国的房地产行业的翘楚，被人误会为抄袭书香世家的创意让他很是难堪。他在房地产市场纵横捭阖的时候，沈雅连房子怎么盖都不知道。更何况沈氏集团并不以房地产行业为主，却专美在前，凭借一个书香世家声名鹊起，俨然有凌驾于好花常开集团之上之势，怎不让他心中郁积难安？

如果再算上他和沈雅积怨多年的旧仇的话，书香世家就像是新恨，旧仇新恨混杂在一起，时刻让花向荣耿耿于怀。尽管外界对比书香世家和望族府的时候，没有人会对比沈雅和花向荣，但花向荣每次听到有人说起书香世家比望族府高大上、有品位之时，还是忍不住心中窝火。

站在足有一亩大小的院子中，一身休闲打扮的花向荣打量精心设计的中西结合的景观，假山、具体而微的园林、盆景、树木以及各种名贵花草，看似杂乱却又有序排列，在阳光的照耀下，呈现勃勃生机，让人赏心悦目的同时又心旷神怡。

院子的正中是一处凉亭，实木打造的凉亭，呈现暗红色的色彩，沉稳低调而又透露出逼人的富贵之气。在各种人造木材人造石材大行其道的今天，返璞归真之后才会发现，天然的才是最好的。

"爸。"

一辆跑车停进了院子，何无咎从车上下来，一脸笑意冲花向荣走来。

花向荣呵呵一笑，向前一步，拍了拍何无咎的肩膀，目光慈祥，语气和蔼可亲："在全有典当行工作得怎么样？"

何无咎笑了笑："还不错，有收获，还需要更多的时间深入了解每一个人。对了，爸，和沈雅说了我和向葳的事情没有？"

花向荣脸色一寒："无咎，好女孩多得是，你为什么非要喜欢沈向葳？沈向葳长得是漂亮，但她跟林黛玉一样，病快快的，说不定活不长久。谁娶了她，就等于娶了一枚随时会爆炸的不定时炸弹。"

看来是事情不太顺利了，何无咎虽然早有心理准备，却还是心中一沉："沈雅没同意？"

"沈雅老奸巨猾，当然不会直接拒绝了。他说得好听，说是等沈向葳病好了以后再考虑别的事情，在病没有好之前，不管什么事情都是小事。你呀你，龙作作不就挺好，又漂亮又健康，我觉得她比沈向葳好多了。"

不提龙作作还好，一提龙作作何无咎就更生气了。大二时，他确实喜欢过龙作作，还费尽心思去追龙作作。结果龙作作明确告诉他她不喜欢他，他就问龙作作是不是有男友了，龙作作说没有。

后来他才知道，龙作作拒绝他的原因是因为她喜欢郑道。更让他接受不了的是，龙作作拒绝了他却去向郑道表白，还被郑道委婉回绝了，虽然他当时还不认识郑道，感觉如同被郑道狠狠打了一个耳光一样。

"爸！"何无咎不想听到任何有关沈向葳的坏话，也不想再听到龙作作的名字，"不说她们了，说说花家和沈家的地皮之争进展到哪一步了。"

虽然房地产的热度正在消退，但市里正在布局东南版图，在将宇化区区委区政府搬到东南版图之后，又致力于将东南版图的他南路打造成富人街。他南路到南二环之间，有大片空地，在数次竞拍之后，价格不断升高，连续两年的地王都出自此地。

在陆续有国内十大知名开发商入驻他南路东南版图之后，著名的央企卫益集团也在他南路东南版图拿下了一块地皮，建造了一处公馆，售价为石门之最，再次将东南版图的房价推向新高。

在卫益集团的地皮和政府重点项目霞光大剧院之间，还有一块空地，原本是公园规划用地，后来公园南迁到了南二环之外，一百多亩的空地空了出来。东距霞光大剧院仅一路之隔，西邻卫益集团新开发的多功能综合高档小区拉菲公馆仅一步之遥，南临南二环，交通十分便利，北临他南路，如此得天独厚的地理位置，又是一块方方正正的地皮，必然引起了各方垂涎。

在中低端房地产市场步入低谷之时，高端地皮之争成为各大巨头最新的角力点。越高端越有利润空间，还是富人的钱好赚是业内的共识。

被命名为020527号的地皮，业内人士一致认定将会是石门新的地王。但奇怪的是，020527号却一直没有竞拍，而是搁置了下来。不少人都在想，恐怕是有许多事情放到幕后解决了。

确实如此。先是沈雅向市里提出了开发020527号地皮的想法，并且详细地阐述了沈氏集团的规划，要将020527号打造成一个大型的住宅、商业一体化的综合体，使之成为石门的地标性建筑。沈雅还拿出了楼盘图试图说服市里。

市里确实动心了，沈雅拟投资一百亿，有意将020527号地皮建造为石门之门，是石门最高端最繁华的建筑群，可以代表石门形象，就如上海的东方明珠以及广州的小蛮腰一样。整个建筑风格充满了未来感和科技感，尤其是在广场之上矗立的一个硕大无比的拱门，犹如通过未来的时空之门。

市里对沈雅的石门之门的规划十分动心，开会研究后决定，020527号地皮不再公开拍卖，直接批给沈雅，由沈雅负责开发石门之门项目。由于项目投资过大，市委市政府为了表示对沈氏集团的支持，土地费用象征性收取一些，也算是感谢沈氏集团为石门的建设做出了的巨大贡献。

会议进行得很顺利，大部分领导都对沈氏集团表示了支持。

然后风向在会议过后的第三天，陡然一变。突然就有流言传出，说是沈雅是想通过关系不花一分钱拿下未来的新地王，再以一个一百亿的空中楼阁的项目来骗取市里的贷款和政策支持，玩的全是花招。而花好月圆的花向荣直接拿出了一百一十个亿，其中二十个亿用来支付土地转让金，九十个亿用来建造石门之林，对，沈雅是想打造石门之门，花向荣却是建造石门之林。

石门之林是以十几栋未来感和科技感十足的建筑构成，在每栋建筑之间，都有拱桥相连。拱桥打造成彩虹形状，交织相错，连成一片，远远望去，犹如一座座通往无限太空的太空桥。

一个是石门之门，一个是石门之林，二者在构思上有异曲同工之妙，但花向荣的石门之林却愿意多支持二十亿的土地转让金，不管他的规划是不是略胜沈雅一筹，至少他的二十亿让市里所有支持沈雅的领导态度为之大变！

石门正在大力修建地铁，而且还是三条地铁线同时开工，以石门市政府的财政收入，一条地铁线的投入就已经非常吃力了，何况三条？因此，为了增加财政收入，市政府将目光投向了房地产开发商。

几年前，石门有上百个城中村散落在高楼大厦之间，成为城市发展的绊脚石。为了尽快消灭城中村，当时的市政府默许了一条不成文的规定，项目先上马后补证。

结果一夜之间石门就多了几百家房地产开发商，有些开发商一无资金二无资质，就是因为和城中村的村主任关系不错，在成立了公司之后，第二天就轰轰烈烈地上马项目了。

不管哪一波浪潮兴起，都会泥沙俱下，有无数人投身其中，想大发一笔。几年后的今天，石门有三百多家无证楼盘，放眼望去，简直就是一片野蛮生长的蛮荒森林。

市里的领导已经不再是当年的一拨，而且时过境迁，城中村已经被消灭得所剩无几，放养几年，是到了收割羊毛的时候了，况且现在市里急需用钱。于是，市里出台了一个政策，所有的楼盘在没有取得五证之前，不得动工不得出售不得宣传，和当年的放手不管任由开发商自由发展的政策完全是一百八十度的转变。

所有的开发商都惊呆了，都傻掉了。惊呆和傻掉之后，三分之一的开发商一头撞死——不撞死也没办法，五证之中最重要的一个证是土地证，土地证的获得只有一个前提，交纳土地转让金。土地转让金是一大笔费用，哪个开发商手中会有如此大量的现金流？如果有，早去开发新的楼盘了。

之所以在短短时间内多了几百家房地产开发商并且上马了几百家楼盘，不就是因为不用交纳土地转让金节省了大笔费用吗？没想到，说不交的是政府，说交的也是政府，许多开发商欲哭无泪，但又确实没钱，要赖的继续硬扛，刚烈的直接申请破产倒闭，扔下一堆烂尾楼谁愿意解决谁解决去。

三分之一死掉，三分之一的开发商要赖硬扛，等政策转变风向，还有三分之一的开发商公司运营良好，楼盘销售不错，就交纳了土地转让金，走向了正轨。

　　不过此次政策的转变，给石门的房地产市场带来了灭顶之灾。尽管市里因此收取了不少土地转让金，暂时缓解了财政不足的窘迫，却导致了近两百家楼盘陷入停顿状态之中，再加上房地产市场的低迷，石门的房地产成交量迅速下滑。

　　更主要的是，还有许多辛辛苦苦拿出所有积蓄交了首付的市民，眼见就要住上新房之时，政策一出，楼盘停工了，而且复工无望，只能望楼兴叹。

　　甚至最长的等候是等了八年都没有住上新房，导致购房者一怒之下离开了石门，前往外地发展去了。石门本来就缺少吸引外来人才的优势，如果购买住房还要遥遥无期地等待，谁愿意在石门生活和发展？何况石门距离京城和津门又很近，不少人对石门的保守和不作为大为失望，纷纷逃离石门。

　　百姓觉得憋屈，觉得市里的做法野蛮而不可理喻，市里还觉得委屈，认为市民贪图便宜购买无证楼盘才是导致石门楼市乱象的根源。如果市民都抵制无证楼盘，开发商自然而然会主动向市里交纳各项费用而让楼盘合法化。

　　但百姓却不这么认为，开发商所交纳的各项费用，归根结底还要全部加倍转嫁到购买者身上，市里所谓的政策，不过是收费而已。除了收费，市政府没有作为。作为百姓的父母官和人民公仆，市政府不应该与民争利，总是算计怎样从百姓口袋中多掏出一分钱。

　　市政府却大呼冤枉，地铁的建设不是为市政府而建，是为所有的市民而建。市政府收取的各项费用，大多用来投入到国计民生上面，说到底，还是取之于民用之于民，难道修建方便市民出行的地铁也有错？难道规范房地产市场的乱象也有错？

　　但不管市里怎么解释，高昂的房价百姓无法承担，百姓就会将问题推到政府身上。

　　严格推行有五证才允许销售的政策之后，石门的房地产成交量大幅下滑的同时，房地产的价格却在不断上升，由平均每平方米六千多元一路上升到了七千多元。在他南路定位为富人街之前，石门的房价达到一万元一平方米就是绝对惊人的价格了，但现在，他南路周围楼盘，起价都在一万两千元起，甚至一万五千元到两万元一平方米的楼盘已经屡见不鲜了。

　　在平均工资只有三千元的石门，两万元一平方米的楼盘，无疑是遥不可及的天价。

有人为 020527 号地皮算了一笔账，如果起步价低于一万五千元一平方米的话，就会赔钱，那么毫无疑问，020527 号不管是石门之门还是石门之林，起价都会在两万元左右，会创造石门一个全新的纪录。

花向荣的横插一脚，让市里坚定地支持沈雅的声音弱了不少，毕竟二十亿的土地转让金对于捉襟见肘的市政府财政来说，是一笔可观的收入，而且还可以派上用场。

市里经过一番热烈的讨论，决定不公开拍卖 020527 号地皮，只有沈雅和花向荣两人竞拍。

竞拍的过程外界不得而知，但传言却是，沈雅和花向荣二人都没有给出超过二十亿的价格，二人虽然都很想拿下 020527 号地皮，却也清楚，如果地皮价格过高，势必会导致房价过高，以石门市民的消费能力，消化不了。石门又不是旅游城市，又不是可以大量吸引外来人口的经济活跃城市，大部分楼盘还是需要石门市民的内部消化。

07　别有用心的礼物

沈雅暗想，凭郑道的年龄和阅历，他不可能是如郑隐一样深藏不露的高人，因为年龄永远是他无法逾越的最大问题。在有些时候，年轻就是资本。但在有些事情上，年轻就是最大的不足。

三巨头

如果没有花向荣的意外杀出，市里也许不会纠结。现在倒好，花向荣的介入导致多出了二十亿的土地转让金，本来是好事，但人心总是得陇望蜀，市里相关领导一心认定020527号地皮价值三十亿，如果沈雅和花向荣出不到这个价格，就不转让出去。

沈雅和花向荣虽然是竞争对手，都对020527号地皮势在必得，但都不是傻子，所以二人不约而同地选择了以退为进，暂时停止了对020527号地皮的追逐。

放眼整个石门，不，整个燕省，有实力接手020527号地皮的公司只有沈氏和好花常开两家，现在沈雅和花向荣暂时收手了，市里按捺不住三十亿的诱惑，放风出去要公开拍卖。结果沈雅和花向荣都不接招，不约而同保持了沉默。

沈雅和花向荣不出手，石门的其他房地产公司，也就观望了起来。不是他们不想出手，实在是二十亿的起拍价格太吓人，实力不够，就不去当陪衬了。

市里见流拍，多少也有几分尴尬，觉得沈雅和花向荣太不给面子，难道除了沈氏和好花常开之外，就没有别的开发商有实力了？市里就向京城喊话，欢迎京城的开发商来石门发展，市里会提供相关的优惠政策。

结果京城的开发商无人响应。

经济发展不能脱离实际，石门本来就不是经济发达城市，折合到两万元一平方米的高价的楼盘，很难卖，风险太大。于是，020527号地皮就因为市里的期望过高而被暂时搁置了。

表面上是搁置了，其实在背后，沈雅和花向荣都在继续运作。

花向荣见何无咎开始关心大事了，心中也是暗暗高兴，说道："有些事情不能操之过急，对沈向葳是这样，对020527号地皮也是一样。现在沈雅正在通过关系，希望还可以以二十亿的价格拿下。他有关系，我难道就没有？不过现在正好赶上吉朵之家出事，上面说要等一等……"

"吉朵之家的事情，还没有解决？"何无咎微微皱眉，心中一沉。

花向荣手指凉亭："来，坐一坐。"

凉亭中有木桌木椅，淡雅的色调在周围红花绿叶的映衬下，别有味道。花向荣坐下之后，手臂轻缓，倒了一杯茶水，轻轻抿了一口。

何无咎打开随身携带的苏打水，也喝了一口，目光飘忽落在了远处，心思已经不在了。

吉朵国际的项目吉朵之家的事情，何无咎比花向荣知道的内幕还多，因为吉朵国际的大少爷耿义是他的死党，而熊达又是耿义的发小。同时，熊正元和耿吉朵关系也十分密切。

吉朵国际的创始人耿吉朵，本是南方人。在南方起家之后，北上石门，在石门落地生根，开始了迅速崛起的发家之路。吉朵国际的产业比较单一，只开发房地产项目，却因为布局早根基深，在石门和全省开发了许多赫赫有名的楼盘，只凭借单一的房地产就成了燕省三巨头之一，和沈雅的沈氏集团、花向荣的好花常开集团并列。

吉朵国际在南二环拿下了一块一千亩的地皮，要建造一座附加大型游乐场的居住社区，直接以吉朵之家命名，可见耿吉朵对吉朵之家的重视，是想将吉朵之家打造成吉朵国际的品牌项目。

　　吉朵之家的前期进展一直顺利，先后投入了几十亿，有二十多栋住宅楼和娱乐设施拔地而起，屹立在南二环之外，所有过往车辆都会被吉朵之家气派的异域风情的建筑和庞大的建筑群所吸引，一时之间，吉朵之家成为石门无数人向往的地方，都期待吉朵之家落成之后，到吉朵之家游玩。正是由于吉朵之家的知名度以及吉朵国际的品牌效应，吉朵之家的楼盘销量非常不错，在建的楼盘销售出去至少百分之七十以上。

　　但谁也没有想到的是，眼见前景一片大好的吉朵之家突出变故。

　　变故来自吉朵国际，准确地讲，来自耿吉朵本人——耿吉朵出事了。

　　耿吉朵出事，是因为省里一位高官的落马。

　　耿吉朵在石门无根无底，来石门发展之后，迅速崛起，个中原因耐人寻味。关于耿吉朵的传说有很多种，最多的一种是他和省里某个高官关系密切。当然，他的官方背景普通百姓不感兴趣，他们感兴趣的是关于耿吉朵五个老婆十个孩子的传闻。

　　据说耿吉朵在全国各地共有五个老婆，每个老婆都为他生了两个孩子。十个孩子，最大的一个就是耿义。耿义出生在石门，从小和熊达一起长大。何无咎正是通过熊达认识了耿义，还和耿义成了死党。

　　耿吉朵最小的一个孩子据说出生在上海，现年两岁。

　　在耿吉朵出事之前，已经有了传言，但没人当真。省里高官落马之后，不少人都说耿吉朵要倒霉了，但耿吉朵若无其事地到处露面，仿佛他和落马高官全无关系一样。但好景不长，没多久大家就发现耿吉朵从公众视线中消失了。

　　有人说，耿吉朵跳楼自杀了。也有人说，耿吉朵得了绝症死了。还有人说，耿吉朵被抓了起来，正在配合相关部门调查。各种传闻一时铺天盖地，只有何无咎知道耿吉朵到底是处在什么样的状况。

　　耿吉朵确实是被抓了起来，经查，耿吉朵和落马高官之间有太多的勾结。耿吉朵知道自己在劫难逃，为了保护家人，为了给五个老婆十个孩子一条生路，他决定跳楼自杀，想以自己的一死来换取对财产的保全和对家人的保护。

　　但他没有死成。因为上面发现，如果耿吉朵死了，吉朵之家的烂摊子没人接手，就会成为一个社会问题——就在耿吉朵被抓期间，吉朵之家停工，无数听到传闻的购房者登上吉朵之家还没有竣工的大楼的楼顶，挂起了条幅，要求政府还他们一个公道，解决遗留问题，让他们早日住上新房。

　　现场群情激愤，甚至有一名八十多岁的老人家，发出再晚上一年他也许就只能去西山住墓地的悲怆呼声，激动之下，还当场昏倒。

　　事情持续发酵了三天。三天来，超过上千人在吉朵之家组织集会。

　　迫于压力，耿吉朵被放了出来，条件是，耿吉朵必须处理好吉朵之家的烂摊子，继续推动吉朵之家的建设。问题是，由于耿吉朵被抓，他的信誉扫地，许多和他合作的供货商都中断了供货，他的资金链也断裂了，关系网破裂了，他难道要凭借自己的一双手重新撑起吉朵之家的一片天？

　　"没有解决，谈何容易。"花向荣摇了摇头，放下茶杯，"耿吉朵找过我，想让我投资吉朵之家，问题是，投资吉朵之家，至少需要二十亿的流动资金。二十亿投了吉朵之家就投不了石门之林了，一个是为他人作嫁衣裳，一个是为自己打品牌，换了是你，你会怎么做？"

　　何无咎点了点头："如果竞争020527号地皮失利，是不是可以考虑投资吉朵之家？"

　　"反过来说，如果沈雅竞争020527号失利，他会不会投资吉朵之家？"花向荣呵呵一笑，"无咎，商业上的事情，不仅仅是利益的考量，还要顾及方方面面，吉朵之家是一颗定时炸弹，稍有不慎，就会被炸得粉身碎骨。谁还敢投？除非……"

　　"除非什么？"何无咎和耿义关系很好，耿义数次求他帮忙，他于心不忍，"爸，花家和耿家也算交情不浅，能帮的时候帮上一帮，帮人也是帮己。"

　　"除非耿吉朵让我入股吉朵国际。"花向荣毫不掩饰他对吉朵国际的觊觎之心，"否则的话，一切免谈。我不会拿好花常开的资金来盘活吉朵国际，再说吉朵国际牵扯到了太多的人和事，如果没有足够多的利益，谁也不愿意蹚这一池浑水。"

　　"不如这样……"何无咎见时机成熟，提出了自己的想法，"我成立一家壳公司，通过壳公司来向吉朵之家注入资金，并且借机入股吉朵国际。这样，可以掩人耳目，也可以在万一出现失控的情况时，好及时脱身而退。听说沈雅也有意通过壳公司向吉朵之家注资，也是要借机换取吉朵国际的股份，爸，我们不能让沈雅瞒天过海来入股了吉朵国际。如果吉朵国际渡过了这次难关，而沈雅持有了吉朵国际的股份，他的沈氏就会一举超越好花常开，成为燕省的龙头老大。"

沈氏集团、好花常在和吉朵国际，三家并列为燕省三巨头，三家公司规模不相上下，谁也打败不了谁，更吞并不了谁，成三足鼎立之势。

但三家之中，没有一家不想一家独大，成为燕省的龙头老大。成为龙头老大最好的办法就是吞并其中一家，或者退而求其次，持有另外一家的股份。三家却都知道对方的心思，坚壁清野，不向另外两家开放股权，也很少和另外两家合作。

三家就维持了一种相对的平衡。

现在平衡被意外打破，如果不是耿吉朵身上事情太多，不管是沈雅还是花向荣，早就趁机介入吉朵国际了。

花向荣对何无咎的提议沉吟不语，他心里也清楚一个事实，何无咎的想法不无道理，也有可行之处，但毫无疑问，何无咎有借机壮大自己之嫌。壳公司以何无咎的名义注册，资金由好花常开出，失败了倒没什么，损失他承受得起，但如果成功了，持有吉朵国际股份的是何无咎的壳公司，是何无咎，而不是他。

等于是说，何无咎成功地通过运作将好花常开的资金转变成了吉朵国际的股份并且放到了自己名下。

如果何无咎是他的亲生儿子，他还担心什么？问题是，何无咎不是他的亲生儿子，他对何无咎还没有达到完全的信任。

何无咎猜到了花向荣的担忧，微微一笑："爸，我听说沈雅想通过郑道，让郑道成立壳公司借机入股吉朵国际。也奇怪了，沈雅怎么对郑道一个外人就这么信任呢？"

花向荣听出了何无咎话里话外的埋怨之意，他哈哈一笑："爸爸不是不相信你，而是还在权衡一下利益得失，是担心吉朵国际已经被上面判了死刑。"

"不会，何爷说了，吉朵国际有东山再起的机会，他替耿吉朵算过了，耿吉朵还有十年的好运，所以，现在是吃进吉朵国际股份的最佳时机。"何无咎想起了何子天对他所说的话，"还有，爸，何爷最近有空，什么时候安排你和他见一面？他对治愈你的病，有一些想法。"

"既然这样，见见也无妨。"花向荣心中涌动着感动，是不是他太猜疑何无咎了，何无咎时刻牵挂他的病情，不是亲生胜似亲生，"就这两天吧，我安排一下时间。吉朵国际的事情，可以先试试，先不要介入过深。你去注册公司吧，公司名字想好没有？"

"想好了。"何无咎高兴了，"叫远景控股怎么样？"

"可以。"花向荣点了点头。

"我妈呢？"谈完了正事，何无咎放松了许多，"这个亭子干吗非得摆在院子正中，摆在角落里多好，总觉得碍事，我们家又没有影壁，一进门先看到一个亭子，有点突兀，似乎也不符合风水学……"

"亭子是你付叔叔送的，他说摆在院子正中正好，可以起点画龙点睛的作用。"花向荣一指客厅，"你妈在家呢，估计在收拾家。"

花向荣曾经家法很严，别说何无咎了，就是他的亲生女儿花无忧犯错，他一样照罚无误，甚至还会动手打人。花无忧在成年之前，没少挨过他的拳脚。

何无咎进入花家几年后，到了最调皮捣乱的年龄，五六岁的他，初来花家就打坏了花向荣最喜欢的花瓶打碎了花向荣最心爱的砚台，花向荣盛怒之下想要狠狠收拾何无咎一顿，要动手时，却在邱涴的哭诉中心软了，最终高举的右手没有落下。

有了第一次就有了第二次，此后何无咎越来越胆大妄为，仗着有妈妈撑腰，一次又一次地突破了花向荣的底线。久而久之，花向荣在何无咎面前的权威不但没有树立起来，反而让何无咎发现了花向荣的软肋，知道了花向荣看似无比威严认真的外表之下，其实潜藏着一颗惧内之心。

从此，何无咎就如脱缰的野马一样，为所欲为，只要不惹出天大的麻烦，都会有邱涴替他收拾残局。也正是因此，才养成了何无咎无法无天的性格。

好在后来邱涚意识到了问题所在，长此以往不利于何无咎的成长，一个嚣张狂妄的富二代，没有服众的资本和德行，只凭继承股份就想接管庞大的好花常开集团，难如登天。更何况作为花向荣的继子，花向荣会转让给何无咎多少股份还未可知，甚至何无咎再不受管束胡乱生长，最终长成了残次品，花向荣将何无咎扫地出门都有可能。

毕竟何无咎不但和花向荣没有任何血缘关系，甚至都不姓花。

在带着何无咎初嫁到花家时，花向荣征求邱涚的意见，希望何无咎可以改姓花，邱涚没有同意，理由很牵强，何无咎的名字是一个易经大师所取，名字和姓氏正好相配，如果换成花姓的话，会影响何无咎一生的气运。

虽然花向荣不相信姓名学，对易经的理论也有几分不以为然，但他却尊重邱涚的决定，既然邱涚愿意让何无咎继续姓何，他也就没有勉强，心里也清楚邱涚是对前夫有念想。尽管心里稍有不舒服，他也没有明说，因为他太爱邱涚了，哪怕邱涚是二婚，还带了一个孩子，他也无所谓。

许多人不理解花向荣的选择，以花向荣的身份和年龄，找一个二十多岁的未婚姑娘也容易得很，甚至想要嫁到花家的女孩排队都能排到一公里开外，谁也想不到的是，花向荣居然娶了一个离异带孩子的女人，让无数人大跌眼镜的同时，又感叹花向荣要么是鬼迷心窍，要么就是被邱涚灌了迷魂药。

只不过感情问题，只要你情我愿就好，外人是不是理解无关紧要。只是让人意想不到的是，自从邱涚嫁入花家之后，花向荣的事业蒸蒸日上，公司逐渐发展壮大，在短短十余年间就成立了好花常开集团，一跃成为省内首屈一指的房地产行业龙头老大，并且逐渐以房地产行业为根本，拓展到了许多领域。

于是就有传闻说，别看邱涚是二婚，但她和花向荣阴阳和合五行互补，所以旺夫。花向荣是木命，而邱涚多水，水多木旺，花家得了邱涚之助，才真正得以欣欣向荣。

好花常开

何无咎嘻嘻一笑，他其实知道妈妈在家，心不在焉地左右看看："爸，我说句大实话您也别生气，平心而论，我真不觉得付先山是什么好人，他一边和您称兄道弟，一边又和沈雅坐而论道，周旋在你们之间，利用你们之间的矛盾，实现自己的利益最大化。"

"你知道什么？不懂就不要乱说。"花向荣哈哈一笑，对何无咎的话毫不在意，"我和付先山认识几十年了，在我最困难最落魄的时候我们结下的友谊，能保持到今天，实在太难得了。他和我关系好，不一定就要和沈雅关系不好。有些事情不像表面上那么简单，大人做事情，比你们考虑得长远多了。"

"付先山就是会说漂亮话，会办面子上的事情。沈雅搬家时，他送了沈雅一个莲花台。怕您有什么想法，随即又送了我们一个凉亭。莲花台和凉亭，一个是一块石头，一个是一堆木头，都是中看不中用的摆设。也不知道沈雅和您怎么就领了他的情，要送，直接送一座假山或是一个院子多好，非送虚头巴脑的东西，说明他做人多虚伪。"何无咎站了起来，用脚踢了踢凉亭的柱子，又拍了拍凉亭的一角，"好吧，退一万步讲，就算送凉亭，也要送上好的木头才显诚意，金丝楠木就不必了，至少也要是海南黄花梨、小叶紫檀、乌木，最不济也要鸡翅木才行，却送的是松木，真是小气。"

"松木结实而耐腐蚀，有什么不好？"花向荣不以为然，"朋友送的东西，是一份心意，礼轻情意重，你还挑三拣四就太不应该了。"

"算了吧，心意也要看礼物的贵重程度。付先山就是一个小气鬼，送给沈家的莲花台是一块普通的大青石，以他的实力，就算送一块汉白玉也不算什么。"何无咎对付先山并没有太多不满，实际上，他和付先山还有许多共同利益，但他还是觉得付先山过于阴鸷了一些，和付先山打交道，总有一种阴冷的感觉，主要也是有意测试一下付先山在花向荣心目中的形象，"送给我家的凉亭，又是死人最喜欢的松木……"

"胡说八道！"花向荣拍案而起，怒容满面，"何无咎，你太过分了！你、你、你记住了，以后不许随意评价长辈。"

"无咎，你上了几年医科大学，是不是会操作手术刀我不知道，不过这损人的水平，是越来越犀利了……"何无咎还没有来得及争论几句，一个声音从门外响起，轻柔如花瓣，明媚如阳光，"出口成脏，字字中伤，来，教教我怎样不带脏字地诋毁一个好人。"

阳光明亮地铺满了大地，夏天，正是阳光最有活力的季节，不戴墨镜的话，行走在阳光之下，会有刺眼的感觉。

好在花家绿树成荫，几棵高大的杨树遮挡了大部分阳光，让花家的庭院多了清凉。话音一落，门一响，一个人施施然从门外进来，她明净的额头和如花的容颜，亮丽而耀眼，仿佛瞬间点亮了又一个太阳，光芒大盛，让人眼前一亮并且目眩神迷。

好在何无咎早就习惯了花无忧的美丽，只是微一失神，随即立刻恢复了平静。

"姐……"何无咎假装没听见花向荣的怒斥，也不在意花无忧话里话外的嘲讽，迎上前去，一脸浅笑，"你可回来了，我的礼物呢？"

花无忧一身紫色连衣裙，身高一米七，长腿细腰，瓜子脸，一头长发如瀑布奔流，直泄而下在身后随风飘摇，宛如一株百合花在阳光下绽放生命中最美好的时光。

花无忧莞尔一笑，轻轻打了何无咎一下："就知道要礼物，你也不关心姐姐累不累忙不忙，太让人伤心了。"

说是伤心，花无忧却笑得明媚动人。

"姐姐是花家的中流砥柱，忙些累些也是能者多劳，不像我，是扶不起来的阿斗，每天就是晃荡，除了泡姐打架吃喝玩乐，就是无所事事。"何无咎摇头晃脑地笑了笑，伸手抱住了花无忧的肩膀，"姐，听说又新交了一个男朋友，什么时候带出来让我瞻仰一下？"

花无忧扬手打了何无咎的脑袋一下，咯咯一笑："我每天忙得脚不离地，哪里有时间交男朋友？何况说来说去，男人都是一个样，没几个好人，交不交男朋友又不影响我的事业和快乐心情，既然可有可无，何必去浪费时间和精力？"

"如果实在找不到合适的男友，姐，不行你就考虑我怎么样？"何无咎在付先山面前一本正经，在花向荣面前装巧卖乖，在花无忧面前嬉皮笑脸。

"去，一边去，小屁孩还敢打姐的主意，小心打你屁股。"花无忧嘻嘻一笑，扬手打了何无咎一下，当然不是打屁股，而是打在了肩膀之上，"你要么追到沈向葳，要么拿下龙作作，除了她们两个人之外，你就算摆平了省长的女儿，我也不觉得你有本事。"

何无咎挠了挠头，一脸为难："要说宋省长的女儿宋一凡，我还有几分把握，但你让我去追龙作作，恐怕半点希望也没有。"他脸色一变，嗤之以鼻："谁不知道龙作作是出名的眼高过顶目中无人，她的要求已经超过了人类的极限，除非是来自星星的外星人，除了长得帅一往情深四百年之外，还得有特异功能，可以在关键时刻拯救她于水火之中……说到底，她是自己给自己找不自在，不就是一个副市长的女儿吗？非当自己是公主，有病，作！"

"其实要我说，无咎和无忧结婚也没什么，他们说是姐弟，其实没有血缘关系。"邱涚的声音从房间中传来，沉稳有力，虽然有着女性普遍的尖细嗓音，但在尖细之外，又有沉闷和厚重。

邱涚比花向荣小了五岁，却如同小了十岁一般，五十多岁的她，乍一看犹如才四十岁出头，个子不高，身材不胖不瘦，一身休闲居家服衬托得她犹如一株苍劲有力的梅花。

仔细观察的话，可以明显看出何无咎和邱涚的相似之处，眼睛、鼻子和眉毛，有六分相像。尤其是鹅卵型的脸型，几乎一模一样。

嫁到花家时，邱涚才二十五岁，一岁多的何无咎正是有奶便是娘的年纪，或许在他的记忆里，亲生父亲就没有留下任何记忆和影子。他很快融入了花家，当花向荣是亲生父亲，当花无忧是亲姐姐。

只不过长大后，知道了自己身世的何无咎很是不理解妈妈的决定，为什么不让他改姓花？虽然花向荣对他视若己出，但何姓却始终如一道鸿沟横亘在他和花家之间，无时无刻不提醒他一个事实——他不是花向荣的亲生儿子。花向荣只有一个亲生女儿，她就是花无忧。

花无忧比何无咎大三岁，从小到大，花无忧就不喜欢何无咎，因为何无咎的出现，不但分走了她一半的父爱，还让她在家中独一无二的地位岌岌可危。尤其是长大之后，她越来越意识到了一个问题，重男轻女的爸爸竟然真的如外界传闻一般，有意将花家的产业全部交由何无咎执掌。

何无咎分明是一个外人！和她与爸爸全无半点血缘关系，而且还姓何！花无忧很不理解爸爸的想法，几次和爸爸沟通，却总是达不成共识。甚至更让她感觉到气愤的是，爸爸还有意让她嫁给何无咎。

她和何无咎是没有血缘关系，结婚也不犯法，但……开什么国际玩笑！何无咎能力一无是处性格狂妄无知，就他也配娶她？在外面说他是她的弟弟就让她感觉面上无光，真要嫁给了他，得有多丢人。

花无忧知道邱浼的心思，邱浼不满足于现在持有好花常开百分之十股份的现状，想要吞并整个花家产业。

自从邱浼嫁到花家以后，不但迅速赢得了花向荣的欢心和认可，还跻身了董事会，成了董事会拥有百分之十五投票权的举足轻重的人物。在花无忧懂事并且知道维护自己的利益之时才发现，为时已晚，邱浼已经坐大，在整个好花常开中不但持有了百分之十的股份，还站稳了脚跟，俨然已经呈尾大不掉之势。

好在花无忧及时阻止了邱浼进一步吞食花家产业的企图。在她的劝告下，花向荣也对邱浼多了提防之心，不再和以前一样对她百依百顺百分百信任，而是不再让邱浼担任要职，并且数次阻止了邱浼想要增持好花常开集团股份的意图。

邱浼见正面出手收不到预期效果，就开始了曲线救国之路，一再提出让何无咎和花无忧结婚，一是肥水不流外人田，亲上加亲，二是何无咎和花无忧正好性格可以互补，二人联手，既可以抵挡来自外界的恶意收购，也可以抵御来自内部元老的不安分想法。

当年跟随花向荣创业的好花常开集团的一干元老，对花无忧和何无咎都不太满意，认为二人不管是谁都没有资格接掌好花常开集团。花向荣不管是威望还是资历，足够压制一干元老的异动，但如果是花无忧或是何无咎二人之中的其中一人接手好花常开集团，必然会被元老排挤出局，从而导致花向荣辛辛苦苦创立的好花常开集团落入他人之手。

邱浼的理由很充分也很有说服力，如果何无咎和花无忧结婚了，二人联手接手好花常开集团，以二人共同持有的股份以及投票权，接近完全控制董事会。再只要二人在董事会各有一个同盟，就可以做到绝对控股。但如果连二人都不同心，早晚会被元老们各个击破，从而失去对好花常开集团的控制权。

尽管花无忧很清楚在邱涗光明正大的理由之下，其实暗藏了一颗逐渐吞并好花常开集团的狼子野心，但反过来讲，她和何无咎结婚，何无咎是利用她的出发点，她又何尝不可以反过来利用何无咎？相信以何无咎的智商和情商，想和她较量，还远不是她的对手。

只是想归想，花无忧却不敢付诸实施，毕竟她是女人，不想为了事业而牺牲爱情。她对何无咎别说有爱情了，连感情都没什么，只有表面上的亲情。正是因此，她对邱涗总是不时提及的结婚一事，采取了不拒绝、不回答、不表态的三不策略。有时她甚至会想，从一开始邱涗就不让何无咎改姓花，恐怕就是有让他娶她的想法。如果真是如此的话，邱涗也太心深如海了。

"妈，您别费心了，就算我想嫁无咎，无咎也不会娶，无咎喜欢的人是沈向葳。"花无忧朝何无咎使了一个眼色，暗示何无咎配合她一下，"而且我也有自己喜欢的人了。"

何无咎嘿嘿一笑："姐姐说得没错，我的最爱是沈向葳，我非她不娶！不过姐姐的最爱是谁我就不知道了，是全有？是关得？还是何方远？"

"全有是谁我知道，开好景常在心理诊所的心理医生，听说过他有许多传奇故事。何方远好像是创立了祥云朵朵影视公司身家十五亿的互联网新贵，关得是谁？"花向荣被几人的对话激起了兴趣，笑眯眯地问道，"要是让我挑，我觉得还是何方远更配无忧，全有就算了，本事有，层次不够。"

"关得是传说中的隐形掌门人。"邱涗是何许人也，有些话一点而过，不必非要说个没完惹人厌烦，花向荣接过了何无咎的话，她就知道花向荣不想再谈论何无咎和花无忧结婚的话题，她就顺水推舟向下接话，"要是我，更愿意让无忧嫁给关得，关得才是真正的深藏不露的高人。不过据说关得已经结婚了，娶的是高官之女，叫秋曲。"

"关得？别闹了，关得不但结婚了，而且还病了，病得还不轻，听说都快不行了。"何无咎摇了摇头，"要是关得没病，我倒觉得他更适合姐姐。"

　　"姻缘到了，真命天子就现身了，算了，不说风花雪月了，说正事。"花无忧见成功化解了邱浼的又一次进攻，心情大好，一拢头发，笑盈盈地来到凉亭之中，坐在了花向荣的对面，"爸，我刚刚和倪流谈成了一个合同。倪流的为人还算可靠，不出意外，喜乐影视和远思集团联合开始的第一个重大项目，三天后就会启动。"

　　花无忧虽然持有好花常开的股份，但没在好花常开任职，她是自己创立的喜乐影视的 CEO。倪流是远思集团的 CEO，是燕省有名的青年才俊。

　　邱浼和何无咎也分别落座，四人两两相对，在微风习习的凉亭之中，喝茶聊天。

　　凉亭的四角系有风铃，风一吹，叮咚作响，悦耳动听。

　　何无咎插嘴说道："倪流人不错，我跟他打过几次交道，他很讲信誉，也很有水平，我很欣赏他。他从他姐夫手中意外继承了远思集团，原以为是天下掉下的馅饼，接手之后才发现，远思集团资不抵债，已经破产了，而且还有外债几个亿。倪流被馅饼砸中了头是不假，却不知道，馅饼里面的馅是毒药，他差点儿没被害死……"

　　倪流的故事，整个燕省的政商两界，几乎无人不知。倪流的姐夫因酒精中毒身亡，临死之前，将名下的股份全部转让给倪流。结果此举引发了股权争斗，经过一番艰苦卓绝的较量，倪流总算成功地拿到了应得的股份，并且顺利接掌了远思集团，却赫然发现，远思集团已经负债累累，外表光鲜的远思集团只是一个空壳了。

　　为了完成姐夫的遗志，为了不辜负姐夫的重托，倪流忍辱负重，在无数人不解和质疑的目光下，挑起了振兴远思集团的重任，最终他一步步完全掌控了远思集团，并且带领远思集团走出困境，重新崛起。

　　"忍辱负重才是男人，什么时候你能有倪流一半的本事，无咎，也会有人为你写一本书，名字就叫《逆袭》。"花无忧半是调侃半是嘲笑何无咎，"你肯定没有看过根据倪流亲身经历改编的小说《掌控》，太精彩了，看得人热血沸腾。"

　　"拜托，姐姐，全有的传奇才是《逆袭》，我的故事才不会起这么俗的名字，一定要高大上……"何无咎哈哈一笑，身子朝后一靠，"不过说到逆袭，我觉得郑道这小子说不定会和全有一样逆袭成功。他和全有有相似之处，都是医科大学毕业，都是草根出身，都很穷。也有不一样的地方，全有在医科大学有两个前女友，郑道大学期间，一个女朋友也没有交……"

"郑道是谁？"邱浣微微皱眉，"名字听上去倒是不错，不应该是一个穷人。"

"郑道是郑隐的儿子。"花向荣一愣，目光闪动，似乎想起了什么，目光充满了回忆望向了凉亭的上方，"当年要不是因为郑道的一句话，我说不定就不在人世了。"

此话一出，几人皆惊。

何无咎更是一下站了起来："爸，你说什么？当年？郑道才多大，他怎么可能影响得了你？"

"这件事情说来话长了……"花向荣一时感慨万千，正要开口说到往事，忽然一阵猛烈的咳嗽，他弯下腰，扶着凉亭的柱子，直不起身来。

"爸，"花无忧急忙起身拍打花向荣的后背，"怎么老毛病又犯了？你有好多年都没有咳嗽过了。"

邱浣也向前一步，轻轻拍打花向荣的后背，一脸关切之色，目光却悄然落在了凉亭四角的几个风铃之上，眼中闪过一丝复杂的情绪。

何无咎注意到了邱浣的动作，也多看了几个风铃一眼，却没有看出有什么不同寻常之处，就是几个再常见不过的风铃，悬挂在凉亭的四角之上，不管是形状还是材质，都极其普通，难道说这几个风铃有什么特殊意义不成？

"可能是受了风寒，当年我遇到郑道的时候，咳嗽得比现在厉害多了，都咳出血了，如果不是郑道指点了我几句，我现在可能就不在人世了……"花向荣咳嗽稍轻了几句，直起了身子，说起了往事，"我记得很清楚，当时是在一家诊所里面，对，就是在全有的诊所偶遇了郑道。"

"什么时候的事情？当时郑道才多大？"何无咎无比惊讶，他万万没想到，郑道和花向荣还有如此不为人所知的交集。

"我想想……"花向荣微一沉吟，"是十几年前的事情了，当时郑道也就是七八岁的样子。"

"七八岁就能治病救人？怎么可能？"花无忧一时震惊，一脸的难以置信。

天赋

沈家院子一片狼藉。

老孙手足无措地原地打转，脸上身上沾满了泥水。他一边朝沈向葳点头哈腰地赔礼道歉，一边呵斥着工人赶紧补上漏洞，最主要的是，要第一时间关闭煤气阀门。

因为顺着莲花台向下挖，挖到了水管和煤气管道，也不知道平常干活向来细心的工人怎么就一时疏忽，一下挖开了水管和煤气管道，结果就是水漫金山的同时，又有煤气泄露，十分危险。

沈雅倒没说什么，淡定地看着工人们手忙脚乱地修补，沈向葳却气得不行，狠狠地骂了老孙几句。老孙唯唯诺诺，不敢解释半句。

最后总算修补了漏洞，又回填了泥土，老孙苦巴巴地来到沈向葳面前，征求沈向葳的意见："沈总，莲花台要不要移回去？"

尽管老孙打破脑袋也想不通沈大小姐为什么要移开莲花台在地上挖洞，挖了半天既不见有宝贝，也不见有什么稀奇古怪的东西，成心折腾人不是？不过他就算有怨言也不敢说出口，富家子弟总会做出一些不合常理的事情，见怪不怪也就习惯了，反正不缺他的工钱就行。

"放回去。"沈向葳气不打一处来，弄得院子里到处是水不说，还煤气泄漏，差点出大事，她的火气就三分发在了老孙身上，"不放回去难道还送给你？"

"送给他好了。"郑道及时出面了，他冲老孙礼貌地点了点头，"你们运走莲花台，如果摆放在自己家里，不要放在正中。"

"就留下，我说了才算！"沈向葳十分火气中的七分全部朝郑道发泄了，"要不是你，还不会弄出一摊子烂事，郑道，都怪你，你赶紧向我认错。"

"老孙，莲花台抬走。"沈雅发话了，他见郑道一脸凝重，知道事情必定是出在莲花台之上，"随便扔掉就行了。"

老孙不敢答应，眼巴巴地看着沈向葳。沈向葳愣了一愣，转身走了："我不管了，我困了，要去睡觉。"

回到客厅，沈雅亲自为郑道倒上一杯茶，郑重其事地双手捧起："郑道，感谢的话我就不多说了，如果你觉得家里还有哪些地方的格局不够和谐，你就尽管指出来。"

郑道接过了沈雅的茶水，也不客气，一饮而尽，然后放下茶杯："沈伯伯，水管和煤气管道的交汇之处，是水火交融之地，用青石镇压，久之会导致水流不畅、火行受阻。水流不畅体现在人体上就是泌尿系统出现问题，火行受阻对应人体是阳气运行不够畅通。根据环境影响人体健康的理论推断，向葳体寒畏冷，阴盛阳衰，符合火行受阻的症状，那么家里应该还有一个人有泌尿系统的问题……"

哐当一声，沈雅手中的茶杯失手落地，摔得粉碎，他震惊得目瞪口呆，瞪大眼睛直视郑道的双眼，一脸的骇然和难以置信！

"郑……郑道，你真的是第一次来家里？"

郑道淡然笑了："以我的身份，能来沈家一次已经很不容易了。如果我的记忆没有出现过问题，以前肯定没有来过。"

沈雅意识到自己失态了，歉意地一笑，招呼郑道到他的书房："来，到我书房坐坐。"

客厅是招待一般客人的地方，书房就比较私密了，通常情况下如果不是重要客人，沈雅不会带进书房。放眼整个石门，不，乃至整个燕省，能够有资格进入他书房之中和他聊天的人，不过十几人而已。

沈雅的书房布置得古朴而典雅，除了必要的桌椅之外，还有屏风和一个炕，对，就是可以坐在上面喝茶聊天下棋的炕，在清朝以及民国时期常见的炕。

炕的正中有一个铺着黄布的方桌，方桌不大，两尺见方，上面有茶壶和茶杯，还有一本线装古书。郑道定睛一看，哑然失笑，古书赫然是《黄帝内经》。

"郑道，来，坐。"沈雅招呼郑道坐下，他脱了鞋，盘腿坐在了方桌的右侧，"我不是曹永国，你也不是夏想，不过我总觉得我们今天的会面，真有夏想第一次去曹家的意境。"

夏想第一次去曹家是什么情形、什么意境，郑道不得而知，他笑了笑，也脱鞋上炕，坐在了沈雅的对面，然后为沈雅倒了一杯茶。

茶香四溢，茶水色泽金黄，和洁白的茶杯相映成趣，颇有禅意。

"来，尝尝这茶。"沈雅努力平息了心中的惊骇之意，刚才郑道的话在他心中激起了惊涛骇浪，只是自恃身份，他不好在郑道面前表露得过于明显，就借茶压惊。

郑道轻轻抿了一口，感觉和以前喝过的绿茶、红茶、乌龙茶大不相同，也不是白毫银针的风味，他微一深思："味道很怪，似乎有一丝山野的气息，但并没有太强烈的狂野之意，有中正之意，却又缺少平和之味，沈伯伯，这茶很矛盾，似乎总是欠缺了一些什么火候。"

沈雅自认见多识广，以他在政商两界沉浮几十年的经历，再加上他现在所处的高度，能让他震惊的事情已经十分罕见，何况是让他一惊再惊的人了，更何况对方还是一个刚出校门的年轻人！

沈雅手一抖，手中的茶杯险些失手落地。如果说刚才郑道一语道出沈家有人在泌尿系统上面有病症已经足够让他震惊于郑道的本事，那么郑道对野茶的点评，更是让他心中刚刚压下的惊涛骇浪再次掀起冲天巨浪！

怎么会？怎么可能？郑道只是一个连医者都算不上的初学者，怎么会有医师以上境界才能达到的望气之术？虽然沈雅并不懂中医，也是中医的门外汉，但博览中医典籍多年，他自认就算是门外汉，也算是理论知识丰富的渊博的门外汉，对什么样的中医阶段达到什么样的境界和本事也略知一二。

原本请郑道来沈家为沈向葳治病，也是退而求其次的下策，毕竟郑隐失踪了。不想才一接触中，郑道就带给了他接二连三的惊喜，从莲花台的位置摆放到发现下面的管道交汇，再到推测出家中有人有泌尿系统疾病，再到品出野茶与众不同的口味，沈雅对郑道由原先的不以为意迅速上升到了惊叹和佩服的高度！

莫非郑道比郑隐还要高明？沈雅按捺不住心中跃跃欲试的心情，想要知道郑道到底要怎样治疗沈向葳的陈疾。

郑道稳坐在对面，目光平和，脸色平静，手中把玩茶杯，对沈雅的审视的目光视而不见。只不过郑道虽然平静而沉默，但毕竟年轻，他稚嫩的脸庞和瘦弱的肩膀出卖了他的深度，阅历和成熟是经历许多世事沧桑之后的沉淀，只能靠时间的积累，没有捷径可走。沈雅暗想，凭郑道的年龄和阅历，他不可能是如郑隐一样深藏不露的高人，因为年龄永远是他无法逾越的最大问题。在有些时候，年轻就是资本。但在有些事情上，年轻就是最大的不足。

这么一想，沈雅心中的惊涛骇浪慢慢平息了，或许郑道对莲花台的判断、对家人泌尿系统疾病的推断、对野茶的评价，不过是知道的东西多一些而已，有巧合、有运气、有意外等因素，并非是真的出于对实际问题的真实判断。

"这是朋友送我的野茶，市面上没有销售。确实是生长在山野之间，在无人看管的野外，自生自灭，野蛮生长，就天生带了野生的气息。不过采摘之后，又经人工炒制，就多了人为的刻意，只不过并没有如铁观音、正山小种一类的茶是精心炒制，只是粗制，所以保留了狂野之意又多了少许的中正气息。"沈雅呵呵一笑，目光直视郑道的双眼，"毕竟是新研制的茶种，不够精确，再多尝试几次，多一些人为的约束，或许中正气息就可以中和狂野之意，达到中正平和的中庸之道。"

郑道听了出来，沈雅是借野茶来暗喻他，他的一些理论，古往今来口耳相传，许多没有记录成书，就如野茶一般肆意随性地生长。而现在的西医理论，都来源于实践，是实证的基础，并且有系统的归纳和记录，比起许多语焉不详的中医知识，确实完备了不少。

当然，中西医各有所长，沈雅的意思显然是说如果充分将中医和西医的所长发扬、所短弥补，就可以扬长避短中西互用，达到中西医结合的大成之境。

"我对茶了解不多，只是凭感觉随口一说，让沈伯伯见笑了。"郑道意识到他在沈雅面前流露出太多容易引发对自己身世秘密产生怀疑的举止了，想起了爸爸的再三叮嘱，虽然他的出发点全是为了治病救人，却还是自责自己到底年轻，不该轻易卖弄，就有意低调几分，"莲花台的事情，也是我以前爱看一些乱七八糟的风水书，觉得莲花台放在院子正中，阻挡视线也影响景色，所以随口一说，没想到说中了……"

郑道是谦虚之言，沈雅却当真了，倒不是因为沈雅天真，而是沈雅先入为主，不认为郑道真有什么高深的境界。当然了，实际上郑道也确实还没有入门，在五大境界上，还没有迈进医者之门。只是郑道天生感应灵敏，尤其是在望气之术上，有无法按照常理推测的天赋。

沈雅心中稍安，他呵呵一笑："你对风水也有研究？"

"也就是爱看一些杂七杂八的书，还真谈不上研究……"郑道话说一半，被沈向葳的声音打断了。

"聊天也不叫我，真是的。"沈向葳推门进来，一脸笑意，因为莲花台事情而引发的怒火已经荡然无存，她现在心情很好，搬了一把椅子坐在了炕边，"你们说，我当听众。"

容易生气的人容易损伤肝脏，怒伤肝，生气会激发肝火。好在沈向葳的气来得快，去得也快，比起喜欢生闷气的人好了太多。如果闷气在心，郁积久了，会引发身体极大的病变。想要身体好，保持平和的心态和舒畅的心情，至关重要。

郑道打量了沈向葳一眼，沈向葳的气色比之前好了几分，眉宇之间虽然还有阴冷之色，但稍微减轻了几分。虽然莲花台被移除了，但中医讲究的天人合一是一个日积月累的过程，不会有立竿见影的效果。养生养生，重在持之以恒的休养。

"对了郑道，你认识花向荣吗？"沈向葳双手托腮，目不转睛地盯着郑道，目光中有好奇有好玩，还有一丝居高临下的审视，"刚才我正要睡一会儿，接到了花姐姐的电话，她向我打听你的一些事情，还说想请你去她家一趟……你说实话，花姐姐是不是喜欢上了你？听她的口气，她对你特别感兴趣。"

郑道挠头："花向荣是谁？花姐姐又是谁？"

"真的假的？你连大名鼎鼎的好花常开集团的创始人花向荣都不知道？你可真会装腔作势。花姐姐是花向荣的女儿，花家的千金小姐，也是何无咎异父异母的姐姐。"沈向葳拿起一块西瓜放到了嘴里，"花姐姐一向眼高过顶，有多少人追求她，她别说给别人机会了，连话都不肯多说一句。我认识她好多年了，还是第一次见她对一个男生这么感兴趣，连你的身高、长相和肤色都问得详细……"

郑道伸手拿过沈向葳送到嘴边的西瓜："西瓜性寒，虽然夏天吃西瓜正好可以消暑，但你的体质特殊，还是不要吃过于寒性的水果。还有，最好不要吃外地产的水果，尤其是外地出产的反季水果。大自然的神奇之处在于，一方水土养一方人，要吃本地出产的应季蔬菜和水果，才最符合养生之道。"

"和毒蛇出没之地，七步之内必有解药是一样的道理吧？"沈向葳轻描淡写地笑了，被郑道抢走了西瓜，却没再要回来，"我才不信，你别讲这些神乎其神的道理。不对，你别岔开话题，说说你到底有没有见过花姐姐吧？"

郑道没有回答，沈雅微一皱眉："花无忧打听郑道做什么？"

"不知道，她没说，我也没问，不过听上去她对郑道很有兴趣，恨不得马上见到郑道。"沈向葳歪着头打趣郑道，"郑道，你别不好意思，告诉我，你到底有没有见过花无忧？"

穿了一身睡衣的沈向葳没有注意领口开得太低，向郑道倾斜的时候，胸前的风光险些被郑道看得清清楚楚。幸好郑道目不斜视，虽然他发现了沈向葳迷人锁骨之下更加诱人的风情，却及时收回了目光。

郑道的举动被沈雅尽收眼底，沈雅暗暗赞叹，以郑道现在的年龄，正是血气方刚的阶段，对异性有着强烈追逐的内动力。他却懂得克制和收敛，已经初步具备了成大事者必备的自控力。

"没有。"郑道斩钉截铁地回答了沈向葳，他对花无忧并无兴趣，也真的不记得谁是花向荣了，不过对于花无忧是何无咎异父异母的姐姐的事实很感兴趣，因为在他看来，何无咎此人不但姓名很有意思，身世也如此奇怪，再联想到何不悟再三强调不要让何无咎和何小羽过多接触，他就更加可以断定，何无咎的人生道路会有许多意想不到的变数。

"好……吧。"沈向葳的兴趣迅速消退了，对花无忧到底和郑道认不认识，兴趣全缺了，她摆了摆手，"算了，不审你了，随便你认不认识花姐姐，反正以后肯定会认识，郑道，你住在哪里？"

"善良庄。"

"好远。"沈向葳眨了眨眼睛，也不征求沈雅的意见，"你以后就住我家好了，我隔壁的房间一直空着，就让你住了。也方便你为我治病，对了，你在全有典当行上班是吧？我家离全有典当行也比善良庄近多了。"

"咳咳……"沈雅无语了，女儿有时刁蛮任性，有时又单纯得可爱，对外人毫不设防，也不知道她这些年来怎样拒绝了一个又一个追求者，她让郑道住在家里，他不反对，却让郑道住在她的隔壁，就太没有防人之心了。万一郑道见色起意，对她做出不应该做的事情，事后再弥补也是无法挽回的大错，"郑道住在家里没问题，不过最好住在楼下，比较方便。"

郑道摆了摆手："不用了，我住善良庄就行，远点儿没什么，路上可以欣赏风景也可以锻炼身体。走路是最好的锻炼身体的方法。"

"走路可以锻炼身体，我赞成。但是你住在善良庄的主要目的是为了何小羽，郑道，郑哥，你别告诉我你不喜欢何小羽。"

沈向葳话音刚落，沈向蕤推门进来了。沈向蕤的身后，还跟了一人，是一名中年妇女。

大巧若拙

沈向蕤一身运动装进来，头戴运动帽，手中拎着滑板，一头汗水。

新潮的打扮，桀骜不驯的表情，松松垮垮的裤子以及歪歪斜斜的站相，沈向蕤绝对是混蛋富二代的代表性人物。不提他一身上万元的运动装、上万元的滑板，以及十万元的运动手表，就是他头上价值三千多元看不出有多好被他弄得脏兮兮的名牌帽子，就会让许多人觉得他是一个大手大脚胡乱花钱的富二代。

沈向蕤身后的中年妇女，一身职业装打扮，当前一站，如清风明月，有飘然出尘之意。她周身上下弥漫知性之美，是腹有诗书气自华的优雅，脸型微圆，和蔼如邻家阿姨。

郑道站了起来，作为客人，见到家里的女主人起身迎接，是必需的礼节。他虽然并不认识范清，但从范清的长相和修养可以看出她正是沈向葳和沈向蕤的妈妈，是沈家具有举足轻重影响力的二号人物。

"阿姨好。"郑道微微弯腰致意，目光在范清脸上停留了片刻。

范清长相不错，五官端正，眉清目秀，虽然岁月在她的脸上留下风霜，但依稀可见当年的风韵，沈向葳和她确实有五分相似之处。年轻时，她绝对是一个美人。只不过郑道并不是欣赏范清的长相，而是在审视她的气色。

每个人都有气色，比如有人红光满面，有人一脸焦黑，有人脸色铁青，有人萎靡不振。气色看似看不见摸不着，其实时刻存在并且准确地显示出一个人的身心健康状态。古代中医大师，只凭望气就可以准确地判断出一个人的健康程度和寿命长短，甚至可以进一步推断出一个人的荣华富贵吉凶祸福。

毕竟在生死面前，什么事情都是小事，王图霸业，江山美人，功名利禄，三万里河山，都不过是浮云。拥有一个健康的身体是一切事业的前提。

范清的气色还算不错，眉宇之间甚至还有祥和之意，她笑容端庄，神态安详，脸色红润喜人，丝毫没有颓废和灰黑之色，说明她心态平和，身体运行顺畅。

人的身体和外界环境一样，如果运行顺畅，就是风调雨顺，春种夏长秋收冬藏，适应四时寒暑而一帆风顺。

如果只从表面上看，范清神清气爽，身心舒畅。但郑道是何许人也，目光一扫，就落在了范清的耳朵之上，微微皱起了眉头。

范清的肤色很好，白润而透红，比起沈向葳的苍白好了不知多少，说明她气血通畅。但和她白润的脸色不相称的是，她的耳朵虽然形状长得不错，而且耳大有垂，也算是福相，但耳朵的颜色却呈现暗黑的焦败之色！

虽不明显，却没能逃过郑道犀利的目光。一双耳朵看似红润，却是暗黑，就如即将枯萎的红色花瓣，有一种触目惊心的衰败之感。

"肾开窍于耳"，《四诊抉微》中有言："耳焦如炭色者，为肾败，肾败者，必死也。"

耳朵出现异变，说明肾出现了问题。肾为先天之本，藏五脏六腑之精，肾一旦异常，很容易引发一系列的连锁反应，导致身体的虚亏。肾又是泌尿系统重要的组成器官，郑道心中更加坚定了自己的推断，如果说沈家有一人泌尿系统出现了问题，不是沈雅，也不是久病缠身的沈向葳，更不是充满活力阳气充足的沈向蕤，而是范清。

见识过郑道非同一般本事的沈雅注意到了郑道的目光停留在了范清的耳朵之上，心中一跳："怎么了，郑道，范清的耳朵有什么问题？"

范清微微一笑，伸出右手："你就是郑道？我是向葳的妈妈范清，感谢你照顾向葳，让你受累了。"

郑道对范清的彬彬有礼很有好感，也礼貌地回应了一笑："范阿姨客气了，受人所托，忠人之事。一个人做自己的分内事，永远不能觉得是在受累。"

"刚才沈雅的话……"范清优雅地看了沈雅一眼，"我的耳朵是有什么问题吗？"

"范阿姨平常觉得腰酸背痛吗？"郑道声音轻柔平和，尽量不给范清带来心理上的压力，"您平常喝水不多吧？"

范清惊讶地看向了沈雅，沈雅轻轻摇头，意思是他没有向郑道提过她的任何事情。她按捺住心中的震惊："最近一段时间总是觉得腰酸背痛，也确实，我平常喝水不多，年轻的时候工作忙，顾不上喝水，就养成了每天喝水不多的习惯。"

郑道点头，其实他不是故意卖弄他的本事，而是沈家人从沈雅到沈向葳以及沈向蕤和范清，似乎都受到了莲花台压制的影响，虽然目前来看沈雅和范清的症状还不明显，或许是时间不到的缘故，既然他担任了沈向葳的私人医生，就要对沈向葳负责。

对沈向葳负责，就是要对沈家负责，沈家的环境会影响到沈向葳的个人病情。

"您以后要多喝水，尤其是白开水，不要等口渴的时候再喝，一旦感觉到口渴了，就是身体已经严重缺水了。"郑道并没有深说，只是点了一点，"阿姨的底子好，注重养生的话，会很快恢复。"

范清十分惊讶："多喝水也有好处？"

"水可以带走体内的毒素，减少结石的可能。可以设想一下，是流动缓慢的一潭死水赏心悦目，还是流动欢快的一条溪水更让人感觉心情愉悦？"郑道笑了笑，"人体内的毒素，有些只能通过泌尿系统排出，有些只能通过汗水排出，所以不管是哪一方面都要注意。"

范清眼中掩饰不住讶然之色："郑道，你不愧是医科大学的高才生，懂得真是不少，请你当向葳的私人医生，是向葳的福气。"

"是整个沈家的福气。"沈雅十分开心地笑了，郑重其事地向范清介绍了郑道。

范清对郑道的第一印象很好，在她眼中的郑道，低调、沉稳、老成，不但有着与年龄不相称的成熟，还有一种让人琢磨不透的神秘。郑道就真实地站在她的面前，却又似乎距离她十分遥远，就让她实在想不明白郑道一个刚出校门的学生，为什么周身上下会有神秘莫测的气息围绕？

如果说沈向蕤是一条一眼就可以让人看到底的奔腾的小溪，那么郑道就如一条缓慢流畅但深不见底的河流，在表面上的平静之下，隐藏着不为人所知的深度和广度，以及内涵。

女人由于生理和天性的原因，大多数天生喜欢有深度的男人，太浅薄的男人或许可以让她们一时好奇，但好奇心来得快去得也快，除非同样浅薄的女人才会喜欢浅薄的男人，稍有内涵和涵养的女人，都会对有故事、有本事的男人产生好奇加敬畏心理。

女人对男人的爱中，崇拜和依赖的成分占了至少三分之一强。一个女人对一个男人越崇拜、越依赖，她就爱得越深。相反，她对一个男人没有任何崇拜之意、敬畏之心，也在生活中和心理上不依赖他，她甩掉他只是时间问题。

当年范清爱上沈雅就是因为沈雅比同龄人更成熟稳重，更有男人味。女人眼中的男人味，是成熟、是稳重、是安全感，就和男人眼中的女人味是风情、是优雅、是美貌与气质并存一样。

"留下吃饭，想吃什么，阿姨让人去做。"郑道让范清想起了当年的沈雅，她对郑道的好感中就多了怜爱之意，母爱大发，"别客气，就当自家一样。"

郑道一瞬间被范清迸发的母爱光辉感染，鼻子一酸，险些失态。他和爸爸相依为命多年，记忆中妈妈就和完全不存在一样，从未体会过母爱的他第一次在范清身上感受到了母爱的温馨，尽管他心性比同龄人坚定许多，毕竟年纪还轻，在努力克制之下还是微微动容。

没想到来到了沈家，对他来说倒是人生之中一次意外收获，郑道点了点头："谢谢沈阿姨，我吃烙饼就行。"

沈向蕤乐了："姐夫，你可真有意思，妈妈也就是客气一下，你还真就点菜了？服了你了。"

"多嘴。"范清嗔怪地白了沈向蕤一眼，"郑道不客气是真诚，你记住了，以后交朋友，就要以诚相待。"

　　沈雅不说话，心中却暗自比较郑道和夏想的不同。夏想当年初到曹家，并没有留下吃饭，而是先给曹永国夫妇留下了一个好印象，等第二次上门时，才留下吃饭。和夏想的八面玲珑相比，郑道似乎笨嘴拙舌了许多，但他却并不认为郑道不如夏想。

　　夏想投身的是仕途，郑道走的却是游走在政界和商界之间的中道。在仕途之上，需要夏想一般游刃有余的手腕和运筹帷幄的高明，但走中道，却更需要郑道一般沉稳如山的高度、深广如海的深度。真正的高人，从来不会夸夸其谈，要么不说，要么一语中的，弹指间就可以解决困扰他人许久的麻烦。

　　郑道表面上憨厚地点了烙饼，其实沈雅看了出来，郑道是有意为之。如果说夏想的处世之道是举重若轻的高明，那么郑道的处世原则就是大巧若拙的朴实。也不一定非要分出谁高谁低，适合自己的才是最好的。夏想的高明让他在官场如鱼得水，郑道的朴实会让他游走在官场和商场之间，左右逢源吗？

　　不知何故，沈雅越来越看好郑道的前景了，比起郑隐过于孤僻的隐世和刻意的避世，郑道积极入世的做法才更符合人间正道。相信郑道很清楚，在沈家面前，他不过是一粒渺小的石子，不管是刻意拔高自己的高度，还是无限放低自己的人格，都没有什么效果。还不如表露出自己最真实的一面，才更容易得到对方的认可。

　　郑道的大巧若拙确实高明，沈雅很喜欢郑道点了烙饼的做法，让郑道显得既真实又可爱。他见多了形形色色之人，不管是在他面前装腔作势还是低声下气，对他来说都一样，他不会因此高看或低看对方一眼。郑道的做法反倒让他眼前一亮。

　　最终还是在范清和沈向蕤的坚持下，郑道答应在沈家住宿，主要也是因为他为沈向葳治病的前期准备工作做好之后，要到晚上了。

　　不过他的房间被安排在了一楼，紧邻沈向蕤的房间。

　　让沈雅十分奇怪的是，沈向蕤虽然不像何无咎一样目中无人，但也不是一个好相处的角色，何况现在的他还正处在青春逆反期，别说家中多住一人了，就是多一个人吃饭他也会不耐烦，却偏偏对郑道不但不反感，还无比热情地鼓动郑道住在家里。甚至在郑道摇头的时候，他把郑道拉到一边，抱着郑道肩膀小声说了半天话，明显是在苦口婆心地劝郑道留下。

这让沈雅大为不解，到底郑道有什么魔力让沈向葳如此热心？更让他感慨的是，就连向来对同龄男性大有提防心理的女儿对郑道也是很有好感，也非常欢迎郑道住在家里，一向有轻微洁癖的范清居然也大力赞成，不得不让他暗暗赞叹郑道必定是一个心地善良并且行事周正之人，一个人只有中正平和，身上才会散发祥和之气，才能让每一个接近他的人都对他产生信任和好感。

午饭的时候，郑道陪在了末座。沈家的家风不错，讲究食不语，吃饭时，没有几人说话，就连活泼好动的沈向葳也收起了性子，老老实实地埋头吃饭。

饭菜是四菜一汤，搭配得当，口味偏淡。主食有米饭也有烙饼，没错，郑道随口一提的烙饼，还真上了。郑道足足吃了一张烙饼，又喝了一碗汤才算吃饱。

饭后，又上了水果，郑道却没吃。沈雅看出了什么，问道："饭菜还合口吗？"

"谢谢，很好。"郑道知道沈雅想问的是什么，也就实话实说，"清淡的饭菜适宜养生，酸入肝、苦入心、甘入脾、辛入肺、咸入肾。五味过量，就会打乱人体平衡，损伤脏器，招致疾病。阿姨不能吃太咸，咸伤肾。向葳要忌酸，酸伤肝。酸甜苦辣咸五种味道，都要适量，不要过犹不及。"

"照你这么说，人什么事情都在意，活着多累？"沈向葳不以为然地笑了笑，"想怎么吃就怎么吃，想怎么活就怎么活，活得快乐、活得自在就好。"

郑道不接沈向葳的话，他不想争辩，因为争辩永远不会有结果，有些人只能被事实打败。沈向葳现在久病缠身，却还不注意日常的养生。

"饭后水果不如饭前水果。"郑道转移了话题，他的目光落在了沈雅的双眼之上，沈雅眼中布满了血丝，明显是睡眠不足的症状，"沈伯伯需要午睡，一个小时之内的午睡，有利于下午的工作。"

"好，我去睡一会儿，年纪大了，不比你们年轻人气血充足。"沈雅站了起来，上楼休息去了。随后，范清也去午休了，客厅就只剩下了郑道与沈向葳和沈向蕤。

"你也应该去睡一会儿，姐。"沈向蕤朝郑道挤了挤眼，他一推沈向葳，"给我和姐夫留点私人空间，我们说一些私密话题。"

"我不困，不睡。"沈向葳就不走，"你们有什么私密话题要说？我也要听。"

沈向蕤一脸无语："姐，我们说点男人怎么泡妞的事情，你女孩子家家的，好意思听吗？"

"怎么不好意思听？为什么不好意思？"沈向葳耍赖，"说不定我还可以帮你们出出主意，要说对女孩子的了解，你们肯定不如我。免费为你们提供最中肯的参考意见，你们还不赶紧举双手欢迎？"

沈向蕤无奈地摇了摇头："赖皮。"

郑道只是笑了笑，一言不发。

几人来到院中，原本摆放莲花台的地方已经平整干净，并且铺上了青砖，已经丝毫看不出来之前的气象。莲花台搬走之后，先不说对沈家气场的影响，单是视野就开阔了许多，放眼望去，情景交融，更合自然之道。

郑道尽量不去恶意猜测付先山送沈雅莲花台的真正用意，但他必须要说莲花台对沈家气场的影响太大，直接导致了沈向葳久病不愈，并且影响到了范清的身体健康，至于有没有对沈雅和沈向蕤带来什么不好的影响，还有待观察。

如果说付先山是有意为之，那么付先山到底和沈家有什么样的深仇大恨，非要压制沈家的运势呢？虽说用运势形容并不恰当，但一个家族是不是兴旺，除了有权势之外，还要有健康的身体。

顺应天地之气

莲花台不但压住了沈家的气脉，也正好挡住了沈家客厅的穿堂风，导致风行不畅。现在莲花台移除之后，不但视觉上舒服了许多，仿佛连阳光也亮堂了几分。

在院子的东面有一个长廊，上面长满了葡萄。几人来到葡萄架下，沈向蕤摘了一颗葡萄放到嘴里，又吐了出来："呸，真酸。"

"没有了莲花台，还真是感觉上好了许多，心情也舒畅了。"沈向蕤手搭凉棚朝莲花台的方向望去。她微眯了双眼，微皱眉头的样子可爱而调皮。

郑道暗暗感伤，如果不是脸色苍白而呈现秋天的荒凉的话，她该是一个青春洋溢充满活力的女孩，正值生命的春天。

"对了郑道，你说付先山送我家一个莲花台，故意压在我家的——好吧——气脉上，是不是他成心要害人？"沈向蕤表面上时而刁蛮时而任性，其实也有想法有眼光，毕竟生长在沈家，见多了争斗和较量。

"百分之百是。"沈向蕤愤愤不平地说道，"付先山就是一个笑面虎，他表面上和我家、花家关系都不错，其实他早就想吞并我们沈家和花家了。你们肯定不知道，付先山有花家好花常开集团的股份，还有，他能有今天，除了因为他神秘的老婆之外，还不是因为我们沈家和花家的帮助？哼，他不思图报也就算了，还恩将仇报，真不是东西。你是不知道，他除了送我们沈家一个莲花台之外，还送了花家一个凉亭，也不知道凉亭有没有什么讲究……"

"付先山也送了花家凉亭？花家？花向荣？"郑道为之一惊，心中蓦然有一种异常的感觉油然而生，如果说沈家的莲花台事件还没有让他充分意识到付先山的厉害之处的话，那么花家的凉亭就不得不让他怦然而惊，隐约中他脑中突然冒出一个念头，付先山莫非是在布一个什么局？

"对了，就是花向荣。"沈向蕤又想起了花无忧的来电，笑眯眯地问郑道，"你是真不认识花向荣还是没说真话？听花姐姐的意思，花向荣好像认识你。"

郑道低头想了一想，摇了摇头："真不认识，你觉得以我的身份，有机会认识高高在上的花向荣吗？"

"这倒也是。"沈向蕤就信了郑道，想了想又说，"其实我对付先山的印象倒是不错，挺和蔼可亲的一个伯伯。虽然位高权重，却没有架子，待人接物向来温文尔雅。他和爸爸、花伯伯是几十年的交情了。爸爸和花伯伯不和，他居中调停，也出了不少力，才算没让沈家和花家闹得不可开交。依我看，沈家和花家也没有什么过不去的坎，无非是一些商业利益上的纠纷，各退一步就海阔天空了。"

郑道暗暗点头，沈向葳体质极差，病情很重，居住的环境又被压制了气脉，她能维持住病情没有进一步恶化，固然有沈家不遗余力搜集名贵药材之故，也和沈向葳心胸开朗有关。心胸开朗的人，情绪就会舒缓，从而会提升免疫力。

"开什么国际玩笑？沈家和花家势不两立！你是不知道，花家多少次撬了沈家的墙脚，国际城、帝王国际、华丽庭院，原来都是我们沈家的项目，最后关头却被花家利用卑鄙的手段抢走了，害得沈家至少损失了二十个亿。"提及花家，沈向蕤就火冒三丈，拍案而起，"本来花家的实力比沈家还差了不少，三个大项目被花家抢了之后，现在花家已经骑到沈家头上了，而且谁不知道花家正在暗地里收购沈氏集团的股份，据说在花家的五年规划里，就有全盘吞并沈家的计划。"

沈向蕤越说越是气愤，飞起一脚踢飞了路边的一朵玫瑰，咬牙切齿："花家就没有一个好人，花向荣是一个伪君子，最擅长背后下黑手。邱涚是一个婊子，她嫁给花向荣就是贪图花家的家产，早晚花向荣会被她害死。何无咎是一个人渣，既想娶了花无忧吞并花家的家产，又想喜欢我姐，真是一只胆子比天还大的癫蛤蟆……整个花家都一堆烂人。"

"差不多就行了，向蕤，嘴下留德。"沈向葳制止了沈向蕤再说下去，午后的夏风吹动她的头发，衬托她秀美的脸庞飘然如一个梦境，她淡淡一笑，"商业上的事情，自有爸妈去打理，我们不用操那么多心。"

郑道的目光在沈向葳明净的双眼上一扫而过，心中闪过一丝疑虑。虽然他对何无咎是花家继子身份的事实略知一二，但所知不多，听沈向蕤一说，才知道花家也有诸多问题。

果然是家家有本难念的经。

沈家家大业大，在外人看来无比光鲜，作为省内数一数二的顶尖集团，一举一动自然牵引着外界的眼光。但外人只看到了沈家耀眼的一面，却不知道在沈家内部，也面临着后继无人的困境。郑道心想，世间没有完美的事物，大成若缺才是人生。沈向葳虽然聪颖，各方面条件都十分优秀，是最佳的接班人选，但她却重病在身，能活多久还是一个未知数，她接手沈氏集团，沈雅必然放心不下。

沈向蕤二十岁的年纪，却似乎只有十六七岁的心智，玩心未泯，热衷于暴走，又是口无遮拦的性格，肤浅而单薄，完全撑不起沈家的大船。就算沈雅大力推动，不惜让沈向蕤继承他的股份来接管沈氏集团，相信沈氏集团的元老和大股东也不会服从沈向蕤的领导。再者以沈向蕤的智商，被元老们架空或是稀释股份，不过是轻而易举的小事。

所以，沈雅再是春风大雅能容物，奈何一儿一女都不堪重托，他也很难做到秋水文章不染尘，放手辛苦打下的江山拱手让与他人。沈氏集团毕竟姓沈，如果易姓的话，对他来说肯定是灭顶之灾。

"不用操心？早晚还不得我们操心？姐，你不要生活在童话里了，花家的花无忧和何无咎，不管是手腕还是能力，都超过我们了。你不会想看到沈氏集团在我们手中被花家打败吧？"沈向蕤一副恨铁不成钢的痛惜，狠狠地一拳打在柱子上，转身走了，"算了，不说了，越说越气，越气越觉得无能为力。"

"人活着，为什么要想那么多、算计那么多呢？多累。"沈向葳望着沈向蕤的背影，无奈地摇了摇头，"其实我只想快快乐乐地活一生，不去想什么沈氏集团，也不去明争暗斗尔虞我诈，只想安安静静地在一个角落里，在时光里静美。"沈向葳目光中流露出无比的向往之意，凝望不远处的一株不知名的小花，洁白的八角形花瓣的小花在风中颤抖，在宁静的午后阳光里展现生命中最美好的一刻。

简洁而大方的居家服掩盖不住沈向葳的秀丽，逼人的青春气息和美丽扑面而来，就如盛夏阳光下的一缕轻风，温润宜人而又沁人心脾。

抬头仰望天空，天空一尘不染，明净如洗，郑道紧紧握住了拳头，不为良相必为良医，他不和夏想一样走从政道路，那么他就走一条与众不同的人间正道，当一个济世救人的良医，也不枉他学了五年的医学知识以及学会了爸爸的一身本领。

尽管说来，他只是学到了爸爸一身本领的皮毛，但他相信只要深入钻研下去，一定会大有所成。

　　下午，郑道和沈向葳一起来到了沈雅耗时一个月的工程——为沈向葳精心打造的小屋。

　　小屋位于院子的西南角，外表方正，里面也很方正，面积不大，两米宽、三米长，正中放了一张一米五的床，床下有几层机关。

　　小屋设计得很巧妙，东南西三个方向都有窗户，而且窗户的角度经过精心计算，不管一天中的什么时候，阳光都可以照在床上。

　　"郑道，你到底想对我做什么？"沈向葳好奇了很久，怎么也想不到郑道大费周章让爸爸建造一个这样的小屋是什么用意，嘻嘻一笑，"下面还有烧火的地方，你不会是想烤了我吧？"

　　"我先给你讲一个故事……"郑道想起了十几年的一件往事，"当时我七八岁的样子，和爸爸一起到一家诊所，不是看病，是正好下雨，躲雨。诊所的名字叫全有心理诊所，就在善良街上。"

　　"啊？你七八岁的时候就见过全有了？"沈向葳坐到了床上，双腿摆动，双手支床。

　　"没见到全有，当时诊所里有一个女孩，像是学生，样子记不清了，可能是全有的助手。"郑道在努力回忆，记忆有几分模糊了。

　　"小诗。"沈向葳对全有的了解比郑道深，几乎知道全有所有的过去，"何小诗是全有的房东何不明的女儿，好巧，他和小诗的关系就与你和小羽的关系差不多。小诗的爸爸叫何不明，小羽的爸爸叫何不悟，不会吧，他们不会是兄弟吧？对了，小诗也是和何不明相依为命，她的妈妈夏茉莉抛弃了他们父女二人，一个人去了京城。后来在争夺南村地皮的时候，她突然杀出，差点打全有一个措手不及。后来何不明出面，三拳两脚打败了夏茉莉，帮全有大获全胜。"

　　郑道暗笑，要是别人听了，会以为何不明真的是暴打了夏茉莉一顿。其实不是，他听了出来沈向葳的表述，是说何不明用计策打败了夏茉莉而不是暴力。他自然也不会认为何不悟和何不明是兄弟，只是巧合罢了。

　　"后来呢？"沈向葳催促郑道继续说下去。

　　"后来又来了一个人避雨。雨很大，他浑身上下湿透了，一边抽烟一边咳嗽，咳嗽得很厉害，都咳出血了。他体内寒气过重，又淋了雨，还有风寒，如果不及时处理的话，会出大问题。"

"会出什么大问题，不就是寒气入体的感冒吗？"沈向葳不以为然地笑了笑，"我早就习惯了冷风一吹就感冒。"

"不一样，他体内有急火，体表有风寒，肺也有问题，当时正好是立秋，立秋之时，天地开始充斥肃杀之气，综合之下，他如果不及时医治，会落下一辈子的病根。"郑道摇头笑了笑，"爸爸早就看出了他的问题，却不会说。我年纪小，没想那么多，就对他说了一句话……"

"说什么？"沈向葳眨动一双好奇的大眼睛，"你小时候的样子肯定很可爱，虎头虎脑的，一定好玩。"

离题千里了，郑道嘿嘿一笑，回到了正题上："我说——先生你又咳嗽又抽烟又淋雨，邪寒入体，小心得大病。正好里面有一个远红外取暖器，你去烤一烤后背，驱驱寒。"

"然后呢？"

"然后他愣了一下，没什么反应，诊所里的女孩把远红外取暖器打开了，然后他就过去，坐在了椅子上，烘烤后背。大概烤了一个小时，他出了一头汗。雨停了，我就走了。"郑道很清楚当时如果对方不出汗，寒气留在体内的话，必然会大病一场。

"就这点儿小事呀？我还以为是什么了不起的大事。估计他转身就忘了你，也不觉得你帮了他多大的忙。"沈向葳跳下床，看了看手表，"时间差不多了，可以帮我治病了吧？"

郑道并不在意对方是不是记住他，更不想让对方知道他帮了对方多大的忙，他只想做自己想做的事情，身为医生，哪怕只知道一点点的医学知识，就不能见死不救。

"时间差不多了，我现在先点火。这样，你先去洗澡，然后穿一身宽松的睡衣，记住，里面不能穿内衣。"郑道强调说道，"对了，你晚上要睡在这里，还有，不要吃晚饭，少喝水。"

"啊？不穿内衣？郑道，你到底要对我做什么？"沈向葳脸一红，"你不会乱看乱摸、动手动脚吧？"

"我是医生。"郑道本来没有多想，被沈向葳娇羞的姿态带动，也忽然感觉不好意思了，"我、我是帮你治病，才不会对你动手动脚。"

"哎呀，你都脸红了，真的假的？我记得差不多有十年没有见过脸红的男人了。现在的男人，要么脸皮厚得像长城，要么索性没脸皮。"沈向葳想起了什么，跳了起来，"不说了，不说了，我赶紧洗澡去了。"

沈向葳刚走，沈雅就推门进来了。

"我想不明白，你到底是想怎么为向葳治病？"沈雅打量房间和床，眼露疑惑之色。

"等一下能不能请阿姨过来帮忙？"郑道不好意思地笑了笑，"虽然我是医生，只当向葳是病人，但毕竟有些事情不太方便……"

沈雅一愣："要脱衣服？"

郑道点头："要全部脱光。"

"这……"沈雅微露为难之色，"必须要脱？"

"手术台上也会脱衣服的。"郑道没有太多解释。

"好吧。"沈雅一咬牙，他相信郑道的人品，若是别人，他肯定不放心郑道和女儿孤男寡女同居一室，而且女儿还要脱光衣服，"不方便的话，范清也不必过来。"

"谢谢沈伯伯的信任。"郑道原本就不想范清过来帮忙，因为她来的话有可能会帮倒忙，但实在是他要实施的治病之法过于裸露，为了避嫌，才不得已请范清过来一观。不想沈雅如此大度，倒让他心中感慨沈雅的胸怀。

有沈雅在场，郑道正好开始点火。他拿出艾绒，平铺在床下，距离床板二十厘米左右。床板下面有一块特制的铁板，铁板下面又有一层铁板，两块铁板之间有三十厘米的间隔。在第二块铁板的下面，有一层定制的加热装置。

房间中已经备好了玉米芯，郑道点燃了玉米芯，摆成一排放在床下的两层铁板之间。玉米芯燃烧之后会有烟，好在他早已想到了解决方法，打开抽风机的开关，将烟从秘道排出。

不多时，上层铁板热了。

火候差不多了，郑道在上层的铁板上均匀地铺了一层艾绒，刚铺好，沈向葳就进来了。

房间本来就密不透风，又是夏天，又紧闭门窗，房间内的温度之高可想而知。郑道满身大汗，却不打开门窗。

沈向葳穿了一身丝绸睡衣，睡衣轻若无物，犹如挂在身上，衬托得她的身材无与伦比。又因为里面真空的原因，处处纤毫毕现。

"好了没有？好热，你不怕热吗？"沈向葳想要打开门。

"关门。"郑道摆手，"进来夜风就不好了。"

"为什么不能进来夜风？"

"人要顺应天地之气而生，治病也是一样。"郑道起身关门，然后又看了看时间，"你洗澡比我预想得要快，我还以为你要洗半个小时以上，不是女生洗澡都时间很长吗？现在还有十五分钟时间。"

"又不是泡澡，干吗洗那么长时间？"沈向葳坐到了床上，"还有十五分钟呀，那我陪你聊天好了，聊些什么呢？对了，你想听什么？"

郑道什么都不想听，因为房间内的温度越来越高不说，沈向葳身上薄薄的睡衣贴在身上，如同没穿衣服一样，让他浑身燥热难耐。

非常疗法

"郑道，只要你出国待一段时间你就会知道，国外有国外的好，也有国外的不好。其实许多国家还不如中国好。日本治安好，空气好，但日本人太刻板，不知道变通。澳大利亚空气好，气候好，但地广人稀没什么生活气息。欧洲就不用提了，乡下还行，景色美，城市就太破旧太乱了，治安差得可以和非洲一比了，我在欧洲被抢过三次包，感觉和东莞的飞车党差不多……"

沈向葳坐在床上，双腿不停地晃来晃去，滔滔不绝说个没完，郑道一言不发一脸平静地听她叙说，绝对是一个合格的倾听者。

"郑道，你是不是没有出过国？太可惜了，就在石门一待五六年，是不是连石门都没有出过？哎呀，无法想象你的生活是怎样的闭塞和坐井观天。"沈向葳困意上来，打了一个哈欠，"对了郑道，何无咎说你可能会武功，你快说，你到底会不会武功？"

　　"郑道，你是不是觉得我很冷很不好接近？其实是骗人的，我从小体弱多病，没什么朋友，爸爸又不让我和小朋友们一起玩，怕我被传染各种病，结果我越长大越孤单，然后就慢慢养成了孤僻的性格。后来出国留学几年，交了一些朋友，好了一些。其实不瞒你说，我很喜欢凑热闹的，只不过由于身体不是很好，畏寒怕冷又容易感冒，情绪波动一大，就会生病，所以我会尽量让自己显得冰冷一些。越是拒人于千里之外，越保持了冷淡，越有利于心情的平静。心情平静，就会身体健康……"

　　"喂，郑道，我都说了半天了，你怎么一句话也没有？你已经演了半天木头桩子了，拜托你演个活物好不好？"沈向葳一个人说了半天，见郑道虽然在听，却如同神游物外一般，不由得生气了。

　　郑道抬头看了看表："十点了，时间到。子时是胆经当令，凡十一藏皆取于胆，五脏六腑都取决于胆的生发，胆气生发了，全身气血才能随之而起。气血足了，人才有精神，所以子时必须睡觉，至关重要。"

　　"原来你会说话呀。"沈向葳嘻嘻一笑的样子既单纯又可爱，长发散落肩膀，她拢发时的姿势优美而动人，"子时是什么时候？"

　　"夜里十一点到次日凌晨一点。"郑道蹲下，查看了床下的火势，"丑时是凌晨一点到三点，这个时候是肝经当令。如果你这个时候不睡觉，肝养不起来。丑时天地间的阳气开始生发，肝主木，所以必须睡觉以养足肝血。肝是人体的排毒器官，肝工作的时候你不休息，就会排毒不顺畅。毒素留在身体里面，时间一久就麻烦了。"

　　"好深奥。"沈向葳歪头想了一想，"不管这些深奥的问题了，你就直说吧，你到底想对我怎么样？到底要怎么治我的病？"

　　"既然我是你的私人医生，你以后就要听我的话。第一，开着空调盖着被子睡觉，是自杀行为。夏天是出汗的季节，就要让身体自然排汗。"郑道说道，"你本来阳气就弱，又身患怪病……再开着空调睡觉，不要说病会好了，说不定你活不过三十岁。第二，不要在最热的时候吃冷饮。第三，要心平气和。"

　　"讨厌！"沈向葳生气了，"你才活不过三十岁，我能活三百岁。"

　　"我至少能活八十五岁。"郑道扶着沈向葳肩膀，轻轻将她放倒，忽然脸红了，"一个人能活得长短，从他脸上的气色、生活方式和作息就可以看出……那个，那个，你自己脱衣服吧，我不方便动手。"

"啊？要全脱了？你还要在旁边看着？"沈向葳双手捂在胸前，一脸紧张，紧张之余，眼神跳跃之间，又隐隐有几分坏笑。主要是她被郑道的不好意思逗乐了，第一次见到男孩也会害羞。

郑道关了房间的大灯，只留一个并不刺眼的夜灯。他心跳加快，平心而论，他还真没有见过女孩的裸体，但为了治病，又必须让沈向葳全裸。

以前虽然见过何小羽半裸的身体——短裤、背心，但毕竟还遮住了关键部位，而且又是在相对开放的空间，现在他和沈向葳共处一间密室，不但四周封闭，又是孤男寡女两两相对，他是医生不假，但也是正值血气方刚年龄的男人。

况且沈向葳又如一朵娇艳而饱满的鲜花，正是迎风怒放的年纪。郑道实在不好意思亲自动手剥掉她的衣服，当然，也是不敢。

"我不看，现在灯光很暗，我看也看不见……"话一出口，郑道才知道说错话了，好像他想看一样，忙又解释说道，"不是，我的意思是说，我不会特意去看你的裸体。"

"不特意看，假装不小心看，对吧？"如果郑道很是强势，沈向葳或许还真不敢脱下衣服，郑道既害羞又不知所措，她反倒胆子大了，嘻嘻一笑，"你现在转过去，不许偷看，要是偷看的话，小心我收拾你。"

郑道听话地转了过去，听到身后传来了窸窸窣窣的声音，片刻之后沈向葳微微颤抖的话响起："脱好了，下面怎么办？"

"你平躺在床上，全身放松……"郑道不敢回头，"然后，然后感受身下的热力从你的后背进入身体，流遍全身，就像阳光驱散了寒冷一样，把你身体内的寒气一扫而光。"

"我躺好了，也想好了。"沈向葳心跳如鼓，毕竟是第一次赤身裸体近距离躺在一个男人身边，她刚才的勇气和大方全部消失不见了，万一郑道兽性大发扑了过来，她岂不是要任他摆布了？一时思绪纷飞，想了许多，哪里还顾得上引导热力流遍全身，"接下来怎么办？要不，你出去好不好？"

郑道也想出去，房间内不但热得难受，也太过旖旎了，他不敢想象身后的画面，但他又不能出去，只好硬着头皮说道："还需要我为你按摩，引导热力流遍全身，然后再针对几个穴位艾灸。"

"流氓！"沈向葳又羞又急，"你哪里是为我治病，分明是趁机占便宜，我不治了。"

"真不是……"郑道忙解释说道，"你的病情很特殊，只能用特殊方法。现在床很热了，换了别人，早就受不了了，你还能承受，说明你体内太寒了。人体是最聪明的精密仪器，缺什么就会迅速地补充什么。你体内缺少阳气，也就是热力，所以要采取全身引导热力的方式，如果只是单独一个穴道来艾灸，热力不够。"

孟子说，七年之病，求三年之灸，是说大病旧病想要治愈，要用三年以上的时间进行艾灸。艾草是中药中少有的能通十二条经络的药物，点燃之后，再配以火力，可以打通人体之中许多不通的经络。经络通，则气血通，气血通，则身心健康。就如季候，风调雨顺则天下清明。

通常情况下，艾灸是针对某一个穴位来灸，比如春灸气海，秋灸关元，再比如长期灸足三里穴，可以起到温中散寒、健运脾阳、补中益气的作用。通过调节脾胃功能来增强人体免疫力，达到养生保健、益寿延年的目的。

"可是，可是……"沈向葳不知道说什么好了，后背下面的热力传来，虽然觉得有几分温热，却不烫得难受，感觉热力从后背、双腿之上传入体内，格外舒服，说明郑道说得没错，"可是你是男的，我光着身子怎么让你按摩？"

"我是男人，可是我还是一名医生。医者父母心，在我眼里，只有病人没有男女。"郑道渐渐平息了呼吸，心中涌动愿为天下病人减轻痛苦的豪情，"向葳，请你相信我。"

"我……"沈向葳很想相信郑道，但让她赤身裸体躺在一个男人面前，她还是无法说服自己，"要不……要不这样，你闭上眼睛，不许偷看，我就让你为我按摩，怎么样？"

"好……吧。"郑道心想闭上眼睛也可以按摩，却按不准穴道，但形势所迫，只能如此了，就闭上眼睛走到了沈向葳的身前，"我准备好了，你好了没有？"

"我……"沈向葳一咬牙,"我也好了。"

郑道的双手悬在半空之中,在沈向葳身上一尺之上。房间内灯光昏暗,沈向葳光泽的身体玉体横陈,有惊心动魄之美。

沈向葳抓住了郑道的手,颤声问道:"你要先按哪里?"

"由膻中穴向下引导到丹田穴,然后是足三里和涌泉穴……"郑道凭借记忆想要准确地落在沈向葳的膻中穴上,几乎没有可能,"对了,你知道膻中穴和丹田穴在哪里吗?"

"当然知道,我又不是白痴。"沈向葳久病缠身,对人体的大部分穴道了如指掌,一听要从膻中穴按摩到丹田穴,顿时脸红过耳,"能不能不按?"

膻中穴位于胸口,双乳之间。丹田穴位于肚脐以下,都是人体敏感的部位。

"不行。"郑道的回答没有半分商量的余地,"现在艾草的热力正从身体背后进入身体,却只是后背热而前面不热,是不是?"

沈向葳"嗯"了一声:"确实,背后热得很,前面还是冰凉。"

"这就对了,还是经络不通的缘故,必须推拿加引导,才能让热力也就是阳气流遍全身。"郑道现在心思一片澄明,全然没有半点旖旎之想,他也不等沈向葳再说什么,因为根据测算,现在时机正好,错过的话就前功尽弃了,他双手下压,落在了沈向葳的膻中穴上。

"啊!"沈向葳又羞又急,想要推开郑道,却浑身酥软,半分力气也没有,"郑道,你是大坏蛋,是色狼,是流氓……"

郑道的大手手法轻柔,动作柔美,在沈向葳的膻中穴上一压一按,再轻轻一转,沈向葳就感觉后背的热力如同被一股旋风一吸,瞬间就透到了前胸。

"嗯……"沈向葳不由自主舒服地呻吟一声,感觉后背有汗水浸出,多少年了,她都忘了出汗的感觉,怎么也不会想到,出汗会如此舒畅。

郑道手下不停,在沈向葳的腰间旋转几下,感受到沈向葳肌肤的滑腻和弹性,却心无旁骛,全无半分非分之想,医者父母心的情怀激荡在心间。他能察觉到艾草的热力在逐渐弥漫沈向葳的全身,心中微微激动并且兴奋。

虽然现在不能就得出结论证明他的方法对于治疗沈向葳的怪病可行,但至少热力弥漫了沈向葳的全身,就可以驱散她先天不足的大寒之体的寒气。

不过当郑道的手下行到了沈向葳的小腹之上时，沈向葳却再也无法忍受，抓住了郑道的双手，说什么也不肯让他继续。郑道无奈，只好收手。

等沈向葳穿上衣服，郑道睁开眼睛一看，沈向葳出了不少汗，他更是大汗淋漓，像是刚刚洗过一样。

沈向葳侧过身去，只给郑道一个后背，不敢看郑道："这样的事情……还要做多少次？"

"前面二十一次，后面二十一次，是一个疗程。"说实话，郑道丝毫不比沈向葳轻松，甚至有过之而无不及，作为纯情男生，他也是第一次触摸一个女孩的身体，现在他还心跳飞快、浑身微微颤抖。

"啊，要这么久，不行就算了。"沈向葳悄悄转身看了郑道一眼，一看之下，见郑道比她还要紧张害怕，忽然笑了，"为了治病，我不怕，不就是四十二天吗？随便你好了。"

郑道挠了挠头，什么叫随便我好了，我比你还累好不好？他嘿嘿一笑："除了按摩之外，还要有熏蒸疗法。"

"什么是熏蒸疗法？"沈向葳翻身坐了起来，不但不怕郑道了，隐隐在想，郑道真好玩，居然比她还害羞，她如果再怕就太没水平了，"是不是脱光衣服跳到锅里煮？"

床下面除了两层铁板之外，还有一口大锅，锅下面有灶，灶里有木柴，是郑道让沈雅准备的十年以上树木的木柴。

锅里有水。

"不用脱衣服。"郑道不好意思地笑了笑，腼腆而害羞，"你就躺在床上就行，记住，要平躺。"

"不脱衣服呀？好吧，不吓你了。"沈向葳吐了吐舌头，似乎还很遗憾一样，躺下之后又问，"需要脱的话就直接说，别不好意思，我不怕。"

"真不用脱。"郑道被沈向葳的大胆吓着了，蹲下点燃了木柴，然后将他精心配制的中药放到了锅里，"我想征求一下你的意见，向葳，我脱了衣服只穿短裤，行不行？"

"还是别了，你穿着衣服我觉得比较安全。"在沈向葳看来，自己没穿衣服不要紧，郑道不穿衣服才是最大的威胁，"你就忍耐一下，你是医生，要有毅力。”

好吧，忍了，郑道一咬牙，加大了火力，很快，锅里的水就沸腾了，中药在开水的加热下，开始释放药力，水变成了深褐色。

热气蒸腾。

郑道抽掉了床下的两层铁板，热气就直接透过床板的缝隙升腾而上，如水雾一样将沈向葳包裹在了其中。

和艾草的热力不同的是，中药的药力化成水汽上升，比直接喝中药的药效差了太多。但郑道就是反其道而行之，也是因为他很清楚沈向葳吃药多年，身体已经产生了抗药性，再好的药吃下之后，也不会再有应有的效果，还不如用水汽浸润全身，虽然见效慢了许多，但或许可以另辟蹊径收到意想不到的效果。

水必须用纯净水，中药是他自己亲自挑选的道地中药，锅也是定制的纯铸铁锅，就连木柴也是十年以上树木的木柴，要的就是每一个环节都不会出现问题。

“怎么样？热吗？”忙了半天，郑道擦了擦头上的汗，站了起来，一看之下哑然失笑，沈向葳不知何时已经睡着了。

熟睡中的沈向葳长长的睫毛微微颤动，小嘴紧抿，洁白如玉、精美如器。

玉器虽然精美，却易碎。

沈向葳轻轻翻了一个身，留给了郑道一个曼妙的背影。因为衣着单薄的缘故，逼人的青春气息散发诱人的魅力，如山峦起伏的腰身，恰到好处地展现了沈向葳完美的身材。

郑道愣了片刻，伸手抓住了沈向葳的手腕。虽是盛夏，房间内的温度也不低，但入手之处，冰凉如水，他摇了摇头，两根手指落在了沈向葳右手的手腕之上。

人体有四经

春脉弦，夏脉洪，秋脉浮，冬脉沉，人体有四经，对应四季。

弦，是说春天之时寒气依然约束着热气，乍暖还寒之意，春天犹有余寒，少阳之气生发，少阳之气为阳气，寒束阳气脉故弦，所以如果春天面色青色，算是正常。

洪，大的意思，夏天天气炎热，热则血脉张弛，血液流速快，所以面色红润，阳气大发。所以外热内凉，井水凉。

浮，是飘浮之意，如羽毛一般，秋天天气转寒，阳气收而阴气起，面色白里透红。

沉，是潜沉之意，如石头。冬天天寒地冻，阳气藏于地下，阴气上升地表，所以外冷内热，井水热。

不管什么时候，脉象沉而有力是为根。有根则病易治，可除根，因此四时之脉必须沉取有力。让郑道心惊的是，沈向葳脉象之乱，如无根的浮萍，漂浮不定也就算了，还十分紊乱。

再看沈向葳的脸色，虽白却无血色，仔细查看的话，隐约可见青色红色交错。春天对应肝胆，如果春天之外的季节面色发青，可能是肝胆有问题。当然，也并不绝对。夏天对应脾脏，夏天应该面色黄而润泽。秋天对应肺脏，面色应是白润透红。冬天对应肾脏，面色应该黑而润泽。

现在是夏天，沈向葳面色却呈现春秋气色，说明她的身体已经完全和四季不相应了。人在天地之间，和天地规律法则相应，才能顺应天地之气得以长生，逆天而行，就如在冬天种树春天收割，必定大伤。

也不知道他的疗法会不会奏效。郑道也清楚不可能一次就会见效，但在艾草和中药热力的双重推动下，虽然沈向葳体内的寒气稍有减弱，但她的身体机能还是不见有丝毫恢复。

如果说何小羽入睡之后就如春机盎然的大地，随时可以生长出欣欣向荣的庄稼，那么沈向葳入睡之后就是收获过后的秋天的田野，沉寂而毫无生机。也就是说，何小羽和沈向葳截然相反，二人一个活力无限，一个死气沉沉。

春天是种植的季节，之后还有生长的夏天和收获的秋天。而秋天的收获过后，就进入了潜伏的冬天。如果用四时对应人生的四季，春天是二十五岁之前，夏天是二十五岁到四十五岁，秋天是四十五岁到六十五岁，冬天是六十五岁以后。

还不到二十五岁的沈向葳已经步入了人生的秋季，虽然生在富贵人家，却又有什么人生快乐可言？

不知不觉天亮了。

郑道一夜没睡，保持水温。整夜，沈向葳都浸润在水汽之中，既不过热又不过冷。她睡得十分香甜，当早晨第一缕阳光透过窗户照射在她的脸上之时，她脸色红润喜人，伸了一个长长的懒腰，醒了。

"啊，郑道，你是不是一晚上没睡？"注意到蹲在地上的郑道脸色不是很好，沈向葳从床上跳了下来，扶住郑道，"不好意思，我睡得太死了，忘了你了。也是怪了，以前从来没有睡得这么沉……"

"不要动，让我缓缓。"郑道摆了摆手，一脸苦笑，他双腿麻了，感觉过电一样，想站却站不起来。

沈向葳却故意使坏，用力一拉郑道："就让你起来。"

郑道身子一歪，哪里还站得稳，朝右一倒，正好靠在了沈向葳的身上。沈向葳哪里支撑得住郑道，"哎哟"一声便倒了下去。

她一倒，郑道也跟着倒，郑道现在全身麻木，没有一丝支撑力，重重地倒在了沈向葳的身上。要知道，沈向葳虽然穿了衣服，却只是一层薄薄的睡衣，而且睡衣里面未着寸缕。他倒在了沈向葳身上，姿势还十分不雅，好像要对沈向葳如何一样。

也不怪郑道，现在的郑道完全没有自主能力，手脚都不听指挥，他真不是故意要流氓，当然了，就算真想要，也要不了。

"你起开。"沈向葳没想到弄巧成拙，反倒被郑道压在身上，一时情急，想要推开郑道，奈何郑道身体沉重，她推也推不动，"郑道，你气死我了……"

郑道比她还冤还郁闷，他虽然压在了沈向葳身上，却没有半分沾光的心思，相反，全身更加难受了，尤其是酥麻的双腿一阵阵麻木，犹如被电击一般。他想双手支撑地面，至少要和沈向葳保持一点距离比较好，直接全方位无缝隙地压在她的身上，太尴尬了。

不想双手丝毫用不上力，勉强支撑起来半分，手一软，又压了回去。

"你！"沈向葳以为郑道故意调戏她，面红耳赤，"郑道，你太过分了。说，在我睡着的时候，你是不是偷看我了？"

　　天地良心，郑道扪心自问，他是多有爱心多善良的一个"五好青年"，沈向葳睡着的时候，他全心全意在为她烧水，别说有时间偷看沈向葳，就连站起来的空闲都没有。因为水温要保持得正好，不能有半点闪失，否则药效达不到理想的姿态。

　　郑道正要解释几句，门开了，一个人冲了出来。

　　"啊？怎么了这是？不是吧，天都亮了还这样？"沈向蕤瞪大了眼睛，一脸的难以置信，"姐、姐夫，你们一对孤男寡女在房间待了一个晚上，还没够，你们也太肉麻了，受不了你们了。"

　　"我……"郑道想解释什么，才一开口，又有人进来了。

　　进来的人是沈雅。

　　沈雅"啊"了一声，转身出去，扔下一句话："郑道，你太让我失望了。"

　　"姐夫，你太让我佩服了。"沈向蕤唯恐天下不乱，哈哈一笑，学着沈雅气呼呼的样子，也背着手走了。

　　"快起来。"沈向葳推开郑道，满面通红，"郑道，我恨死你了，你真是一个大流氓。"

　　郑道倒在地上，依然浑身酥麻，别说站起来了，动都动不了，只好无奈一笑："你见过这么窝囊的流氓吗？"

　　沈向葳才注意到郑道的异常，惊叫一声："你怎么了？"

　　郑道勉强一笑："也就是虚脱无力，没什么大不了的。"

　　半个小时后，郑道坐在了餐桌前，心情稍微平息了几分，悄悄看了沈雅一眼，见沈雅气色如常，心中一块石头落地了。在沈向葳向沈雅解释了一番之后，沈雅对郑道的误会消除。虽然沈向蕤明显表示出不以为然的神色，不相信沈向葳的解释，但沈雅和范清还是信了大半。

　　沈雅是信郑道的为人，范清是信女儿不会骗人。

　　吃过早饭，沈向葳困了，打着哈欠睡觉去了。沈雅摆出了长谈的姿态，想和郑道好好聊聊沈向葳的病情。

　　让沈雅失望的是，郑道却什么也没说，只说他现在对沈向葳的治疗之法，最终效果如何，还不得而知，但有一点可以肯定，对沈向葳的病情有益无害。也就是说，他只是在做一次尝试，在保证不会加重病情的前提下，尽可能减缓病情，然后再观察一段时间，看是不是有所收获。

离开沈家，郑道漫步在早晨清新的空气中，心情既舒畅又微有一丝沉重。舒畅的是，为沈向葳治病，相当于他迈出了中医之路的第一步，尽管是否成功还不得而知，至少他是打开了人生的另一扇大门。

尽管说来，这一扇人生大门他早就打开了，却一直迟迟没有迈开关键的第一步。对于一个中医来说，第一个诊治的病人，是人生的第一个关口。一旦成功了，会大大增加对从医之路的信心。

沉重的是，许多中医第一个诊治的病人，大多得的是小病，而他的第一个病人，得的不但是大病，还是极其罕见的疑难杂症，相信就连爸爸也是无力救治，却成了他人生的第一个关口，也不知是幸还是不幸。

来到全有典当行的时候，正是上午九点，还好没有迟到，郑道急匆匆来到门口，愣住了，典当行的门前围了一大群人，吵吵嚷嚷闹得正凶，也不知道发生了什么。

人群正中，是何无咎。

何无咎高高举起一个黑乎乎的类似铁碗一样的东西，哈哈大笑："大家来看看，来评评理，这么一个破东西拿来当，居然要价一百万。一百万，可以买一辆奔驰 S500 了，也可以买一套八十平方米的房子，谁会傻到买这么一个没用的破铁碗？"

"还我，还我！"一个皮肤黑黑、个子不高的老者一边跳，一边试图抢回何无咎手中的铁碗，奈何个子太矮，就算跳起来也够不着，急得不行，"喂，我警告你，如果真的摔坏了，你赔我一百五十万我也和你没完。"

"一百五十万？我现在就摔了它，赔你十五万算你赚到了。"何无咎鄙夷地一笑，扬手就要扔掉手中的铁碗。

"住手，快住手。"黑瘦老者气得跳脚，"你不收我的宝贝也就算了，你凭什么摔我的宝贝？你还给我，快还给我。"

围观人群纷纷起哄，众说纷纭。

"遇到这样的骗子，就该摔了他的东西让他吃个教训。"

"东西是人家的，人家想当一百万也好，一千万也好，是人家的事情，典当行不收就算了，凭什么摔了人家东西？没这样的道理。"

"就是，就是，还给人家就算了，欺负一个老头算什么本事？"

"话不能这么说，这么一大把年纪了还出来骗人，他的社会危害性比年轻人更大，就该好好收拾收拾，让他迷途知返，别再行骗江湖了，好好安度晚年多好。"

何无咎听到人群之中支持者和反对者居半，就更加得意了，一把推开黑瘦老者："老骗子，摔你一个破碗是给你一个教训，没打你就不错了，哈哈……"

话一说完，扬手就将手中的铁碗扔了出去。

"啊！"黑瘦老者面如死灰，一屁股坐在了地上，"完了，完了，一切都完了。"

谁也不理解黑瘦老者为什么如此悲伤，不就是一个黑乎乎的破铁碗嘛，难不成还真是什么价值连城的宝贝不成？不可能！都不是没有见过世面的人，如果是出土的金碗玉碗，或许还很值钱，但一个破铁碗，真不知道有什么值钱的地方。

铁碗在空中划过一个长长的弧线，飞到了人群外面，眼见就要落在坚硬的水泥地上之时，突然，一个人影一闪，就如一道电光，谁也没有看清到底发生了什么之时，铁碗就稳稳地落在了人影的手中。

"哇！"

人群一阵惊呼，瞬间惊呆了。

"我去，太帅了，简直就是电影特效。"

"什么人，太厉害了，居然接住了。"

"闪电侠？超人？绿箭侠？英雄联盟？"

"郑道，又是你！"不明真相的围观者不知道接住铁碗的人是谁，何无咎却一眼认了出来，坏他好事的不是别人，正是他最不喜欢的郑道。

范无救站在何无咎身后，双手抱肩，冷冷一笑："有生之年，狭路相逢。佛经上说，怨憎会，不是冤家对头不聚首，恭喜你何无咎，你遇到命里克星了。"

"谁是谁的克星还不一定。"何无咎咬牙切齿，分开人群，大步流星来到郑道面前，伸手去抢郑道手中的铁碗，"郑道，还我。"

郑道闪到一边，嘻嘻一笑："还你？凭什么还你？又不是你的东西。"

何无咎又向前一步，再抢："我扔的东西，就是我的。再不还我，就别怪我不客气。"

此时黑瘦老者冲了过来，冲郑道连连鞠躬："谢谢，谢谢，谢谢您救了我全家。"

郑道将铁碗还给黑瘦老者，说道："跟我来，我来为你的宝贝估价。"

何无咎感觉颜面无存，伸手拦住郑道的去路："郑道，你就是故意和我作对，对吧？"

"让开。"郑道一把推开何无咎，不假颜色，"上班时间到了，别影响我工作。"

何无咎还想纠缠，萧小小却拉了他一把，萧小小刚才一直跟随在何无咎身后，她悄声说道："先别急，看郑道怎么继续。看样子，郑道对铁碗很感兴趣。"

虽然知道萧小小的出发点未必是真的为他好，但何无咎也清楚萧小小对郑道并不感冒，就强压心中怒火："好，我倒要看看郑道是不是真给一个破碗估价一百五十万，哈哈。"

围观人群见郑道和黑瘦老者一前一后进了全有典当行，也都一哄而上，尾随而入。

全有典当行面积并不小，但开业以来，还是第一次有这么多的人流涌入。当然，只是人流不是顾客。不过不要紧，人气上来了，也是好事。

苏夕若紧跟在郑道身后，不停地小声说道："郑道，你到底要怎样？上次的金棒槌好歹也是黄金的，这次可只是一个破铁碗。"

郑道回头冲苏夕若微微一笑："这世界上，有人光鲜，能言善辩，人人都当他是好人。有人低调，笨嘴拙舌，人人都当他是笨蛋。有人笨拙，总做错事，人人当他是坏人。但好人真是好人，笨蛋真是笨蛋，坏人就真是坏人吗？"

苏夕若被郑道绕晕了："你到底想说什么？"

"不要被自己的主观意识影响了判断。真正的好人，从来不自夸。真正的坏人，从来不会被人一眼看穿。同样，真正的宝贝，永远不起眼。"

"明白了，我好像有点明白了……"苏夕若连连点头，"所谓大象无形大音希声大巧若拙，对不对？"

郑道没有回答苏夕若，因为他和黑瘦老者刚走进典当行，迎面就走来了全有。

全有一身休闲打扮，手持一把折扇，施施然来到郑道面前，微一皱眉："出什么事情了？"

郑道用手一指黑瘦老者："这位客人想当一个铁碗，结果出了点小意外。"

何无咎此时也跟了进来，见到全有和郑道说话，以为郑道恶人先告状，忙解释说道："全总，是这样的，这个人来当一个铁碗，很破的铁碗，要价一百万，我当是他二货傻瓜，把他赶了出去。结果他还说我狗眼看人低，不识货。我一生气就摔了他的破碗，碗没摔到地上，被身手敏捷比狗还灵活的郑道接住了……"

全有似乎没听到何无咎话中对郑道的恶意攻击，目光落在了黑瘦老者手中的铁碗之上，问道："老先生，你这个碗是什么来历？为什么要价一百万？"

黑瘦老者不以为然地看了全有一眼："我的碗没什么来历，但就是值一百万，怎么着，你收不收吧？"

全有也算是好脾气了，却还是被老者的话气着了，他哈哈一笑："你说值一百万是你自己的一厢情愿，任何东西的价值都有一个衡量标准。就拿你本人来说，你觉得你应该是亿万富翁，但现实却是你连一万块都没有，是不是你就觉得整个世界都欠你的？"

生命太短暂

"别跟我扯什么大道理，我就想问你，你出不出一百万买我的碗？那人说了，只要把碗拿到全有典当行，肯定可以赚到一百万。虽然那人穿得破烂，跟叫花子一样，但我相信他的话。"黑瘦老者依然是咄咄逼人的口气，一心认定他手中的破碗就值一百万，少一分都不行，"他还说，如果全有典当行不出一百万，就让我先拿回去，过一个月后再来，就可以当到一百五十万。但我觉得做人应该知足常乐，所以我也不想再等一个月赚一百五十万了，就现在卖一百万也就满足了。"

郑道听出了什么，问道："这碗原本不是你的？是有人送你的？是一个什么样的人？"

黑瘦老者对郑道还算客气，勉强笑了一笑："他叫什么我不知道，有五十多岁的年纪，穿得破破烂烂的，乍一看，跟个叫花子似的。不过他穿得破烂，身上却不脏，也是怪了，离得近了，好像还有一股香气。他说看我和他有缘，所以送我一个可以一辈子吃喝不愁的宝碗……"

"这你就信了？"何无咎听童话故事一样听完黑瘦老者的话，阴阳怪气地笑道，"你是不是刚过六一儿童节？你的肉体过不了儿童节，可你的智商可以呀。你的体重过不了儿童节，可你的身高可以啊。"

人群哈哈大笑。

郑道却没有笑，一脸严肃，直觉告诉他，送黑瘦老者铁碗的人肯定大有深意，他脑中蓦然闪过一个念头，莫非此人是……

"不收就算了，用不着看不起人，哼！"黑瘦老者倒也有骨气，转身就走，"一百万是一笔大钱，但对我来说，也没那么重要，我这一把年纪了，还能吃多少喝多少？再说我也犯不着出卖人格非要赚这一百万，再见。"

黑瘦老者说走就走，分开人群，头也不回。

"等一下……"郑道叫住了黑瘦老者，转身对全有说道，"全总，我建议收下他的碗。"

此话一出，四周皆惊，就连全有也愣住了，过了片刻，全有才说："上次的金棒槌就连我这个外行也多少懂几分有收藏价值，这个破铁碗实在是太破烂，连一百块都不值……你说说看，为什么要收下？"

郑道环顾四周，大声说道："铁碗是很破烂，也似乎没什么来历，对大多数人来说，也许一文不值，但对一个人来说，却是性命攸关的宝贝。"

"对谁？"全有一下子没有跟上郑道的思路。

"郑道，别扯了，你就是想哗众取宠罢了，想让人觉得你高深莫测，花一百万收一个破铁碗，到底值多少钱，没人知道，就你一个人清楚，不就是为了证明你比所有人都有高人一等的眼光吗？"何无咎嗤之以鼻，对郑道无情地鞭打，"用公司的一百万来满足你个人的私欲，你也太无耻了。"

不得不说，何无咎的话不但犀利而且非常混淆视听，让许多人真以为郑道是为了一己之私而要收下铁碗，不少人开始跟着起哄。

"这人看上去长得挺精神，没想到一肚子坏水。"

"先别急着下结论，说不定铁碗还真是一个宝贝，只不过我们都看不出来罢了。"

"别闹了，一个破铁碗能是什么宝贝？除非是当年秦始皇用过的铁碗。不过话又回来，当年秦始皇用的可不是铁碗，是木碗吧？"

就连苏夕若也动摇了，她轻轻一拉郑道的胳膊，小声劝道："郑道，你能不能别再固执己见了？万一你错了，让公司损失了一百万，你负得起这么大的责任吗？"

郑道轻轻一拍苏夕若的胳膊，冲她点点头，也不冲众人解释什么，转身冲全有说道："全总，现在您还没有想明白铁碗对谁是性命攸关的宝贝吗？"

全有愣住了，微一思索，摇了摇头："想不明白，行了，郑道，不要浪费时间了，赶紧请这位老先生离开。"

何无咎冷笑一声："郑道，你就别再故弄玄虚了，在全总面前，你的伎俩太低级了，别再卖弄了，省省吧。"

人群再次爆发出了一阵哄笑。

苏夕若脸上挂不住了，嗔怪地瞪了郑道一眼："郑道，你这是何苦呢？真想不明白你到底是为了什么。算了，不劝你了，你以后遇到事情要多想想再做决定，别再这么冲动了。"

黑瘦老者见大势已去，摇了摇头："现在有眼无珠的人太多了，宝贝送上门都不要，怪不得那人说世间大多数碌碌无为的人，不是因为无能，而是因为错失良机。生命太短暂，我都没时间讨厌你。"

眼见黑瘦老者走到了门口，郑道暗暗摇头，心想如果真的错过了黑瘦老者的铁碗，或许机会就再也无法重来了。只不过他说服不了全有，只能无奈地叹息一声。

何无咎一脸得意笑容，居高临下地欣赏郑道落寞的神色，他以为郑道的沮丧是因为被他识破了伪装，心中无比开心。

"请等一下！"

就在黑瘦老者即将推门而出之时，一个沧桑的声音从楼上传来。随后传来了粗重的脚步声，明显可以听出来，来人行动不便。

全有脸色一变，转身上楼而去。片刻之后，他和一人来到了众人面前。

来人和全有年纪相仿，但看上去却比全有大了许多一样，正是夏天，他却穿了一件厚厚的外套，弯着腰，面容憔悴不说，整个人如同一段枯木，没有丝毫生机。

如果不是他的眼神可以看出年纪不大，只看面容的话，会被人当成五十岁开外。

关得！郑道的眼睛眯了起来，回想起第一次在医科大学的奔驰 S600 上见到关得时的情景，再对比关得现在的样子，他瞬间得出了结论：关得的病情，再次加重了。

沈向葳是夏天不管多热，都不出汗。但至少她不用穿厚厚的外套，说明她的病情比关得的还轻。人在濒临死亡之际，都会感觉到浑身发冷，不管盖多厚的被子，还是会觉得如坠冰窖之中。体温迅速流失是失去生命活力的表现，生命力最直接的表现就是热力。

如此天气，关得还要身穿厚厚的外套才能维持体温，由此可见，他的病情已经严重到了来日不多的地步。毫不夸张地说，如果不是他财力雄厚，可以搜罗不少珍稀的天材地宝，他现在应该已经不在人世了。

本着医者父母心的出发点，郑道也想帮关得治病。但可惜的是，他连治愈沈向葳的病都没有一分把握，更别说关得的病了。

正好关得和郑道擦肩而过——由于关得过于关注黑瘦老者而忽略了郑道，他并没有发现郑道的存在——在二人交错的一瞬间，郑道心脏猛然猛烈地跳动了几下，不是因为他见到关得激动，而是关得身上散发的死亡气息，让他第一次感觉到了死亡的味道。

以前他还不太相信爸爸可以感觉到一个人的死亡，现在他信了，完完全全地信了，关得周身上下弥漫着一股腐朽的气息，就如上百年没有人踏入一步的森林，地上落了一层积攒了百余年的落叶，年年腐烂年年落新叶，日积月累，腐烂的不仅仅是落叶本身，还有累积的衰败气息。

当然，也不是说关得身上的气息和森林累积的衰败气息一样，而是说两者之间有相同之处。就说明了一个问题，关得的病并非是突发之病，而是积蓄已久的旧疾，只不过现在时机成熟，全部爆发出来了而已。

关得和全有来到黑瘦老者面前，关得上下打量对方几眼，目光落在了对方手中的铁碗之上，面露惊喜之色："老先生，您的碗是祖传的还是意外得来的？"

黑瘦老者翻了翻白眼："你谁呀？我的碗是怎么来的，关你屁事？动产持有即所有，你们典当行不会不懂这个规矩吧？我没有必要也没有义务向你们解释清楚碗的来历，只想知道你们到底收还是不收就行了。"

"收。"关得斩钉截铁地说道，"一百万是吧？你要现金支票还是要银行转账？"

黑瘦老者瞪大了眼睛："没骗我？真的要出一百万？我要转账，银行转账最安全了。"他喜不自禁地搓了搓手，嘿嘿一笑："怪不得那人说，如果所有人都不识货，只需要关得出来就没问题了，对了，你是叫关得吧？"

关得为之一惊："你认识我？不对，那人认识我？他是谁？"

"他是郑隐。"至此，郑道已经完全猜到了送给黑瘦老者铁碗的怪人是谁了，他强压心中的激动和兴奋，问黑瘦老者，"老先生，他有没有提到郑道？"

"没说，他只说了一个人名——关得。"黑瘦老者现在对郑道完全失去了兴趣，催促关得，"赶紧转账，我要拿钱走人。"

在众人目瞪口呆的惊愕中，黑瘦老人用手中的破铁碗换了一百万，在再三确认了卡上的数额无误后，他乐不可支地走了，留下一干不明真相的围观者面面相觑，不知道关得到底吃错了什么药，真舍得花一百万收一个破铁碗。

消息传出之后，几乎轰动了整个石门。一时之间，无数人在家里翻箱倒柜，想要发现家中有没有被遗落的宝贝，好拿到全有典当行来典当，发一笔横财。

全有大厦十五层是一栋封闭的楼层，没有许可，电梯都不会停留，全有公司上千名员工，有资格有机会来到神秘的十五层参观的人，寥寥无几，一共才五个人有此荣幸。

全有大厦十五层一度被人称为全有公司的 51 区。

51 区（Area 51），是位于美国内华达州南部林肯郡的一个区域，距离拉斯维加斯市中心西北方一百三十公里，有一个空军基地在此，此区被认为是美国用来秘密进行新的空军飞行器的开发和测试的地方，这个地方也因为许多人相信它与众多的不明飞行物阴谋论有关而闻名。

郑道有幸成为全有大厦十五层的第六名访客。

关得在郑道向黑瘦老者发问后，才注意到郑道的存在。在拿到铁碗之后，关得邀请郑道上楼。于是，在何无咎难以置信的目光的注视下，郑道跟随在关得和全有身后，一步迈进了除非特批否则无人可以进入的五号电梯。

五号电梯直通十五层。

全有大厦十五层和其他楼层有着明显的不同，整个楼层被分割成了十个房间，每个房间大得惊人，里面不但有办公室、卧室，还有健身房、游泳池，可谓应有尽有。更让人惊奇的是，还有一个房间被改造成了医疗研究所。

和别的楼层相比，十五层稍显阴暗了一些，厚厚的窗帘遮拦了阳光，即使现在外面阳光明媚，房间中也是昏暗一片，如同黄昏。

关得所在的房间，是十五层最中间的一个房间，房间布置得无比舒适，虽不奢华但处处精致且充满匠心的设计，哪怕是一个小小的倒流香炉也有别出心裁的意境。只不过倒流香散发的香气掩盖不了房间中的陈腐气息以及浓浓的中药味。

郑道坐在关得的对面，算是第二次和关得正式见面了。第一次在奔驰车里，虽然离得近，却没有仔细观察关得的气色。现在他心思全在关得的病情之上，自然关注点就落在了望气之上。

全有站在一边，饶有兴趣地看着郑道和关得的第一次正式会面——上一次在奔驰车内匆匆一见，他并不认为郑道会对关得有什么印象，却不知道，上次只是一瞥，关得的病情就在郑道的心中留下了不可磨灭的印象。

也是因为关得的病情太奇怪太罕见了。

　　关得打量了几眼郑道，心中的震惊之意久久不去。虽然郑道活生生地坐在他的面前，目光平和，面带微笑，就如一个邻家的阳光少年，但在他看来，郑道长相比实际年龄年轻了许多，眼神也比同龄人清澈了许多，而他沉稳的笑容里面，却包含了许多让关得看不清的内容。

　　关得也是见多识广之人，从他成名以来，见识过无数呼风唤雨的人物，不管是高高在上的高官权贵，还是隐匿民间的世外高人，又或者是如他一样躲在幕后甘当推手的隐形掌门人，他在他们面前，既不会怯场，也不会仰望，而是和他们平等对视，只看他们光环背后的真身。

　　可以说，无论什么样的人物，关得即使不能一眼看透，也会在仔细观察之后，大致看出对方的格局和以后的成长空间。作为运师，他的识人之明在国内已经达到了顶端行列，别说没有人可以在他之上，就是和他并驾齐驱的人，也寥寥无几，只有何子天、毕问天和杜清泫而已。

　　而杜清泫三年前已经去世，世间运师之中，唯有关得、何子天和毕问天三人为最高峰。

　　虽然现在关得身患重病，但眼界还在，他也许看不透一名省部级以上高官或是一个亿万富翁的气度和格局，也看不清何子天和毕问天的气象，但如郑道一样一个不名一文的年轻人，又是初入社会，既无资历又无人脉更无背景，怎么会让他有一种高山仰止的感觉？

　　关得心中的震惊不仅仅是因为他看不透郑道的格局，还在于他不明白一个问题，郑道明明坐在他的面前，却如清风明月，近在咫尺又远在天涯，就如山顶之上的一朵白花，就在触手可及的地方，但伸手之处，却又如若无物。

　　怪事，真是咄咄怪事。关得努力回忆，在他步入运师境界之后，他见到了天才人物、青年才俊以及豪门子弟，郑道是他第一个看不清格局的普通年轻人！

　　甚至关得心中闪过一个奇怪的念头，就算他现在还在顶峰时期，说不定还是一样看不清郑道的格局。

　　为什么会这样？不应该，不可能！关得百思不得其解，通常情况下，让他看不清格局之人，要么福报极大，至少是省部级以上高官，或是有几十亿上百亿以上资产的富豪，要么境界极高，如何子天、毕问天、杜清泫一般的高人，要么虽然不是高官权贵又非高人，但是以后前程不可限量之人，如全有、夏想、关允、何方远等人。

从面相上看，郑道虽然英俊帅气，颇有几分俊朗，但并不是大富大贵之相，甚至可以说，面相中等，一生应该平淡无奇，并没有什么奇遇和作为。远非夏想、关允以及全有几人，只看面相就知道绝非寻常之辈。当然，关得也清楚，决定一个人一生命运的不是面相，面相只能决定一部分命运。一个人如果有改命之心，从内心生发改命的内动力，也会改写命运的轨迹。

只不过他现在重病缠身，境界下降太多，看不清郑道的格局。关得还知道一点，一个人也许不是生来富贵，也没有后天大富大贵的面相，但如果有一颗为国为民之心，有不为良相必为良医的济世情怀，有"苟利国家生死以，岂因祸福避趋之"的大公无私之心，那么他也会有非凡的作为和不可限量的未来。

08 剑，该出鞘了

郑道还清楚，沈雅表面上温润如玉，深沉雅正，实际上，他如水的性格虽为而不争，却也包含了排山倒海之威。就如涓涓细流确实无害，汇聚在一起，成为大江大河之后，在风起云涌之时，也有摧毁一切的洪水之猛。说来沈雅对于参股甚至是控股吉朵国际，一直没有断了念头，一直在等候时机的来临。

最大的幸福

因为一个人心有多大，舞台就有多大，世界就有多大。你心系天下，就会得到天下回应的善意。

难道是说，郑道有一颗达则兼济天下的济世之心才让他显得如此清风明月般自在？

人生最难得的其实不是功名，也不是权势，而是自在。不管位置多高，也不管权势多大，操心劳累都是一样的让人心力交瘁。而如果一个人万事放下，身心轻安，无比自在，才是一个人最大的幸福。

关得一时想了许多，直到全有轻轻咳嗽了一声，他才从思绪中回到了现实。

微微一笑，关得问郑道："郑道，你怎么认出了铁碗是一个宝贝？"

郑道下意识看了全有一眼，见全有一脸淡定，就淡淡地笑了："要我说实话吗？"

关得不知何故微微一怔，心中还闪过一个不安的念头，随即意识到了自己的失态，忙又掩饰地笑了："当然，肯定要说实话了。"

郑道点头："如果我没有猜错的话，关总和全总开全有典当行，其实不是做生意，而是为了搜罗一些遗落在民间的宝物。更进一步说，这些所谓的宝物，在别人眼中或许分文不值，但对关总来说，却是价值连城，因为事关生死。"

此言一出，关得和全有顿时为之大惊！

尤其是全有，他本来坐在郑道的右侧，一听之下顿时站了起来，脸上的惊讶之意如同听到了最难以置信的事情一般，瞪大眼睛直视郑道的双眼，说话都结巴了："郑、郑、郑道，你这话是什么意思？"

关得虽然没有站起来，但眼中也是充满了惊愕之意，惊愕之外，还有惊喜。

过了片刻，关得微叹一声，拍了拍郑道的肩膀："后生可畏，郑道，全有没有看错你，看来，你是看了出来全有典当行的真正作用是用来为我搜集一些可以用来治疗我的怪病的中医药具。"

郑道见关得坦诚相告，也就不再藏着掖着："关总，冒昧地问一句，您的病有多久了？"

关得眼神迷茫，陷入了回忆之中："如果从得病的源头说起，至少十多年了。十多年前，我生意失败、爱情失败、人生失败，在万念俱灰的时候，从上海回到了单城，准备一死了之，结果遇到了何子天……"

郑道心中一惊，尽管他已然知道关得和何子天之间有过恩怨，却不清楚原来二人之间的纠葛如此之深，居然曾经是生死之交。

曾经的救命恩人，为什么如今会反目成仇？郑道心中一时感慨，人生际遇，果然充满了转折和重重迷雾，许多真相，远比听到的看到的更复杂更惊人。

在关得娓娓道来的叙述中，郑道清楚了关得和何子天之间所有的过往。

当年关得想要自杀，偶遇何子天，被何子天一语道破天机，说见过有人急着赶车却没有见过有人急着送死，关得震惊之余，跟随何子天来到碧悠的一碗香饭店，要了花生米和酒，二人对坐而饮，何子天说了一番如何改命换运的话。

关得信以为真，倒不是他容易被人蛊惑，而是何子天的改命理论无比完美，无懈可击，让他不得不信。何况对于一个绝望到要自杀的人，突然发现了改写命运的契机，他怎么可能不紧紧抓住？

何子天带领关得所做的第一件事情就是第二天早上去公园摆摊算命，然后遇到了生命中的第一个贵人李东从。关得并不知道李东从在以后会对他的命运有多大的帮助，就又在何子天的安排下，去单城市第一医院当了一名医护人员。

在单城市第一医院，关得认识了月清影，并进一步认识了月清影的爸爸月国梁，他人生改写的第一步，就此开始了助跑阶段。

再以后，由李东从、月清影开始，关得遇到了形形色色的各界人士，他也在短短时间内就步入相师的境界。自身实力的提高、眼界的开阔以及人脉的打开，让他的人生步入一个无比广阔的天地。除了何子天的助力之外，关得自身的能力以及想要改命的内动力也是他成功的主要原因之一。

只用了数年之功，关得就从一个一穷二白的穷小子一跃成为在整个燕省，不，甚至是全国都举足轻重的隐形掌门人，由他直接或间接控制的商业帝国，市值不可估量。如果再加上他可以影响到的大财团和无形资产的话，说他是国内顶级的隐形掌门人也不为过。

但人生会有起伏，世事总有起落，关得用了十年时间不但成功改命，而且还成为无人知晓却呼风唤雨的隐形掌门人，背后的推手何子天的真正意图却暴露了出来。何子天当初之所以帮助关得，虽有救关得之举，却并不是真的为了救关得一命，而是当关得是他命运操盘手的练手工具。更让关得愤怒的是，他之前人生的种种不幸——父母失踪、养母病死以及生意失败等，全是何子天在暗中一手推动和掌控的，也就是说，他的人生全部在何子天的安排之中。

一个人最大的不幸就是自己的人生完全不被自己掌控，关得出离地愤怒，因为何子天为了一己之私，不但害得他家破人亡，而且还差点连他也成为何子天的牺牲品，他有太多的幸福被何子天无情地剥夺。虽然现在在何子天的帮助下，他拥有了辉煌的人生，但再多的辉煌也无法挽回不幸的童年和对他恩重如山的养母。更主要的是，何子天不但没有丝毫悔悟之心，还想进一步掌控他以后的人生，想让他彻彻底底沦落为何子天的工具和支点。

关得出手反抗何子天，何子天因为有人命在身，锒铛入狱。本来以为一切就此结束，不想在何子天入狱之后不久，关得就感觉身体不适，浑身乏力。去医院检查，查不出任何问题。他也就没有放在心里，以为是以前太累太操劳了，静心休养一段时间应该就会好。

却没想到，身体的疲劳程度越来越严重，已经达到了运师之境的关得，照镜观察自己的面相和格局，没有发生任何不妥之处，也没有迹象表明自己近期会有劫难，但为什么身体就是出现状况了呢？难道是运师的劫难提前了不成？

一个人步入运师境界之后，第八年就会有一个劫难，第一个八年的劫难，并不严重，通常都可以轻松过关。越往后越难，关得步入运师境界还不到八年，而且按照关得顺天改命的出发点，他应该没有劫难才对。退一万步讲，就算他有劫难，也不应该现在到来。即使是现在到来，也不会如此严重。

到底是哪里出现了问题？关得经过一番认真的思索和推算，在身体状况越来越差明显感觉到境界在下降的情形之下，总算找到了问题的根源所在——当年他意图自杀，虽然悬崖勒马重获了新生，却还是因为一念自杀的念头而留下了隐患。

自杀是为天地所不容的行为，上天有好生之德，杀人者，上天惩罚之，自杀者，上天也会惩罚之。尽管关得没有自杀成功，他自杀的念头，为他的改命埋下了祸根。

何子天传授他改命之法时，从来没有告诉他忏悔当年的自杀行为，也没有让他补救，而且何子天传授给他的改命之法虽然是后遗症最少的顺天改命之法，却只过于强调改造现在的命运而忽视了如何弥补以前的命运。

人之命运，是一条延续的大河，在三十岁的河道变宽，到四十岁的河道形成波涛汹涌的大江，并不是说三十岁之前窄小淤积的河道就此消失不见了，而是隐藏在了命运深处，等待某一个时机的出现，就会突然涌现。

好比在二十岁的时候，你得罪了一个非常厉害的人物。在三十岁时，你的人生大有作为，事业大展宏图，但你并没有向当初得罪的人道歉，也没有意识到自己当年的错误，那么在你最春风得意的时候，对方或许会在背后给你致命一击。

所以人生在前进的时候，不管多风光多成功，也要为以前所做的错事负责并且改正，才是人间正道。关得自杀未遂所遗留的问题，再加上何子天在传授他改命之法时有意无意的疏漏，导致关得留下了强行改命的大患。

改命要顺应天时地利和人和，就和中医治病要讲究和四时对应一样，如果逆天而行或是不顺应四时，必然会被天地所不容，并且遭受到天道的反弹。天之道，就是铁律，谁也无法抗拒无法挑战，只能遵守。如果将关得自杀的念头比喻成一个癌变细胞的话，当初何子天没有替关得及时将癌变细胞扼杀在摇篮之中，到了今天，癌变细胞不断复制，日积月累，终成大病！

也许有人不理解一个念头怎么会带来如此致命的后果。其实许多看似高深的道理，说白了也很简单，任何行为的开始都是源于一个念头。人有许多念头最后没有落到实处，却已经产生了深远的影响。比如一个开朗的人，每天都有开朗的念头，必须是身心健康。而一个忧郁的人，郁郁寡欢，念念郁积，久之必定生病。

百病生于气。

《黄帝内经》的《素问》篇："余知百病生于气也，怒则气上，喜则气缓，悲则气消，恐则气下，寒则气收，炅则气泄，惊则气乱，劳则气耗，思则气结。"以上九种气机失调的形式被统称为九气为病，旨在说明许多疾病的发生都是由于脏腑经脉气机失调所致。

张介宾也在《类经·疾病类》所说："气之在人，和则为正气，不和则为邪气。凡表里虚实，逆顺缓急，无不因气而生，故百病皆生于气。"

"人有五脏化五气，以生喜怒悲忧恐。"气是构成和维持人体生命活动的最基本物质，虽然无形无质，看不见摸不到，却又无处不在，其功能主要表现在推动、温煦、防御、固摄和气化等方面，而气的运动又是脏腑经络组织功能活动的体现。

气布散全身，无时不有，运动不息，不断地推动和激发脏腑经络组织器官的生理活动。外感六淫、内伤情志、过度劳伤等因素均可导致气机失常。

而气的推动主要是由人的念头带领，念头一动，气就随之而动。所以与其说是百病生于气，还不如说百病生于一念。

关得不是普通人，他的命运在遇到何子天的一刻就发生了巨大的改变，而且还是不可逆的改变，更何况他还是一名运师，所以他当年埋下的祸根在经过多年的累积之后，放大到了一定程度，表现出来，就是他突如其来的身患重病，并且病因不明。医院检查的结果只是免疫力低下、过度疲劳所致，需要静心休养。但不管怎样休养，身体却是每况愈下，到今天，关得已经连行走都困难了。

现在的医学虽然比古代发达了太多，但还是有许多疑难杂症，既不知道病因又无法治疗，只能任其自生自灭。在国内国外无数名院求医问药无果之后，关得想到了中医。

其实许多医院面对癌症等绝症的治疗程序就是手术、化疗、复发，在束手无策之后，就会告诉病人去吃中药，采取保守疗法。中医中药被当成了最后的安慰和聊胜于无的治疗手段，其实是走入了误区。百病生气，源自念头，那么百病必然也消亡于气，消亡于念头。所谓念头，在中医看来，就是人的情绪。

所有长寿之人都有一个共同点，就是心情舒畅心怀宽广，事事看开，不斤斤计较，与人为善，善待一切。因此，一个人想要无病长寿，保持心情上的舒畅为第一前提。

关得之前因为何子天之故，和毕问天关系不好。后来何子天入狱，他和毕问天的关系并没有因此更进一步，但也不像以前一样针锋相对。在他病后，毕问天也来看望过他几次，向他提议可以遍寻国内的中医大师，或许还有转机。

之前关得也早就想到过中医治疗之法，全有也托人寻找了一些名医，结果却不尽如人意，所有名医为关得诊脉之后都摇头叹息，含蓄者让关得安心休养，或许还有转机，直接者让关得准备后事，不用再费心费力了，生死有命，药医不死病，可惜关得得的是不治之症。

关得绝望了，认定自己必死无疑了。

上天有好生之德，但好生之德不针对十恶不赦之人，关得心存善良，并且坚持放生，也正是他的所作所为符合天道，所以在他绝望的时候，又柳暗花明，遇到了一个世外高人。

世外高人为关得开了一剂药方，药方并不复杂，也不高深莫测，全是最常见的药材，却又告诉他，药材虽普通，必须要用专用的药具来炮制，才有效果。而所谓的专用药具，都是失传已久的传说中的宝物。

比如说，当年扁鹊用过的金药杵、张仲景用过的药碗、华佗用过的碾子，再比如宋朝的药枕、元朝的药瓶、明朝的药鼓和清朝的药秤，如是等等，一共七件宝物，必须全部凑齐用来炮制配比药方，才有药效。

但既然是失传已久的传说中的宝物，肯定散落在民间的各处，是不是还存在于世不得而知，就算没有被毁坏，想从茫茫人海中集齐全部宝物，比登天还难。关得本来刚刚燃起的希望又瞬间破灭了，高人才给了他生的希望，又随即浇了一盆冰水。

好在关得还有全有。

全有经过一番认真的思索，决定成立一家全有典当行来搜集七件宝物，他相信关得吉人天相，只要去做去努力，肯定会有所收获，总比坐以待毙强得多。

关得听从了全有的建议，让全有筹备成立了全有典当行。他没有参与具体筹备事宜，却提出了一个要求，全有典当行的五名员工，一定要由他一个个亲自挑选。因为凤凰不落无宝之地，全有典当行能不能守株待兔等来宝物，全在于五名员工的组合是不是具备吸引宝物上门的吸引力。

五个人，正是对应五行，既可以形成平衡，也可以互补或是互相制衡，从而达到一种有效的机制。从萧小小到苏夕若，再到范无救和何无咎，关得都是一眼相中，没有迟疑就决定让几人加入。只有在医科大学初见郑道时，他心中有过一丝的动摇。

百病生于气而止于音

因为相比何无咎四人，郑道实在太普通太不出彩了。既没有大富大贵的面相，又没有非凡的来历，还是一个无依无靠的孤儿，可以说，福薄命硬。

但当时不知何故，全有非常看好郑道，说郑道为人谦和，有温润之气和博大之意，和郑道谈话，就如对着旷野之风，心中无比舒畅并且不会有任何负担。

关得在得病之后，境界下降很多，他对自己的判断也一度产生了怀疑。既然全有如此看重郑道，他也就没再坚持，同意了让郑道加入。

现在再一次面对郑道，听到郑道一语道破全有典当行的真正所图，再联想到如果没有郑道，金药杵有可能和他失之交臂，而今天如果不是郑道的坚持，铁药碗也会错过，他就更加坚信了一个事实——郑道绝对是他命运转机的一个关键人物。

所以关得才没有隐瞒，向郑道说起了他的往事以及和何子天的过往。

关得微叹一声："郑道，一个人的命运如果一生来就是定数，那么人生所有的努力、奋斗和拼搏就毫无意义了。人生是有一些无法改变的东西，比如出身，比如父母，比如长相，但人生还是有许多东西可以通过自己的努力改变，比如贫穷，比如知识，比如命运，比如疾病。何子天的十年牢狱之灾，反倒让他安然度过了运师最大的一次劫难，现在的他虽然还没有达到命师之境，但也只剩下最后一层窗户纸了，什么时候捅破？也许随时随地。所以说，很多事情，都是有失必有得。那么我的病，到底还能不能治好？"

郑道并没有正面回答关得，而是迟疑片刻，问道："关总，当年指点您的高人，是谁？"

关得摇头一笑："不知道他的名字，也没有见过他，只是和他通过短信联系。"

郑道微感失望，随即又恢复了平静："关总的病，源于气，止于音，治愈于药。如果高人所指出的宝物全部凑齐的话，应该可以治好。但宝物散落各处，想要搜集在一起，不是有钱就能办到的事情，还需要时间，也许一年，也许两三年，甚至十年，病却等不了那么久。"

"那怎么办呢？"全有乱了方寸，他原本在郑道面前一向淡定自若，现在却觉得郑道有着与他的年龄极度不相称的高深莫测，他忽然就有了一种当年初见关得时诚惶诚恐的感觉，"难道就只能束手无策了？"

"办法倒是有。"郑道迟疑着，不知道是不是该说出来，他不是有意卖弄，而是怕说出来后关得和全有不但不信，反而对他有了偏见，"就是怕……"

"怕什么，不用怕，大胆说。"全有急了，一把抓住郑道的胳膊，"现在都什么时候了，不用顾虑太多了。救人一命，胜造七级浮屠。"

道理郑道当然懂，但有些道理具体到生活中，就不被人所理解了，他一咬牙，说道："我有一种办法，也许不能从根本上治愈关总的病，但应该可以起到延缓的作用，从而可以让关总有足够的时间等到七件宝物的凑齐。"

"太好了，是什么办法？快说。"全有压制不住心中的兴奋。

关得相比之下却要冷静许多："我不明白一件事情，郑道，你是怎么知道全有典当行的成立是为了搜集七件宝物？你的中医知识来自哪里？你是哪一派中医世家的传人？"

见关得起了疑心，郑道笑了："我的中医知识来自我爸，我爸是游方医生，不是什么中医世家的传人。因为读了许多中医典籍的缘故，见过一些传承下来的中医药具，所以见到第一个金药杵的时候就大概猜到了全有典当行想要搜集的是什么。再到铁碗的出现，我就完全确定了自己的猜测。"

关得失望地摇了摇头："太遗憾了，如果你是哪个中医世家的传人该有多好，如果你和指点我的高人有一样的水平该有多好……算了，万事不能强求，说吧，你有什么办法可以减缓我的病情？"

郑道不再迟疑，当即说道："音乐。"

"音乐？"全有愣住了，又笑着摇了摇头，"你没开玩笑吧？"

"当然没有。我说的音乐不是现在的流行音乐，更不是什么摇滚乐，而是古筝曲。"郑道郑重其事地说道，"最好是大师用上好的乐器弹奏的古筝曲，才有疗效。"

美妙的音乐，可以使人身心舒畅，忘却烦恼。自古以来，听音乐便是养生良方。《素问·举痛论》中说"百病皆生于气也"，《灵枢·五音五味》又详细论述了宫、商、角、徵、羽等五种音阶调治疾病的理论，最后被归纳为"百病生于气而止于音"的音乐治病理论。

看似神奇，其实不然。宫、商、角、徵、羽五音正好对应五行和五脏，符合天道相应之理。从情绪上讲，在动听的音乐中，心情放松，情绪平缓，就如一条缓缓流淌的小河，身体经络必然通畅，经络一旦通畅，百病皆消。

从中医阴阳学说来说，热烈活泼明快的音乐属阳，轻缓柔和安静的音乐属阴。选用阴阳属性不同的音乐能调节人体之阴阳，使之恢复平衡，达到"阴平阳秘、精神乃治"的治疗效果。

而从西医的角度来说，有规律的声波振动，可与人体的呼吸、心率、胃肠蠕动等生理振动相吻合，产生共振和共鸣效果，从而发挥颐养身心、防治疾病的作用。此外，音乐还可以调节自主神经系统的功能活动，调节激素释放等。

总之，音乐可以让人凝神收心，起到减轻焦虑的作用。

具体到关得本人，虽然还不能确诊关得的病因，郑道却已经为关得开好了音乐药方。

脾脏喜听宫调式乐曲，宫调式乐曲风格悠扬沉静，犹如"土"般宽厚结实，可入脾。代表曲《十面埋伏》。肺脏喜听商调式乐曲，商调式乐曲风格高亢悲壮，铿锵雄伟，具有"金"之特性，可入肺。代表曲《阳春白雪》。肝脏喜听角调式乐曲，角调式乐曲亲切爽朗，有"木"之特性，可入肝。代表曲《胡笳十八拍》。心脏喜听徵调式乐曲，徵调式乐曲活泼轻松，具有"火"之特性，可入心。代表曲《紫竹调》。肾脏喜听羽调式乐曲，羽调式乐曲风格清纯、凄切哀怨，如天垂晶幕，行云流水，具有"水"之特性，可入肾。代表曲《梅花三弄》。

听不同的乐曲，对应的时间也不尽相同。如听宫调式乐曲，适宜在进餐期间，或餐后一小时内，有利于调节脾胃。可以搭配黄茶。商调式乐曲适宜在下午三点到晚七点间，此时正是体内肺气较为旺盛的时段。角调式乐曲适宜晚上七点到十一点，配一杯绿茶，以败肝火并且滋阴养肝。徵调式乐曲适宜晚上九点到十一点，搭配红茶，可以起到调理心脏的功能。羽调式乐曲适宜上午七点到十一点，配一杯黑茶，可以益肾。

关得畏寒怕冷，面如死灰，再加上四肢无力，应该是五脏机能全部衰退。他每天应该轮流听宫、商、角、徵、羽五种乐曲，并且还要坚持不懈才行。

听了郑道的一番高论，全有目瞪口呆，惊了半天才说："不是吧？听乐曲也能治病？听上去太神乎其神了，郑道，你确定有用？"

郑道点头："科学研究表明，音乐是一种有节奏的弹性机械波，它的能量在介质中传播时，还会产生一些化学效应和热效应。当音乐对植物细胞产生刺激后，会促使细胞内的养分受到声波振荡而分解，并让它们能在植物体内更快地输送和吸收。国内的一些科学家通过研究发现：在一般情况下，苹果树中的养料输送速度是平均每小时几厘米。在和谐的钢琴曲刺激下，速度提高到了每小时一米以上。科学家还发现，适当的声波刺激会加速细胞的分裂，分裂快了自然就长得快长得大……"

关得接过话说："郑道说得对，相关的报道我也见过。音乐不但对植物的生长有促进或是抑制作用，对水的结冰也有影响……我相信郑道的音乐疗法。全有，你帮我准备一间静室，布置最好的音响。"

"除了最好的音响系统之外，我来帮关总设计一个可以随时艾灸的仪器，名字我还没有想好，但设计思路和样子有了。"郑道想起了为沈向葳设计的艾灸床，也基于艾草点燃之后可以补充阳气的原理，但需要专人守候并且时刻掌握火候，比较麻烦且不方便推广，就有了新的思路，"一张艾灸床，一个艾灸椅，可以躺着治疗，也可以躺累了坐着治疗。"

"艾灸可以补充阳气，可以固本培元，但操作起来比较麻烦，你有改进的办法？"关得知道艾灸的原理，也认可艾灸的功效，但对艾灸需要点燃艾灸条对准穴道的手法不是很期待。

"有，已经想好了。"郑道自信地笑了，通过对沈向葳的治疗，他心中愈加对自己的定位清晰了许多，他不但要做一名治病救人的医生，还要努力通过自己所学的西医知识，利用现在的科学技术来推广中医，为中医更方便更快捷地进入每一个家庭做出自己应有的贡献，"利用电子仪器来控制热度和时间，就可以省了人工，也可以更精准地控制每一个环节。"

关得慢慢地站了起来，微微皱眉："说下去……"

"艾灸的原理就是点燃艾草，艾草点燃之后，会释放大量的烟雾。如果利用电子加热仪器，控制艾草的燃点，让艾草既能释放药力，又不产生烟雾，就可以干净卫生地进行艾灸了。如果设计一张床出来，床下面有电子加热装置，又有透气孔可以让药力作用到身上，就算不能准确地对准穴位，也可以让全身弥漫在药力之中。"郑道也不隐瞒什么，尽管说来他很清楚如果他的思路用在商业上，会有很好的商机，"床只能是躺着或趴着的，药力只能作用到前胸和后背，不能作用到会阴穴，所以，还要设计一个座椅，人可以坐在上面，药力可以同时作用到会阴、后背和身体两侧。"

"好创意！"全有一拍桌子，喜形于色，"哈哈哈哈，郑道，没想到你不但是一个医学天才，还是一个商业天才。你刚才的创意如果进行商业化推广，会赚很多钱，你知不知道？这样，你把你的创意形成一个策划方案给我，我来进行商业运作，送你百分之十的股份，怎么样？"

"股份多少都好说，如果商业化运作的话，一定要保证每一个环节的安全，以及艾草的质量。"郑道对商业上的利益不是没有诉求，但是在他看来，治病救人为第一要旨，在保证了治病救人之外，再谈收益也不迟，"还有，加热元件一定要环保安全。"

"这一点你放心，我跟随关得多年，不管是做人还是做生意，出发点从来都是先人后己。舍得舍得，先舍后得，这道理如果我还不懂，也不会有今天。何况如果是医疗器械，必须本着治病救人第一位的出发点。君子爱财，取之有道，哪怕是天大的利润，只要有损福分，只要害人，我一分也不取。"全有慷慨陈词，一脸激奋，"关得一直告诫我，一个人应该但行好事莫问前程，天道好还，积福之人必有大福。"

"好了，好了，不要长篇大论了。"关得勉强笑了笑，摆了摆手，"情怀的归情怀，商业的归商业，把情怀包裹在商业之下，然后商业化运作成功，也是对情怀最好的推广。郑道，希望你尽快设计出来你的艾灸产品，对了，想好品牌没有？"

"天地有大美而不言，不如就叫大美？"全有灵机一动。

"大美……太直接了，不如叫昊美，昊有广阔无限的意思。"郑道受到了启发，"对，就叫昊美，大爱无限，大美无疆。"

"就这么定了。"关得最后拍板决定，脸上罕见地露出了笑容，最少有三五年了，他从来没有如今天这样开心。再大的权势再多的财富，都比不过一个健康的身体，因为郑道，他重新燃起了对生命的渴望，心中充满了对郑道的感谢。他握住了郑道的手，说："郑道，谢谢，希望有一天你会成为一个大医，医治天下之病，解救天下病苦。"

　　郑道现在胸怀还没有那么宽广，理想也没有那么远大，现在的他只想先治好沈向葳和关得的病就心满意足了，不过他还是微微激动，关得的话，让他心中也点燃了激情。

　　一周后，郑道设计的艾灸床的模型出来了，经过关得试用之后，关得提出了一些改进意见。两周后，艾灸椅经过三次改进，定型了。一个月后，艾灸床和艾灸椅成品问世。

　　成品一共有三套，关得留用了一套之外，郑道自己要了一套，他是要体验一下效果，然后在下一次产品更新时以便更好地改进。他还为沈向葳要了一套，自从上次为沈向葳治疗的尴尬事件之后，他又为她治疗了一次，不过和第一次时的仓促相比，第二次就要轻车熟路多了，沈向葳也配合默契。尽管还有身体上的直接接触，她也完全融入了病人的角色，并且只当郑道是一个英俊帅气的男医生，而不是男人。

　　在搜集了金药杵和铁碗之后，全有典当行虽然在业内声名鹊起，成为另类的存在，但关得期望中的另外五件宝物没再出现，确实如郑道所说一样，陷入了漫长而没有期限的等待之中。

　　好在郑道所提供的音乐疗法以及艾灸床和艾灸椅，让关得感觉到了一丝生命的活力重新回到了体内，尽管病情并没有明显的好转，却可以感受到在音乐的安抚中，他获得了久违的平静。尤其是艾灸床和艾灸椅，难得地让他感受到了艾草提供的阳气进入体内之后，为他带来了许久没有体验到的生机。

　　关得无比感慨地对全有说："全有，我现在才明白当初为什么我看不透郑道的格局，我原本以为他只是一个普通人。"

　　"然后呢？"全有很欣慰关得的病情有了微弱的起色，心中对郑道也是充满了感激。

　　"然后我才知道，郑道确实是一个普通人，但一个人生来普通不要紧，只要他心系天下，一心为他人着想，那么他终有一日会为成天下人仰望的人。"

　　"你的意思是说，郑道以后的前程，不可限量了？"全有笑得很开心。

　　"是不是不可限量，除了看他的心量，还要看他的人生际遇。"关得微微摇头，"可惜我现在病痛缠身，看不透他的格局，否则，我也许还可以帮他一些。现在的郑道，就像一把汉剑……"

"汉剑？"全有不解。

"汉剑入鞘则朴实无华，出鞘则锋芒毕露，正合儒家的温良恭俭让和外圆内方的为人准则。一藏一显，尽得君子藏器于身、待时而动之精髓。"

"但愿郑道扬眉剑出鞘之时，可以妙手回春治好你的病。"全有充满了期待。

一路同行

何小羽和付先山并肩走在二院长满高大白杨树的后院。夏风吹过，杨树树叶哗哗作响，在蝉鸣中，既悦耳动听，又别有一番喧嚣的寂静。

有时人的感觉也很奇怪，明明很吵很闹的环境，只要心静了，反而觉得吵闹之中另有宁静。

"小羽，在医院的工作怎样？有没有什么难处？有什么难处尽管告诉我，付伯伯都帮你解决。"付先山和颜悦色，背着双手，犹如长辈一样目露慈爱之色。

何小羽也是背着双手，蹦蹦跳跳如同一只欢快的小鹿。她快跑两步，一跃而起，从树上摘下一片树叶，举过头顶，对着阳光照了照。

"付伯伯，树干有年轮，树叶有皱纹，您看，上面的每一条纹路都是风霜雨雪，都是往事。"何小羽将树叶在手中转了几转，一脸向往之意。

付先山哈哈一笑，对于何小羽的女孩心思，他才懒得多想，就说："在我看来，树叶上的每一条纹路，都是一条生命。医院就是生死的场所，每天都有人获得了新生，每天也都有人走到了生命的尽头。古人说，生者寄也，死者归也，活着，是寄存于天地之间，死了，才是最终归宿。"

"这话就说得有点消极了，付伯伯。如果活着只是一次旅行，那么活着的意义又是什么？"何小羽歪头想了一想，"难道说，活着就是为了欣赏沿途的风景？"

"一路风景一路结伴前行，这难道不是人生？"付先山感慨完毕，不想再绕弯子了，就直截了当地说到了正题，"小羽，你觉得无咎这个人怎么样？"

"何无咎？上次一起吃饭的时候付伯伯介绍的那个高高的男生？还可以呀，怎么了？"何小羽眯着眼睛笑了，嘴巴弯成月牙儿。

何小羽其实知道何无咎，她天天和郑道在一起，怎么可能不知道何无咎的存在？上次付先山让她参加一个饭局，看似无意实则有意安排她和何无咎坐在一起。何无咎高个、白瘦，给她留下的是安静沉稳的形象。

当然她很清楚何无咎到底是一个什么样的人。

付先山在一棵树下站定，笑眯眯地问道："你不是还没有男朋友吗？无咎也没有女朋友，我觉得你们挺合适的……"

"停，打住!"何小羽甩手做了一个暂停的姿势，坚决地说道，"何无咎喜欢的是沈向葳，我喜欢的是郑道，再说了，我和他都姓何，同姓不结婚。"

"同姓不婚是古代的规矩，古代同姓必同宗，有血缘关系，现在同姓未必同宗，只要没有血缘关系，同姓可以结婚。"付先山被何小羽的一脸认真逗笑了，"好吧，不说你和何无咎了，既然你喜欢的是郑道，就说说郑道好了，最近郑道是不是和沈向葳走得很近？"

何小羽的神情落寞了几分，她一脚踢在树上："不是啦，郑道是医者父母心，他只是在为沈向葳治病，沈向葳是他的病人。"

"严格意义上来说，郑道现在算是非法行医，也不知道他到底用什么方法为沈向葳治病，真是让人担心。"付先山忧心忡忡，揉了揉额头，"我一直劝沈雅不要相信中医，他偏不听，病急乱投医，就连郑道这样一个没有行医资格的人也当成宝，真的可怜。小羽，你和郑道熟，有时间就劝劝他，不要让他误入歧途，万一治出人命就麻烦大了。"

郑道一去沈家就拆除了沈家的莲花台，此事让付先山大为恼火却又无可奈何。表面上付先山处处唯西医论并且不遗余力地贬低中医，实际上，他对古往今来的许多传承的东西还是深信不疑的。比如风水，比如气脉，比如五行相生相克之理。

但不管怎么相信，在外面，付先山还是会摆出一副坚决和封建迷信划清界限的高姿态，塑造一个坚定不移的唯物主义者的形象，大力推崇实证科学和西医，攻击一切经验论和无法验证的理论总结。

在他刻意的伪装和掩饰之下，他对外的形象近乎完美，无可挑剔。

让付先山很是气愤的是郑道的出现，先是在医科大学的一场辩论让他一败涂地，后来郑道又无意中破坏了他在沈家精心布置的棋局。莲花台被移除后，虽然没有明显迹象表明沈向葳的病情有所好转，但范清的病却很快得以治愈，就连沈雅的失眠症，也好了。沈向蕤以前虽然没有什么身体不适，但睡眠质量不好。郑道出现后，沈向蕤现在睡得十分踏实，一觉到天亮。

毫不夸张地说，自从郑道去过沈家并且帮沈家整理了院子之后，沈家上下一片祥和之气，除了沈向葳之外，沈家人人身心美满，充满了活力。

尽管不愿意承认是郑道之功，付先山还是在心里痛恨郑道多管闲事。如果不是郑道的出手，莲花台再多放上一两年，先不说沈向葳会怎么样，沈家也许会完全败落下去。

沈家败落，并不是说庞大的沈氏集团会轰然倒塌，而是指沈家的家人疾病缠身霉运来临。向来看一个家族的兴衰，只看这个家族的人丁是不是兴旺就可以得出结论。再富有再有权势的家族，如果后继无人，也会烟消云散。

"郑道才没有误入歧途，他是治病救人，是一片好心。"何小羽不理解付先山的意思，"付伯伯，沈姐姐已经被西医判了死刑，为什么就不能让郑道用中医救她？就算救不了她也没有什么损失不是？就算您再不相信中医，再觉得中医是糟粕，也不应该让一个濒死的人一点希望也没有绝望地死去，是不是？"

"……"付先山没想到何小羽如此伶牙俐齿，一番话居然反驳得他哑口无言，他只好尴尬地笑了笑，"我不是这个意思，我是怕明明沈向葳还可以再活两年，郑道一折腾，也许她只能活两个月了，这不是救人是害人！"

"话也不能这么说，沈向葳愿意用一次冒险来换取生的希望，是她的自由。只要她自己觉得值得，就足够了。"何小羽疑惑地看向了付先山，"付伯伯，作为医生，我觉得您应该以尊重生命为最高出发点，不管是西医还是中医，只要能挽救病人的生命，就是最好的医学。"

"沈向葳的病情有没有明显好转？"付先山被何小羽的咄咄逼人逼得有几分恼火，却又不好发作，"最好的医学不是说救了人就行，而是要弄清发病机理和根治的手法。"

"听郑道说，沈姐姐的气色是比以前好了一些，但她的病拖的时间太久了，想要完全好转，恐怕很难，他也没有太大把握，只能摸索着前进。"何小羽很是不解付先山一个堂堂的院长，在百忙之中陪她散步，谈的不是工作却是郑道和沈向葳，就算她再天真再单纯，也不免多想。

"这么说，郑道为沈向葳治病的方法，也是自创的了？"付先山轻描淡写地笑了，"真是厉害，现在的年轻人，敢想敢做，还没有出师，就敢自成一派了。"

"付伯伯，我还有事……"何小羽扬了扬手中的华为 P9，俏皮地笑了笑，"不好意思，郑道约我，我得赶紧去约会了。"

"好呀，你去吧。"付先山慈祥地笑了笑，"怎么用华为了？你原先不是用苹果手机吗？"

"我要支持国产手机了，华为手机不比苹果手机差，最主要的是安全，可以防窃听，嘻嘻。"何小羽有一句话没有说出口，其实华为手机是郑道送她的，所以她才扔掉了原先的苹果 6S，换上了华为 P9。

"国产手机哪里有苹果手机好？"付先山拿出了自己的苹果 6S，看了几眼又收了起来，回到了办公室。

办公室里，有一人正在等他。

"付叔叔，我等您半天了。"何无咎起身相迎，"怎么和何小羽聊了那么久？"

"无咎，你真不知道何小羽是你的亲妹妹？"付先山单刀直入，一语道破天机，"她长得和你太像了。"

何无咎一脸错愕："怎么可能？不可能！何小羽和我没有半点关系，付叔叔，是不是郑道在造谣？"

"不关郑道的事情。"付先山摇了摇头，"郑道应该也不知道你和何小羽的关系。无咎，你回去问问邱涗就知道了。"

何无咎不是没有问过妈妈他的生父是谁，每次问，妈妈都是一样的回答——死了。再追问的话，妈妈就会说他的生父是一个负心汉，不值得一提，提到他的名字她都会觉得恶心。后来他也就不敢再问了。

万万没想到，付先山突然抛出了何小羽是他亲妹妹的事实，岂不是说，他的生父就是其貌不扬狗屁不是的酒鬼何不悟？

多年来，何无咎已经习惯了花家大少爷的身份，突然之间有人告诉他，你其实出身于草根，身上流淌的是贫下中农的血液，你所有的高贵和骄傲都不过是继父给予的华丽的外衣，脱掉外衣，你不过是一棵一无是处的狗尾巴草，并不是高贵的凤尾竹。

"我不问，我也不信。"何无咎不敢面对残酷的真相，只好掩耳盗铃，"不提这事儿了，付叔叔，我来是想告诉您一件让人震惊的事情，关得和全有的全有典当行成立的真正目的，是为了帮关得搜集七件宝物，是为了治关得的病。"

"有这事儿？"付先山也是无比震惊，"你是怎么知道的？"

"何爷告诉我的。"提及何子天，何无咎恢复了几分自信，"今天中午何爷正好有空，想请您过去喝茶。"

"何子天……"付先山沉吟一会儿，忽然下定了决心，"好，今天正好有空，现在就过去。"

之前何无咎几次提过要介绍何子天给付先山认识，付先山各种推脱，不想见何子天。今天付先山心思大动，觉得时机成熟了，是该会一会何子天了。

"何爷在西山的好花常开别墅区。"何无咎扬了扬手中的车钥匙，"我来开车，付叔就不用开车了。"

"不，我开车。"付先山不喜欢方向盘掌握在别人手中的感觉，除非是长途，一般上下班他都是自己开车，司机每天无事可做。

"嗯。"何无咎笑了笑，没再勉强，他也清楚付先山自己开车的习惯是因为对别人的极度不信任。他暗暗摇了摇头，对谁都不信任，只信自己，活得太累了。

何无咎和付先山一起来到楼下的停车场，二人各自开车，一前一后驶出了二院。在路口拐弯的时候，何无咎眼睛的余光一扫，发现路边有两个人的身影似曾相识，仔细一看，原来是郑道和何小羽。

何无咎嘴角露出一丝玩味的笑容，目光闪过郑道，落到了何小羽身上。他以前也见过何小羽几次，从来没有觉得何小羽和他有相像的地方，经付先山一说，他特意留意了何小羽的长相，不留意还好，细看之下，还真吓了一跳。

何小羽的眉毛和眼睛长得还真的很像他，尤其是鼻子，简直一模一样！

何无咎没来由一阵心慌，难道说付先山说的都是事实，他和何小羽真是兄妹？可是，他怎么可能有何不悟这样一个一无是处的亲生父亲？不可能！

何无咎无法接受这样的事实，一时心慌意乱，忘记了自己还在开车，无意中松开了油门，哐当一声，追尾了前车。

声音巨大，引得周围行人纷纷侧目。

"出交通事故了。"何小羽朝远处张望了一眼，收回了目光，挽住了郑道的胳膊，"去哪里？"

"去王淞家。"郑道心事重重，没有留意到不远处发生车祸的居然是何无咎。

"不是说好去看电影吗？"何小羽有几分不快，"去他家里做什么？不去，哼。"

之前毕问天有过暗示，王淞家中可能会有异变，当时谁也没有放在心上，就连郑道也是当成了耳旁风。近来一段时间，郑道一直忙着救治沈向葳和关得，还要在全有典当行上班，忙得不可开交，最少有半个月没见到王淞了，其间只打过两次电话。

虽然每一次电话只有短短的一分钟，但郑道还是明显从王淞欲言又止的口气中听出了什么。王淞中气不足，语气低沉，声音低落，如果不是有病在身，就是家中出现了什么变故，导致了精神如此不济。

郑道放心不下，决定去王淞家里一趟。

"王淞家里估计是出了什么变故。"郑道不无担忧地说道，"我们去看看，就算不能帮他什么，至少也可以给他安慰。"

"王淞家里能出什么事情？他爸是公安局副局长！"何小羽虽然很想和郑道去看电影，却还是忍住了。郑道和王淞的关系她再清楚不过，王淞是郑道唯一的小伙伴，王淞的事情就是郑道自己的事情，"好吧，我陪你去就是了。"

二人上了公交车，三站地后，一个手拿折扇的老者上车而来，郑道一下愣住了，真是巧，来人居然是毕问天。

郑道心中一惊，毕问天的出现绝非巧合，应该是题中应有之意。等他再仔细一看之后，更是大吃一惊，毕问天的气色极差，不但双眼深陷，耳朵也呈现衰败之象。

出了什么事情？

毕问天一身休闲白衣，摇了几下手中折扇，呵呵一笑："郑道，人生无处不相逢，我们又见面了。你是不是觉得我们这一次见面，很有戏剧性？"

何止是戏剧性，完全就是故意的相遇，郑道脑中灵光一闪，呵呵一笑："毕爷是要和我一路同行了？"

"其实我们早就是同路人了。"毕问天淡淡一笑，见车已经停靠在了下一站，他用手一指车门，"提前一站下车，走路有益于身心健康。"

郑道和何小羽跟随在毕问天身后下了车，郑道有意向前一步，右手搭在了毕问天的左肩之上，一触之下，感觉气息平稳，再仔细观察了一下毕问天还算稳健的步伐，心中稍定。

毕问天察觉到了郑道的关心，也不回头，呵呵一笑："我最近是病了一场，不过不是什么大病，就是外感风寒再加上内热，吃了银翘解毒丸，快好了。"

郑道心中安定了几分，毕问天是风热感冒未愈又感染风寒，就是俗称的寒包火，养阴发汗就会好起来，不是大事。

"吉朵之家听说要复工了？"毕问天走在前面，脚下不停，直奔主题，"020527号地皮，又要重启拍卖了。"

如果是以前，毕问天所说的事情郑道一无所知，以他的层次和眼界，肯定不会关注如此重大的事件，但自从进入了沈家之后，他所处的位置不同，眼界也因此打开，听到也看到了许多高级别的较量。

性和命

020527号地皮事件，以及吉朵之家的事情，包括吉朵国际和沈氏集团、好花常开并列为燕省三巨头，他已经从沈向葳和沈向龚口中听说了许多，也无意中听到沈雅对于沈氏集团的下一步布局。虽然不是太深的内幕，但明面

　　王淞家位于市局家属楼二号院，院子不大，只有三栋多层住宅。院子里长满了高大的梧桐树，树干足有一米粗细，说明年深日久了。

　　郑道一行来到三号楼 301 室，敲开了王淞家门。开门的人正是王淞，时值中午，他穿着大裤衩，睡眼惺忪，头发乱糟糟，颓废而沮丧。

　　"你怎么来了？"王淞见是郑道，愣了一愣，又看到郑道身后的何小羽和毕问天，他勉强笑了笑，"你们怎么来了？"

　　房子是三室两厅的格局，一百六十平方米，装修风格倾向于简洁大方。

　　王淞换了一身稍微正式一点的衣服出来，为几人倒了茶，然后一屁股坐在沙发上，低头不语。

　　"人是什么性，就有什么命。木性人招难，火性人受苦，土性人受累，金性人受贫，水性人受气……所以说，没有人什么都好，都有不足之处。"郑道见气氛有几分沉闷，就先抛出了话题，有些事情必须正面面对，"上火是龙吟，生气是虎啸，人能降伏住气火，才能成道。有人惹你，你别生气，若是生气，气往下行变成寒。有事逼你，你别着急，若是着急，火往上行变为热。寒热都会伤人……"

　　"哧……"王淞被郑道的大道理逗乐了，"道哥，你就别说这些玄之又玄的大道理了，大道理听得明白想得明白却做不明白。你说我爸不管是做人做事都问心无愧，怎么就被人举报说他贪污了一千万？现在他被停职配合调查，不知道关在了哪里。"

　　虽然说的是一件郁闷的事情，但王淞却用轻松调侃的语气说了出来，平添了几分滑稽的意味，倒也让气氛不再那么沉重。

　　"啊，你爸犯事了？王淞，你的官二代生涯是不是就要结束了？"何小羽话一出口才意识到不对，她太随意太不在意王淞的感受了，忙不好意思地吐了吐舌头，"不好意思，我是有口无心，你别往心里去。"

　　"没事，没事，我已经过了自己的心理关了。"王淞无所谓地摆了摆手，看向了毕问天，"毕爷，当初您就看出了我会有一难，现在您再看看，我这一难能不能过去？是不是真像小羽说的，我这官二代生涯就这么完蛋了？"

　　毕问天微微一笑，将难题踢给了郑道："郑道，你来说。"

　　郑道无奈地笑了笑："毕爷，我又不是相面大师，更不是什么运师，哪里看得出来一个家庭的兴衰？"

"我没让你相面，也不用你推算王淞的格局，你只管望气就行，从王淞的气色上判断他会不会生病。"毕问天摇动几下手中的折扇，"就和大灾之后必有大疫一样，一个家庭大变之后，家庭成员必定会有人大病一场。"

郑道心中暗惊，毕问天对天人合一的理解比他想象中还要深刻得多，他当下也不迟疑，朝王淞投去了审视的目光。

王淞歪靠在沙发上，有气无力，一脸疲惫，双眼充满了血丝，眼窝深陷，并且黑眼圈明显，显然是睡眠不足缺乏精气神。再看他的气色，虽眉宇之间隐有黑色，却还算正常，只是心思忧虑所致，并无大碍。郑道心中有了计较，只从气色上看，王淞不会生病。以王淞的体格，只需要好好休息一个晚上就能生龙活虎了。

为了防止望气不够准确，郑道伸手抓住了王淞的右臂，手指搭在了他的手腕上。王淞和郑道认识多年，还是第一次被郑道如此明目张胆地抓手，吓了一跳，一下跳开了。

"你要干吗？"

郑道大笑："替你把把脉，看你有没有病。"

"你才有病。"王淞也笑了，主动伸手过去，"我怎么觉得好像是不认识你一样？你说你隐藏得有多深？我今天才知道你还会号脉。"

"他会的事情比你想象中多一百倍。"何小羽一脸骄傲，高高昂起头，"快，让他给你把把脉，看看是不是滑脉。"

"什么滑脉？是不是很光滑的脉？"王淞一脸懵懂，"你不要骗我，我读书少。"

"切，连滑脉都不懂，你也太笨了……"话说一半，何小羽才想起王淞是郑道的大学同学，学医五年的他就算学的是西医，不可能不懂中医的一些脉象知识，知道王淞是故意逗她，怒了，"王淞，不要拿着你的悲惨遭遇当道德制高点，我不会让着你。"

郑道哈哈一笑，收回了右手："别闹了，王淞脉象正常，没事，至少近期不会有病。"

王淞愁眉苦脸地摇了摇头："以前看过一句很让人伤感的话——你不是什

么都没有，你至少还有病。我倒好，我真是什么都没有了，连病也没有。"

"你也不是什么都没有了，你还有郑道。"毕问天淡然一笑，观察了一下房间布局，"一个人的运势有起落，家庭也一样。人的运势的起落，和他以前的所思所想和近期的所作所为大有关系。家庭的起落，是全体家庭成员所作所为的结果。王淞，你能告诉我，你妈为什么出国了吗？"

王淞疑惑地看了郑道一眼，郑道摇了摇头，意思是他没有告诉毕问天王淞妈妈的事情，王淞惊讶地张大了嘴巴："毕爷，您怎么对我家里的事情了如指掌，是不是您认识一个对我家的事情特别熟悉的人？对了，您是不是认识张学华？"

"张学华是谁？"毕问天意味深长地笑了。

"张学华是附近一带有名的万事通，东家长西家短，天之南海之北，聊微信群聊 QQ 群，没有他不知道的事情……"心情本来有几分灰暗的王淞，想起了张学华的滑稽和逗乐，忍不住笑了，"毕爷经常在乌有巷一带活动，张学华也是乌有巷的名人，也许毕爷还真认识他。"

乌有巷的名人很多，相比之下，毕问天就是仙风道骨出众了一些，不管是能说会道还是走街串巷的人缘，他在乌有巷还真算不上一号人物，甚至名气连胡说都不如，更不用说张学华了。

毕问天听说过张学华其人，却并不认识，也是张学华和他并非一路人，他和张学华没有交集。

"我不需要通过别人了解你家里的情况。"毕问天自信地笑了，"王淞，你爸的事情，表面上看，是被熊正元迫害，其实根源在你妈身上。"

毕问天此话一出，顿时震惊了王淞。

王淞不敢相信自己的耳朵："毕爷，您、您、您怎么知道是熊正元在背后黑我爸？您是不是省里有人？"

"我哪里都有人，也哪里都没人。"毕问天站了起来，来到窗前，"一件事情，不管是好事还是坏事，发生了，追究原因的话，无非有两点，一是内因一是外因。王安逸被查，外因是他和熊正元不和，熊正元早就想拿下王安逸，好安插自己人在副局长的位置上。当然了，上一次你和熊达的矛盾冲突也是诱因之一，但不是主要因素。"

"内因为什么是我妈？"王淞现在对毕问天心服口服了，以前还觉得毕问天故弄玄虚，太过玄妙了，现在毕问天句句切中要害，不由得他不无比惊叹。

"郑道，你来说。"毕问天见郑道在一旁若有所思，就拉郑道下水，"用你的中医知识来推论王安逸的问题的根源在哪里，找到了根源，才好从根本上解决问题。治病要治本，其实一个家庭出现了问题，就和人生病是一样的道理。"

本来郑道还想说他不知道为什么王安逸出事的内因会是王淞的妈妈，毕问天的最后一句话一下点醒了他，是呀，他原本早就知道一个家庭的兴衰和家庭是否和睦息息相关，正所谓家和万事兴，只有后方稳固了，前方才会胜利。

如果和中医的五行理论对应的话，家庭和谐而稳固，说明五行相辅相成并且阴阳和合。人体阴阳平衡则身体健康，家庭阴阳和合则事事顺利。

王淞父母不和，郑道也早就清楚，不过他并不是喜欢多管闲事之人，没有过多过问，只知道王淞妈妈出国多年，回来的次数屈指可数。到底是因为工作原因出国还是因为夫妻感情不和，有意分开，他也完全不知道了。

郑道不说话，起身，背着双手在客厅转了一圈，然后又到另外的房间各转了一转，又回到了沙发上坐下。

"看什么呢？"何小羽被郑道的举动弄晕了，摇了摇郑道的胳膊，"快说，郑道，你看出什么了？是不是一个家也和一个人一样，出现了问题肯定是哪个部位生病了，找到了生病的原因，对症下药就会治好，对不对？"

还别说，何小羽还真是聪明，一句话说到了点子上。

王淞也迫不及待地想知道事情的真相，忙问："道哥，有什么就尽管说什么，不要顾虑我的感受，我受得了。"

郑道朝毕问天投去了征求的目光，毕问天却手摇折扇，摆出置身事外的态度，并不回应郑道的目光。郑道无奈地笑了，毕问天总是喜欢逼他到墙脚，却又不给他梯子让他翻墙，好吧，他自己翻墙总行了吧。

"天阳地阴，男阳女阴，阴阳平衡，才是正道。"郑道咳嗽一声，不好意思地笑了笑，"先说几句大道理，再说具体的……从格局上看，家里阳气过重而阴气不足，一阴一阳谓之道，孤阴不生，独阳不长。阴气过重，事业不顺，家人多争吵，家里阴冷不热。如果阳气过重，则刚强易折，做事容易过犹不及。就如一座高山，山虽高，却无水无树，光秃秃一片，寸草不生。"

"然后呢？"王淞大概听明白了郑道的意思，"我爸这些年的脾气确实越来越大，一句话不对就拍桌子，无名火说来就来，控制不住。也不知道因为这个急性子得罪了多少人，所以这一次他一出事，都没什么人帮他……"

道是什么？就是阴阳。阴阳是什么？就是夫妇。夫妇各正本位，就合道。男无真刚女无真柔，家庭不和殃及社会，天下才不太平，世界才不安宁。

郑道点头说道："男女各正本位，男人以刚正为本，什么叫刚呢？刚就是不动性不发脾气。什么叫正呢？正就是合乎正理。女子以柔和为本，什么是柔呢？柔就是要性如水。什么是和呢？和就是要合于理。所以刚正就是柔和，柔和也就是刚正。王淞，你妈的性格过于刚烈了，所以和你爸不和，两强相遇必有一伤，你妈毕竟是女人，用刚强和男人对峙，终究还是会输。所以最后她只能远走他乡，这些年她在澳洲，生活在海边，受到了大海的浸润，应该刚烈的性子会柔和一些。"

接二连三

"明白了。"王淞点头，"家里本来就缺女人，爸爸性子又急，再加上从事的又是警察行业，阳刚、烈火和刚正……"

毕问天微微一笑："不错，孺子可教。郑道，你来说说什么是天一生水，地六承之。"

郑道答道："男人要有定力，不乱发脾气，就是天一生水。女人要有温柔，能托满家，算是地六承之。这样，家庭才能兴旺发达。"

"你爸的事情，告诉你妈没有？"毕问天话题陡然一转。

"还没有，爸爸不让说。"王淞摇头。

"现在网络这么发达，发一组照片给你妈妈。"毕问天指点了房间中的几处布置，"拍这里，这里，还有这里，都发给你妈妈。另外，你爸爸的事情，你也告诉她，不要说太详细，只说你爸爸现在最需要亲人的陪伴。"

"我……"王淞有几分犹豫。

"只有先解决了内因，才能有办法解决外因。"郑道劝导王淞，"不管是嘴里的溃疡也好，还是别的地方长疮，在西医看来，直接作用于患处就行。其实不是，所有外在的症状都是源于内部的阴阳失衡。中医辩证法，向来是先调理人体内部环境。"

"明白了。"听郑道这么一说，王淞终于下定了决心，拍了几张照片通过微信发给了妈妈，又发了一段话过去。

"等妈妈回话吧，估计现在她还在休息。"王淞收起手机，充满期待的目光看向了毕问天，"毕爷，接下来该怎么办？您能帮帮我吗？"

"能帮你的人不是我，是他。"毕问天一指郑道，"郑道可以帮你爸从容过关。"

郑道吓了一跳："毕爷，这事儿可开不得玩笑，我哪有那个本事？"

"你的本事到底有多大，你不知道，我也不清楚。所以，现在先不要急着下结论。"毕问天胸有成竹地一笑，"王安逸事件的外因是熊正元，知道王安逸为什么得罪了熊正元吗？因为吉朵之家。"

郑道瞬间就想通了问题的关键所在，恍然大悟："原来王叔叔和熊正元的矛盾支点是耿吉朵。"

在沈家，郑道不止一次听沈雅说过耿吉朵的为人。和沈雅的谦下随和利万物而不争的水性性格不同的是，耿吉朵性格刚烈，行事如火，只要是他决定的事情，为达目的不择手段。

正是耿吉朵狂妄的为人和不择手段的歹毒，虽然有不少人对他畏之如虎，但是也让他树敌众多。有不少坚持原则的官员对耿吉朵敢怒不敢言，但也有极少数对耿吉朵的所作所为极为不满，等候一个时机要让耿吉朵知道有些规矩必须遵守。

对耿吉朵极为不满的人中，王安逸就是最明显最突出的一个。只不过王安逸主管的是刑事案件，和耿吉朵一直没有交集，毕竟耿吉朵为人虽然狂妄，却只是求财，也不会真的为了赚钱去杀人放火。

人总有生病的时候，就和人的好运总有用完的时候一样，耿吉朵纵横房地产行业十几年，向来顺水顺风，从来没有出过意外事故，这一次因为高官落马连带让他摔了一个大跟头，如果算是好运到头的标志的话，那么他安然无恙地出来，还有意重启吉朵之家似乎又是运气好转的迹象。

谁也没有想到的是，吉朵之家才有了复工的迹象，就出了一桩命案。正是这件命案，让王安逸和耿吉朵有了正面冲突，也导致了后来一系列事件的发生，更导致了王安逸和熊正元的矛盾激化，以及后面更大的连锁反应。

一周前，吉朵之家一辆运沙车装载了满满一车沙子来到工地，按照正常流程，把沙子倾倒在指定地点，开车走人就行了。司机史黑胖停好车，突然尿急，跑去上厕所了。等他回来后，自动装卸的翻斗已经倒完了沙子，他也没多想，开车就走。

车一启动，就感觉哪里不对，车身颠簸了一下，似乎轧到了什么东西。史黑胖是老司机了，第一直觉是轧到了一段木头。工地上堆满了各种建材，说不定谁不长眼乱扔东西。

他下车一看，"妈呀"一声惊叫，一屁股坐在了地上。后车轮下面，轧着一个人！虽然一车沙子全部卸光了，但他的车是后八轮，自重就高达十吨，十吨的重量压在一个人身上，后果可想而知。

史黑胖开车多年，撞死过狗和猫，还真没有出过人命。第一次出人命事故，而且人还被辗得断成了两截，惨不忍睹，他吓得坐到地上之后，又赶紧跳了起来，大喊："出事了，死人了！"

很快警察就赶到了，初步判定是一起普通的交通事故。死者名叫马牛羊——生于饥荒年代的他被父母寄予了太多的吃香喝辣的厚望——是工地上的一位搬运工，事发时，他本来应该在距离事发地点三百米的地方运送钢材，不知道怎么就跑到了车轮下面，或许是为了乘凉，又或许是一时心血来潮，总之不管是出于什么原因，反正该死的人总会自己找死，他应该是在车轮下面睡着了，而史黑胖发车前由于疏忽，没有规范操作，最终导致马牛羊被轧死。

也就是说，是一次意外事件，史黑胖不用承担刑事责任，就连过失杀人的罪名也不成立，他只需要承担一定的民事赔偿就行了。而他作为司机，民事赔偿通常情况下都是由老板代付。史黑胖大为庆幸，他还以为他会被枪毙或是坐一辈子牢。

作为一次常见的交通事故，按说根本不可能惊动身为副局长的王安逸。但事有凑巧，王安逸当天正好路过吉朵之家，发现吉朵之家停了数辆警车，以为又发生了群体事件——对前几次吉朵之家的群体示威事件，市里大为恼火，责令市局严防，以免再起波澜——职责所在，他当即掉头来到了现场。

现场处理事故的是交通警察，不是刑警。王安逸见出了命案，多年的办案经验让他十分气愤现场被交警以及围观的工人破坏得一塌糊涂，当即要求无关人等远离。

出于职业的敏感性，他认真查看了现场。也觉得就是一起交通意外，并不稀奇，刚要离开的时候，忽然发现了异常——死者的两只鞋，一只有泥一只没有。

王安逸从事发现场一直步行到死者的工作场地，再返回，查看脚上，只有工地上常见的尘土，并没有泥。死者左鞋上的泥，是淤泥。如果死者是从工作场地走到了事发现场，鞋上的淤泥会沾满地上的石子和沙子，但死者左鞋上的泥干干净净，除了泥之外，一无所有。

不对，死者不是自己走过来躺在车轮下被轧死的，而是被人抬过来扔到车轮下的。王安逸当即下令封锁现场，通知了法医。

法医到后，对马牛羊进行了尸检。结果让人大吃一惊，马牛羊死前喝得烂醉如泥，按照他体内的酒精含量，别说走路了，就是有人杀了他，他也动不了一根手指。

很明显，这不是一起普通的交通事故，而是一起谋杀案！

听说交通事故变成了谋杀案，史黑胖再一次惊吓得一屁股坐在了地上。

史黑胖被带回警局接受进一步调查，现场被严密封锁，任何闲杂人等不得入内。同时，吉朵之家被勒令全部停工，何时复工，等候进一步通知。

此事对吉朵之家是一次重大打击。耿吉朵得知之后，暴跳如雷，怒骂王安逸小题大做，就是故意要整他。分明就是一起交通事故，发生在工地之上，就算是工程事故也行，内部解决不就得了，王安逸非要上升成刑事案件，肯定是故意和他作对。马牛羊只不过是工地上的一个不起眼的小工，要什么没什么，谁会谋杀他？天大的玩笑！

虽然耿吉朵怎么想怎么生气，王安逸却并不理会他的愤怒，只管按部就班地调查马牛羊的谋杀案。耿吉朵心急如焚，因为他已经向上面承诺要在两个月内复工，复工是安抚购买者之心，以免购房者再上访再闹事。如果他做不到让吉朵之家复工，他的价值也就无法得以体现，那么他就只有一条路可走——再一次进去，并且永远没有翻身的机会。

耿吉朵也很清楚，上面之所以放他出来，既是出于安抚民心的需要，也是不想让沈氏或好花常开其中的任何一家借机入股吉朵国际，从而进一步壮大。省里有人看好沈氏，有人看好好花常开，但从平衡的角度来说，沈氏和好花常开、吉朵国际三家三足鼎立最符合各方诉求。最不济也要沈氏和好花常开并驾齐驱，而不是让其中哪一家独大，最终容易造成尾大不掉的局面。

省里最希望看到的结果是吉朵国际东山再起，维持和沈氏集团、好花常开三巨头并列的局面，既好控制，又好平衡省里各方势力。当初决定放出耿吉朵，也是出于稳定大局的出发点。

谁也没想到，眼见一切进展顺利，吉朵之家有望在两个月内全部复工，不但可以安抚民心，也有利于石门房地产市场的向前推动，一个意外插曲，打乱了上至省里高层中至三巨头下至王安逸本人……所有人的计划和部署！

甚至也连带影响了郑道的人生轨迹。

经过三天的调查取证，案件取得了突破性进展。事发当天，马牛羊确实是在海大娘的水饺店喝了不少酒，至少有一斤白酒外加七瓶啤酒，喝得烂醉如泥。当时陪他一起喝酒的除了他的工友之外，还有耿义和熊达。

对，没错，就是吉朵国际的大少爷耿吉朵的大儿子耿义以及熊正元的儿子熊达。

许多人不理解，以耿义和熊达的身份，怎么会和马牛羊一起喝酒？马牛羊是社会最底层的小人物，以他的身份，连和耿义、熊达说话都不够资格，耿义和熊达怎么可能和他一起喝酒，而且去的还是海大娘的路边小店？

谁不知道耿义和熊达一向只出入五星级酒店！

但不解归不解，事实就是事实。工地上没有监控，谁也不知道马牛羊是被谁扔到了车轮之下，而海大娘的水饺店店面虽小，却有监控！调出监控之后，可以清楚地看到马牛羊和耿义、熊达有说有笑地并肩走进了水饺店。一个多小时后，三个人又一起出来，不过此时马牛羊已经有几分神志不清，连路都走不稳了，还是耿义和熊达一左一右架着他，三人上了一辆车后，绝尘而去。

随后海大娘出来，冲着远去的汽车呸了一口。

本来一开始王安逸只是经手马牛羊的案件，指使手下去调查。在调查出来案件和耿义、熊达有关时，他意识到了事情的严重性，就接过了案件，亲自查办。

王安逸微服私访，在下班后以一个普通客人的身份来到了水饺店，和海大娘进行了一番长谈。谈话的内容，他没有对外透露，但谈话之后，他一个人在街上走了很久，一边走一边抽烟，足足抽了一盒烟，才终于下定了决心。

但谁也没有料到的是，就在王安逸决定动手的时候，第二天一早他就被叫到了市委，在经过一番谈话之后，他回到办公室一个人干坐了两个小时，最后又花了两个小时写了一份辞职报告。

辞职报告递交上去之后，上面没批，等来的却是纪委人员礼貌而客气地请王安逸过去喝茶。王安逸被两名纪委人员夹在中间，步伐坚定但背影落寞的一幕，在很长一段时间内，都深刻地留在了市局许多人的心中，成为他们永远无法磨灭的回忆。

王安逸被请去喝茶之后，就再也没有了音讯，到底是贪污受贿，还是滥用职权，上面没有定论，反正就是王安逸和外界失去了一切联系。而由他主抓的马牛羊案件，也随之搁置了。

都是聪明人，谁也不愿意为了一个卑微如草芥的小人物而葬送自己的前途。

王安逸被查背后的内幕，郑道自然不得而知，但他在沈家，也隐隐听到了一些风声。沈雅也说过，王安逸疾恶如仇，性子刚猛，在公安系统口碑不错，但就是因为王安逸为人处事太过直接，不够迂回和圆滑，所以也得罪了不少人。

郑道还清楚，沈雅表面上温润如玉，深沉雅正，实际上，他如水的性格虽为而不争，却也包含了排山倒海之威。就如涓涓细流确实无害，汇聚在一起，成为大江大河之后，在风起云涌之时，也有摧毁一切的洪水之猛。说来沈雅对于参股甚至是控股吉朵国际，一直没有断了念头，一直在等候时机的来临。

本以为耿吉朵进去是一个绝佳机会，不料市里抛出了 020527 号地皮牵制了他的注意力，当然，同时也牵制了花向荣的注意力。等他和花向荣因为争夺 020527 号地皮而筋疲力尽之时，耿吉朵的危机不知不觉中竟然过去了，他和花向荣才同时恍然大悟，原来背后有高人来了一手明修栈道暗度陈仓，他和花向荣都被摆了一道。

如果当时不是一心争夺 020527 号地皮，而是一心参股吉朵国际，说不定他已经持有吉朵国际百分之二十以上的股份了。不过正是因为此事也让沈雅意识到了问题所在，上面有人不想让他和花向荣入股吉朵国际。

不管上面的人是将吉朵国际当成自己的后花园，不许他人染指，还是出于平衡大局的需要，不想让他和花向荣任何一人一家独大，他都不想接受背后人物的安排。到了他现在的地位，有许多事情只要一心向前推动，成功的概率会很大。

布局和格局

平心而论，不管是谁，到了一定的高度之后，都想成为唯一的最高峰。沈雅表面上不与人争强好胜，其实内心依然想当第一，想成为燕省的龙头老大。有一次谈话，他无意中流露出要吞并好花常开和吉朵国际之心，让郑道暗中吃惊不小。在郑道看来，体量相差无几的三家巨头，其中一家想要一口吞并另外两家，和蛇吞象又有什么区别？

沈雅并没有向郑道过多透露他的计划，沈向葳却有意无意说了一些，利用资本运作以及金融杠杆，可以以较小的代价来换取吉朵国际的控股权，或者就算不是绝对控股，只要是第一大股东，就可以决定吉朵国际的全局了。

至于如何吞并好花常开，沈向葳没说，她也不知道沈雅有着怎样周密而长远的计划，反正在资本运作层面，她远不如爸爸专业，再说，她也不想操心那么多。

说不操心那么多，沈向葳还是和郑道聊了许多，从吉朵之家的局势引发的一系列连锁反应聊到了沈氏和好花常开的动向，再从沈氏和好花常开之间的明争暗斗说到了两家之间的恩怨，又从付先山表面上置身事外实际上已经深深地介入了沈、花两家之争，说到了花向荣和邱况之间的爱恨情仇以及何无咎身为花家继子身份能否继承花家产业还未可知的尴尬，以及何无咎对她表白的背后也许隐藏着花家想要借机吞并沈家的阴谋，等等。诸多内幕如潮水般涌来，让他一时无法理解又不得不努力消化。

好在郑道也是聪明人，许多事情知道之后，触类旁通，很快就能由此推彼，看清了其中的关联之处。

作为一名有志于医治天下疑难杂症缓解天下病人痛苦的医生，郑道最大的志向就是成为一名中医大师，而不是政界高官或是商界巨商。所以尽管他一点就透，但他还是不想介入两家的较量之中。

郑道很清楚地明白从五行的角度来说，沈家为水，花家为木，木赖水生，水多木漂。水能生木，木多水缩。两家看似不是直接的相生相克，其实也是此消彼长之势。如果沈雅控制水势，让一部分沈氏的力量为花家所用，花家会更加欣欣向荣。同样，如果花家释放一部分力量为沈家所用，木能固水，沈家也会顺水顺风。前提是，两家各有尺度，都不逾越。

但说来容易做到难，何况两家还互相提防并且意图吞并对方。

只是没想到，沈家和花家的较量支点是吉朵国际，而吉朵国际因为吉朵之家的一桩命案牵涉到了王安逸，很不幸的是，王安逸的儿子王淞是郑道的死党，郑道想要置身事外已经没有可能了。

此时郑道才明白毕问天及时出现并且陪同他前来王淞家的真正目的，毕问天就是想让他介入整个事件之中，因为毕问天不提他和王淞的关系，就是他和沈家的关系以及和何无咎的关系，他就是无可替代的一个关键支点。

郑道暗暗摇头。他本低调，只想当一个治病救人的医生，用自己的微薄之力，帮助每一个他遇到的病人，却不承想，无意中卷入了三大集团三大豪门的争斗之中，他想要躲开也没有机会。

"郑道，有一件事情我想你有必要知道……"毕问天微微一笑，他看出了郑道的迟疑，也可以理解，郑道还挣扎在生存的起跑线上，却要操心远超他自身高度的大事，确实为难他了，"很多大事，看上去遥不可及，其实再大的大事，也是由小事组成，也是具体到某一个人某一个关键点上的。千里之堤，溃于蚁穴，只要你找对了蚁穴，你就决定了成败。"

"毕爷的意思是说，只要郑道娶了沈向蕤，就可以接管沈家了？"何小羽冷不防问了一句，一脸不快。

"哈哈……"毕问天哈哈大笑，"小羽，你觉得郑道未来的成就就是娶一个沈向蕤吗？好吧，他如果娶了沈向蕤，确实会对他的未来有很好的推动作用，但就算他不娶沈向蕤，他也不会久居人下。当然，从一阴一阳谓之道的角度来说，他娶一个好妻子，有助于他以后的成就。"

"要是郑道娶了我，以后会不会一样大有作为？"何小羽脸色稍微缓和几分，仰脸看向了毕问天，一脸自信和骄傲。

毕问天想问什么，话到嘴边又咽了回去，摇头笑了笑："现在不是讨论郑道的婚姻，是讨论他怎样帮助王淞，他的婚姻还没有到来，还是眼前的事情要紧。"

何小羽没有发现毕问天是有意避而不答，信以为真："那好，毕爷，您说郑道该怎么帮助王淞？"

"耿吉朵有一个怪病，很多年都没有治好。"毕问天故弄玄虚地掐了几下手指，"我掐指一算，耿吉朵的好运来了，他的好运就是郑道。"

"又是怪病？"郑道挠头苦笑，"沈向蕤和关得的怪病，我都还没有治好，再来一个耿吉朵，拜托，我才刚出校门好不好，不是主任医师，也不是老中医。"

"哥是老中医，专治不服气。"王淞被郑道逗笑了，哈哈大笑，"反正死马当活马医就行了，你直接把耿吉朵治成傻子，也算是为民除害了。"

话刚说完，王淞的手机叮咚响了一声。

"咦，王淞，你什么时候也换华为了？还是最新款的P9，你不是刚买一部苹果手机吗？"何小羽见王淞拿出的手机也是华为的，不由得惊奇，扬了扬自己手中的华为P9，"算你有品位，和我的手机一样。"

"你别忘了我爸是公安局副局长，知道保密的重要性。华为手机有安全保障，重要的通讯联系，还是用华为比较好。"王淞一边说一边打开了手机，只看了一眼就站了起来，"妈妈回信了，她说她明天就回来。太好了，三年了，妈妈终于肯回家了。"

王淞喜极而泣，抱住了郑道："道哥，谢谢你。有你在，我觉得心里特别踏实，真的。"

"不偏激，不固执，不保守，不激进，这样的人，走的是正道，所以不管走到哪里，都会让人感觉到祥和和踏实。"毕问天拍了拍郑道的肩膀，"郑道，坚持走你自己的道路，总有一天，你会发现人生没有捷径，只有脚踏实地的一条大道。王淞，现在内因已经解决了，剩下的就只有外因了。不管什么病，由内往外治都比由外向内治，要容易许多。"

"谢谢毕爷。"现在的王淞对毕问天已经不只是心服口服了，而是心悦诚服。

"谢谢毕爷。"说心里话，郑道真的很感谢毕问天。毕问天不管有什么长远的布局或是规划，至少毕问天现在对他对王淞确实是无私的帮助，何况现在他和王淞都处于人生低谷，向来雪中送炭难，"我会走好脚下的每一步。"

毕问天点了点头，目光望向了西方："你知道现在何无咎正在做什么吗？"

郑道摇头。

"何无咎现在正和付先山一起，在西山的好花常开别墅，听何子天坐而论道。"

郑道一惊："毕爷是怎么知道的？难道真能算出来？"

"哈哈。"毕问天仰天一笑，"到了命师的境界，也许可以算出来，在运师境界，还真不行。我知道何无咎和付先山的行踪，是因为我有一件宝物……"

说话间，毕问天拿出一件东西，在郑道眼前晃了晃。

"什么宝物，我看看，让我看看。"何小羽挤了过来，抢走了毕问天手中的东西，只看了一眼就一脸失望，"我还以为真是什么宝物，原来是一部手机。"

毕问天接过手机："现在通信方式这么发达，一个微信就可以瞬间知道一个人在哪里，比起神机妙算还要快还要准确，谁还去算？哈哈。"

郑道却想到了问题所在："在何子天身边，有毕爷的人？"

毕问天避而不答："你该去全有典当行了，现在才出现了两件宝物，还差五件，关得能不能活下去，就全靠你了。"

"毕爷，您为什么不出手帮帮关得？"郑道知道以前毕问天和关得有过过节儿，但何子天的伪装被揭露之后，关得和毕问天也就不再是对立关系了。

"我只会替人改命，不会为人治病。"毕问天摇了摇头，叹息一声，"据说到了命师境界，才能既能为人改命又能为人治病。命由心造，病由心生，归根结底，什么心就是什么命什么病。关得本身就是运师，他的病，内因由他自己解决，外因，就得靠药力了。"

"毕爷，剩下的五件宝物，什么时候才能凑齐？"郑道总觉得这样漫无目的地等下去，太渺茫也太绝望了。

"我也不知道。"毕问天一脸无奈，"关得没有生病之前，境界比我还要高上几分，现在的他即使病了，也是运师，他的命运，除了命师之外，没有人可以推算出来，所以，只能说听天由命了。除非……"

"除非什么？"何小羽心直口快，替郑道问了出来。

"除非郑道是他的命中贵人，他可以借郑道的运势，起死回生。"毕问天郑重其事地说道，"但郑道到底是不是关得的命中贵人，还要看郑道是不是想成为关得的命中贵人了。"

"你想不想？"何小羽一本正经地问郑道。

郑道呵呵一笑："刚才毕爷不是已经说过了，我想不想不重要，重要的是，关得的境界无人可及，那么他就只能听天由命了。"

郑道的手机忽然响了，一看来电，郑道脸色微微一变。

"怎么了？"何小羽以为出了什么事情。

"全有来电。"郑道心中一跳，直觉告诉他可能出现什么变故了，忙接听了电话，"全总……"

"郑道，你现在马上来典当行一趟，有事需要你。"全有的声音有几分迫切，话一说完，不由郑道说话就挂断了电话。

"我要回典当行。"郑道知道事不宜迟。

"我和你一起去。"何小羽今天正好没事，她又问毕问天，"毕爷，您呢？"

毕问天一摇手中折扇，哈哈一笑："我去西山好花常开，是该会会何子天了。"

楼下，等郑道和何小羽坐车离开之后，毕问天打出了一个电话。不多时，一辆奔驰S600驶来，毕问天上了车。

"去西山。"毕问天冲司机说了一句话，就不再多说一个字。

汽车一路西行，一个小时后就到达了西山好花常开别墅区。车在小区门口被门卫拦下，毕问天打开车窗，淡淡地说了一句："三排二十号，毕问天。"

门卫查询发现是小区业主，当即敬礼放行。

车停在三排二十号，毕问天下了车，冲司机说了几句什么，没有进家，安步当车，朝五排走去。

不多时，他来到了五排二十一号门前，轻轻敲门。门内传来了一个沧桑的声音："谁？"

"我。"毕问天声音平静没有起伏。

里面静默了片刻，门打开了，何子天一身白衣，手中也有一把折扇，施施然出现在了毕问天面前。

"问天……好久不见，你气色不错，我很欣慰。"何子天上下打量毕问天一眼，淡然一笑，"有何贵干？"

"无事不登三宝殿。"毕问天也不客气，径直进门，"有件事情，我想和你谈谈。"

何子天微一摇头，没说什么，和毕问天一起来到客厅。客厅中，有三个人在，一人是付先山，一人是何无咎，另一个赫然是萧小小。

萧小小正在低头玩手机，对毕问天的到来视而不见，付先山一脸愕然，他震惊的是毕问天和何子天相差无几的着装以及毕问天比何子天更加飘逸的举止。何无咎以前见过毕问天，倒没有太多震惊，只是讶然为什么他们几人的密会要让毕问天参加。

在毕问天出现之前，何无咎、付先山已经和何子天、萧小小聊了不少。何无咎也是到了之后才发现萧小小也在，心中惊讶萧小小什么时候和何爷关系这么密切了？不过也就是想了一想，并未深思。

在介绍了付先山和何子天认识之后，何子天第一句话就让付先山震惊当场——父母在，不远游，游必有方，付院长，一儿一女是福气，一阴一阳谓之道，儿子安静是福气，女儿活泼也是福气。

付先山难以置信得不知所以，以为是何无咎告诉了何子天他家里的事情，又一想，不对，儿子付平顺和女儿付平素的事情，他从来没有和何无咎说过。他是和何无咎关系不错，不过他最大的优点是很少对外人说起家里的事情，也基本上不领外人进家。

既然何无咎都不知道家里的事情，何子天又从何得知？付先山震惊之后，惊恐得汗毛都竖立起来了。难道说，世界上真的有可以一眼知人祸福一言断人生死的高人？不可能，怎么可能！

其实付先山对古代传承下来的一些科学无法证实但又确实存在的神秘理论，持半信半疑的态度。需要的时候，觉得确实存在。不需要的时候，就一概否定。说到底，他还是实用主义者的立场。

只是被何子天一语道破家中秘密，比起当初郑道说出家中有久病未愈的病人还要惊讶三分。儿子付平顺，人如其名，对他百依百顺，现在在卫生厅上班，老实本分，从不迟到早退，也从不做出格的事情。从另一角度来说，也可以说是胸无大志。儿子胸无大志，一开始付先山还十分气愤，觉得男人就应该成就一番事业。后来女儿的无法无天让他意识到，儿孙自有儿孙福，儿子喜欢安稳，就随他好了，总比喜欢天天在外面从事危险活动好了太多。

天天在外面从事危险活动的人是女儿付平素。

付平素从小到大就不让人省心，小时候长得像个假小子，留短发，穿男孩子衣服，下河游泳，爬树，翻墙头，所有男孩子小时候干过的坏事她都干过。考上了京城的大学后，付先山以为她会安静几分，不想她参加了一个野外生存考验的组织，经常去荒山野岭探险，专找人迹罕至之处，翻山越岭不说，还露营。如果是男孩子还好，一个女孩子，和一群陌生男女一起，在渺无人烟的地方吃住，谁敢保证不会发生什么意外？

付先山几次劝说女儿回归到正常的人生轨迹中来，不要胡闹，女儿就是不听，还说她有她的自由和生活，她想怎样就怎样，气得付先山血压升高也无济于事。后来在他和全有关系密切的时期，还是全有出面劝说女儿回归了家庭，安心于事业和家庭，不再跑东跑西了。

江山易改，本性难移，过了几年平淡的婚姻生活之后，付平素心中的野草再次蓬勃生长，给丈夫留了一张纸条就背起行囊出发了——世界那么大，我想去看看。

若隐若现

世界确实很大，但人心太大的话，世界也容纳不下，丈夫愤而和她离婚。付平素却不管这些，单身一人反倒更加洒脱。再次踏上探险之旅的她，比起以前更加疯狂更加不顾一切，别说听得进去付先山的话了，经常连付先山的电话都不接。付先山不止一次和文洁说过，他最怕陌生来电，要么是女儿遭受意外的消息，要么是女儿求救的信息。

比起担心女儿的安危，儿子付平顺近年来日渐增加的体重和日益不思进取的态度，让他同样大为头疼。付平顺的人生过得太平顺了，就像一道宽阔的公路，没有弯道，没有起伏，一眼就可以望到尽头。人生之路如果可以知道未来是什么样子，活着也就没有什么意义了，因为从生到死都是一样的道路，人生所能左右的就是过程，过程都已经确定了，岂不是到死都不会有人生的惊喜出现？

付先山原以为安分守己也是好事，现在看来，儿子过于安分守己其实就是胸无大志。以他的影响力和实力，为儿子谋划一个灿烂的未来，并非难事。付平顺却不，他觉得只要踏踏实实过好自己的日子，钱多钱少不要紧，安之若素就是人生最大的幸福。

家家有本难念的经，此话一点儿不假。付先山在人前威风八面，是高高在上的院长，无数人打破脑袋想要认识他却不得其门而入。但谁又知道，他在表面的风光之下，有着无比纠结的烦恼，而且还是无法解决的难题。

付先山强压心中惊愕，问道："何先生，你的意思是说，不管儿子是怎样安稳，也不管女儿是怎样折腾，只要他们自己开心就好？"

"你当年选择成为一名医生，后来选择从政，可曾考虑过你父母的感受？"何子天微微一笑。

付先山一点就醒，哈哈一笑："谢谢何先生指点，受教了。"

"谈不上，人都是为自己而活。做儿女时，不会考虑父母的感受。当父母时，却又要儿女考虑自己的感受，世界上哪里有这样不讲道理的道理？"何子天见时机成熟，就转移了话题，和付先山谈起了沈家、花家和耿家的局势。

说到沈家的时候，何子天单刀直入，直接问付先山一个尖锐的问题："付院长，你应该对风水学说和五行理论，没有太多研究，也不太相信，为什么要送沈家一个莲花台、花家一个木亭呢？而且花莲台和木亭都建在两家的气脉上？"

付先山愣了愣，欲言又止，何无咎忍不住了，说道："这件事情的起因是我，沈家的莲花台和花家的木亭，也都是我在乌有巷遇到了一个高人，受高人指点，然后告诉了付叔叔……"

"高人？"何子天意味深长地笑了，"乌有巷也会有高人？什么样的高人？"

"是一个赌石店的老板，叫胡说。"何无咎想起了他和胡说第一次见面时的情形，到现在他还不敢相信他居然信了胡说的邪，觉得胡说真是什么高人，"本来我是去赌石，结果胡说对我说，如果想要顺利地继承花家的产业并且吞并沈家，可以采取迂回之策，然后他告诉我怎么怎么做，我就告诉了付叔叔。"

"胡说？我认识他，他不是什么高人，只是一个市井小民。"何子天十分不解，又一想，明白了什么，"胡说不是高人，但他背后肯定有高人指点。"

"高人是谁？"何无咎急忙问道。

"该现身的时候，就会现身了。"何子天话刚说完，外面就传来了敲门声，他呵呵一笑，"说曹操，曹操到，我去开门。"

何无咎见毕问天跟随何子天进来，心中闪过一丝疑惑，难道何爷所说的胡说背后的高人，就是他？他向何子天投去了询问的目光，何子天却不回应他的目光。

何子天向毕问天介绍了众人，毕问天只是点头一笑，就连对付先山也是如此。

落座之后，何子天开门见山："问天，有什么事情？"

毕问天意味深长地看了付先山一眼，冲何无咎说道："何无咎，你听了胡说的话，让付先山送给沈雅一个莲花台，又送给花向荣一个木亭，有没有这件事情？"

何无咎本来就怀疑胡说背后的高人是毕问天，没想到毕问天主动提及此事，就点头说道："是的，有这件事情。毕爷，胡说背后的高人，是不是你？"

"没错，就是我。"毕问天哈哈一笑，"你肯定想不到，我通过胡说之口影响了你，又通过你左右了付先山，最终达到了我的目的。"

"你的目的到底是什么？"何无咎隐有怒火，有一种被愚弄的感觉，"你不是和郑道关系很好吗，郑道又和沈家关系密切，你还想害沈家？你和花家又有什么仇什么怨？你到底想干什么？"

"我和沈家、花家都无仇无怨，也没想过要害沈家和花家。"毕问天摇动折扇，看了何子天一眼，"子天，你应该知道我为什么要做这件事情……"

"不破不立。"何子天点头说道，毕问天的所作所为，他不敢说完全清楚，至少也可以推算个大概，"你的本意不是要害沈家和花家，而是想让沈家和花家打破现状，打破现有思维模式，更前进一步。但你不懂医，没想到莲花台压制了沈家的气脉，对沈向葳的病情带来了负面影响。也没想到木亭克制了花家的运势，让花家在争夺 020527 号地皮时，功亏一篑，没能取得先机。从出发点来说，问天，你是想借一个莲花台一个木亭，来助沈家和花家一臂之力，让沈家和花家可以借势借力，从而一举吞并吉朵国际……对不对？"

毕问天微笑点头："全对。"

付先山十分不解："毕先生和耿吉朵有什么过节儿吗？"

"没有。"毕问天十分肯定地点头，"我和耿吉朵并不认识，也没见过一面。"

"那为什么你非要助推沈家和花家吞并吉朵国际呢？"何无咎不相信毕问天的话，冷笑一声，"毕爷做事情喜欢躲在背后，说话也喜欢拐弯抹角，嘿嘿。"

何子天淡淡一笑："问天没说谎，他确实不认识耿吉朵，也和耿吉朵没有什么过节儿。"

"这么说，毕先生是和沈家、花家有利益往来了？"付先山呵呵一笑，自以为找到了问题的症结点，"理解，可以理解，再是高人也喜欢钱，对吧？"

毕问天不理会何无咎的指责，也不回应付先山的说法，而是继续说道："其实我在沈家和花家安置了一个莲花台和木亭，还有更深的一层用意，是为了关得。关得的病，只有中医大师出世才能治好，在沈家和花家布置的莲花台和木亭，也只有中医大师才能看出真正的用意。"

"为什么是沈家和花家？"何无咎不是很明白。

"福人居福地，福地出福人，放眼省内，也只有沈家和花家可以算是福地了，也只有沈家和花家的福地，才能吸引真正的中医大师现身。"何子天替何无咎答疑了，他又问毕问天，"问天，沈家的莲花台引出的人是郑道，你是不是觉得很失望？郑道只不过是一个初出茅庐的年轻人，距离中医大师的境界还差了太远，或者说，他也许一辈子也迈不进中医大师的门槛。说来说去，还是人算不如天算，哈哈。"

"当年的夏想，谁又能想到他日后的成就呢？当年的关得，就连你也没料到他的境界提升得这么快，居然短短两三年时间就超越了你。还有全有，最初的时候只是一个屌丝，生意失败爱情失败，后来呢？后来不一样成就了一番了不起的事业？"毕问天自顾自倒了一杯茶，一饮而尽，"郑道乍一看资质平庸，面相一般，但也许我们都是肉眼凡胎，看不到郑道深藏的潜力和不可限量的前景。"

"哈哈哈哈……"何子天仰天大笑，"问天，你还是老了，老眼昏花了。郑道本来是短命之相，你救了他一命，替他化解了命中一劫，也提升不了他的运势，他以后还会是一个极其平庸的人。这么多年了，我什么时候看错过人？不要跟我提关得，关得后来成为国内最年轻的运师，也是拜我所赐。尽管他背叛了我，但也只是我看错了他的人品，没有看错他的能力。人品和能力是两回事儿，不能混为一谈。所以说，如果你说郑道人品不错，我也许还勉强赞同，但如果你非说他能力出众，以后会大有作为，不好意思，我不敢苟同。"

"哈哈，我也不看好郑道的未来，他就是一个骗子，西医没学好，中医懂一点，就故弄玄虚，还想治好沈向葳和关得的病？痴心妄想！也不知道沈雅怎么就被他蒙骗了。关得也是，好歹也是见过世面的人，也会被郑道低级的手法骗到？也许还真是病急乱投医，可怜可悲。"何无咎接过何子天的话，冷笑加讥笑，"不用多久，郑道就会败露，到时他就名声扫地，人人唾弃了。"

毕问天自信地一笑："一个人没有能力，可以提高。但一个人如果没有人品，就没有未来了。最终决定一个人能够走多远的，不是能力，而是人品，是心胸。好了，我的话说完了，该告辞了。走之前，我有几句话要奉送给各位。"

毕问天站了起来，冲何子天、付先山和何无咎分别点头，却并不多看萧小小一眼，自始至终，萧小小当他不存在，他也当没看到萧小小。

"子天，从关得到郑道，你对一个人肯定的标准还是没有改变，这说明你的心性没有改变。付先山，在以前和全有打交道的时候，你还是一个好人，我希望你以后还能坚持自己的原则。何无咎，一个人拥有得越多，痛苦就越多。当一个人的能力和欲望不成正比时，你会发现，不管你拥有多少，你永远不会快乐。"毕问天一挥手中的折扇，"好了，各位，告辞。"

何子天站在别墅门口，望着毕问天消失在远处的背影，意味深长地笑了。

刚回到客厅，何无咎的电话就响了。接听了电话之后，何无咎一脸兴奋："谢必安说，典当行又有宝贝出现了，不过这一次是全有想留下，郑道却反对。"

"走，看看去。"萧小小沉默了半天，终于说话了，"这么好玩的事情，如果我不在现场，该有多遗憾。"

"你们去吧，我和付院长再聊一会儿。"何子天呵呵一笑，摆了摆手。

何无咎和萧小小告别何子天，一路飞奔，半个小时后就赶到了全有典当行，还好，事情还没有结束，正在继续。

让何无咎既惊又喜的是，沈向葳居然也在。更让他大吃一惊的是，花无忧也在。

除了沈向葳和花无忧之外，还有何小羽和柴硕。没错，柴硕也来了。

花无忧手中拿着一把宝剑，剑长两尺有余，古朴而典雅。她微带几分不满地对郑道说道："你不识货也就算了，凭什么说我的宝剑是赝品？这是正宗的汉剑。"

郑道不慌不忙地说道："剑的形状是汉剑没错，每一个细节都处理得很到位，不过我可以明确地告诉你，这是现在仿造的汉剑，不是真正流传下来的汉剑。"

"你觉得以我的身份，会拿一把假剑来当？"花无忧十分气愤，"我会缺钱？笑话。"

"不要偷换概念，你的剑的真假和缺不缺钱是两码事。"沈向葳吃吃一笑，"无忧姐姐，你现在的急不可耐可和你的名字不相称，你应该永远是一副无忧无虑的笑脸才对。"

花无忧眼睛一转，瞬间喜笑颜开："向葳妹妹，你可真会说话。看在你的面子上，算了，不和郑道一般见识了，全总，剑我不当了，其实我就是过来玩玩，并不是真的想当。"

全有伸手拦住花无忧的去路："无忧，剑我留下了，就按你说的价值，五十万。"

"全总……"郑道想要劝全有改变主意，因为花无忧的剑太假了，市面上一千块就可以买一把。

全有伸手制止了郑道继续说下去，一挥手："办手续吧。"

"还是全总识货，有眼光。"花无忧白了郑道一眼，将剑递给全有，去和苏夕若办理了相关手续。

"姐，"何无咎心中疑惑丛生，他挤到花无忧面前，"你从哪里弄来的剑？为什么要当掉？"

"要你管。"花无忧嘻嘻一笑，小声说道，"这是秘密。"

何无咎无奈地翻了翻白眼，冲郑道说道："郑道，你为什么判定这把剑是赝品？你到底有没有眼光？"

郑道呵呵一笑："有钱难买心头好，既然全总喜欢，收下就是了。假作真时真亦假，真作假时假亦真。真假不重要，重要的是，对自己有用就好。"

"对，对自己有用就有价值，没用的话，再好的东西也是一文不值。"花无忧大大咧咧地一拍郑道的肩膀，"虽然你不喜欢我的剑，但我还是欣赏你。以后有机会认识一下，喝茶吃饭看电影都可以。"

"郑道才不会跟你去看电影。"何小羽抱住了郑道的右臂，"他是我的。"

"郑道是所有人的。"沈向葳抱住了郑道的左臂，"如果他只属于一个人的话，他也不会成为人间正道。"

"说得好。"全有鼓掌叫好，"心量决定一个人的成就，郑道，这把汉剑送给你。知道我为什么非要收这把剑吗？因为你很像这把剑，藏拙的时候，锋芒收敛于剑鞘之内，隐而不发。但一旦剑出鞘，就光芒大盛，剑气凌人。"

"谢谢全总。"郑道也不推辞，伸手接过汉剑，心想五十万一把的汉剑，如果换成一辆宝马车该有多好。才这么一想，门外传来了一个人说话的声音。

"郑道在吗？郑道赶紧出来迎客，我又来了。"

郑道立刻就听出了来人是谁，不是别人，正是胡说。

胡说话音刚落，也不等郑道出去迎他，就大步流星地走了进来。他手中拿着一个长条形盒子，来到郑道面前，将盒子一放，哈哈一笑："郑道，我又来当宝贝了，这一次，我要价两百万。"

"什么东西可以当两百万？"沈向葳不由分说打开了盒子，惊叫一声，"啊，怎么又是一把剑？"

盒子里赫然平躺着一把剑，和花无忧的汉剑风格截然不同的是，此剑圆润大方，有唐剑之风。

郑道一眼就可以看出，盒子里的唐剑，也是现代的仿制品，并非真正的古剑。

"两百万？胡说，你说说看，你这把最多不超过两千块的现代唐剑，为什么能当两百万？"郑道乐了，今天也是怪了，先是一把汉剑，又来一把唐剑，典当行可以开剑铺了。"

"我也不知道这把剑为什么能值两百万，但有人说了，只要报上他的名号，你就会用两百万收下。"胡说得意扬扬地斜着小眼睛，一副吃定了郑道的态度。

"谁？"郑道心中一惊。

"就是，谁呀？谁这么大面子，只凭一个名号就能值200万，说出来让我听听。"全有也被胡说的做派气笑了。

"他说他叫郑隐……"胡说嘿嘿一笑，"他还说了，剑……该出鞘了。"

郑道和全有同时大惊，二人对视一眼，都从对方的眼中看出了震惊和欣喜。